中公文庫

レイテ戦記（一）

大岡昇平

中央公論新社

レイテ戦記㈠　目次

図版目次

表目次

レイテ戦記〈全4巻〉内容

第一巻

第二巻

第三巻

第四巻

凡例

一、人名、地名は原則として原音によったが、すでに当時の各種文献に慣用されているものはそれに従った。〔例〕ルーズベルト

二、日付、部隊号は和数字表記、日数、数量は数字列記で表わした。〔例〕八月十五日　歩兵第四十九聯隊　一六〇日　二三〇機　ただし米軍部隊番号は数字の列記とした。〔例〕米第三〇五連隊

三、日米両軍を区別するために、米軍は原則として上に「米」をつけた。〔例〕米第七師団　ただし継続的に現われ、混乱のおそれのない場合は省いた。日本軍は「聯隊」、米軍は「連隊」と書いて識別しやすいようにした。

四、日付、時間は当時日本軍が使用したもの（内地標準時間）である。これはアメリカ軍使用の時間（ワシントン時間マイナス9）と一致し、現地時間では一時間おそくなっている。なお時間は次のように表わした。〔例〕〇一三〇＝午前一時三十分

五、引用文献中の小活字は著者の注である。

六、本文図版中の符号、記号は左のとおりである。

〈符号〉

A	軍,野砲兵聯隊
Ab	砲兵大隊
As	独立砲兵聯隊
B	旅団
Bs	独立混成旅団
D	師団
FA	航空軍
FL	野戦病院
i	歩兵聯隊
ibs	独立歩兵大隊
is	独立歩兵聯隊
K	騎兵聯隊
KD	騎兵師団
P	工兵聯隊
SO	捜索聯隊
T	輜重兵聯隊
I, II, III	大隊番号
□	内は米軍部隊

〈記号〉

	軍司令部
	師団司令部
✡	旅団司令部
	聯隊本部
	大隊本部
	砲兵陣地
	砲兵観測所
♯	飛行場
-××-	師団戦闘地境
-×××-	軍戦闘地境

レイテ戦記㈠

死んだ兵士たちに

一　第十六師団

昭和十九年四月五日

比島派遣第十四軍隷下の第十六師団が、レイテ島進出の命令に接したのは、昭和十九年四月五日であった。師団長陸軍中将牧野四郎は鹿児島県日置郡出身、陸士二六期卒、第二十九聯隊長、第五軍（牡丹江《ぼたんこう》）参謀長などを勤めたことがあったが、主として教育総監部関係の経歴をたどり、昭和十七年十二月以降は、陸軍予科士官学校長であった。十九年戦局逼迫に伴い、三月一日十六師団長を拝命、十二日ルソン島ロスバニョスの師団司令部に着任したばかりであった。

十六師団（通称垣《かき》）は戦争初期、バターン半島の苦しい攻略戦を受け持たされた不運な師団であった。九聯隊（京都）、二十聯隊（福知山）、三十三聯隊（津）の歩兵三個聯隊を基幹とし、バターン戦終了後もフィリピンに止《とど》まって、ルソン島中部及び南部の警備に任じていた。

牧野が着任した昭和十九年三月には、師団司令部はラグナ湖南岸ロスバニョスにあり、九聯隊は東南方ナガ、レガスピー方面、三十三聯隊はルソン島中部アンヘレス、サンフェルナンド方面にあった。二十聯隊は前年十月より、ビサヤ諸島警備の独立混成第三十三旅団に配属せられ（旅団長見城少将のみタクロバンに進出）、レイテ、サマール、ネグロス諸島のゲリラ討伐に従っていた。

牧野のロスバニョス着任の日、衛生中隊が付近山中でゲリラに襲われ、千々岩中隊長以下、将校二、兵一二が戦死した。直ちに司令部直轄の二個小隊を派遣して討伐し、十五日までに地区内の無線機三基を掌握した。米軍将校フィリップ中佐を射殺した。フィリップ中佐はアッツ島攻略軍に加わったベテランで、前年ひそかにルソン島南部に上陸、三カ月にわたって無電で米潜水艦と通報していたといわれている。ゲリラの内応によって捉えられたのであった。「まことにこれわが比島軍の恥なり」と牧野は書いた。

牧野中将には三月一日から九月十九日までの陣中日誌が残っている。作戦要務令に定められた「陣中日誌」ではなく私物の日記で、たまたま内地に帰る参謀に託されたものであった。中将の温厚篤実な人柄が表われているだけでなく、十六師団の動向を逐日知ることが出来る貴重な文献である。

師団主力がレイテ島進出の命令を受ける二日前の四月三日、マニラで黒田重徳第十四軍司令官統裁の下に、比島軍全般の兵力配置を決定したばかりであった。九聯隊の諸隊巡視のため、五泊の予定をもって、五日早朝特別列車をもってロスバニョスを出発、夕刻七時にナガに着いた。聯隊本部で神谷聯隊長以下と会食しているところへ、軍司令部から急電があったのである。

これは中南太平洋の戦局急迫に伴い、フィリピン防衛強化の為の配置変更であった。マーシャル、ギルバート諸島はすでに米軍の手にあり、次にヤップ、パラオをうかがうニミッツ提督の水陸両用部隊の作戦、ニューギニアの北岸沿いに西進するマッカーサー将軍の西南太平洋軍の攻勢が着々と進行していた。

大本営は二つの路線の結合点をフィリピン南方と予想し、三月二十七日、それまで大本営直轄であった第十四軍を南方総軍の戦闘序列に入れて、全面的防禦《ぼうぎょ》強化を命じたところであった。

四月三日の作戦会議はこの命令に対処するためだと察せられるのだが、二日後に急遽十六師団主力にレイテ島進出命令が出たのは、その後南方戦線で起った異変と関係があろう。

三月三十日、三十一日両日、パラオ島が米母艦機、延《のべ》一、一〇〇機の空襲を受け、艦船二〇隻七八、〇〇〇トン、飛行機二〇三機の損害を受けた。

パラオ島はフィリピンの東方一、五〇〇キロ、当時聯合艦隊の根拠地であった。古賀司令長官はいち早く「武蔵」その他主力艦を出港せしめると共に、自らも空路ミンダナオ島ダバオ基地に逃れようとしたが、折柄《おりから》その方面を通過した台風に捲き込まれて行方不明、参謀長福留繁中将搭乗機もセブ島南部のゲリラ地区に不時着した。

三十日、西部ニューギニアの補給基地ホーランディアが、アドミラルティ島の米基地空軍に奇襲され、陸軍第七飛行師団の一三〇機が失われた。当時ニューギニアの防衛軍の主力第十八軍の拠点は、ウエワク、ハンサ湾にあったので、米軍は次に当然その方面に上陸すると予想されていた。その予想を裏切って、一、〇〇〇キロ西方のわが補給基地を襲ったのである。マッカーサー将軍のいわゆる「蛙飛び作戦」であった。

ニューギニア西部の防禦はミンダナオ島ダバオに司令部をおく第二方面軍（阿南惟幾《あなみこれちか》大将）の担当であった。マニラの第十四軍も司令部をパナイ島北岸カピスに進出させることを要求されていた。しかし司令官黒田中将は、パナイ島の匪情《ひじょう》険悪、移転に伴う資材運搬の不備等を理由に承知しない。

フィリピンは開戦以来、南方への兵員資材輸送の中継基地にすぎず、飛行場もなければ沿岸防禦施設も全然出来ていなかった。黒田中将は十四軍三代目の司令官で、十八年十月フィリピン独立以来、新政府との政策調整に重点をおいた。フィリピン人の妾を持ち、ラウレル大統領、キリノ、ロハスなど比島側要人とゴルフばかりしている、と非難されるような文治型の軍人であった。大本営の指示に従わず、七千以上ある島に、今から防禦施設をほどこしても間に合わない、敵が上陸したら、マニラ東方山中に退避して持久戦をやるまでだ、と主張していた。第二方面軍がダバオにいるのは、フィリピンの民政上面白くない、出て行ってくれと申し込んで、方面軍参謀を憤激させたという。

四月三日の作戦会議の結果は記録にはないが、その後牧野中将の行動を見れば、ナガ、レガスピー方面の防衛強化というところだったと思われる。ところが総軍は四月一日から統帥を発動している。パナイ島に移転するのがいやなら、マニラにいてもよろしい、そのかわり十六師団主力をレイテ島に進出させろ、との命令が出されたのではないかと思われる。

当時、フィリピンにいた日本軍で、正規編成の師団は十六師団だけであった。あとは第三十、三十一、三十二、三十三独立混成旅団が、ルソン島北部、ビサヤ地区、ミンダナオ島の要地に分散警備しているにすぎない。それらはいずれ人員を補充して師団に昇格させる予定であるが、十六師団をレイテ島に取られては、ルソン島の戦闘師団は皆無となる。十四軍にとっては苛酷な処置なのであった。

しかし命令とあっては仕方がない。三十三聯隊だけマニラ周辺に残し、四月十三日より師団司令部は第九聯隊と共にレイテ島に移動を開始した。すでに見城旅団の指揮下に入り、セブ、ボホールなどビサヤ諸島の討伐作戦遂行中の第二十聯隊は、逐次レイテ島に集結を命じられた。

レイテ島はフィリピン群島のほぼ中央に位置し、太平洋に面している。狭いサンファニコ水道をもって北東に接するサマール島、南東のディナガット島と共に、レイテ湾を抱き、太平洋を渡ってきた大型船舶に、良き碇泊《ていはく》地を提供している。

北緯一〇度―一一度、東経一二五度で、緯度においてほぼ仏領インドシナ（ヴェトナム）のサイゴンに等しい。冬期は西南太平洋に卓越する貿易風を受けて、中部太平洋から最もフィリピンに近寄りやすい地点である。一五二一年、マゼランの世界一周船団が最初に入ったのは、レイテ湾であった。ニューギニア島北辺に沿って西進するマッカーサーの陸軍が、最も取りつきやすいのはミンダナオ島南部であるが、直接群島中心部のレイテ島を目指す可能性もあると考えられていた。

レイテ島は面積約四、〇〇〇平方キロ、フィリピンで八番目の大きさの島である。南北に長く縦約一八〇キロ、幅は中央部アブヨグ、バイバイ間のくびれたところで二五キロ、北部タクロバン、パロンポン間の最も広い部分で七〇キロある。

台湾からルソン島を伝わって来る洋上山脈はルソンの南部から紐飾状に分岐してフィリピン群島を作る。さらに南方にボルネオ、セレベス、ハルマヘラ諸群島に展開する。いわゆる西部太平洋花綵《かさい》列島である。

レイテ島はそういう分岐山脈の二つによって南北に貫かれている。一つはカリガラ湾の西から南走して島の脊梁《せきりょう》を形づくり、アブヨグ、バイバイの線以南は、二つに分岐して、ミンダナオ島の北端と連結する。最高峰で一、四〇〇メートルくらいだが、開析《かいせき》が進行していて、脆《もろ》い鋸《のこぎり》形の頂上と、熱帯性叢林《そうりん》に埋められた深い谷を持っている。火山がその上に噴出して山形を一層複雑にしている。

もう一つの山脈は島の西部をやはり南北に走り、耳のように本島に付着した半島型の山地を作っている。火山はこの地区にはなく、標高二〇〇メートル内外の低い丘陵地帯で、南方の二つの半島山地と共に、あまり戦略的重要性はない。

米軍上陸までは頑固なゲリラ地区と考えられていた。レイテ島の日本軍潰滅の後は、この山地中の孤丘カンギポットの周辺に、日本の敗兵一万が集結し、土民の襲撃と飢餓によって斃《へい》死《し》した。

この二つの山脈に挟まれた細長い平地が米軍のいわゆる「オルモック回廊《コリドール》」である。南方のオルモック湾から日本軍のいわゆる「リモン峠」で脊梁山脈を越えるまで、北へだんだん高くなっていく谷間で、リモン峠から先は急坂となってカリガラ湾に降りる。島の東西の交通はこの谷間を北上し、カリガラを迂回してタクロバンに南下する自動車道によって保たれている。米軍上陸後、日本軍の補給作戦が行われたのはこのルートによってであった。

脊梁山脈の東側には、タクロバンの西からサンファニコ水道の北の出口まで、標高一〇〇メートルぐらいの丘陵が連なっている。この丘陵地帯と脊梁山脈の間に幅二〇キロの平野が横たわっている。さらに南方のブラウエンまで、海岸に近くカトモン山、十字架山など火山性の小丘があるほかは、一望目をさえぎるものがない平野で、自然の小流、あるいは灌漑《かんがい》用のクリークによって縦横に貫かれている。

レイテ島人口九一万人（一九三九年当時）の大部分はこの平野に住んで、米、甘蔗、トウモロコシを作っていた。平野を米軍はレイテ・ヴァレーと呼び、日本軍はタクロバン平原、あるいはカリガラ平野と呼んだ。米軍がレイテ島に戦略的価値を認めたのは、この平原があるためであった。マニラまで五六〇キロ、ここに飛行場を建設してルソン島攻略の基地としようというのである。

飛行場は海岸地方ではタクロバン、ドラグに、山際にブラウエン北（ブリ）、南（バユグ）、サンパブロ、合計五つあった。うち、戦前からあったのはタクロバンだけで、海軍が管理していた。あとの四つは日本陸軍が十八年末から急遽建造したもので、十月二十日米軍が上陸した時、まだ十分に整備されていなかった。

牧野中将は、四月十三日一〇三〇、タクロバン飛行場に着いて、河添参謀長、北川情報参謀の出迎えを受けた。島の官民代表は官舎の前で出迎えた。官舎はタクロバンの町を見晴す高台の上の、木造二階建てペンキ塗りの建物であった。アメリカ人の邸宅で、二階上四室階下四室、意外に瀟洒《しょうしゃ》な作りなので、中将は満足を覚えた。マニラに比べると夜は涼しかった。鉾田《ほこた》二十聯隊長から贈られた新鮮な鰻の蒲焼を食べ、その夜はよく眠った。

翌日は市庁、警察、病院、女学校等、タクロバン市中を視察した。午後スコールがあった。三月十二日、フィリピンに着任以来初めて会う雨であった。レイテ島は南シナ海に面するルソン島とは乾季と雨季がちょうど逆であった。ルソン島は七月―十一月が雨季だが、レイテ島は十一月―三月、つまり中部太平洋の貿易風を受ける時期に、最も雨が多いのであった。二、三日すると、五二歳の牧野には、右足に神経痛が出て来た。

十五日〇八四〇出発、幕僚と共にドラグ方面の視察に赴いた。これはタクロバン南方三〇キロの海岸の町で、そこから自動車道が内陸に向って分れ、約一五キロで、ブラウエン飛行場群に達する。

牧野中将らは町の西北にある小丘に上って、海岸線及びブラウエン道に沿ったヤシ林の位置を観察した。

ここから見渡すレイテ湾は、タクロバンから見るより一層ひろく見える。サマール島はすでに遠い。ホモンホン島、スルアン島など、レイテ湾の入口を扼《やく》する島々は水平線の下に隠れて見えないが、それらの島々の間を抜けて、真直ぐ湾の奥を目指せば、三〇キロにして達するのがドラグである。

敵が上陸を企図するとすればここだ、という点で、河添参謀長と意見が一致した。パロ、タクロバンの前面もレイテ湾のうちだが、サマール島が北から迫り、正確にいえばサンペドロ湾である。水深も浅く、砂洲や小島の多い嵌入部になっている。
そんな狭い水面に入る危険を冒さないでも、ドラグに上陸すれば、一五キロ内陸のブラウエン飛行場まで一本道である。一・五キロのところにドラグ飛行場もある。

「正南に離島極めて尠《すくな》く、海岸亦上陸正面を限定せられありて、防衛には格好の地形なり」

南方二〇キロにアブヨグの町がある。そこから国道は島の中央部を横断して西海岸バイバイへ出る。この道路から南は山岳が錯綜して、大軍を動かすに適しない。日本軍もあまり立ち入らないゲリラ地区である。

その方面のゲリラとの連繫を求めつつ、ドラグに主力上陸、アブヨグに副次的上陸というのが、十六師団幕僚の一致した予想であった。

十月二十日敵が上陸した時、十六師団はこの方面に主力を集め、タクロバン、パロ方面には師団司令部と三十三聯隊の一個大隊しかおかなかった。ところが、米軍は意外にもドラグ以北とタクロバン以南、二方面から上陸した。この点、牧野中将と河添参謀長は大きく誤ったわけだが、どっちにしても一個師団で五〇キロにわたる正面を守り切れるものではない。作戦は第十四軍、後には第三十五軍の裁決を経ているので、十六師団だけに責任を負わせることは出来ない。

それから牧野師団長はこの地区の防備担当の二十聯隊本部へ寄った。この聯隊は日露戦役の武勲に輝く福知山聯隊で、前年秋から各地にゲリラ掃討に従事していた部隊である。（十六師団はよくお公卿さん部隊といわれるが、これは正しくない。九聯隊だけが京都なので、二十聯隊は福知山、三十三聯隊は三重県の津である。）ただし緒戦のバターン半島攻略戦を担当して殆んど全滅、兵員は大半交替していた。

午後、師団長一行は車を駆って、ブラウエンに建造中の飛行場を視察した。これは海岸地方の飛行場が敵に取られた場合のための予備飛行場である。飛行場はやっと滑走路の地均《じなら》しを終った程度であった。それから脊梁山脈を左に見て、一〇キロ北のダガミへ赴いた。レイテ平野中の農産物集散地、ここから山へかけては、師団の後退陣地の築城が予定されていた。この日、一行は後にレイテ戦の舞台となる地点を一巡したことになる。

十六日、ネグロス島の河野兵団から渡辺英海参謀が飛来した。これは今度十六師団の指揮下に入った独混第三十一旅団で、旅団長河野毅少将、レイテ島の西方のセブ、ネグロス、パナイ、ボホールの諸島を警備していた。

渡辺参謀は三月末、行方不明を伝えられた古賀聯合艦隊司令長官一行の消息を伝えた。福留繁参謀長ほか一三名がセブ島の海上に不時着し、ゲリラ隊長カッシングの俘虜《ふりょ》となっていたが、河野兵団の討伐隊が救助したという。

討伐隊がカッシング匪《ひ》をセブ島南方の山中に包囲し、最後の鉄環をしめ上げようとした時、遽《にわ》かに敵陣に日章旗が上った。不審に思い、交渉に応じてみると、海軍の将官を俘虜にしている、包囲を解くなら引き渡すという。ミンダナオの南遣艦隊に連絡してみると、艦隊司令部でも、米軍から無電連絡を受けており、独混三十旅団の一個中隊が軍艦に乗って受取りに出発しているという。どんな代償を払っても救助しなければならないのであった。

古賀長官は遂に行方不明だが、参謀長が救助されただけでもよい、としなければならないのであった。米軍側の記録によれば、この時古賀長官の作戦計画いわゆる「Z作戦」その他の重要書類を入手したことになっている。しかし福留参謀長はまもなく第二航空艦隊司令長官となって、レイテ島をめぐる航空戦に参加する。海軍では俘虜になるのは大して不名誉なことではないらしいのである。

十七日、歩兵第九聯隊の主力を乗せた船団が入港した。これで第二十聯隊の三個大隊を併せ、レイテ島防備兵力は六個大隊になった。ただし第九聯隊の第二大隊は先発してサマール島の警備に就いていた。

サマール島は面積一三、二七一平方キロ、ルソン、ミンダナオに次ぎフィリピン群島中三番目の大島である。レイテの東北に接し、その間に幅員二キロのサンファニコ水道がある。この水道は水深浅く、太平洋の潮干によって流れの方向が変り、暗礁が多くて吃水の浅い機帆船程度のものでも、現地人の水先案内なしでは通れない。

フィリピンのほかの島との海上交通は外洋を廻るか、南方のスリガオ海峡を通らねばならない。タクロバン港が太平洋を渡って来る外国船には近づきやすいと同時に、内海的には辺境となっているのは、この水道があるためである。内海航路は西海岸の港オルモックがセブと結ばれて繁栄していた。人口タクロバンの五千（当時）に対して、オルモック一万であった。

サマール島の繁栄の中心は、その西側、シブヤン海に面したカトバロガン、ライトにあった。サンファニコ水道の北の出口一帯は、多くの離島、珊瑚礁をちりばめて、フィリピン有数の漁場であった。

しかし軍事的に見て、サマール島の重要性は東南端ギウアン方面及びルソン島との間のサン・ベルナルディノ海峡にあった。

サン・ベルナルディノ海峡は、南シナ海、フィリピン内海から太平洋への出口である。二カ月後、小沢艦隊はこの海峡を抜けて、米機動部隊との決戦を求めてマリアナへ向う。さらに四カ月後、「大和」を主体とする栗田艦隊がレイテ湾へ殴り込みを企図して通過したのも、この海峡であった。

カトバロガンに本部をおく九聯隊第二大隊は、海峡に臨む町ラオアンに一個中隊を派遣した。付近山上にゲリラの沿岸監視哨《しょう》があり、海峡を通過する日本の艦船を、無線機で通報していると見なされたからである。この後、牧野中将自ら、九聯隊長神谷大佐と共に、ラオアンを視察している。さらに、ギウアン、パンブハンにそれぞれ一個中隊を配置して、監視を強化した。米軍がレイテ湾深く入る手間を省き、まずギウアン方面に取り付き、島を横断してタクロバン地区を目指す可能性があったからである。

サマール島は全島ほとんど山から成っていた。レイテ島と同じく「匪情相当に活発にして打撃を加うべきもの多し」「下士官以下数名、敵匪と交戦玉砕せるものあるが如き遺憾なり」と牧野中将は日記に書いた。

二十日、これまでカトバロガンにあった西村大隊がタクロバンに下って来た。これは河野兵団麾下《きか》の百六十九大隊である。九聯隊と交替してボホール島に帰るのであるが、半年後には増援部隊として再びレイテ島に来ることになる。

同日、敵機動部隊がトラック島南方海上を西進中との海軍情報が入った。

翌二十一日、マニラの第十四軍から電報があった。敵は目下パラオ島を爆撃中なるも、ここに拠点を占めたる後、直接フィリピンに上陸することなしとせず、との警戒電であった。

西部ニューギニアのホーランディア、サルミも空襲を受けた。ホーランディアの第四航空軍は前月三十日の大空襲で殆んど潰滅、残存兵力は三六機であった。そのうち飛び上ったものは六機、残りは地上で撃破された。

これは翌二十二日の上陸の準備爆撃であった。以後二十四日まで三日間、米五八機動部隊の艦上機の掩護《えんご》の下に、米第二四師団と第三二師団の一部より成る任務部隊が、フンボルト湾、タナメラ湾に上陸した。所在の日本軍は約一万名であったが、第六飛行師団、海軍第九艦隊所属の補給部隊が主で、第十八軍所属の戦闘部隊は二四〇名にすぎない。指揮の統一もなく、諸隊はたちまち分断され、後方山地に駆逐された。

これは日本の絶対国防圏内に打ち込まれた大きな楔《くさび》であった。第二方面軍は、二十日機動部隊と輸送船団が発見されてから敵上陸を覚悟していたが、上陸地はもっと東方の、第十八軍のいるウエワク、ハンサ湾方面であろうと考えていた。

一方、大本営では従来の敵機動部隊の行動に鑑み、西部ニューギニア攻略を省いて、直接パラオ島、ヤップ島へ来るのではないか、と憂慮していた。

当時、これら西部カロリン諸島の防備は皆無に近く、防衛隊を乗せた輸送船団が南下中であった。ホーランディア被爆の報を聞いて、船団は一斉に回頭した。

十四軍が十六師団に発した警報は独自の判断に基いたものらしく、一層徹底していた。黒田司令官は戦局全般に関し常に悲観的な予測を持ち、むしろ直接ルソン島へ上陸する可能性を考えていたようである。

米軍のホーランディア上陸によって、濠北《ごうほく》の戦局は一変した。阿南第二方面軍司令官は、司令部をダバオからセレベスのメナドに進め、一個師団を送ってホーランディア奪回を企図した。これは大本営、南方総軍によって抑止された。

五月二日の御前会議において、絶対国防圏内における海陸反撃作戦が決定した。聯合艦隊はスル群島タウイタウイに集結して、米機動部隊をパラオ方面において迎撃撃滅する。ミッドウェイで母艦を失った第一航空艦隊は、基地空軍として再建され、このころ六〇〇機に達していた。それをサイパン、テニアン、グアム、パラオに展開し、母艦機と協力して、西カロリン水域に侵入する米渡洋艦隊を撃滅するというのである。海軍は真珠湾以前の古典的迎撃作戦に戻ったことになる。これがいわゆる「あ号作戦」であり、後、マリアナ沖海戦となって実現する。

陸軍はこれら諸島に地上兵力を送って、飛行場建設によって海軍に協力する。「比島航空要塞化」いわゆる「十一号作戦」が正式に決定されるのもこの時である。大本営は五月五日以来、秦次長らをサイゴン、マニラに派遣し、現地軍に作戦を説明した。牧野中将は五月二十八日、マニラの兵団長合同会議に出席のためタクロバンを発った。三十一日、大本営派遣参謀山口少将から、防禦計画、飛行場設定援助計画、妨害ゲリラの討伐要領について説明を聞いた。

六月一日一一〇〇タクロバン帰着、四日、各聯隊長を招いて新作戦要領を説明した。「飛行場設定援助」とは、工兵だけではなく、歩兵砲兵その他あらゆる兵科を挙げて飛行場設営に当る意味である。これは沿岸防禦陣地構築がそれだけおくれることを意味する。銃を取って戦うべき歩兵にもっこ担ぎをやらせるのは、部隊長として堪え難い、と各聯隊長は口を揃えていった。工兵、衛生兵もまた白兵戦闘訓練を要望した。

この作戦に関し、黒田十四軍司令官は一つの異見を持っていた。

「ソロモン方面の実績を見て、彼我生産力の差はいかんともし難い。航空要塞を作って抵抗しても、いつか差が一〇対零になる時が来る。その時は陸軍が地上戦闘をやらなければならない。飛行場は敵のために作ってやるようなものだ」

この予言はレイテ島に関する限り、奇妙に的中することになる。ルソン島防衛の責任を持つ十四軍には、米軍が直接ラモン湾に上陸する場合について考慮があった。それに対応すべき沿岸防備も航空配置も全然出来ていなかったからである。黒田中将は直ちに山中へ退避、持久するつもりだった。これは後に山下大将も踏襲する作戦で、大局的には現状に適っていたといえる。しかし十九年六月の時点で、比島全域にこの作戦を拡大するのは、難局に当って、安易な近道的解決を図ることでしかない。黒田中将がやがて山下大将と交替させられたのは当然であった。

十六師団長牧野中将は種々の現地的な問題をかかえていた。「十一号作戦」の期限は七月一杯、あと二ヵ月しかない。ところが兵の体重平均は前年に比べて減少している。給与が十分でないからなのだが、近づく決戦に備えて、糧食は保有しておかなければならない。

六月四日、部隊長会談の後に会食があり、鉾田第二十聯隊長、神谷第九聯隊長、幕僚を交えて、一一時近くまで歓談した。

当時、師団は河添参謀長指導の下に、パストラーナ、ハロ、アランガラン、サンミゲル、バルゴの駐屯部隊をあげて、レイテ平野に大々的な討伐を行なっていた。

六月六日、牧野中将自らサンタフェの討伐隊陣地に赴いた。

「藤井情報班長等がシンコ匪の本拠を急襲し、その情報部長ら有力匪六名を射殺せるは愉快なり。夕刻帰る」

シンコは北部レイテのゲリラ隊長の名である。南部にはカングレオン、オルモックにはミランダがいた。レイテ島ゲリラの活動は前年の二十聯隊の討伐によって一応収まったかに見えたが、米軍の上陸近しとのうわさに再び活発化していた。

十六師団が参謀長指導の師団討伐を行なったのも、この情勢に対処するためであった。以来師団の飛行場建設、陣地構築は、ゲリラの妨害によって制約を受ける。

十六師団は米軍上陸後一〇日で崩壊して、レイテ戦史ではふがいない師団とされている。しかし師団はこの後絶えずゲリラと交戦しながら、十一号作戦を遂行しなければならなかった。その障害がどれほどのものであったか、日本軍進駐以来のレイテ島のゲリラの実体とその活動を知る必要があろう。

二　ゲリラ

フィリピンのゲリラの歴史は、原住民のよそ者襲撃としてなら、一五二一年にマゼランを殺したマクタン島の酋長にまで遡らなければならない。支配者に対する反抗という観点からすれば、一八九六年スペイン人に対して蜂起したボニファシオである。一八九八年アメリカが、反乱の拡大によって、実質的にフィリピンの支配者ではなくなっていたスペインと不当な取引をして、新しい主人となってから、反乱は三年続いた。アメリカの歴史は米西戦争に続く鎮圧段階として略述するだけだが、フィリピンの歴史家は米比戦争と呼んでいる。それはアメリカが一二万六千の大軍を送って、三年余かかった鎮圧であった。そしてレイテはアギナルド将軍が降伏した後も長く抵抗を続けた島であった。最後の武力抵抗が終るのは、サマール島南方で一九〇七年のことである。

アメリカのフィリピン支配は、実質的にはアメリカの資本家の植民地収奪であるが、表面は穏健な民主主義の形を取った。多くの民間の善意のキリスト者、理想主義者が渡来して、病院と学校を建てた。フィリピン人に極東の唯一の開化したキリスト教国、民主主義の原理によって統治される国家という誇りを与えた。一九三五年コモンウエルスとなり、一九四六年七月に独立が約束された。

しかしアメリカの資本家の利益のために、フィリピンを農業国、つまり砂糖、ココヤシ、麻など、原料生産国に止《とど》めておくという植民地政策を堅持されている。一九〇二年から一九四二年まで四〇年の間に、アメリカ本国の生産力は何十倍になり、世界の列強の随一となったのに対し、フィリピンは人口の増加はわずかに一〇%、文盲率五〇%の農業国に止《とどま》った。土地の八〇%はアメリカ資本と結びついた地主の手にあり、小作人は飢えていた。

従って欺されない反米ゲリラは常に存在した。フィリピン共産党は日本より八年おくれて、一九三〇年結成される。反米、反地主のアウトロウは、熱帯の山地にかくれて、アメリカ人と地主を奇襲した。フィリピンで最も肥沃な米作地帯であるリンガエンからマニラへかけての平野では、一九三八年から小作争議が頻発する。

これが昭和十七年（一九四二年）日本軍が進駐した時の状況である。無敵陸軍は大東亜共栄圏の理想を掲げ、極東から鬼畜米英を駆逐すると称した。兵士たちはフィリピン人と腕を並べ、皮膚を指さして「パレホ、パレホ」（同じだ）といった。パレホはハウマッチ（いくら）、サービス（ただ）と共に、日本兵が最初におぼえた現地語だった。

日本軍政に協力したいわゆる対日協力者の一部は、反米ゲリラのシンパだったと見なすことが出来る。しかし一方、日本陸軍がそれまでの四年間、中国戦線で行なった残虐行為も知られていた。戦争は強いにしても、なにをするかわからない人種と考えられていた。

大本営も現地司令官もフィリピン人の心情を理解し、フィリピン人を中国人なみに扱うのを禁じた。しかし進駐初期、末端部隊で、見せしめと称する斬首刑が行われるのを防ぐことは出来なかった。しかも軍の糧秣《りょうまつ》倉庫へ食糧を取りに入ったというだけの罪である。窃盗に対して死刑とは、フィリピン・コモンウエルスの人民には理解出来ないことだった。

バターン半島陥落後、いわゆる「死の行進」によって、多くのアメリカ兵、フィリピン兵の俘虜を斃死《へいし》させたことも、日本軍の不評に拍車をかけた。日本兵の給与は十分ではなかった。一般に大東亜に溢出《いっしゅつ》した日本軍の補給は、現地調達主義であった。兵は少しでも上官の監督がゆるむと、民家に入って穀物や衣類を掠奪し、養魚場の魚を取った。フィリピン人はアメリカ人の方が遥かに行儀がよく、金があったことを思い出した。

昭和十七年五月のコレヒドール陥落、司令官ウエンライトの降伏時に起きた米軍の指揮混乱が米軍に倖せした。十四軍司令官本間雅晴中将はウエンライト将軍に、フィリピン全土の米比軍の降伏を要求したが、将軍は降伏をマニラ湾にある四つの島に止めるために、右以外のルソン島及びビサヤ、ミンダナオの米比軍の指揮権を、ミンダナオ島にあるシャープ少将に譲ったあとだった。その後ウエンライトが本間中将の圧迫に屈し、全米比軍の降伏命令を発することになるが、それはシャープ少将が全米比軍に、武器を持って郷里に帰り、抵抗を続けるよう命令した一日後だった。

これはオーストラリアに脱出したマッカーサー将軍の指令に基いたものだった。シャープ将軍はウエンライト中将の命令を聞いても、すぐ前日の命令を取り消す気になれなかった。米統合司令部がマッカーサーの米比軍の指揮権を停止した後、ようやくウエンライト将軍の降伏命令を伝えたが、すでに解散した軍隊には行き渡らなかった。

この混乱は、ジャップに降伏するのを潔しとしない多くの米軍将校、フィリピン兵に、武器を持ったまま、山野に隠れ、ゲリラ戦を行う口実を与えた。

マニラ北方パンパンガ、タルラック州を本拠とする共産ゲリラは、「フクバラハップ」（抗日人民軍）を組織して、これら米比軍系ゲリラと共同戦線を張る。これは中国における蔣毛《しょうもう》共同戦線の模倣である。在比中国人の一部がこれに加わり、中国より潜入した共産軍系の中国人の指導を受けた。

米比軍系ゲリラは北部ルソンのカガヤン渓谷、ビコール地区など辺境に最も盛んで、早くも十七年の末ビコール地区で日本軍の聯隊長が戦死している。この段階で徹底的な討匪《とうひ》作戦を行わなかったことが、彼等に組織化する余裕を与え、後、米軍来攻時の災のもととなったといわれる。しかし当時日本軍は兵力をインドネシア攻略に転用せねばならず、大兵力をフィリピンにおく余裕はなかった。

当時中国満州戦線には二〇〇万の大軍が常駐していたのに、太平洋戦線には一五個師二五万しかさけなかった。主敵が米英であることがわかっていながら、大軍をソ連と重慶《じゅうけい》の押えとして動かすことが出来なかった——これは太平洋戦争の最大の戦略的矛盾で、十八年のガダルカナル撤退以来、日本軍が始終防禦に立たされ、主導権を取り返すことが出来なかった理由の一つである。

レイテ島への日本軍の進駐は、ビサヤ地区では最もおそく十七年五月二十五日である。一体、レイテ島、ミンドロ島など、米軍のルソン島を目指す攻撃路線は、進駐当時の日本軍にとっては重大性を持たなかった。ルソン島攻略後、最も緊急を要するのは、マレー、インドシナ、インドネシアとの連絡確保であった。諸隊は、セブ、ミンダナオの順に進駐し、それから引き返してレイテ島に上陸した。

五月二十五日、永野支隊の二個中隊が、カリガラ湾の西部の村、ピナモポアン（第一師団のいわゆるマナガスナス）に上陸した。当時レイテ、サマール第九軍管区にいた米比軍（USAFFE）は、コーネル大佐指揮の臨時歩兵九五連隊一、八〇〇名であったが、そのうち正式に降伏したのは六〇〇、残り一、二〇〇は銃を持ったまま家に帰るか、もしくは山に隠れた。アランガラン、ダガミ付近の民家は焼き払われた。

永野支隊はタクロバンに進出、市政府、病院、港湾施設を接収した。斬首は一件がカリガラで報告されているだけであった。約一個大隊一、〇〇〇がタクロバン地区に駐屯するだけで、民政はフィリピン人に任せた。初期のレイテの軍政は概して穏やかだった。米、豚のほかに、徴発するものはあまりなかったからである。

日本軍政の冒した最初の失敗は、マニラ入城からコレヒドール陥落まで五ヵ月の間に、セブで発行された臨時紙幣を無効としたことであった。これは日本軍の威名と新しい協力銀行の利益のために取られた処置だった。しかしルソン島を除くフィリピン諸島は五ヵ月間、米比軍とケソン政権の支配下にあり、インフレが進行していた。住民の財産の大半がこの新紙幣に変っていた時、それを適当なレートで交換しないことは、実質的に中南部諸島の人民の財産を奪うことであった。

こうして日本軍に対する失望と怨嗟《えんさ》の声が起り、なお臨時紙幣の通用するゲリラ地区への人口移動が始まった。

最初に出現した武装ゲリラは、サマール島を本拠とする純然たる山賊であった。もともとフィリピンには絶対的な治安の悪さがある。戦争勃発により警察が無力化すると、サンファニコ水道を渡って、タクロバン、パロ等繁栄した海岸の町、レイテ平野中の農産物集散地を襲ったのである。

各町村は弁護士、医師、小学校教師など知識層の指導の下に、自警団を組織して警戒した。この際協力したのが、武器を持った非降伏兵である。やがて旧米比軍将校がこの組織を指導し、十七年末までに各地に抗日ゲリラの中核が出来た。

北部レイテのバルトリン、ブラウエンのエルフェ、オルモックのミランダなどが有名な指導者である。それぞれ独自の徴募、給与、裁判を持った地下組織があった。兵器修理工場、病院もあった。エルフェのように、戦前の州政府より公正な裁判制度を作り上げた者もいて、このゲリラ組織には、町村共同体自治、改革の理念が含まれていた。

問題は補給と俸給の支払いであった。徴税と紙幣発行に関して、ゲリラはしばしば民政府と衝突し、エルフェのような有能な指導者も失脚する。

ゲリラ指導者の間に勢力争いがあり、時として交戦した。遂に南部のマリトボを根拠とするカングレオン中佐が、ミンダナオの米人将校ファーティグ大佐を通じて、西南太平洋司令部の承認を得た。俸給は米軍進駐後の支払いを約束した手形で支払われ、レイテ島のゲリラを統一する。

これが十八年十一月十六師団第二十聯隊の「再侵入」の時期である。十一月二十五日付命令により、第一大隊はセブを根拠として、ヒロンゴス、マーシン、アナハワンなど西南部沿岸を一個中隊単位で占拠、カングレオンの本拠マリトボは泉大隊の主力が敵前上陸して、無電機を奪取した。第二大隊はドラグに常駐し、第三大隊はネグロス島に派遣されて、ゲリラ根拠地の機動討伐を実施した。

マッカーサーは「雌伏《レイ・ダウン》」政策を指図する。「暴発は日本軍の討伐を誘き、諸君の両親兄弟姉妹が拷問され、殺されることを意味する。私は必ず帰るから、それまで武力闘争を止めよ」

同じ頃ラウレル大統領の下にフィリピンは形式的ながら独立国となる。日本軍の宣撫工作も一応成功して、ゲリラの一部は降伏して警察隊となった。

しかしガダルカナル、ニューギニアの戦闘はすでに米軍の有利に進んでいた。フィリピン人の大部分は米軍の最終的勝利を信じはじめる。日本人顧問の忠告するフィリピンの自給計画、甘蔗のかわりにトウモロコシ、あるいは綿を植えろ、という指令は実行されない。十八年末、収穫は畑ぐるみ徴発される。大東亜共栄圏を信じる者はいなくなっていた。

十九年六月七日、短波放送「フリー・フィリピン」は、米英連合軍のノルマンディ上陸成功の報を伝える。六月十二日、米大型潜水艦「ノーチラス」がサンロケ（アブヨグ南方一〇キロ）沖に浮上して、五、〇〇〇人のフィリピン男女に歓迎された。バズーカ砲、重機関銃、自動小銃、弾薬と共に、チョコレート、ラッキイストライク、「アイ・シャル・リターン」と印刷したマッチを揚陸《ようりく》した。

これは十六師団長牧野中将が、北部レイテのゲリラ討伐隊を視察した時期に当っている。同じ六月十二日、河添参謀長、松岡作戦参謀と共に、ドラグ、ラパス、アブヨグを廻って、陣地構築地点を決定した。

六月十三日、兵の平均体重が前年に比較して、やや減少しているのが確認された。しかし比島航空要塞化は絶対の要請である。初年兵は飯盒の蓋《ふた》一杯の粥で飛行場建設、陣地構築に駆り立てられる。

フィリピン人の徴用、資材の徴発は強化される。六月十七日、徴用フィリピン人一、〇〇〇名が、初めてブラウエン飛行場設定のために出動した。途中自動車事故により、二名が死亡、二名が重傷を負った。ゲリラは徴用された同胞を、対日協力者と見なし射殺する。住民は徴用を恐れて日本兵が近づくのを見ると逃げた。日本兵は、なにか後めたいことがあるから逃げるのだと考え、やはり射殺した。ブラウエン市長は「日本兵を見ても逃げてはいけない」と布告した。

六月十七日、米軍のサイパン島攻撃と共に、事態は急速に悪化する。牧野中将はサマール島北端サン・ベルナルディノ海峡に臨んだラオアン岬の九聯隊の監視哨《しょう》から、空母四を基幹とする大艦隊が、十五日夕刻、海峡を通過したとの報告を受けた。

同日、山上にあったゲリラ監視哨も同じものを見、西南太平洋司令部に報告する。これは米機動部隊との決戦を求めてタウイタウイ泊地から出撃した小沢艦隊であった。十九―二十日にかけて、サイパン島西方海上で日米機動部隊の決戦が行われ、空母「大鳳《たいほう》」「翔鶴《しょうかく》」「飛鷹《ひよう》」沈没、「瑞鶴《ずいかく》」「隼鷹《じゅんよう》」が大破、艦上機五〇〇が失われた。

絶対国防圏による迎撃作戦（あ号作戦）は失敗し、帝国海軍には米渡洋艦隊を撃滅する戦力も作戦も皆無となった。七月十八日、大本営はサイパン島失陥を認めた。同日、東条内閣辞職、陸軍大将小磯国昭《こいそくにあき》が後継内閣を組閣した。海相には米内光政《よないみつまさ》大将が就任、これが終戦準備への転換であることは、誰の目にも明らかだった。

七月二十四日、大本営は新たに、千島、本土、南西諸島、台湾、フィリピンを連ねる線で、来襲の敵を撃破する総合作戦計画を発令し、「捷《しょう》号作戦」と称する。第十四軍を方面軍に昇格、中南部フィリピンの諸隊はセブに新設した三十五軍の隷下に入れられた。

陣地構築と飛行場建設の速度は早められた。九聯隊本部をサマール島よりレイテ島に移し、ネグロス島にあった二十聯隊第三大隊はドラグに招喚される。八月末、牧野中将はルソン島に残置した三十三聯隊の原隊復帰、パナイ、ネグロスにある百二師団より歩兵三個大隊を作業隊として派遣されたき旨、軍に意見具申した。八月二十三日、陣地構築より飛行場建設優先の方針が再確認されたが、兵は依然飢えながら作業に従事しており、ドラグの二十聯隊第二大隊で、初年兵一名が自殺した。

「わが守るこの島なるぞ、夷《えびす》ばら、寄せなば千々に砕きつくさむ」と牧野中将は詠んだ。しかし作業隊が車輛輸送中、ゲリラに狙撃される事件は跡を絶たなかった。討伐戦で多

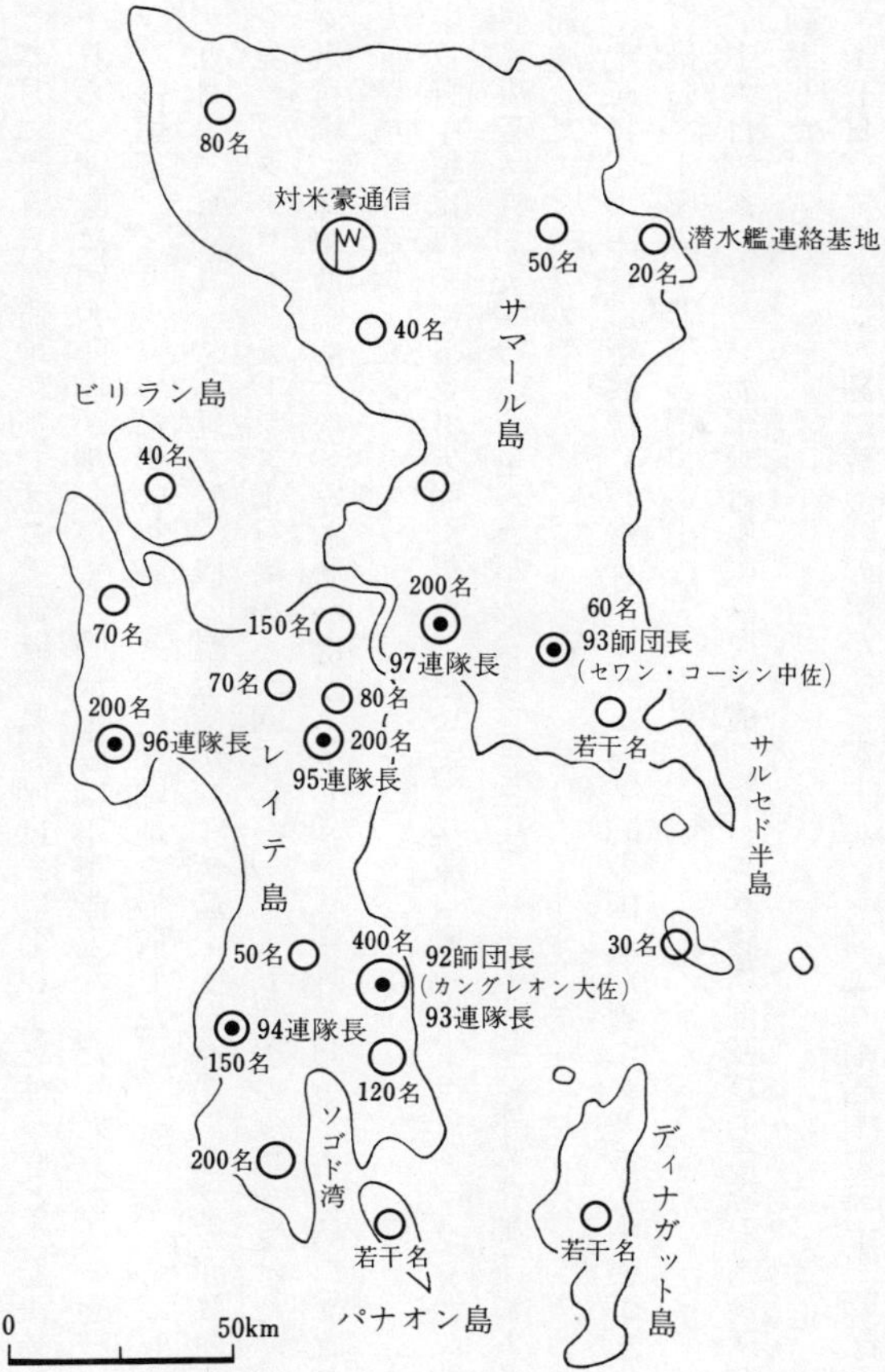

第１図　レイテ島、サマール島のゲリラの状況（10月上旬）

くの学徒出身の少尉が戦死した。

八月二十五日、僻地に孤立する警備隊、監視哨は二〇名以上とすべきことを決めた。それらの諸隊は宿舎防禦が精一杯で、哨戒出動は不可能となった。九月に入ると、ビリラン島南部、ビリヤバの沿岸監視哨、その他の陣地を撤収した。

九月十二日〇九一〇、延《のべ》二〇〇機の艦上機がレイテ島上空を通過、セブ方面に向うのを見た。タクロバンとドラグ飛行場が、三回にわたって延五〇機の爆撃を受けた。ドラグ飛行場で陸軍偵察機二機、海軍機一機が炎上した。（これが当時レイテ島に配置された航空機の全部だった。）

牧野中将は直ちにドラグ方面に視察に赴いた。坐乗自動車はドラグ＝ブラウエン間で四回狙撃を受けた。フィリピン警察隊 Constabulary に対し、以後軍の指揮下におく旨通達した。

十三日、十四日、空襲続く。パロ＝オルモック間の国道沿線にゲリラの来襲があった。警備の二十聯隊に若干の損害が出た。

十六日、タクロバン海軍飛行場の修復が成った。工兵隊本部及び通信隊を市街南側に疎開した。

十七日、アンガウル島に敵上陸の報があった。ルソン島より輸送中の三十三聯隊主力がセブ島に到着したとの通報があった。

十八日一一三〇、米長距離爆撃偵察隊B24二機が、高度七、〇〇〇メートルで北上するのを見た。三十三聯隊の船団を護衛した海軍舟艇がビリヤバ沖で遭難との報を受け、オルモックより市橋主計中尉が二個分隊の兵と共に、大発で救援に赴いた。中尉は海軍の舟艇を修理した後、海上二〇キロのセブ島北端に渡って、三十三聯隊の遭難部隊を捜索した。

十九日、三十三聯隊主力がオルモックに入港した。この増援を得て、レイテ島防衛はようやく形が整ったといえる。二十聯隊はオルモック、カリガラ方面の警備を三十三聯隊に任せ、ドラグ方面に集結することが出来たからである。しかしオルモック、アブヨグ以南は兵力不足のため、ゲリラの跳梁《ちょうりょう》に任せるほかはなかった。

牧野中将の日記は九月十九日の三十三聯隊到着をもって終っているので、爾後《じご》の状況の詳細は知り得ない。米側の記録は、九月中にゲリラがアブヨグの日本軍を奇襲し、一個中隊を全滅させたと称する。カングレオン大佐指揮の正規ゲリラの総数は五、〇〇〇、十九年二月一日以来、一斉に攻勢を取り、九月末日までに三〇七回日本軍と交戦し、戦死三、八六九名、戦傷四八五、俘虜《ふりょ》五五の戦果を挙げたと称する。自隊の損害は戦死三六、戦傷四、俘虜二二であるという。これは笑うべき天文学的誇張であるが、牧野中将の日誌と比べれば、十六師団が、飛行場建設、陣地構築を実施するために、排除しなければならなかった妨害の規模が察せられる。少なくとも六月の師団討伐以来、師団は優秀な米軍の兵器を持つゲリラと不断の交戦状態に入っていたといっても過言ではない。

三　マッカーサー

十八年十一月、海兵隊のタラワ、マキンへの上陸以来、アメリカの対日攻勢に二つの路線があったのは、すでに書いた通りである。一つはニューギニアの北岸を西進する西南太平洋総司令官マッカーサー大将の路線、他は中部太平洋の離島伝いの太平洋艦隊司令長官ニミッツ提督の路線である。前者は護送空母艦隊つきの陸軍路線、後者は高速空母を中心にする機動部隊に海兵隊を伴った水陸両用の海軍路線である。二つの路線は、フィリピンで合致するはずで、この点大本営の比島決戦場の判断は誤っていなかった。

十八年の下半期から十九年の初めにかけて、中部太平洋路線が活発であった。タラワ、マキン、クェゼリンが玉砕したのは、小さな離島だから止むを得ないという弁解があった。しかし二月十七日海軍が陥落しない要塞と称していたトラック島が、一回の空襲で潰滅した時、帝国海軍は陥《お》ちない要塞などというものは、不沈艦と同じく、現代戦では存在しないことを認めなければならなかった。

陸軍も海軍に劣らず屈辱を受けた。同じく決して陥ちないと豪語していたサイパン島が、上陸後三週間には組織的抵抗が止み、一ヵ月後に玉砕してしまったからである。日本本土がその頃量産段階に入った長距離爆撃機B29の射程内に入っただけでなく、南方補給路が脅威を受けることになった。

小沢艦隊は当時考え得る最も巧妙なアウトレインジ作戦で、マリアナ沖で空母決戦を挑んだが、飛行機の性能、パイロットの技倆の差、高射砲の威力のため、空母三隻と艦上機の全部を失って敗退してしまった。聯合艦隊は一国の海軍の機能を果さなくなった。ニミッツの艦隊がサイパン島から硫黄島、小笠原諸島を伝って直接本土を窺う可能性が生じた。米海軍作戦部長(日本の軍令部総長に当る)キング元帥は、この案の提唱者で、ニューギニアで多数のGIの生命を犠牲にすることはない、日本本土は艦隊で封鎖すれば屈服させることが出来ると主張した。少なくともフィリピンを通り越して、台湾に上陸し、日本本土と南方資源を遮断すれば十分である。台湾はB29の基地として使える、といった。

台湾上陸案にはもう一つの慮《おもんぱか》りがあった。当時中国戦線で日本軍の「大陸打通作戦」が進行していた。衡陽《こうよう》、桂林にあるB25基地をつぶし、万一比島、台湾の海上輸送路が失われた場合、大陸に南方との連絡路を確保するというのである。

作戦は飛行場の永続的占領も、路線打通にも成功しなかったが、四〇万の大軍が一時、長沙、衡陽等の要地を攻略し、重慶《じゅうけい》の蔣介石に打撃を与えた。蔣は共産軍との抗争に疲れており、対日抗戦を投げ出す惧《おそ》れが生じていた。

中国にある一〇〇万の日本軍が太平洋戦線に投入されては一大事である。これはフィリピンの解放よりも重大である。

七月二十七日から三日間、マッカーサーはハワイに呼ばれ、ルーズベルト大統領の前で、二つの案をニミッツと争った。マッカーサーが卓子をたたいて、アメリカに忠誠なキリスト教徒、フィリピンを見棄てる責任を大統領が取ることが出来るかと詰め寄り、結局政治的理由によって、ニミッツが折れて、フィリピン上陸作戦が決定したという物語が語られることがある。

この時マッカーサーにはすでに将来大統領選挙に立候補する野心があったといわれる。二年前のコレヒドール脱出は彼の経歴を傷つけた。「アイ・シャル・リターン」の約束を実現することは、軍人的名誉心、フィリピン人に対する感傷的理由だけではなく、彼の政治的生命に関するものだった。

一武将の虚栄心のために、比島上陸が決定した、その結果小磯首相がレイテ天王山と叫び、大量の日本兵が注入され死なねばならなかった、といわれることがある。占領時代が過ぎて、マッカーサーに対する反感が一般的になったころ流行した説であるが、幾分原因結果を感情的に取り違えた憾《うら》みがある。

米海軍作戦部長キング元帥も同じくハワイに来て大統領と会談したが、マッカーサーが着く前日ワシントンに発っている。彼は大統領がこんな戦略の細部にまで立ち入るのは賛成でなかった。

陸海軍の対立は日本だけの特技ではなかった。「戦争は艦隊決戦の結果によってきまる」はアメリカの一九世紀末の戦争理論家マハンの理論で、日本海軍は日本海海戦を指導した秋山真之《あきやまさねゆき》参謀以来、世界中でこの理論に最も忠実な海軍であった。ところがニューギニアから北上するマッカーサーの路線は純然たる陸軍路線である。彼にとって、中部太平洋の離島を伝うニミッツの路線は、その側面擁護の任務に限定さるべきであった。フィリピン南部に到着した時は、ハルゼーの機動群を自分の指揮下に入れて、規模雄大な水陸両用作戦を展開するつもりであった。

これは無論海軍作戦部長キング提督が承知するはずがない。マッカーサーがオーストラリアの西南太平洋総司令部に、お気に入りの幕僚を集め、古風な壮麗調の意見具申で、中央の戦略に嘴《くちばし》を入れることは、海軍だけではなく、統合司令部陸軍部を顰蹙《ひんしゅく》させていた。

大統領がチャーチルへの友情からか、古いヨーロッパへの郷愁からか、万事ヨーロッパを先に、太平洋を後に、決断するのに対して、マッカーサーは抗議した。ルーズベルトが自らハワイに出向いたのは、ことごとに現われる陸海の対立を話合いによって緩和するためであった。

ただ作戦実施の段階で、現実にマッカーサーと協力した第三艦隊司令官ハルゼー中将は、マッカーサーの同情者であり、ニミッツ大将も彼の作戦を理解していたといわれる。従ってハワイ会談は、むしろ大統領に対する説明に終始した講義的なものだったかも知れない。マッカーサーは会談は始終穏やかに行われたと回想しているが、珍しく本当のことを書いていると見なすべきであろう。

ニミッツはただレイテ島を確保して、在比日本空軍を撃破した後は、戦略的重要性のないルソン島を飛ばして、台湾に上陸すべきであると主張した。これはマッカーサーの絶対に承服出来ないことであった。首都マニラが恢復されなくては、「私は帰る」の約束は十分果されたとはいえないからである。

ハワイ会談ではこの点は一応棚上げとして、フィリピン上陸だけが決定されたのであるが、レイテ上陸一七日前の十月三日、統合司令部で台湾案が再検討されている。しかし台湾にはフィリピンのようにゲリラと住民の協力の見込みがないこと、日本軍の進出による中国基地の麻痺が、障害と認められた。上陸援護のためには対岸中国本土の厦門《アモイ》あたりに副次的上陸を行わねばならないが、その際台湾海峡に艦隊を遊弋《ゆうよく》させる危険が考慮された。ヨーロッパ戦線が片づくまでは船舶が足りないことも明らかになり、再び破棄されている。ハワイの決定に政治的理由が加わっていたことは疑いないが、問題は結局軍事技術的に解決されたと見なすべきである。

　こうしてレイテ島の次にルソン島に上陸することが最終的に定った。マッカーサーは、ハルゼーの機動部隊はリンガエン上陸の援護を終り次第、フィリピン近海を去ってもよい、あとはレイテ基地からの陸軍機で賄《まかな》うといった。彼はルソン島を討伐戦としか考えていなかったのであった。

　ところが周知のように日本軍の作戦は一貫してルソン島決戦であった。ルソンなら台湾、沖縄の基地航空部隊の支援が可能であり、兵力配置、補給物資の蓄積も一応出来ていたからである。

　ところが十月二十日米軍が上陸を開始した時、大本営は急遽レイテ決戦に切り替える。これは敵上陸に先立って行われた台湾沖航空戦を大勝利と判断したためである。南方総軍はそれ以前からレイテに基地を与えてはルソン決戦は成り立たなくなると考えていたといわれる。ただそれまでにレイテ島に決戦に十分な兵力資材を準備する余裕がなかっただけである。

　双方の作戦を比べてみれば、案外互いに相手を見抜き合っていることがわかる。してみれば作戦なんて実は単純なものなので、双方の戦力の客観的状態によって、おのずから落着くべきところに落着くのである、ただそれを遂行する兵力補給の裏付けがあるかないかの相違に帰する。その全体が戦争というものなので、結局観念的な机上作戦しかなかった日本が敗けることになるのである。

七月末のハワイ会談はしかし予備的なもので、最終的決定は、九月十二日から十八日まで、カナダのケベックで行われた英米作戦合同会談まで持ち越された。

マッカーサーの予定ではミンダナオ島上陸十一月十五日、レイテ島十二月二十日であった。彼の幕僚の戦略は常に次の上陸地点を援護出来るところまで、航空基地を進めるという、石橋を叩いて渡るようなやり方である。彼の水陸両用部隊は九月十五日ハルマヘラ群島の北端モロタイ島に、ニミッツの海兵隊は同日パラオ諸島のペリリュー島に上陸を始める。

空母一六隻を基幹とするハルゼーの三八機動部隊は、九月十二、十三日の二日間、モロタイ島上陸援護のため、ミンダナオ、セブ、ネグロス、レイテなど、中南部フィリピン諸島の飛行場を攻撃した。一日延《のべ》一、二〇〇機の戦爆連合の攻撃で、一七三機を撃墜、三五〇機を地上で撃破したと称する。

しかしこの数字は誇張されている。当時ビサヤ地区にそんな数はなかったからである。海軍八〇、陸軍六五機というのが日本側が控え目に認めた数字である。ほかに艦船一三、徴用商船一一、合計二七、〇〇〇トンの損失を認めた。

ハルゼーは中部フィリピンが〝中味のない貝殻〟であると判断し、フィリピン進攻の中間段階として計画中のヤップ、パラオの攻略をやめ、そのために使用予定の地上部隊をマッカーサーのレイテ上陸軍に加えるようニミッツ提督に意見具申した。この越権とも見られる進言をするにあたって、ハルゼーは「馘《くび》をかけてみる」といったという。

ニミッツはヤップ島上陸の取止めだけに同意し、意見を折柄《おりから》ケベックに集まっている統合司令部に送付した。直ちに電報でマッカーサーの意見が求められたが、彼は当時モロタイ上陸作戦に従軍し、無電封鎖中であった。ホーランディアの留守司令部のサザランド参謀長は、二日の後、レイテ上陸を十月二十日として、直ちに行動を開始する用意があると答えた。一時間半の後、ニミッツとマッカーサーは十月二十日レイテ進攻の命令を受けた。

ルーズベルトは議会で演説して、二四時間で重大な決定変更をするアメリカ戦略の柔軟性をたたえた。勝ってる時はなんでもうまく行くものである。

ニミッツはヤップに向って航行中の第二四軍団とその援護部隊に、アドミラルティ群島中のマヌス島に集結して、ホーランディアのマッカーサー将軍の指揮下に入ることを命じた。

十月十三日、四七〇隻の輸送船がホーランディアを出た。それは第一〇軍団と後方補給部隊を載せた主船団で、四日の後、一、五〇〇カイリ北のレイテ島沖で、マヌス島から来た第二四軍団と合流するはずであった。折柄一つの台風が船団の先を西北方に進んでいたので、十七日まで日本の偵察機に発見されなかった。

各軍団は二個師団より成り、各師団兵力二五、〇〇〇（予備二個師団は各々一四、〇〇〇）であった。諸隊は戦車隊、水陸両用車輛部隊、挺進通信隊で補強されており、合計一七万四、〇〇〇、後方勤務部隊を入れると総兵力二〇万二、五〇〇であった。

船団は終始台風の後を追って進み、十七日レイテ沖に達した。

護衛はキンケード提督指揮の第七艦隊の任務である。これは最初からマッカーサーの指揮下にあった西南太平洋方面艦隊で、護送空母一八、旧式戦艦六、重巡三、軽巡三、駆逐艦二六から成り、十月九日から十七日まで、台湾とフィリピンの日本の航空基地と港湾を攻撃する。上陸開始後も三〇日間、レイテ沖にあって上陸軍を援護するはずであった。

ハワイにある太平洋艦隊総司令部直属の潜水艦隊は東京湾、豊後《ぶんご》水道、佐世保、シンガポールまで進出して、レイテ上陸作戦と関連して起るべき日本海軍の動きを監視していた。

十月十日以来ハルゼーの第三艦隊の艦上機は、沖縄、台湾の日本空軍基地を攻撃していた。

四　海　軍

大本営は敵の攻撃方向を、ほぼ正しく推測していた。一応比島方面、台湾南西諸島方面、本土、千島の四方面を想定したが、本土、千島は、すでにサイパンを占拠して、同方面へ攻撃を加える態勢を獲得し、かつ意表に出る敵の作戦傾向に鑑み、念のため付け加えたものである。比島、台湾を最も可能性の高い攻撃正面と判断し、そのいずれに来襲しても、海陸空の戦力を結集して撃滅することとした。これが七月二十四日決定の「捷《しょう》号作戦」で、比島が捷一号、台湾南西諸島が捷二号である。

陸海軍航空部隊の統一運用についてはじめて協定が成立した。台湾、沖縄に第二航空艦隊（海軍）、第八飛行師団（陸軍）、比島、濠北《ごうほく》方面に第一航空艦隊（海軍）、第四航空軍（陸軍）が配置された。しかしあとの二つは、マリアナ、ホーランディアで潰滅的打撃を受け、整備途上にあった。

比島方面の陸軍兵力は次のように整備されていた。比島派遣第十四軍を第十四方面軍に昇格させ、蒙彊《もうきょう》の第二十六師団、満州の第八師団、戦車第二師団をその戦闘序列に入れてルソン島中南部の防備を強化した。ビサヤ、ミンダナオ方面の警備に当っていた師団、混成旅団を集めて第三十五軍を創設し、第十四方面軍の隷下に入れた。別に満州より第一師団を上海に移し、状況によって、随時、比島、あるいは南西諸島に派遣出来るように準備した。

しかし資材人員の輸送は、すでに米潜水艦の跳梁《ちょうりょう》により麻痺していた。九月中旬の統計で、第一次資材輸送計画一一万八千トン、実施八九パーセントのうちフィリピン着二一パーセント、人員輸送、計画三万二千人、実施八八パーセントのうち、フィリピン着一五パーセントであった。物資七万四千トン、人員二万五千人が第二次計画として、九月中旬積出される予定であったが、どれだけ実施出来るか、見込みは立たなかった。

聯合艦隊はマリアナの海域で艦上機の全部を失ったので、機動部隊主力は瀬戸内海に帰って、新しく養成されるパイロットを積み込まねばならなかった。一方戦艦「大和」を主幹とする第二艦隊は重油補給の便宜上、シンガポール対岸のリンガ泊地におかねばならず、その勢力は分散されていた。すでにマリアナ沖海戦で背骨を折られた海軍ではあったが、敵が来襲するなら、台湾、比島の基地航空兵力と協力すれば、有効な攻撃を実施出来るはずであった。

しかし当時日本の軍需生産は破局的様相を呈しはじめていた。十月、航空機生産は帳簿上は月産一、〇四五機と開戦以来のピークに達したが、以後急速に減少、予定の半分も納入されなかった。開戦時の輸送船舶六四〇万トンの八割を失い、南方からの原油、ボーキサイトの輸送は麻痺していた。

大本営幕僚が作戦準備について指令を発している間に、事務参謀は燃料と油槽船徴用の割当てに頭を悩ましていた。大本営陸軍部戦争指導班長種村佐孝《たねむらすけたか》中佐は、じっとしていても月に七万トンの重油を消費する無用の長物聯合艦隊は解散してしまうがよい、という意見であった。大本営の海陸連絡会議の席上、海軍の使用するタンカーを全部南方燃料の還送に廻せと陸軍が極論したのに対し、海軍側は反論を出せなかった、とその日誌に書きつけた。

豊田聯合艦隊司令長官は十月初めから傍受電報によって、敵船舶がホーランディアに集合しつつあることを知っていた。彼が十日台北にあったのは、捷号作戦督励のためフィリピン視察の帰りということになっているが、米側は外交筋（ソ連大使館といわれる）から十日頃アメリカが台湾を襲うという情報を得たためといっている。

同日、彼は沖縄諸島がアメリカ機動部隊の艦上機延《の》四〇〇機に攻撃されたことを知った。モリソン『海戦史』によれば、延《のべ》一、三九六機の攻撃で、戦果は、撃墜一一一機、地上撃破九三機、駆潜艇、魚雷艇一五、輸送船四撃沈である。服部卓四郎『大東亜戦争全史』によれば、飛行機三〇、艦艇二一、船舶四喪失（計一一、一〇〇トン）である。米軍損害は二一機。

豊田長官は基地航空部隊に「捷一号及捷二号作戦警戒」を発した。日吉にあった聯合艦隊参謀長草鹿《くさか》龍《りゅう》之《の》介《すけ》少将は、北東方面にあった五十一航空戦隊を関東に、本州にあった第三艦隊の艦上機を南九州に移動させた。

一五三〇、沖縄東方一〇〇カイリ、東南方一四〇カイリに、それぞれ空母二―三隻を主幹とする機動部隊二が発見された。これは洋上給油中のハルゼーの第三艦隊の一部であった。日本の基地航空部隊は直ちに出動したが、日が暮れたため目標を発見出来ず、引き返した。

機動部隊は十一日ルソン島北端のアパリを攻撃し、十二日再転して台湾を攻撃したが、この陽動作戦は余計なことだった、とハルゼーは回想している。日本航空部隊は油断なく待ち構えていたからである。

延一、三七八機で攻撃したが、地上で飛行機を炎上させるようなうまい話はなく、上空で待ち構えていた基地飛行機によって四八機が撃ち落されたので、十二日、高雄、馬《ま》公《こう》の船舶に攻撃目標を切り替えた。

豊田長官はこれがアメリカの台湾上陸の準備、もしくは比島上陸の陽動作戦であり、敵機動部隊撃滅の好機が来たと判断した。比島、台湾の基地航空部隊に「捷一号、捷二号作戦発動」を令すると共に、瀬戸内海で訓練中の艦上機に九州南部に展開して、台湾へ転進を準備するように命じた。こうして捷号作戦は、大本営によってではなく、聯合艦隊によって航空部隊にだけ発動される結果になった。

この日台湾東方海面には台風があった。夕刻T攻撃部隊（Typhoonの頭文字を取ったもので、海陸選抜パイロットによって編成された基地航空部隊である）五六機が鹿屋《かのや》基地より、陸軍重爆、海軍艦攻五〇が沖縄基地より発進して、ハルゼーの機動部隊を攻撃した。T攻撃部隊は敵空母群を捕捉し、空母らしきもの四隻を撃沈したと報じた。

十三日もハルゼーの艦上機の台湾攻撃は続き、延九七四機に及んだ。T攻撃部隊は石垣島西南の空母群に薄暮攻撃を加え、二隻を撃沈、一隻を炎上せしめたと報じた。十二日の戦果と合わせれば、米機動部隊は重大な打撃を受けたことになる。

それを裏書きするかのように、十四日早朝の攻撃は低調であった。(「敵の動きが活発でないから、前日の攻撃は成功したに違いない」これはこの時期の陸海軍の希望的判断の型で、レイテ戦の段階でも始終現われる。）〇九三〇以後は全く空襲がなく、偵察によれば艦隊は東方に退避しつつあるらしかった。午後、中国の成都基地からB29一〇〇が台湾に飛来したが、それは艦隊の退避を掩護《えんご》するように見えた。

南九州に展開を了していた福留中将の第二航空艦隊及び機動部隊艦上機、本土防衛機の全兵力四五〇機が、退避中と判断される空母群に止《とど》めを刺すために、午後から薄暮にかけて、三次にわたって発進した。実際に攻撃に参加したのは出動の半数であったが、空母二隻を撃沈、二隻を炎上させたと報じた。

十五日早朝、わが索敵機は台湾の高雄東方海面に油を流しつつ殆んど停止している駆逐艦らしいもの一を認めた。豊田司令長官はこのような損傷艦が随所にあるものと判断し、瀬戸内海にあった第二遊撃部隊（志摩中将、旗艦「那智」以下重巡二、軽巡一、駆逐艦七）に、敵損傷艦の捕獲と敵兵救助（俘虜《ふりょ》として情報を得るためである）のため出動を命じた。

同日一〇〇〇、マニラは戦爆連合約八〇機の空襲を受けた。わが方は約五〇機をもってこれを迎撃し、三二機を撃墜したと称する。

空母四隻を基幹とする機動部隊がマニラ東北二四〇カイリの海面に発見された。陸海軍航空部隊約一三〇機が二次にわたって攻撃を加え、空母一隻を撃沈、二隻を炎上せしめたと報じた。

以上の報告に基き、大本営海軍部は十二日より十五日に至る総合戦果を次のように発表した。

「我部隊は十月十二日以降、連日連夜台湾及びルソン東方海面の敵機動部隊を猛攻し、その過半の兵力を壊滅して、これを潰走《かいそう》せしめたり。

一、我方の収めたる戦果綜合次の如し。

轟撃沈　空母一一、戦艦二、巡洋艦三、巡洋艦若くは駆逐艦一
撃破　空母八、戦艦二、巡洋艦四、巡洋艦若くは駆逐艦一、艦種不詳一三
その他火焔火柱を認めたるもの一二を下らず。
撃墜　一一二（基地における撃墜を含まず）

二、我方の損害
飛行機未帰還　三一二
本戦闘を台湾沖航空戦と呼称す」

もしこれが事実とすれば、世界海戦史上最大の戦果で、アメリカが開戦以来進めて来た空母大量建造は、基地空軍の攻撃の前に一度で潰滅したことになる。「東京ローズ」は「ハルゼーを生捕りにして収容するために、モンキーハウスに特別な檻を作りました」と放送した。これを聞いたハルゼーは大本営のいつもの誇大発表と思ったが、あまりしつっこく繰り返すので、日本人が本気で勝ったと思っているのではないかと疑いはじめた。

事実は十一日、重巡「キャンベラ」と軽巡「ヒューストン」大破、空母「フランクリン」、駆逐艦二小破だけであった。大破した二隻も曳航されて、二十七日ウルシー環礁に帰投した。（ハルゼーはこの二隻を囮として海上に残し、日本空軍を釣り出したと称しているが、恐らく結果論であろう。そんな小手先の細工を弄《ろう》する必要は全然なかっ

た。）

大本営発表はサイパン陥落以来、戦の前途に不安を抱きはじめていた国民を狂喜させた。聯合艦隊は勅語を賜わり、東京、大阪で国民大会が開かれた。小磯首相は「勝利は今やわが頭上にあり」と叫んだ。

大本営発表は例によって水増しされていたが、それが全く根拠のないものでなかったのは前に見た通りである。しかしこれは多くの未熟練のパイロットが見た幻影であった。ハルゼーによれば十二、十三の両日、撃墜された日本の攻撃機が艦隊周辺の海上で盛んに燃えていた。それが背景になって空母自身が燃えているように見えたことがあったという。海上すれすれに退避しながら、戦果報告を作文しつつあった未熟なパイロットには、なおさらそう見えたのだった。

巡洋艦二隻を大破させるために、日本はアメリカ側の記録では三五〇機、日本側の記録では三一二機を失った。敗北は飛行機の性能の差と、パイロットの熟練度の差によった。アメリカ側は最低二年の経験のあるパイロットを揃えていたのに対し、日本は六カ月しか訓練する暇がなかった。訓練のための燃料がなく、基地でぶらぶらしているうちに、士気も衰えて行ったのであった。

マリアナ海戦からアメリカの高射砲弾はVT信管という新しい信管をつけていた。砲弾は目標の一定の距離に達する（二〇―三〇メートルといわれる）と自動的に炸裂する。

これが空母上に達した日本の航空機に壊滅的打撃を与えた。マリアナ沖海戦で迎撃作戦を取ったのは、この信管に自信があったためだ、とスプルーアンスはいっている。アメリカ空軍の損害は八九機であった。

翌十六日、海軍の偵察機は東方海上を後退中の空母一三隻を発見した。台湾、沖縄、マニラの基地攻撃部隊が発進したが、目標を発見出来ずに帰った。聯合艦隊は敗敵追撃、敵兵救助のため南下中の第二遊撃部隊に対し、直ちに反転して、沖縄列島の西側を北進するように命じた。

十七日、台湾、比島東方海上に四つの機動部隊が発見された。新発見に基き、聯合艦隊及び大本営海軍部は、T攻撃部隊の参謀田中少佐を日吉台の聯合艦隊司令部に招き、報告を検討させた。その結果、いくら有利に見ても、空母四隻を損傷させた程度で、一〇隻は確実に健在という結果が出た。

航空機の損害は大本営発表も計三一二機を認めている。台湾の第二航空艦隊だけで二〇〇機以上が確認された。これは来るべき正式の敵上陸作戦に対抗する航空兵力が、四五〇機（稼動実数は半分）程度に低下したことを意味した。機動部隊は搭載機を使い果してしまった。十月二十五日レイテ沖で海戦が行われた時、小沢艦隊の空母四隻は、合計一〇八機を載せていただけだった。

大本営海軍部はしかし、敵機動部隊健在の真実を陸軍部に通報しなかった。今日から見れば信じられないことであるが、恐らく海軍としては全国民を湧かせた戦果がいまさら零とは、どの面さげてといったところであったろう。しかしどんなにいいにくくともいわねばならぬ真実というものはある。

決戦が迫っていた十月十七日、アメリカの機動部隊は健在である。従って比島の飛行場、船舶は一、〇〇〇機以上の艦上機に攻撃される危険がある、ということはこの種類の真実に属していた。

もし陸軍がこれを知っていれば、決戦場を急にレイテ島に切り替えて、小磯首相が「レイテは天王山」と絶叫するということは起らなかったかも知れない。三個師団の決戦部隊が危険水域に海上輸送されることはなく、犠牲は十六師団と、ビサヤ、ミンダナオからの増援部隊だけですんだかも知れない。一万以上の敗兵がレイテ島に取り残されて、餓死するという事態は起らなかったかも知れないのである。

こういう指揮の誤りは個人の一責任ではなく、その個人を含む集団全体に帰せられねばならない、――これはフランスの歴史家マルク・ブロックの意見である。彼は陸軍大尉として一九四〇年のフランス戦線の崩壊に立ち会い、「奇妙な敗北」でその実態を分析した。（彼はレジスタンス運動に加わって銃殺されたので、戦後の出版である。）

旧日本軍の軍事機構は天皇の名目的統帥による「無責任体系」（丸山眞男）といわれるが、これは必ずしも天皇制国家の特技ではないようである。民主主義国家でも軍部という特殊集団には、いつも形骸化した官僚体系が現われる。夥しい文書化された命令、絶えず書き改められる指導要綱、「機密」「極秘」書類の洪水が迷路を形成する。外部の容喙《ようかい》は許されないし、また不可能である。内部の部課同士の間でも理解不能なのだから。セクショナリズムが生じ、競争心と嫉妬をもっていがみ合っているのである。

勝利によって鼓舞されている間は、円滑に働くこともあるが、敗北の斜面を降りはじめると、欠陥が一度に出て来る。

真珠湾出撃の時はあれほど厳密な電波管制を敷いた日本艦隊が、なぜミッドウェイの前にはやたらに通信を取り交して、艦隊の動きをアメリカに諜知されるようなへまをやったか。山本五十六は六カ月の間にばかになってしまったのか。答えは否定的なのである。戦勝におごった軍事組織の全体をひきしめることは、聯合艦隊司令長官個人の能力を越えていたのである。

海軍は昭和十九年には、日米戦力の比が一〇対一になることを知っていたといってよい。いくらいまで、的確に予想していた。それなのに開戦に対して「否」といえなかった。いまさら軍備が不十分だ、とは天皇と国民の前でいえなかったからだといわれる。しかしこれは軍令部総長の自尊心と気の弱さにだけ帰することは出来ない。日本海軍全体がそういう合理的な動きが出来ないほど老朽化していたのである。サイレント・ネイヴィの沈黙の内側は空虚だったのだ。

大本営海軍部は残敵撃滅を一層完全なるものにするために、リンガ泊地にある第一遊撃部隊に出動を要求するほど実情にうとかった。「大和」以下の巨艦をもって作戦するため、油槽船二隻の徴用を陸軍に同意させていた。さらに小沢機動部隊を出動させるために、六隻増徴を要求するつもりであった。戦果に疑問があると陸軍にいうわけにはいかないのである。

十七日朝、レイテ湾口の小島スルアンの海軍監視隊は「〇七〇〇戦艦二、特設空母二、駆逐六ノ近接」をセブ島の基地に報じていた。続いて「〇八〇〇敵島ノ一部ニ上陸」と平文で打って消息を絶ってしまった。

同日、〇九四六、聯合艦隊草鹿参謀長より豊田長官への報告――

「比島中南部ニ上陸ノ一部ニシテ、敵ハ『パラオ』攻略進捗セズ、機動部隊ノ損害大ナルニモ拘ラズ、予定ノ計画ニヨリ比島攻略作戦ヲ開始セルモノノ如ク……」

十六日付、空母一三隻発見の報も、聯合艦隊にはなんら動揺を与えなかったのだ。十七日、日吉台で行われた戦果検討の結果（敵空母一〇隻健在）は、翌十八日になっても、軍令部に届いていなかったという説がある。

十八日午後、及川軍令部総長は、「捷一号作戦」発動の裁可を得るために梅津参謀総長と列立で、天皇に拝謁した。その際述べた敵情判断――

「台湾方面ニ於キマスル敵機動部隊ノ蒙リマシタル大ナル損害ノ結果、敵ノ比島攻略開始時機ハ若干遅延スルニアラズヤトモ一応考察セラルルモ、敵ハ政略上ノ見地等ヨリ、今回ノ敗戦ヲ庇蔽センガ為ニモ、成ルベク速カニ比島ノ尠《すくな》クモ一角ニ地歩ヲ占ムルニ至ルベキヲ予測セラルル次第デ御座イマス」

「政略上ノ見地」とは、十一月の米大統領選挙を控えて、ルーズベルトの政治的考慮という意味である。それ自身なんの根拠もない臆測であるが、同じような希望的観測はこの後しばらく現地の判断まで狂わせることとなる。

五　陸軍

　十七日夜、フィリピン戦線の陸軍諸隊では、台湾沖の大勝利を祝って、祝賀会が催された。取っておきのビールやヤシ酒が出され、兵士が流行歌を歌い、隠し芸を演じた。

　同日朝、スルアン島敵上陸開始の海軍情報は直ちに陸軍に通報された。しかし大本営陸軍部でも現地諸部隊でも、まず誤報ではないかと疑った。台湾沖の勝報と矛盾している上に、ひと月前、海軍はミンダナオ島で似たような誤報事件を起していたからである。

　九月十日、サランガニ湾口（ダバオ南方一〇〇キロ）の海軍見張所は水平線上の波を上陸用舟艇と見誤り警報を発した。通信はそれきり途絶えたので、警報は次第に誇張され、第一航空艦隊から「迷彩を施した敵の水陸両用戦車、ダバオ第二飛行基地に向う」と放送されるところまで行った。

　聯合艦隊は一五一五「捷《しよう》一号作戦警戒」を発令し、第一航空艦隊をセブ島に、陸軍はメナドに向っていた第二飛行師団をネグロス島に帰還させた。(十二、十三日、ハルゼーの餌食になったのはこれらの部隊である。) 各地守備隊は警戒体制を敷き、ダバオの陸軍憲兵司令部は二日間逃げ続けて、北岸のカガヤンまで行った。

十月十七日、スルアン島守備隊は真実を報じていたのであるが、比島各地の陸海軍基地は一応偵察確認の処置を取った。

この日ビサヤ地区は台風の余波で風が強く、細雨に蔽《おお》われていた。十六師団の三町作戦参謀を乗せてタクロバン飛行場を飛び立った陸軍偵察機は「レイテ湾内敵艦船ナシ、湾外密雲ニシテ視察シ得ズ」と報じた。

しかし同日午後、海軍偵察機はスルアン島西方に米艦隊の一部を発見していた。ハルゼーの艦上機は雨を衝いて、ルソン島及びセブ、ネグロスの飛行場に来襲していた。

十八日朝、レイテ湾はまだ風速三〇メートルの風が吹いていた。十六師団はまだ幻影に捉えられていた。次のように第三十五軍に報告した。

「敵軍艦艇多数レイテ湾内に進入しあるも、師団の判断としては、敵は進攻のため進入せるものなりや、あるいは暴風雨避難のため入港せるものなりや、あるいは台湾沖の戦闘において損傷を受けた一部艦船が遁入《とんにゅう》したものなりや不明である」

しかしルソン島の第四航空軍(陸軍)では最初から幻影を持たなかった。敵艦上機が悪天候を衝いて繰り返し強襲していること、及び東方海上の敵通信状況から、敵は本気にレイテ島に上陸を企図しつつありと判断した。乏しい飛行機をかき集めて、十八日よりスルアン方面の敵を攻撃することにきめた。

ネグロス島の第二飛行師団に、十八日、全力を挙げての攻撃を命ずる。第三十飛行集団長にビサヤ地区に進出を命じた。セレベスにあった第七飛行師団に対しては、モロタイ島の敵空軍基地の制圧を命じた。同時に速かに「捷一号作戦」を発動するよう、南方総軍に意見具申した。

十八日、ルソン島、ビサヤ地区に延《の》べ約四〇〇機が来襲した。タクロバン、ブラウエン、サンパブロなど、レイテ島上の飛行場は波状攻撃を受け、十八日午後には小艦艇が湾内深く侵入して掃海を実施した。海岸陣地は艦砲射撃された。

米軍が上陸を企図していることはもはや明らかであった。寺内南方軍総司令官は捷一号発動を重ねて大本営に要請した。

同日午後、軍令部総長及川古志郎《おいかわこしろう》大将、参謀総長梅津美治郎《うめづよしじろう》大将が参内して、捷一号作戦発動に関し、天皇の裁可を仰いだことは既に書いた。十九日午前零時付をもって捷一号作戦が発令された。南方総軍も同日中に下達、第十四方面軍司令官山下奉文《やましたともゆき》大将はセブの第三十五軍司令官鈴木宗作中将に対し、「軍の全兵力を挙げてレイテに上陸する敵を撃砕するに勉むべし」と命令した。

当時大本営陸軍部の総合判断は次の通りであった。

一、我が海軍は、先の台湾沖航空戦において米国艦隊の主力を撃破したのであるが、満身創痍のこの米軍がレイテに新作戦を開始したのは大なる過失に属する。今こそ我が軍は、陸、海、空の戦力を集中して、敵を撃破すべきである。
二、母艦兵力の全力を喪失した敵は勢いレイテにおける航空作戦のため、基地航空の運用を重視せねばならぬであろうが、パラオ、モロタイはやや遠きにすぎ、航空戦は敵にとり、不利である。
三、翻って我が航空戦力を観察するに、我が海軍航空は、台湾沖航空戦においてその主力を損耗したためレイテ作戦においては陸軍航空がその主役を勤めなければならぬ。
この見地から陸軍航空の決戦遂行能力を検討した結果、十分とは言えないが、質量ともに、敵の上陸企図を破摧し得るには足るであろう。

従来のルソン島決戦の作戦を変更し、レイテ島の来攻した敵に対し、航空だけではなく、出来るだけの地上兵力を指向して、決戦を求めることになったのである。

二十日この旨南方総軍に電命すると共に、作戦参謀杉田一次大佐を派遣して、作戦内容伝達に遺漏のないようにした。


しかし、大本営の作戦は第十四方面軍司令官山下奉文大将の強い反対を受けた。山下大将は大本営を嘲笑する黒田中将に替って、満州牡丹江《ぼたんこう》から転補され、十月七日マニラ

- 第十四方面軍
  - 方面軍直轄
    - 第一師団（上海より輸送中）
    - 第八師団（ルソン島）
    - 第二十六師団（ルソン島）
    - 第百三師団（ルソン島）
    - 第百五師団（ルソン島）
    - 戦車第二師団（ルソン島）
    - 独混第五十五旅団　主力ホロ島　一部セブ島
    - 独混第五十八旅団　ルソン島
    - 独混第六十一旅団　バタン島　バブヤン島
    - 第六十八旅団（在台湾）
  - 第三十五軍
    - 第十六師団　主力レイテ島　一部サマール島
    - 第三十師団（ミンダナオ島）
    - 第百師団（ミンダナオ島）
    - 独混第五十四旅団（ミンダナオ島）
    - 第百三師団　ビサヤ諸島

第1表　第十四方面軍の編成（10月23日）

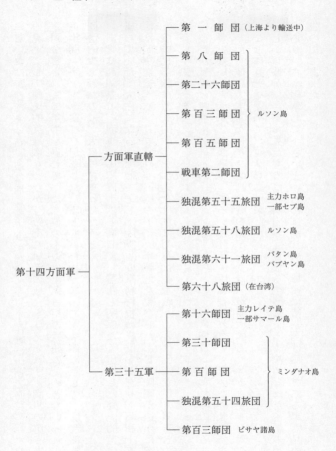

に着いたばかりであった。彼は周知のように緒戦のマレー作戦に成功を収め、「マレーの虎」として国民的英雄になったが、帝都に凱旋の機会も与えられず、満州の第一方面軍司令官として二年半を過していた。彼の不遇は東条首相の嫉妬のためともいわれ、大正年間「宇垣軍縮案」を起草したためともいわれ、二・二六事件に際して、反乱部隊に同情的であったので、天皇に忌まれたためともいわれる。

出身は高知県で、海軍の山本五十六と同じく、藩閥と関係なく出世した知能的世代に属していた。大佐になるまでは主として陸軍省の事務将校の経歴をたどり、昭和十五年には航空総監、六カ月ヨーロッパ戦のドイツ軍陣地を視察した。日本陸軍が速かに空軍と機械化部隊に徹底的改善を加えなければ、現代戦を戦うことは出来ないと報告して、東条に不快の念を与えたといわれる。

彼が決戦場に呼び出されたのは、「マレーの虎」の手腕に期待されたためであることは疑いないが、元来、参謀総長、あるいは陸軍大臣に補されていてもいい経歴の持主であった。彼は大本営からルソン島決戦の指示を受け、戦勝に驕るマッカーサーと対決することに意義を認めて、ルソン島に来た。

しかし彼がマニラで見たものは、港内の度重なる空襲によって沈められた軍艦の残骸であり、さも爆撃して下さいといわんばかりに、埠頭に積み上げられてある軍需品の滞貨の山であった。

比島決戦を任せられたといっても、比島派遣軍の多くはその指揮下になかった。第四航空軍は申すまでもなく、レイテ決戦遂行に最も重要な輸送をつかさどるマニラの第三船舶司令部も南方総軍の直轄で、自由にならなかった。ビサヤ、ミンダナオの諸隊は三十五軍の指揮下にあり、結局山下の自由になるのは、ルソン島上の諸隊計一二万にすぎなかった。

そして彼が選んだ新任参謀長武藤《むとう》章《あきら》中将は、米軍上陸日の二十日にやっと到着した。レイテ島に兵員資材を送るに十分な船舶は、フィリピン海域になかった。

台湾沖の戦闘の結果がどうあろうと、米軍がレイテ島に上陸したのは、これまでの堅実な態度から見て、相当の準備と確信があってのことに違いない、というのが、現実的な山下将軍の判断であった。ところが、レイテ島には兵力の配置、陣地の構築も出来ていなければ、軍需品の蓄積もない。敵が上陸してから泥縄式に兵力を送っても、成果は望まれない。もし失敗すればルソン決戦も行えなくなる。成功の公算が少なく、失敗すれば、フィリピン全体を失う惧《おそ》れのある作戦変更は行うべきではない、レイテ島は予定通り持久抗戦に止《とど》むべきである。

山下大将はその巨大な体軀、「マレーの虎」の異名から、勇猛猪突型の将軍と想像されがちだが、その経歴、戦歴から見れば、むしろ慎重合理的な知将型であったことがわかる。緒戦のマレーの急進撃はすでに大本営で建ててあった作戦計画を忠実に実行したものに過ぎない。進撃中の日記は部下将校の無能と堕落に対する不満ばかりである（彼はそれを士官学校の教育の頽廃のせいにしている）。結局、彼のマレーにおける功績は、休戦会談の席上、自軍の弾薬兵力の不足を隠して「イエスかノーか」という衝撃的な発言をして、パーシヴァル将軍を屈服させたことだけであろう。

彼はヨーロッパ戦線を視察し、西欧世界の軍事技術の進歩を見たばかりであった。マッカーサーのニューギニアの水陸両用作戦の戦訓も秘かに研究していたに違いない。上陸を敢行する以上、裏付けがあるに違いないというのは、この際最も健全な判断であったといえる。

彼は自分が東京で受けて来た指示は、ルソン以外では決戦を行わない、であったという事実を楯に、二日間、大本営派遣参謀、南方総軍参謀と争ったといわれる。

しかし五月からマニラに移っていた南方総軍が、そのニューギニアにおける経験、また九月以降の空襲の被害状況から見て、レイテ島に陸上基地を許せば、ルソン島決戦はどうせ成り立たなくなる、敵が最初上陸を企図した機会を捉えて、決戦を求むべきである、という意見に傾いていたのは、すでに書いた通りである。

大本営のレイテ決戦の新企図は南方総軍参謀にとって、わが意を得たものであった。この二重の壁に向って、山下の反対は無効であった。強いて主張すれば抗命になり兼ねなかった。二十二日、山下は寺内総軍司令官に航空船舶を逐次その指揮下に入れるという条件で、説得された。

ただしこれらは主に、山下将軍が終戦後、悲劇的な刑死をした後刊行された好意的な伝記にある記事である。山下はこの後十一月初旬にもレイテ戦打切りを主張して総軍と争っているから、この時点からレイテ決戦に反対であったのは疑えないとしても、この時点で大本営、総軍の意向に反対して、二日間作戦発起をおくらせるということは考えにくい。

その後蒐集された証言によれば、南方総軍の作戦参謀甲斐崎大佐が口頭でレイテ決戦を通達して来たのは、十月十八日である。その時までに方面軍では情報参謀堀少佐の分析によって、敵の上陸が空母一五隻以上の支援を持った本格的なものであるとの結論に達していたといわれる。これは敵艦船の間で交換される電報数、及びフィリピン各地に来襲する敵延機数から行なった判断である。堀参謀は大本営派遣の方面軍付参謀で、精神主義的先入見に捉われず、常に敵に有利な結論を出した。またそれが奇妙に的中するので、マッカーサー参謀と仇名されたといわれる。翌年一月九日のリンガエン上陸に当っても、その日時場所を二月前に的確に算出したのと、このレイテ島上陸に関する正確な予言が、その方面軍に対する二つの大きな貢献だった。

堀参謀はしかし敵のレイテ島の準備攻撃が陽攻で、一転してルソン島ラモン湾方面に上陸する可能性は、五分五分だとした。従って山下将軍が二十日の上陸開始まで大本営と総軍に抵抗したとすれば、それは自己の責任作戦地域であるルソン島が直接攻撃された場合への考慮からと見るのが適当であろう。二十日大本営がレイテ決戦を電命しているのに、自分が東京で受けたルソン決戦の指示を楯に抗議するのは筋が通らない。二十日以後は正式な抗議は行われなかったと見なしてよいと思う。総軍の作命発令は二日おくれて、二十二日付になっているが、これは形式的に同日午前零時とされたもので、事実上は二十一日中の発令である。

総軍の発した命令は次のようなものであった。

一、驕敵撃滅《きょうてきげきめつ》の神機到来せり。

二、第十四方面軍は空海軍と協力し成るべく多くの兵力を以てレイテ島に来攻せる敵を撃滅すべし。

「驕敵」「神機」のような新聞発表用の字句が、作戦命令に使われたのはこれが初めてであった。「成るべく多くの兵力」という表現は、その抽出し得る限りの兵力を挙げてという意味である。

大本営では、さしあたり、すでに上海を出港していた第一師団（東京）、中部ルソン防備の二十六師団（名古屋）、満州の公主嶺で訓練した最新式装備を備えた六十八旅団を決戦部隊として、十四方面軍の戦闘序列に入れていた。輸送船はフィリピン水域にはなかったが、第一師団が乗って来る四隻の輸送船で、とんぼ返り輸送を行えばよいというのである。こうして日本軍は一挙に圧倒的な優勢を獲得すべき決戦場に、効果のない増援を小出しに行なって、自ら消耗戦にはまり込むという、最も初歩的な誤りを冒すことになる。

これらすべては、私のような素人にも、今日巷間《こうかん》に溢れている戦記や回想録を読めばすぐ理解出来ることである。今日の目で見て紙上で論議することは易しい。困難な事態に直面して、直ちに判断しなければならなかった当事者の苦心をないがしろにする気はないが、こうしてにわか仕立てに決定された作戦の結果、無意味に死んでいった兵士がいる。そのために悲しんでいる遺族がいる。これを全部軍人の責任にするつもりはない。こういう事態について、責任の体系はあり得ないことは、すでに書いた通りである。

山本五十六提督が真珠湾を攻撃したとか、山下将軍がレイテ島を防衛した、という文章はナンセンスである。真珠湾の米戦艦群を撃破したのは、空母から飛び立った飛行機のパイロットたちであった。レイテ島を防衛したのは、圧倒的多数の米兵に対して、日露戦争の後、一歩も進歩していなかった日本陸軍の無退却主義、頂上奪取、後方攪乱《かくらん》、斬込みなどの作戦指導の下に戦った、十六師団、第一師団、二十六師団の兵士たちだった。

申すまでもないことだが、これは、アメリカ兵についてもいえることである。大本営はアメリカ軍の兵士は時間割で行われる砲兵の準備射撃のあとで、のこのこ拠点占拠にやって来る怠け者と空想していた。だから日本人が最後の一人まで戦う決意を固めて、敵に人的損害を与えれば、民主主義国家アメリカはやがて戦争をやめたいといい出すだろうと思っていたわけだが、どこの国でも戦争の指導者は似たようなものである。死んでいく兵士の身になっていては作戦など立てられるものではない。ルーズベルトとチャーチルがカサブランカでドイツと日本を無条件降伏させなければならないと決意した時、厖大《ぼうだい》な量に上るはずの国民の犠牲なんか勘定に入れていなかった。七月末のハワイ会談では、一〇〇万の損害の予想される日本本土上陸作戦が決定されている。

「ジャップを殺せ」が真珠湾以来、米統合司令部が、戦意を鼓舞するために使ったキャッチフレーズだった。アメリカ兵の中にも真珠湾のジャップを一人でも余計に殺さなければならない、と本気で思い込んでいた者がいた。日本兵とジャングルで一対一で戦う決意を固め、そのために無意味に死んだ者がたくさんいたのである。

死んだ兵士の霊を慰めるためには、多分遺族の涙もウォー・レクイエムも十分ではない。

家畜のように死ぬ者のために、どんな弔いの鐘がある？
大砲の化物じみた怒りだけだ。
どもりのライフルの早口のお喋りだけが、

おお急ぎでお祈りをとなえてくれるだろう。

これは第一次世界大戦で戦死したイギリスの詩人オーウェンの詩「非運に倒れた青年たちへの賛歌」の一節である。私はこれからレイテ島上の戦闘について、私が事実と判断したものを、出来るだけ詳しく書くつもりである。七五ミリ野砲の砲声と三八銃の響きを再現したいと思っている。それが戦って死んだ者の霊を慰める唯一のものだと思っている。それが私に出来る唯一つのことだからである。

六　上陸

十月十七日―二十日

十月十七日、スルアン島に上陸したのは、レイテ遠征軍の先遣部隊、第六レインジャー大隊の一個中隊であった。レインジャーはまだ綱渡りや岩登りのような曲芸は仕込まれていなかったが、太平洋戦線のジャングル戦のために必要な訓練と装備を持った選抜隊であった。

スルアン島はレイテ湾口北寄りにある一キロ平方ぐらいの小島で、タクロバンからは海上三〇キロの距離である。巡洋艦「デンヴァー」が二〇分艦砲射撃を行なった後、〇八〇五なんの抵抗も受けずに上陸した。そこから東南方五〇〇メートルのところにある燈台に向って進む途中、日本兵の宿舎を見つけた。無電機をこわし、小屋に火を放って、歩き出したところを狙撃された。一人が死に一人が傷ついた。日本兵はジャングルに隠れて逃げ去った。

中隊の任務は燈台にあるはずのレイテ湾口の機雷原海図の奪取であった。それは日本兵の宿舎にも燈台にも見つからなかった。上陸地点まで戻ってみると、上陸用舟艇の底が岸の岩礁に当って穴があき、使用不能になっているのを発見した。中隊は携帯無線で海上にある本隊に救援を求めてから、露営の準備をした。

同日〇九〇〇、大隊主力は湾の南を扼《やく》するディナガット島の北端に上陸した。同じく二〇分艦砲射撃した後で上陸したのだが、ここには日本兵はいなかった。大隊はデゾレーション岬の突端に設置する航海燈台の組立てにかかった。

同時に別の一個中隊がディナガット島と向い合ったホモンホン島に上陸するはずだった。しかし湾口のこの部分は台風の余波で波が高く、上陸用舟艇が降ろせなかった。翌十八日の朝、波は依然として高く、風も残っていたが、猶予は許されなかった。やはり二〇分砲撃した後で強行上陸し、一一〇〇までに燈台を立てた。ディナガット島の燈台は一八キロ沖から、ホモンホン島の燈台は一五キロ沖から見えた。

掃海艇隊は船団と同時に十七日レイテ島沖に着いていた。直ちに仕事にかかり、悪天候を冒して、十九日夜までに、ディナガット、ホモンホン島間三〇キロのうち、南半分の掃海を完了した。二二八個の機雷の処理をする間に、一隻の護衛駆逐艦が触雷して航行不能になった。この線から中のレイテ湾内と、上陸予定地点付近の海面には、機雷がないことが確かめられた。

十八、十九日の両日、海底破壊班（underwater demolition team）がタクロバン、ドラグ前面の海底を調査した。これはアメリカ軍が大戦中、ナパーム弾（テニアン島ではじめて使用）と共に、厳重に秘匿していた特殊班であった。アクアラングと酸素ボンベを着けたフロッグメンから成り、上陸地点の海底に潜って、敷設機雷の有無、岩礁浅瀬の状態を調べ、必要があれば爆破するのが任務である。タラワ、マキン上陸の時、上陸用舟艇が岩礁に乗り上げ、海兵隊は敵前で三〇〇メートル徒渉しなければならなかった。そのため大きな損害が出たのに懲りて、創設された部隊である。

十九日、タクロバン方面に三隻、ドラグ方面に四隻の舟艇が駆逐艦の砲撃に援護されて、岸に近づいた。第七艦隊の六隻の戦艦も艦砲射撃を実施した。これは予定より一日おくれていたが、台風のため湾口の掃海が手間取ったので、有効距離に近づけなかったのである。

十八日、湾口に四〇の船影を認めてから、十六師団は配置に就いた。パロ海岸に配置された野砲二十二聯隊第一大隊は、水際から三〇メートル離れたヤシの樹列の間に七五ミリ砲を並べ（ヤシの丸太をくり抜いた擬装砲もまぜた）、零距離で、上陸用舟艇を撃破する予定であった。

十九日の艦砲射撃はあまり激しくはなかったが、海底破壊班を乗せた舟艇が近づくのを見て、日本兵は上陸第一波と判断した。射程五〇〇メートルまで引き寄せておいてから、一斉に砲門を開いた。舟艇に乗っているのは、黒人兵のように見えた。その数人が海中に落ちたのを見て、砲手は命中と信じた。舟艇は一斉に回頭して逃れ去った。

野砲隊では、敵を撃退したものと信じた。師団は「敵舟艇五十隻上陸を企てたるも撃退せり」と報告し、『大東亜戦争全史』にもそう記載されている。その夜は祝賀会を開いたので、翌日の本格的な上陸を宿酔の頭で迎えなければならなかった。部隊は本格的な攻撃以前に敵に火点を知らせる誤りを冒したのだった。

水中に落ちたフロッグメンは二つの上陸地点の海底を調べて、そこに機雷も浅瀬もないことを確かめてから、帰って行った。

ドラグ正面を受け持った二十聯隊の第三大隊は、十七日スルアン島上陸の報告を聞くと、大隊長河田信太郎少佐独自の判断で、直ちに配置についた。本部指揮班は一装という、取っておきの軍服を着たが、十八日の雨でずぶ濡れになってしまった。十九日、一旦宿舎に帰り、演習用の軍服に着替えた。兵士たちはこんな汚い服を死衣装としなければならないのを残念に思った。

十月二十日はよく晴れた日だった。海上が明るくなるにつれ、歩哨《ほしょう》は朝焼けの水平線が、船でうずまっているのを見た。〇六〇〇、レイテ湾口の六隻の戦艦が砲門を開いた。二時間の後、巡洋艦と駆逐艦が湾内深く入って砲撃した。目標は与えられていなかった。サンホセ、ドラグ間三〇キロの、水際から二キロの海岸が一斉に射たれた。

キンケードの第七艦隊は、海戦用の徹甲弾を除き、あらゆる種類の砲弾を豊富に積んでいた。重掩蓋《じゅうえんがい》の砲兵陣地やトーチカを爆砕する大型砲弾、人員殺傷用の榴弾《りゅうだん》、施設炎上用の黄燐弾《おうりんだん》が無秩序に使われた。一つの砲弾の炸裂に他の砲弾の炸裂が重なり、轟音に切れ目はなかった。

ハルゼーの機動部隊中、最も南にいたデヴィソンの第三八・四機動群から飛び立った艦載機は、主としてカトモン山を目標に銃爆撃を加えた。これはドラグの北八キロで海岸に接し、北西―東南を長軸として横たわる高さ三〇〇メートルほどの孤丘で、九聯隊の一個大隊が拠っていることを、米軍は知っていた。

十六師団の兵士たちはアメリカの艦砲射撃の威力を大体予想していた。「物量」に頼る絨毯砲撃でも、全部やられるわけではないから安心しろ、と参謀に説諭された。彼等は参謀のいうことには、一応首をかしげることにきめていたが、この場合参謀は大体正しく、多くの拠点が生き残った。しかし四時間の轟音の連続に堪えるのは、楽ではなかった。

彼等はヤシの丸太の粘土で固めた砲台が、土台ごと吹き飛ぶのを見た。ヤシの並木が根元から燃え、梢から仕掛花火のように焔を吹き上げるのを見た。隣にいた戦友が全然いなくなり、気がつくと彼自身も大腿の肉がそがれていたりした。ある者は胸に手を当てて眠るような恰好で横たわっていた。頬をくだかれ、眼球が枕元に転がっている死体もあった。首がない者もいた。手のない者、足のない者、腸が溢れて出ている者、想像を絶したこわれ方、ねじれ方をした人間の肉体がそこにあった。

空中には掘り返された土の匂い、火薬の匂いがまじって、異様につんとする匂いが漂っていた。いつもの大言壮語に似ず眼を吊り上げて、ふるえている下士官がいた。両手をだらりと下げて、壕の外へ歩き出す見習士官がいた。土に顔を埋めて泣きじゃくっている補充兵がいた。最もよく訓練された下士官でも、自分の身体がこのまま空中へ飛び上り、ずっとうしろの林の中へ、ふわりと着陸する奇蹟は起らないものかな、というようなことを考えた。

しかし中にはアメリカ兵を射つまでは死ぬものかと思っている下士官もいた。自分が眼を開けていることが出来、時々壕から首を出して、前方の輝く海を眺めることが出来るのに、自分で驚いている補充兵もいた。こういう相違は精神よりは肉体の構造から来た。兵隊の中には神経の鈍い、犯罪的傾向を持った者がいた。石のように冷たい神経と破壊欲が、あくまでも機関銃の狙いを狂わせないこともあった。与えられた務めを果さないと気持の悪い律義なたちの人間も頑強であった。普段はおとなしい奴と思われ、大きな声でものをいわない人間が、不意に大きな声を出して、僚友をはげましたりした。

戦争の物語は昔からこういう人間とは反対の気質の人間によって書かれている。戦略とか作戦とかに関して、戦闘の原因結果が物語的に追求される。諸葛亮とか真田幸村とか、智将がいないと戦争の物語は成り立たない所以《ゆえん》だが、しかし実際の戦闘は、作戦とか忍者とかとは縁のない体質を持った人間によって行われるのである。こういう人間は一兵卒から将軍に至るまで、軍隊のあらゆる階層に分布していて、しばしば戦闘に作戦や物語とは全然違った経過を与える。レイテ島の戦闘が、間に合わせの作戦、乏しい補給にもかかわらず、二ヵ月続いたのは、こういう兵士の勇敢と頑強のためであった。

レイテ島の上陸はほかの戦線と比べるとよほど楽だった、とマッカーサーは回想しているが、十九日一日と上陸前四時間の艦砲射撃だけで上陸させられたアメリカ軍の兵士にとって、楽な戦いなどというものはなかった。

レイテ島上陸時間一五分前の〇九四五、三〇〇隻の上陸用舟艇は母艦を離れた。水陸両用戦車が先頭に立ち、両側はロケット砲装備上陸用舟艇によって護られていた。その後に幾列かの歩兵上陸用舟艇が続いた。第一〇軍団はタクロバン、パロ方面、第二四軍団はドラグ方面に向った。

上陸正面の一番北、サンホセ以南二キロの、通称ホワイト・ビーチを受け持った第一騎兵師団の上陸は、臼砲《きゆうほう》（擲弾筒《てきだんとう》）と機関砲の間歇《かんけつ》的抵抗があっただけで、なるほど楽であった。この方面の防備は三十三聯隊第一大隊の一部の受持ちであったが、前日の艦砲射撃による打撃が大きく、山際に撤退していたからである。

サンホセ正面に上陸した右翼七連隊の第一大隊の任務は、上陸成功後すぐ右に転じて、タクロバン港を抱くカタイサン砂嘴《さし》の先端にある飛行場を出来るだけ早く占拠することであった。水陸両用戦車の次に工兵隊が続き、飛行場の占領が終るとすぐ、艦砲射撃で破壊した飛行場の修理に取りかかるはずであった。

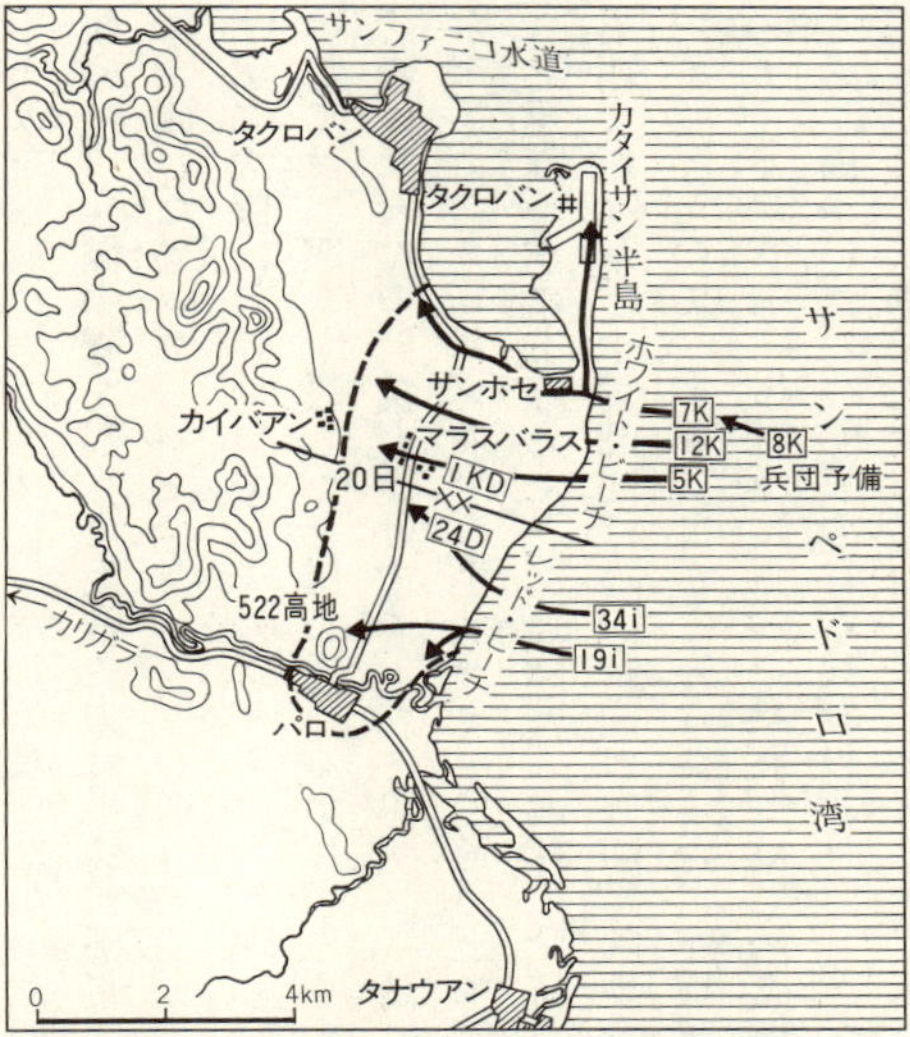

第２図　タクロバン地区の米軍上陸作戦

大隊は半島頸部の三つのトーチカから散発的抵抗を受けただけで、一時間後には飛行場に達した。少数の日本兵の死体があった。この飛行場は海軍のもので、警備兵、整備員若干によって守られていたが、前日艦砲射撃を受けると、夜のうちに撤収していたのであった。

米兵はしかし飛行場周辺の多くの小屋、あとに残して来たトーチカを歩兵がチェックしなければならなかったので、飛行場の完全占領は一六〇〇になった。一個中隊を残して大隊主力は半島頸部まで後退し、タクロバンに向う第二大隊に合流した。

第二大隊は上陸地点で二つのトーチカを処理し、一三人の日本兵を殺した。サンホセの町では二四人を殺したと信じているが、恐らく艦砲射撃で負傷した兵士だったろう。その後はなんの抵抗も受けずに、カタイサン半島に抱かれた入江に沿う道を進んだ。一六三〇、タクロバンの町の手前一キロの道路上で停止した。

七連隊の左に上陸した一二連隊と五連隊の受持ち海岸は二キロ奥の道路まで、一帯の沼地であった。十六師団はこの正面には防禦陣地を構築していなかったが、沼地は腰までもぐったので、進撃ははかどらなかった。左翼五連隊が道路を越え、一九〇〇頃山際のカイバアンという部落に近づいた時、はじめて機関銃の掃射に会った。兵一が戦死し、二人が傷ついた。一〇人の日本兵を殺した。

中央の一二連隊は夕方までに海岸から二キロ半の目標の線に到達したが、五連隊はこの戦闘に手間取り、目標の三五〇メートル手前で夜営した。

その奥一キロ内陸から、高さ二〇〇メートルばかりの丘陵地帯になる。丘陵はすでに書いたように、タクロバンの西を通り、サンファニコ水道西縁に沿って、二〇キロ北のババトゥンゴンでカリガラ湾に達している。丘陵地帯の西はレイテ平原である。いくつかの丘の頂上に観測所を設け、軍団主力のカリガラ進出を擁護すること、及びサンファニコ水道を制圧して、サマール島から来るべき日本軍の増援を遮断するのが、タクロバン市占拠と共に、第一騎兵師団の任務であった。

第一騎兵師団の左に接したレッド・ビーチに上陸した歩兵第二四師団は、レイテ上陸軍の中で一番運のない師団であった。

レッド、ホワイトは米軍の上陸区分で、色名自身に意味はないが、レッド・ビーチは鉄分を含んだ赤褐色の砂から出来ていた。ホワイト・ビーチが沿岸流が運んだ細かい珊瑚砂から成り、渚が広かったのに反し、レッド・ビーチは、岸は狭く、砂は粗かった。水際から三〇メートルでヤシと叢林《そうりん》がはじまる。南方のパロの河口から延びて来た細流が、林中を海岸線に平行して一キロ北流し、ちょうど二四師団の受持ち区域の北で海に入っていた。

日本軍はこの細流を深い戦車壕に改造していた。さらに奥の叢林の中にはヤシの丸太を粘土で固め、巧妙に擬装した八つの機関銃座と二つの対戦車砲（速射砲）座があった。

パロ川に沿って一キロ入るとパロの町がある。その北に、ヒル五二二があった。これは高さが五二二フィート（約一六〇メートル）あるため米軍がつけた名である。フィリピン人はギンハンダン山と呼んだ。「神の座」の意。全山岩から成り、かつてモロ族の来襲に備えた見張所があった。頂上に大きな十字架が立っていたため、日本軍は十字架山と呼んだ。

三十三聯隊長鈴木辰之助大佐は、前日艦砲射撃が始まると共に、一個小隊の兵と共にこの山に上った。この聯隊は第二章で記したように、九月十七日ビサヤ地区がハルゼーの空襲を受けている間に、オルモックに上陸した増強部隊である。原籍地は津（三重県）。第三大隊は聯隊本部と共にパロにあり、第一大隊はカリガラ平原の要地及びオルモック（一個中隊）を警備していた。第二大隊は師団予備となって、ブラウエン方面にいた。

米二四師団はその二一連隊を島の南端パナオン水道にさいていたから、実数二個連隊である。左翼一九連隊の上陸日の目標は、パロの町の占領と十字架山の攻略、右翼三四連隊はパロ＝タクロバン間の海岸道路を確保した後は、西に転じて、一九連隊の十字架山攻撃を助けるはずであった。

〇一〇〇米軍が上陸を開始した時、ヤシの樹列に並べた野砲二十二聯隊第一大隊の七五ミリ砲のうち、半数はまだ残っていた。彼等は第四波までは見逃すことにきめていた。一九連隊の第一大隊を載せた上陸用舟艇が水際二キロに近づいたとき、零距離で一斉に砲門を開いた。多くの舟艇に命中弾を与え、四隻を撃沈した。

米軍の一人の中隊長は戦死し、弾薬班、工兵爆破小隊の一個分隊が吹き飛ばされた。

カノン砲中隊は小隊長一、分隊長二と本部付下士官の多くが戦死し、指揮機能が失われた。

四隻のLST（戦車揚陸《ようりく》船、一、〇〇〇トン）が命中弾を受けた。一隻は炎上し、二隻は野砲、戦車を載せたまま後退しなければならなかった。師団司令部護衛中隊の中隊長と一人の主計大尉が負傷した。その他部付将校の多くが戦死あるいは負傷した。

混乱は水際でも起っていた。右翼三四連隊の先頭第三大隊は予定より三〇〇メートル北に上陸してしまった。岸に着くまでに損害を受けた一九連隊の第三大隊もあわてて、八〇〇メートル北に上陸した。これは殆んど三四連隊のうしろであった。三四連隊の第一線は重機と臼砲の集中射撃を受けて、海岸の砂に伏せていたので、混乱は大きくなった。

二四師団は半年前、ホーランディアの敵前上陸を経験していたが、そこにいた日本軍は飛行場警備隊と輜重《しちょうたい》隊だけだった。これは彼等が受けたはじめての真面目な抵抗だった。

三四連隊第三大隊長バロー大尉がまず片膝を立て、それから全身で立ち上って叫んだ。「海岸を空けなきゃだめだ。おれについて来い」。その時、一発の小銃弾が彼のヘルメットを貫いた。

ブルドーザーが揚って来た。ブレードを高く掲げて運転台をかばいながら、ヤシ林に突込んで行った。歩兵は前進をはじめた。ヤシ林の中に入ると、五つの機関銃座の抵抗を受けた。自動小銃と手榴弾で沈黙させてから、第三大隊は停止し、戦線を整理した。予備L中隊が左方に進出して、一九連隊との間に生じた間隙を埋めた。

一九連隊の状態はもっとひどかった。第一波第三大隊主力が三四連隊のうしろに上陸したのはいい方で、その一個中隊は予定より三〇分おくれて混乱しながら上陸した。上陸用舟艇が沈み、将校が一人しか残っていなかったからである。一個小隊は夕方まで迷い子になっていた。

五隻の撃ち洩らされたLSTのうち二隻が再び接岸しようとしたが、すでに干潮期に入っていて、戦車と重砲は揚陸出来ないことがわかった。LSTは回頭した。

第三大隊右翼の一個中隊は比較的楽に上陸して、三四連隊のL中隊と連絡し、三〇〇メートル内陸に浸透することが出来た。しかし左翼の二個中隊は強い抵抗を受けた。一門の野砲に臼砲と重機が集中して沈黙させた。覆された七五ミリ砲の砲身は真赤に焼け、下に接したヤシの丸太がくすぶり始めていた。

一つのトーチカによじのぼり、機関銃の銃身をつかんで引張り出したロビンソン一等兵は手に火傷をした。一〇〇メートル奥の機関銃座の一つを、火焔放射班が点火し損った。彼は落ちていた日本の新聞紙に火をつげて、銃座の前に抛《な》げた。火焔放射器はその火焔をいっしょに吹きつけて銃座を燃え上らせることが出来た。

左翼第一大隊は予定より二五〇メートル北に上陸した。ヤシ林に入ってから偏差を正すために南へ斜行した時、不意に重機と小銃の射撃を受け、多数の死傷者を出して釘づけにされてしまった。

日本軍の抵抗はこの方面が最も強かった。戦車二が戦車壕の前で命中弾を受けて動けなくなった。大隊は榴弾砲の援護射撃を要求しておいてから、進路を再び北に取り、日本軍の陣地を迂回することにした。

第二大隊は元来第一大隊が上陸すべきであった地点に上陸して、最左翼となった。正午までに橋頭堡を固めた。一二四五、E中隊のロケット弾が野砲二十二聯隊生き残りの七五ミリ砲一を破壊した。これが午前中LST四隻を撃破した野砲であった。大隊はヤシ林に入って、二つの無疵《むきず》の七五ミリ砲が砲兵が全員戦死したため、放置されているのを見た。一三〇〇大隊が前進を開始すると、約一個小隊の日本兵が逆襲して来た。三〇分後一一の死体を残して後退した。

一四三〇、海岸道を進んだ先頭G中隊は、海岸から四〇〇メートルのパロ＝タクロバン道との交叉点で、頑強な抵抗に会った。二時間の撃ち合いの後、一五人の戦死者を出した。連隊はこの日のうちにパロの町に突入する予定であったが、それは諦めねばならなかった。日が暮れて来たので、道路わきに壕を掘って、露営の準備にかかった。

この頃、右翼の三四連隊の第二、第三大隊はパウイン部落のあたりで目標のパロ＝タクロバン道に達し、夜営に入ろうとしていた。しかし一一九連隊の第一大隊長は、まだ最終目標十字架山の攻略を諦めなかった。

この丘はすでに記したように、パロの町の北に接してこの辺の海岸平野を俯瞰すると共に、パロ＝タクロバン街道とカリガラへ向う二号国道との分岐点に臨んでいた。この地区で最も重要な拠点で、艦砲射撃もこの丘に集中した。

最初の予定では、この日のうちに西南方パロ町の方角から攻略することになっていた。陣地構築にかり出されたパロの町民からの諜報によれば、石とヤシ材で固めた五つの機関銃座があり、二メートルの深さの壕がトンネルで連絡されている、ただ防禦正面は海岸に向っていて、パロの町の方角は、あまり厳重でないということだった。

パロの町が予定通り占領されなかったので、作戦は翌日に延期されようとしていた。一四三〇、第一大隊の斥候が一本の間道を北側に見つけて来た。大隊長は「山登りをしよう」と部下に告げ、二個中隊を縦隊にして、行進を開始した。夕方近く麓《ふもと》に達すると、先頭は五つの機関銃座から射たれた。主力は林の北に廻り、北西から丘を攀じはじめた。

大隊の迫撃砲が頂上を砲撃した。先鋒の中隊は師団砲兵の援護射撃だと思って、中止を要請した。師団は特殊砲弾を使うと通告して来た。（これは八一化学砲隊の白燐砲弾で、地上一〇メートルで炸裂し、壕にかくれた日本兵を上方から焼き尽す。）砲撃が終ると、一個中隊が直ちに登りにかかった。夕方抵抗を受けずに一つの頂上に達した。するとその向う側の少し下ったところの二つの方向から小銃弾が来たので、中隊は停止し、壕を掘りはじめた。

別の中隊の斥候が中央の一番高い頂上に達した。十字架山を蔽《おお》う樹木は艦砲射撃のため燃え切っていたので、二個小隊ばかりの日本兵が向う側の斜面から登って来るのがよく見えた。斥候は振り返って「早く来い」と叫んだ。頂上へ向って駆けっこが始まった。日本側は負傷者がいるらしく、朝からの水際戦闘で疲れ切っていたアメリカ兵よりもおそかった。

アメリカ側が僅少な差で勝った。すぐはげしい射ち合いになった。日本軍には左側からの機関銃の援護があったが、遂に五〇の死傷者を残して退いた。

十字架山の戦闘で、第一大隊は戦死一四、負傷九五を出した。そのうち三五人が後で戦線に復帰したと、アメリカの戦史は付け加えている。局地戦としては大きな数字である。

夜が来た。アメリカ兵は一〇メートル下って壕を掘りはじめた。頂上の向う側で日本兵も壕を掘っているらしく、シャベルが石に当る音が聞えた。

この頃、大隊付軍医ムンク大尉は水際にいた。朝からの負傷者の手当てに疲れ切っていたが、十字架山上の負傷者の手当てに行かねばならぬと考えた。山上の第一大隊長に無線連絡して、道案内をする伝令の派遣を要求した。

海岸の橋頭堡から十字架山まで二キロの暗闇の方々に露営した部隊は、物音がしただけでは射ってはならない、という特別命令を受けた。

頂上陣地が派遣した若い伝令兵はどうやら海岸に到達した。夜中すぎ、ムンク大尉は数名の衛生兵を連れて十字架山の中腹まで登った。そして頂上が日本兵に完全に包囲されているのを知った。

パロからカトモン山まで、二〇キロの海岸は艦砲射撃を受けただけで、上陸はなかった。カトモン山南麓のサンホセからドラグ南方のダギタン川河口まで八キロの間に上陸したのは、マヌス島から来た米第二四軍団（第九六師団、第七師団）であった。

右翼九六師団はハワイで編成されたばかりの師団で、実戦の経験がなかった。しかしその上陸したサンホセ方面では、カトモン山上の九聯隊は水際防衛に参加せず、遠距離砲撃を加えるだけだったので、上陸は比較的楽だった。

水陸両用戦車一台が道路を越えたところで沼地にはまり込んで動けなくなったほかは、大した事故もなく、各隊は沼沢地《しょうたくち》に散開して進みはじめた。

カトモン山は南側から迂回され、頂上の攻撃は三日後に上陸する予備の戦闘部隊に任せられる予定であった。右翼の三八三連隊の第一大隊は山の南端ラビラナン・ヘッドの西側に、第二大隊は四キロ奥のティグバオ部落方面へ向った。三八二連隊の第二大隊がその南に接して進んだが、各隊は夕方までに目標の内陸三キロの線まで到達出来なかった。カトモン山から散発的に射ってくるだけで、抵抗はなかったのだが、沼沢は思ったより深く、進撃がはかどらなかったのである。

しかし三八二連隊の左翼第三大隊が上陸したのは二十聯隊の守備区域に入っていた。先頭の水陸両用戦車が水際のヤシと流木で固めた戦車壕にひっかかったので、歩兵は波打際を徒渉して上陸しなければならなかった。

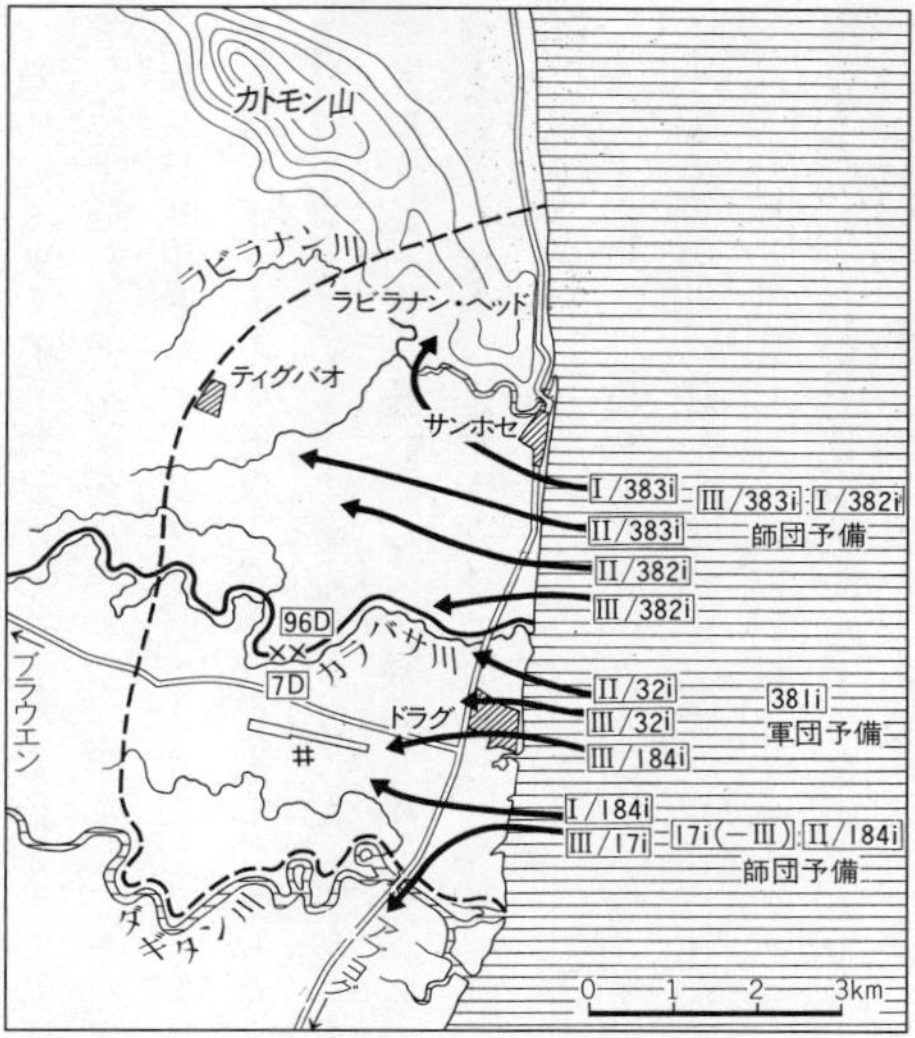

第３図　ドラグ地区の米軍上陸作戦

五〇〇メートル内陸の小丘（牧野中将が着任四日目に上った丘である）から射って来る砲弾のため、損害が出はじめた。艦砲射撃を要求し、一〇四〇、それが終ってから大隊は前進を開始した。一時間後に丘を占領した。日本軍は撤退していたが、一日中、不明の砲兵陣地からの執拗な砲撃が、丘とその西側の田圃に集中した。大隊はそれ以上進むことが出来なかった。目標に二キロ足りなかった。

カラバサ川以南のドラグ地区に上陸した第七師団はアッツ島上陸の経験を持っていた。目標はドラグの町の確保と飛行場の占領であった。右翼の三二連隊の第二大隊が上陸したのは、フィリピン人の墓地の前だった。墓標の間に日本の小部隊がまだ生きていたが、これは艦砲射撃を免れたごく少数らしかった。二つの機関銃座を処理した後、一四〇〇すぎ国道に出た。進撃がおくれたのは、左側で苦戦している第三大隊との間に間隙を作らないためであった。

ドラグの町の北に接して上陸した第三大隊の先頭二個中隊は、海岸に接したバナナ畑と土垣の列の間の壕からの機関銃砲火によって阻止された。一五分の間に、二人の将校と六人の兵が戦死し、一人の将校と一八人の兵が傷ついた。救援に赴いた五台の中型戦車のうち、三台が対戦車砲によって撃破された。

これら米軍記録に出ている「対戦車砲」とは「速射砲」のことである。その名の示す通り、無反動装置によって連続発射出来るのが珍しかった頃の産物で、口径三七ミリ、野砲として威力を発揮しなくなったので、改良を加えて「対戦車砲」としたものである。

この方面にあった野砲は二十二聯隊第二大隊だが、第六中隊をカトモン山の九聯隊に付属、ダギタン川南に第五中隊をおいた（ドラグ北方の小丘を砲撃したのは恐らくこの中隊である）。残りの第四中隊がドラグにいたはずだが、水際戦闘には参加していない。内陸に縦深的に配置されていたことが、この後の戦闘経過によってわかる。

一三四五、アメリカ軍は陣容を立て直し、垣の列の両端にある砲座を側面から攻撃した。二台の戦車がそれぞれ一個小隊の兵と共に南と北から迂回し、残りが正面を進んだ。砲座はこの時までに砲弾を射ち尽していたらしく、反撃はなかった。手榴弾を投げ尽してから沈黙した。

アメリカ兵がさらに前進すると、道に沿った垣の奥に機関銃陣地があり、側面から射撃を受けた。戦車に援護されて第一の火線だけ突破したが、日本兵の砲火は依然衰えないので、一六三〇、各隊は退いて海岸の橋頭堡を固めた。この日第三大隊は八〇メートルしか進めなかった。

ドラグ町の正面に上陸した一八四連隊の右翼第三大隊は、予期したほどの抵抗を受けなかった。目標は飛行場であったから、町は通り抜け、一二一〇、国道に達した。一五三〇、町の南の小さな潟の南側に上陸した第一大隊と、ドラグ飛行場の東で連絡した。一六三五、飛行場の五〇〇メートル手前の森の中で、二つの大隊は停止した。この日、一八四連隊には一人の戦死者もなく、三人が日射病で倒れただけだった。日本兵一一が受持ち区域内で戦死していた。

全体としてドラグ方面の上陸は、パロ、タクロバン方面より楽だった。日本の二十聯隊戦闘指揮所は最初はドラグの町にあったが、この頃六キロ内陸のホリタに移っていた。ダギタン川以南に配置されていた第二大隊は、十九日の艦砲射撃によって、敵上陸がドラグ以北ときまってからは、ラサール、サンホセ方面に移動したらしい。
聯隊は縦深抵抗陣地を構えていたのであった。

レイテ島の南部の二つの半島のうち東側の半島は、ドラグの南八〇キロでパナオン島と絶ち切られている。幅員二キロばかりの水路の両側に、上陸時間三〇分前の〇九三〇、二四師団の二一連隊が上陸した。これはレイテ湾から水路西側のソゴド湾への航行を確保するためである。ソゴド湾は第七艦隊の米魚雷艇基地になる予定であった。湾の対岸マリトボには、ゲリラ隊長カングレオン大佐の本拠があった。十八年十一月以来、日本の二十聯隊第一大隊の一部が駐屯していたが、既述のようにすでに撤収していたから、上陸軍のすることはあまりなかった。

二十日一八〇〇までにレイテ島東海岸の砲声は絶えた。この時までにマッカーサー遠征軍一七万四、〇〇〇のうち、兵員六万と一〇万七、〇〇〇トンの車輛、弾薬その他軍需品が揚陸されていた。

海岸はごった返していた。二四軍団配属の貨物船の中にはヤップ島上陸用の補給品を積んだままのものがあった。離島の戦闘はもっと早く終るはずだったから、食糧が上に積荷されていた。水際の戦闘が続いているのに、Kレーションの梱包が波打際に横たわっていた。夜おそくまで、血眼になった補給部将校が受持ちの梱包を探して波打際を走り廻っていた。

二一〇〇、上陸した六万の米兵の大部分は一日の戦闘に疲れて眠っていた。ただ第一騎兵師団の砲兵隊だけが目標のタクロバン西方の小丘に対して、砲撃を開始していた。砲撃は朝まで続いた。それが師団の翌日の目標だった。

十字架山の頂上を占拠した二四師団一九連隊第一大隊の主力も眠ることは出来なかった。夜通し、三十三聯隊第一大隊の斬込みが繰り返されていた。ドラグ東方で夜営した九六師団の一部も、カトモン山の九聯隊の斬込みを受けた。

タクロバンの十六師団司令部の固定無線は、十九日の艦砲射撃で破壊されていたらしい。同日、師団は戦闘司令所をサンタフェに移した。これはパロの西北方一五キロの二号国道上の町である。恐らく予定の行動だったろう。牧野師団長は病臥中だった。

十九日サンタフェから発した二つの命令が、後に米軍に鹵獲《ろかく》されて残っている。それは主として米軍の意外の二方面上陸に伴う兵力移動に関するものである。師団に関する数少ない根本史料なので、全文を写しておく。

垣作命甲第八二八号
第十六師団命令　十月十九日一三〇〇サンタフェ
一、敵ハ本朝来「ドラグ」「カトモン」「トロサ」「タナウアン」南側高地、「サンホセ」（海軍飛行場南）各陣地ヲ砲撃シ一二〇〇頃一部舟艇ヲ以テ「サンホセ」海岸ニ近接ス。
海軍部隊ハ飛行場南側ニ近接セル敵ヲ撃退中ナリ。
我陸海軍航空部隊ハ師団当面ノ敵艦艇ヲ求メテ攻撃中ナリ。
本夕以後更ニ有力ナル部隊ヲ以テ攻撃ヲ続行スル筈。
二、師団ハ更ニ戦備ヲ厳ニシ上陸スル敵ヲ撃滅セントス。
三、歩兵第三十三聯隊ハ「パロ」以北ノ既設陣地ヲ利用シ同方面ニ上陸スル敵ヲ撃摧スベシ。
特ニ師団主力ノ右側ヲ掩護《えんご》シ「タクロバン」根拠地ヲ確保スベシ。
在「サンタフェ」工兵第十六聯隊配属歩兵部隊ヲ復帰セシム。
竹腰部隊、貴志部隊ヲ配属ス。
海軍竹谷部隊ト密ニ連絡スベシ。
四、工兵第十六聯隊長ハ在「サンタフェ」配属歩兵部隊ヲ原所属ニ復帰セシムベシ。
五、竹腰部隊、貴志部隊ハ歩兵第三十三聯隊長ノ指揮下ニ入ルベシ。

六、予ハ「サンタフェ」南側戦闘司令所ニ在リ。
一四〇〇命令受領者ヲ差出スベシ。

師団長　牧野四郎

下達法、筆記セルモノヲ交付ス。
配布区分、33 i、16P、竹腰、貴志。

垣作命甲第八二九号
第十六師団命令　十月十九日一八〇〇サンタフェ南側戦闘司令所
一、敵ハ本十九日「ドラグ」以北ノ我ガ陣地ヲ砲爆撃シ一部舟艇ヲ以テ上陸ヲ企図シタルモ、第一線各部隊ハ之ヲ拒止シアリ。
二、師団ハ更ニ戦備ヲ強化シ本夜以後ノ敵ノ上陸企図ヲ撃摧セントス。
三、南、北部「レイテ」防衛隊及歩兵第三十三聯隊（「タクロバン」支隊トス）ハ本夜暗更ニ戦備ヲ強化シ特ニ一部挺進突撃部隊ヲ以テ水際地域ヲ確保スルト共ニ本夜以後上陸スル敵ヲ撃摧スベシ。
四、南部「レイテ」防衛隊ハ特ニ師団主力ノ右側背ノ警戒ヲ厳ナラシムベシ。
新田部隊、神戸部隊ヲ属ス。但シ飛行場勤務ヲ必要トスル場合ハ本然ノ任務ニ服セシムベシ。

五、北部「レイテ」防衛隊ハ在「タクロバン」海軍部隊ヲ併セ指揮スベシ。
六、「タクロバン」支隊ハ師団主力ノ左側ヲ掩護スルト共ニ「タクロバン」地区ノ確保ニ任ズベシ。歩兵第二十聯隊第一大隊（一中欠）ヲ配属ス。
七、歩兵第二十聯隊第一大隊ハ一中隊ヲ「サンタフェ」ニ前進セシメ爾余ハ「タクロバン」支隊長ノ指揮下ニ入ルベシ。
八、野砲兵第二十二聯隊ハ砲兵隊トナリ依然南、北部「レイテ」防衛隊「タクロバン」支隊ノ戦闘ニ協力スベシ。
九、工兵第十六聯隊ハ工兵隊トナリ依然主力ヲ以テ交通確保及之ガ破壊準備ニ任ズルト共ニ本夜以後一小隊ヲ以テ「タクロバン」支隊ノ戦闘ニ協力スベシ。成ルベク多数ノ火焔発射器ヲ装備セシムベシ。
十、新田部隊、神戸部隊ハ南レ防長ノ指揮下ニ入ルベシ。但シ飛行場勤務ヲ必要トスル場合ハ依然本然ノ任務ヲ続行スベシ。
神戸部隊長ハ独立自動車第三一七中隊ヲ「キリン」付近ニ於テ予ノ直轄タラシムベシ。
十一、師団通信隊ハ師団戦闘司令所ト師団司令部、南、北部「レイテ」防衛隊、33i、22A、16P、南、北部「サマール」防衛隊、海軍部隊、軍司令部間ノ通信連絡ニ任ズベシ。
十二、I/20iノ一中隊ハ「サンタフェ」ニ於テ師団予備隊トナルベシ。

十三、爾余ノ諸隊ハ依然現任務ヲ続行スベシ。
十四、予ハ「サンタフェ」南側戦闘司令所ニ在リ。

師団長　牧野四郎

敵上陸直前の切迫した空気が感じられる文面である。

二十聯隊第一大隊（泉長大少佐）は師団予備としてダガミ方面の陣地構築に任じていたが、敵の二面上陸が明らかになったので、急遽パロに増強されたのである。竹腰部隊は司令部付の雑軍、貴志部隊は船舶工兵中隊である。

同じく師団予備としてブラウエンにあった三十三聯隊第二大隊の使用がまだ決定されていないが、この方面には二十聯隊二個大隊がいるので、さしあたって脅威を感じなかったのであろう。新田、神戸部隊はいずれもブラウエン飛行場設営隊である。

工兵十六聯隊が火焔放射器若干を持っていたのは、少し意外である。米側の記録にも、帰還兵の記憶にも全くないからである。しかし実際には、昭和十二年頃から少数が試作され、比島戦線ではコレヒドール攻略戦で、第四師団の一部が使用した。そのまま十六師団が引き継いだものだったらしい。

敵のパロ上陸により、急遽戦闘司令所を移転したための不便は、通信連絡の面で顕著であった。性能のすぐれた固定無線の替りに、携行無線を使ったため、この重要な時に、三十五軍との連絡はうまく行かなかった。配下諸隊との連絡は有線によったが、それが十七日の台風によって被害を受けた上に、艦砲射撃によって切断されてしまった。

敵上陸後は、聯隊と大隊、大隊と中隊の間の連絡も断ち切られてしまった。水際陣地の兵士の多くは個人の判断によって戦ったのである。撃破された兵士たちは、夜にまぎれて退却していた。たまたま露営したアメリカ軍の歩哨線にぶつかって射撃されると、山と林の方へ逃げた。

二十日二四〇〇、サンタフェの戦闘司令所はダガミに向けて移動を開始した。二十一日〇三〇〇までに移動を終ったと報告されたが、三十五軍との連絡は二十二日二二〇〇まで恢復しない。

七　第三十五軍

十月十七日以降、レイテ湾が米艦船で蔽《おお》われるのを見た十六師団の兵士たちは、なぜ友軍の飛行機がこれを爆撃しないのか、疑問に思った。小型艦船は忙しく動き廻っていたが、巡洋艦と思われる大型軍艦は沖に停止したままだった。台湾沖航空戦で大勝を博した日本空軍が、なぜこの好餌《こうじ》を指をくわえて見ているのだろうか。

パロの水際陣地の野砲二十二聯隊の兵士たちは、海上すれすれに近づいて来る一機を見て首を引込めた。轟音と共に頭上のヤシの梢をかすめて飛ぶ飛行機の翼の下に日の丸を認めて、歓声をあげた。しかし続いて五機のグラマンが来たので、また首を引込めねばならなかった。

「なんや、逃げよんのか」と彼等は呟いた。

これらは生き残った兵士たちが戦後語るところである。それはすでに日本が敗れ、一億国民が降伏し、日本軍が太平洋でどんなに拙劣に戦っていたか、ということが時代の通念となってからの証言である。そこには自分たちが兵士として実力を発揮出来ず俘虜《ふりょ》になってしまったことを正当化しようとする気持が働いている。しかし当時この言葉通りには考えなかったとしても、それは皇軍必勝の信念を吹き込まれながらも、常識として感じていた不安を現わしている。そして結局それは十六師団全体の士気に影響したのであった。

しかしすでに見たように、十六師団は全然孤立していたわけではなかった。ルソン島にあった第四航空軍（陸軍）と第一航空艦隊（海軍）は、全力をあげてレイテ湾内の米艦船を攻撃しようとしていた。

十八日一五一五、一式陸上攻撃機五、天山艦上攻撃機八がスルアン島の上空に達した。しかし前日からの風雨は一向に衰えず、遂に敵を発見出来なかった。

十九日早朝、ミンダナオのダバオ基地から飛び立った海軍艦上爆撃機彗星は、〇八三〇次のように報じた。

「タクロバンの一一〇度一八〇浬《かいり》に輸送船団発見、五列約三〇隻、後方靄霧の中に更に船団続航の模様、針路概北西、速力一〇乃至一五節《ノット》、前方に巡洋艦二、駆逐艦二あり」

続いて〇八五〇「タクロバンの九四度一三〇浬に空母一、戦艦三、駆逐艦四を認む」

と報じた。

この頃、ネグロス島から飛び立った陸軍偵察機も敵を発見していた。

「〇八〇〇、レイテ湾内に空母四、戦艦七、巡洋艦駆逐艦計二一、輸送船一八碇泊《ていはく》中」

「一二三〇、タクロバンの一三五度二六〇浬に輸送船の大集団を認む」

この日、ルソン島のクラークフィールド飛行場群は延《のべ》二〇〇機の米艦上機の攻撃を受けていた。ところがわが方には台湾沖航空戦から生き残った第一航空艦隊（海軍）の三〇機、第四航空軍（陸軍）の五〇機しかいなかった。陸軍機二〇、海軍機五が空襲の合間を縫って飛び上り、レイテ湾に達した。陸軍機が戦艦三、輸送船三に、海軍機が戦艦二に命中弾を与えたと報じた（米側の記録によれば、護衛空母一、救難艦一が水平爆撃により損傷）。

上陸日の二十日には、セブ、レイテのほかに空襲はなかった。クラークフィールドの海軍機五がレイテ湾内にあった輸送船一を撃沈し、護衛空母二に命中弾を与え、陸軍機一四が巡洋艦二、駆逐艦一を損傷したと報じた（米側の記録によれば軽巡一航空魚雷により損傷）。

レイテ湾内の米艦船の殲滅は、無論海軍の任務であった。この日には、聯合艦隊にも捷《しょう》一号作戦が発令され、二十五日レイテ島沖で決戦と決定していた。それと連繫して海陸空軍を台湾から増強し、二十四日組織的攻撃を決行する予定であった。それまでは手持ちの機で断続出撃して、敵を牽制する、いわゆる「雨だれ攻撃」である。

十七日、海軍中将大西滝治郎が第一航空艦隊長官としてマニラに赴任した。彼は来るべき海上決戦に参加すべき一航艦が少なくとも一〇〇機はいると思っていたのに、それが三〇機に満たないのを知って愕然とした。捷号作戦を成功さすためには、米空母を撃沈出来ないまでも、飛行甲板を少なくとも一週間使用不能にしなければならない。寡勢をもって有効な攻撃を行うためには、かねて大本営で研究中の特別志願による体当り攻撃を、直ちに実行に移すほかはないと考えた。零戦に二五〇キロ爆弾を抱かせて、飛行甲板に体当りさせようというのである。

以来日本空軍の主要攻撃方法となる体当り特攻が誕生したのはこの時である。いずれレイテ沖海戦についての章で詳述するつもりだが、さしあたり二十日大西長官が発した命令を記録しておく。

「一、現戦局ニ鑑ミ艦上戦闘機二十六機（現有兵力）ヲ以テ体当リ攻撃隊ヲ編成ス（体当リ機十三機）。本攻撃ハコレヲ四隊ニ区分シ、敵機動部隊東方海面ニ出現ノ場合之ガ必殺（少クトモ使用不能ノ程度）ヲ期ス。成果ハ水上部隊突入前ニコレヲ期待ス。今後艦戦ノ増強ヲ得次第、編成ヲ拡大ノ予定。本攻撃隊ヲ神風特別攻撃隊ト呼称ス。

二、二〇一空司令ハ現有兵力ヲ以テ体当リ攻撃隊ヲ編成シ、成ルベク十月二十五日迄ニ比島東方海面ノ敵機動部隊ヲ殲滅スベシ。

司令ハ今後ノ増強兵力ヲ以テスル特別攻撃隊ノ編成ヲ予メ準備スベシ。
編成
指揮官　海軍大尉　関行男
各隊ノ名称ハ、敷島隊、大和隊、朝日隊、山桜隊トス。」

特別攻撃隊はその後敵も味方も「カミカゼ」と呼んだが、海軍は「シンプウ」と音読した。二〇一空は、副長玉井浅一中佐指揮、第一航空艦隊の主力戦闘機隊である。

各隊は原則として特攻機三、直接掩護《えんご》機二から成る。大和隊だけセブ飛行場に進出、他の三隊はクラークフィールドのマバラカット飛行場を基地とした。

諸隊は連日出動したが、悪天候に妨げられて、敵艦は発見出来ず、空しく帰投した。この頃ルソン島とレイテ島間に低気圧があり、重い爆弾を抱いての航法に馴れなかったせいもあろうが、やや躊躇の気配がないでもない。

二十三日、第二航空艦隊一九六機がクラークフィールドに進出した。零戦一〇五、紫電（戦闘機）二一、彗星（艦爆）一〇、天山（艦攻）一〇、九九式艦爆二五、銀河（陸爆）五、陸攻二〇である。しかし長官福留繁中将はなお編隊攻撃を固持して、特攻実施を承知しなかった。そういう異例の攻撃法はパイロットの士気に影響し、作戦に支障を来すというのである。特攻決定の時点では、現地指揮官の間に一致がなかったのであった。

一方、陸軍の第四航空軍の手持ち機も、この時戦爆合せて二〇機しかなかった。敵上陸軍を十一月と想定していた十月初旬の予定では、台湾の第十二飛行団、内地の第三十飛行集団（これは新鋭四式戦闘機「疾風《はやて》」に乗った旧明野飛行学校の優秀パイロットから成り、米P38と太刀討ち出来るはずだった）、濠北《ごうほく》の第七飛行師団、合計五〇〇機が到着することになっていた。しかし敵の上陸繰上げにより、海軍と打合せた二十四日の攻撃日までには第十二飛行団だけしか着きそうもなかった。

一体敵の攻撃ペース促進によって最も影響を受けたのは、陸空軍だったようである。二航艦の一九六機も予定の四割だったが、これは台湾沖航空戦で消耗した結果である。海空軍は海上決戦兵力として増産に必要な資材の優先的割当てがあったが、陸空軍は元来地上決戦の補助的なものだから、生産保有共に少なく、融通がつかなかった。

しかし機がないといって、何もしないでいるわけに行かない。第四航空軍は戦闘司令所をネグロス島バコロドに進め、タクロバンに「雨だれ攻撃」を続けながら、増援機の到着を待っていた。

二十日、小沢中将の機動部隊はわずか一〇八機を載せて豊後《ぶんご》水道を出た。二十一日、志摩中将の第二遊撃部隊が台湾の馬公《まこう》を出た。聯合艦隊の主力栗田中将の第一遊撃部隊は二十日ボルネオのブルネイ泊地に進出し、二十二日、二隊に分れてレイテ島の南北を限るスリガオ、サン・ベルナルディノ海峡に向った。

レイテ決戦はまず海軍の始動で行われようとしていた。栗田艦隊の最終目標は、レイテ湾にある米輸送船団及び地上部隊の撃破であった。聯合艦隊が敵地上軍を主目標としたのはこれが初めてであった。

セブ市のセブ大学に司令部をおく第三十五軍司令部では、十九日午後十六師団の敵上陸企図の報（既述のようにこれは米軍の海底破壊班の近接を上陸第一歩と誤認したものだった）に接すると、直ちに予定増援部隊にレイテ島進出を命じた。ただしこの時はまだレイテ島決戦は決定していない。

当時第三十五軍の配下には、レイテ島の十六師団のほかに、次の諸兵団があった。

第三十師団（豹、両角業作中将）ミンダナオ島中部及び北部。

第百師団（拠、原田次郎中将）同島ダバオ地区。

第百二師団（抜、福栄真平中将）セブ、ネグロス、パラワン、パナイ、ボホール島。

独立混成五十四旅団（萩）、ミンダナオ島サンボアンガ地区。

独立混成五十五旅団（菅）、主力二個大隊、ホロ島、一個大隊、セブ島。

ただこのうち野砲聯隊を持った正規師団は三十師団だけで、他はいずれも従来の警備討伐を目的とする混成旅団を師団に改編したものであった。規定人員を補充して師団に昇格させただけのもので、装備訓練共に未熟で決戦に使える戦力ではなかった。

第三十五軍司令官鈴木宗作中将は幼年学校、陸士、陸大とも首席で通した秀才で、参謀本部第三部（輸送、船舶、通信）出身の事務的将軍であった。緒戦に第二十五軍参謀長として、山下大将と共にマレー上陸作戦を指導したが、以後は宇品の陸軍運輸部長として、陸軍全般の輸送補給を統裁していた。

十九年五月、南方総軍がホーランディア奪回作戦を企図した時、増援軍輸送のため、運輸部長在任のままマニラに出張した。第十四軍が方面軍に昇格し、ビサヤ地区に第三十五軍が創設されるに及んで、司令官に任命された経緯は第五章に書いた通りである。参謀長として、方面軍参謀部から友近美晴少将が転補された。

軍の任務が最初は消耗持久であったことも前に書いた。米軍が㈠ミンダナオ、㈡レイテ、㈢ミンダナオ、レイテ同時上陸、の三つの場合を想定し、それぞれの場合に対応し得る如く作戦を立て、これを「鈴一号」「鈴二号」「鈴三号」と呼んだ。

レイテの場合は「鈴二号」であるが、上陸五日以内にミンダナオ島北部カガヤン方面にあった三十師団の一個聯隊を西海岸アルブエラに上陸させ、脊梁《せきりょう》山脈を越えてダガミの十六師団を増強する。同時にセブ、ネグロス島方面にある百二師団の三個大隊をオルモックに上陸させ、北方のリモン峠を迂回して、カリガラからレイテ平原へ出て、米軍の進出を阻止しようというのである。

当時三十師団司令部はカガヤン南方山中にあり、四十一聯隊（炭谷鷹義《すみたにたかよし》大佐）にカガ

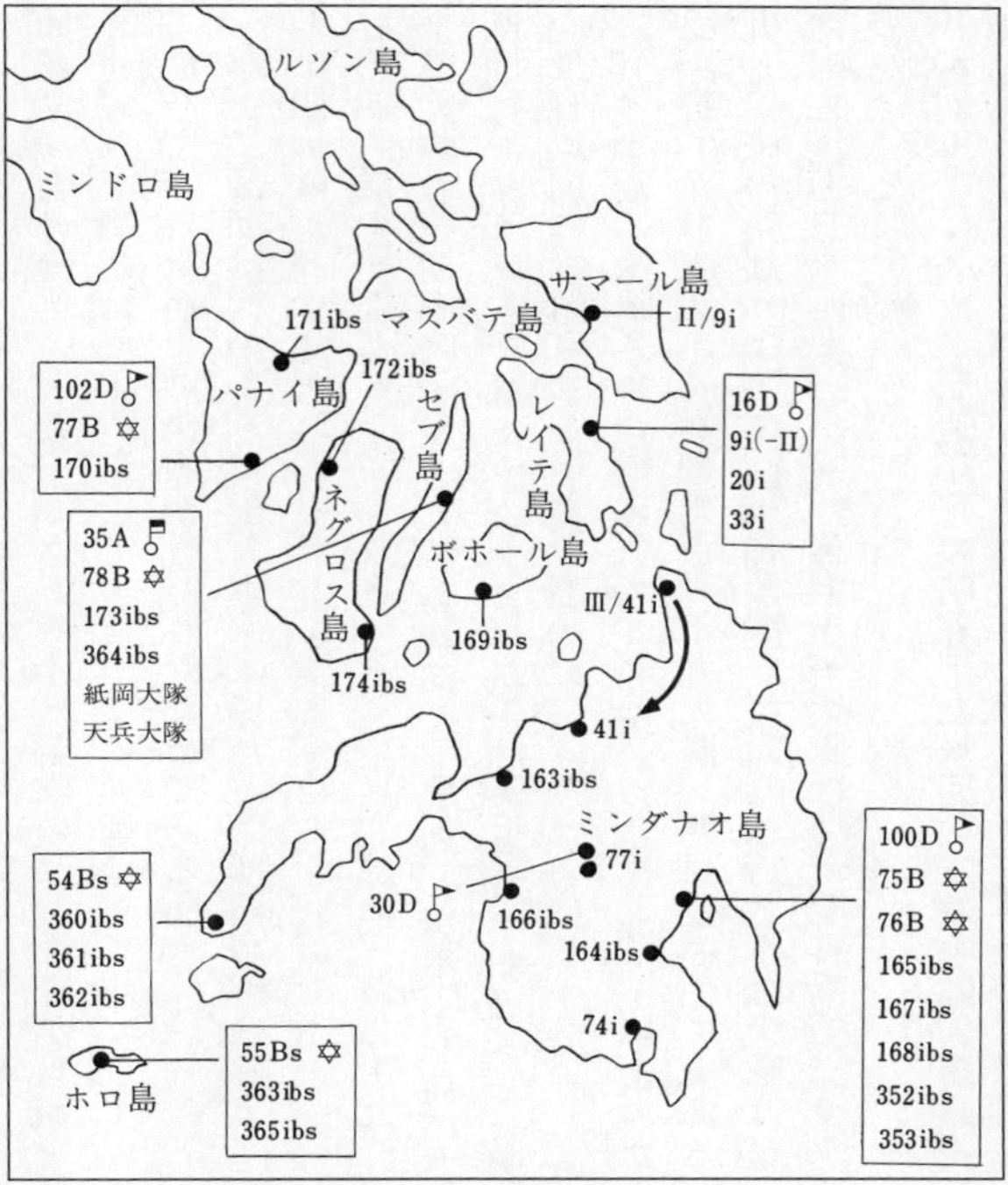

第４図　第三十五軍の兵力配置

ヤン集結を命じていた。南遣艦隊の巡洋艦「鬼怒」、駆逐艦「浦波」が、レイテ島増援軍輸送のため充当された。しかし四十一聯隊の二個大隊が乗船を終ったのは二十五日、オルモック到着は二十六日であった。この遅延は二十四、二十五日両日レイテ島をめぐる海空で、日米海軍の決戦が行われたためである。

第百二師団は次のように配置されていた。師団司令部はパナイ島イロイロにあり、百七十四大隊（一中隊欠）がパラワン島に、百七十、百七十一、百七十二大隊、及び三百五十四大隊の一部がパナイ島及びネグロス島北部に、百六十九、百七十三大隊及び百七十四大隊の一個中隊がネグロス島南部、セブ島、ボホール島にあった（第4図参照）。師団はレイテあるいはミンダナオに敵上陸の場合、右のうち三個大隊（一個聯隊相当）を二日以内に乗船させるべきであった。

レイテ島に派遣されたのは、カピス（パナイ島北部）にあった百七十一大隊（田辺侃《たなべかん》二《じ》中佐）及びボホール島警備百六十九大隊（西村茂中佐）である。ただし所在船舶は、九月以来の空襲によって、破損故障しており、百六十九大隊は二十六日乗船、セブ経由で、二十七日オルモック着、百七十一大隊は二十七日乗船、オルモック着は三十日になった。

折柄《おりから》セブにメナド派遣予定の第五十七旅団の二個中隊（藤原義雄少佐）がいた。軍は独断でこれを百二師団の指揮下に入れ、「天兵大隊」と称した（折柄セブにこの大隊がいたのは天の恵みという意味である）。二十四日セブ発、翌日オルモックに送った。これで百二師団の派遣兵力はほぼ予定の三個大隊に達したが、進出は一週間おくれている。

三十五軍司令部の始動もおくれた。陸軍の捷一号作戦発起は十九日、方面軍が軍にレイテ島上陸の敵撃攘《げきじょう》を命じたのは二十日である。同日、「鈴二号」を発動したが、軍のレイテ島進出は著しくおくれ、オルモックに情報所設置は二十六日、友近参謀長到着が二十八日、鈴木司令官到着は十一月二日朝になった。

当時、軍では方面軍の指示に基き、ミンダナオ島カガヤンに戦闘司令所設置を準備中であった。レイテ島に上陸したのは米軍の一部で、引き続いて主力がミンダナオ島に上陸する可能性もないでもない。右計画を中止してもよろしきや否や、方面軍にお伺いを立てて二十日一日を空費した。

二十一日、方面軍の参謀副長小林征四郎大佐が飛来した。二十日付命令を携行、伝達すると共に、作戦指導のためである。軍情報参謀渡辺利亥と共に、直ちにオルモックへ向け出発したが、途中搭乗の陸軍装甲艇が故障、オルモックに着いたのは二十三日になった。

折柄オルモック警備の三十三聯隊の一個中隊は、パロ方面に出動準備中であった。そのトラックに便乗して出発、リモン峠手前から部隊が徒歩前進に移ると共に、小林方面軍参謀は引き返した。

渡辺参謀はこの後徒歩にてカリガラを廻り、二十六日ダガミの十六師団司令部に着いている。軍参謀で師団に到着した唯一の人である。ただし渡辺参謀はレイテ決戦に作戦変更を知らずにセブを出ている。

小林参謀副長もまた従来の持久作戦案を持って飛来したのである。渡辺参謀はレイテ島決戦が可能かどうか、様子を見たという印象を受けている。

二十日二四〇〇から二十一日二二〇〇まで、十六師団はサンタフェからダガミに移動し、軍との通信は杜絶している。増援軍派遣も計画通り進行せず、軍では焦慮していた。二十二日の総軍のレイテ決戦作戦命令は、軍を歓喜させたという。「驕敵撃滅《きょうてきげきめつ》の神機」の先鋒を任せられるなどということは、めったにあることではない。

方面軍が第一師団、二十六師団、六十八旅団の派遣を告げると共に、各兵団を上陸さすべき地点について、軍の意見を求めて来たのに対して、返電した。

「レイテ東方空海決戦にして勝利を得たる場合、第一師団、六十八旅団は、遠く海上追撃に使用せらるるを有利と認むるも、レイテ決戦に使用せらるる場合に於ては、主力はバルゴ、ドラグ方面に攻勢を取らしめ、一部をドラグ以南の地区に逆に上陸せしめ、南北相呼応して撃滅するを可とす」

台湾沖航空戦の勝利を信じていた軍では、レイテ上陸はマッカーサー軍の単独企図で、その兵力は、二個師団ぐらいだろうと思っていた。増援を得た上は、始終攻勢を取り、カリガラ方面に主力を結集して、敵をレイテ湾に追い落すつもりであった。十一月十六日までにタクロバンに入城し、マッカーサー将軍を捕虜にした時、西南太平洋軍全体の降伏を要求すべきかどうか、を真面目に研究したという。

日本はガダルカナル以来一年半押され続けだった。圧迫をはね返した台湾沖航空戦大勝利の報に、日本全体が目がくらんでいたのだから、第三十五軍ばかり責めるわけにはいかないが、この楽観的予想は以来一週間、軍の行動を支配した。

増援軍の遅延は必ずしもこういう軍の楽観のせいばかりではない。それは一般に日本軍隊の非能率化、船舶の不足、各地情況の悪化と関係がある。米軍上陸と共に、フィリピン全土のゲリラは蜂起していた。パナイ島には正規ゲリラのビサヤ地区総司令官ペラルタがおり、ネグロス島南部はほとんどゲリラの支配下にあった。派遣部隊の移動は絶えず妨害を受け、派遣後のパナイ、ネグロスの警備態勢を整えねばならなかった。

日本陸軍伝来の官僚的仕来りが作戦実施も遅延させる。方面軍は作戦命令を携行した朝枝参謀の派遣を告げる。しかし二十四日以来レイテ島周辺では海空の大作戦が行われており、参謀は戦火が収まった二十八日、やっとセブに到着する。

軍司令部はそれまでセブにじっとしている。前述のように、友近参謀長がオルモックに渡ったのは二十八日、鈴木司令官は十一月二日であった。

ビサヤ、ミンダナオからの増強部隊は二十八日―三十日の間に、カリガラ、ハロ方面に達したが、その時米軍はすでにレイテ平原を席捲し、その先頭部隊が同地区に出現していた。

これらレイテ戦初動の作戦の誤りは、米上陸軍を二個師団と速断したこと、従来の米軍の行動から見て、ゆっくり橋頭堡を固めてから、内陸進撃を開始するだろうから、レイテ平原に溢出《いっしゅつ》するのは一週間後だろう、と勝手にきめていたことから起っている。つまりこっちが縦深抵抗に変更すれば、敵も内陸進撃を早めるだろうと予想する、要するに想像力が欠けていたのである。

これも別に三十五軍に限ったことではなく、陸軍全体が陥っていた誤りであった。桶狭間の奇襲とかタンネンベルクの殲滅戦とかいうお伽噺で頭が一杯になっていた参謀の作戦計画は、こっちがナポレオンのような天才的奇襲を仕掛ける間、敵は何もしないでじっとしているだろう、という予想のもとに成り立っていた。こっちがこう出れば、あっちはああ来るかも知れないと想像することが出来なかったのである。一人ぎめの思い上った構想は、この後レイテ決戦を通じて常に現われて来る。

しかしレイテ防禦を受け持った十六師団にとって致命的だったのは、三十五軍の中途半端な水際戦闘指導であったといえよう。軍は大本営の縦深抵抗の指示を原則として受け入れた。サイパンの艦砲射撃の効果について、参謀本部は具体的な数字入りの被害表を付けた戦訓を送って来た。しかし現地参謀はこういう書類について、一応批判を加えないと沽券にかかわると思っている。

サイパンがやられたのは築城が出来ていなかったからで、参考にならんという者がいる。サイパンのような小島とレイテのような大島とでは防禦戦闘も異ならねばならぬなど、マニラの連絡会議は議論百出となった。兵が半年がかりで築いた水際陣地をあっさり放棄させるのは士気に関する、折角の訓練が無駄になる、という現地兵団長の意見が出る。

結局鈴木中将が採ったのは、水際でも「有力なる一部の真面目な抵抗をやる。そのため兵の一部に過早の消耗が生ずるもこれを忍ぶ」という妥協案である。生き残った兵隊で拠点抵抗もやり、最後には山際の複郭陣地で持久戦に入るという、欲張った作戦を立てた。

鈴木中将は前記のように陸士の成績優秀、マレー上陸作戦も成功、宇品で遺漏なくという輸送を統裁して来た有能の将軍であった。その経歴の示す通り、円満妥協型であった。レイテ島にはこの後四人の師団長と五万の大軍がひしめくことになるので、それらの調和を図り、円滑に統率したところに、中将の誠実な人格の効果があった。しかし彼が水際一部抵抗の妥協的作戦をきめた時、実際には水際撃攘《げきじょう》主義と同じ誤りを冒すことになったのである。米軍の強力な攻撃の前に、水際陣地に枯渇的消耗が生じれば、予備を急いで投入しなければならない。最前線を「過早に消耗」させれば、同時に後方も崩壊する危険に想到しなかった。

水際一部抵抗方針は元来レイテ島の海岸地方にも飛行場を建設したことから起っている。敵にそれを使用させない、もしくは使用を遷延させるために、多少の抵抗はしなければならないのだが、もし鈴木軍司令官にもう一段深い読みと決断があったなら、断乎として水際抵抗を放棄することも出来たのである。

この頃、硫黄島防衛軍の司令官として着任した栗林忠道中将は、現地海軍部隊の反対を押し切って、水際陣地は放棄した。重砲まで摺鉢山の洞穴に引き込んだ。そして一個師団強の兵力でこの小島を一ヵ月半支え、米上陸軍に防衛軍に上廻る損害を与えることが出来たのであった。

レイテ戦の一ヵ月前、ペリリュー島の防衛をした第十四師団歩兵第二聯隊の中川州男大佐も、同じ戦術によって二ヵ月抵抗した。これらはいずれもレイテ島とは比べものにならない小島である。レイテ戦は太平洋戦線で戦われた唯一の大島嶼《とうしょ》作戦で、不馴れのため日米両軍とも幾多の誤りを冒した。しかしこの水際一部抵抗主義ほど、無益な損傷と悲惨な壊滅を招いた過誤はない。

軍参謀長友近美晴少将はレイテ戦終了後、セブ続いてミンダナオに逃れて、終戦時の降伏を指導した。収容所でレイテ戦の回想録を書き、共同通信特派員斎藤桂助に托した。

これが二十一年に出版された『軍参謀長の手記』である。

それは現地軍参謀長の最も生な記録という意味で、レイテ島の戦闘について数少ない根本史料の一つであるが、同時に参謀という知能型軍人の心性を遺憾なく現わした記念すべき本となった。

「現にレイテであれだけの大艦隊が二日間艦砲射撃をやったが、吾々の頭に感じた事は、サイパンの戦訓を聞いていた印象と遥かに違い、あれ位の艦砲射撃で上陸したのかと思わしめた位である。実際は中掩蓋程度に出来ていた工事は大部分破壊せられ、水際に配置していた大砲の大部分は毀《こわ》されたが、しかも尚お、反対斜面の陣地とか洞窟陣地とかは立派に残っていて、守兵も案外損害少なく(尤も相当数の離散兵はあった様だが)米歩兵等の上陸後も、かなりの抵抗が出来たのである」

パロやドラグの水際陣地がよく戦ったのは、前回に見た通りである。しかしいち早く砲と精兵を消耗してしまった十六師団の将兵が、どういうふうに「かなりの抵抗」をしたか、どうして「相当数の離散兵」を出したかを知るためには、戦闘の実状を見なければならない。

八　抵抗

十月二十一日―二十五日

二十日夜、米第七師団はドラグで日本軍戦車の夜襲を受けた。町の北側に上陸した三二連隊の左翼第三大隊は、日本軍の強い抵抗に会って阻止されたが、南方に上陸した一八四連隊は、町を通り抜け、一キロ半奥のドラグ飛行場周辺に達していた。

間隔を埋めるために、一八四連隊のG中隊が内陸へ向うドラグ＝ブラウエン道に進出し、壕を掘っていた時、三台の日本の小型戦車がブラウエン方面から来た。しかしその機銃掃射の弾道は高すぎ、犠牲はなかった。米軍が小銃、バズーカ砲、臼砲《きゆうほう》で反撃すると、戦車は引き返して行った。

一時間の後、その一台が引き返して来た。こんどは擱座《かくざ》させられた。一人の米兵が掩《えん》蓋《がい》を開けて手榴弾《しゆりゆうだん》を投げ込んだ。戦車は燃え上った。中から日本兵の呻きが聞えた。米兵はいった。「焼けろ、フライになっちまえ。汚ないジャップ」。そこへ突然一台の

「装甲自動車」が驀進《ばくしん》して来て、機銃掃射を浴びせた。二人の米兵が戦死し、三人が負傷した。

ドラグ飛行場の縁に夜営した一八四連隊第三大隊の右側は、ドラグ＝ブラウエン道に接していた。二十一日〇一三〇、三台の「中型戦車」がドラグ方面へ向うのを見た。その一台をバズーカ砲で撃破したが、二台は通り過ぎて行った。帰途、その二台の戦車も擱座させられた。

〇四〇〇、六台の戦車が攻撃して来た。三〇分の撃ち合いの後、二台が擱座させられ、他は退いて行った。

これはブラウエン地区に配置された独立戦車第七中隊で、アメリカ側の記録によれば、その兵力は一一台である（ブラウエンで捕えられた兵器修理兵の証言という）。これはレイテ東海岸に現われた唯一の日本の戦車である。七月中旬ルソン島に進出した混成戦車部隊から派遣された軽戦車で、五台がまだ残っていなければならないが、その後は行方不明である。恐らく米側の記録には混乱があろう。

ドラグ水際抵抗を守っていた二十聯隊の兵士たちは、戦車なんて見たことも聞いたこともないといっている。恐らく牽引車としてブラウエンの飛行場設営に使われただけだったからである。

この頃の中型戦車と軽戦車の戦力の差は、ひと昔前の戦艦と駆逐艦ぐらいあった。装甲の厚さはもとより、備砲の徹甲力にも射程にも差があるから、姿を見せ合ったら勝負あったである。カタピラの跡を見つけられるだけで所在を突き止められ、破壊されてしまう。

この後、同じ型の軽戦車が第一師団と共にオルモックに上陸しているが、昼間は林中に身を隠し、夜間出動して、弾薬食糧の輸送に任じるだけであった。

しかし敵上陸の正面では、任務は少し異なる。ペリリュー島の例を見ても、戦闘初期に全力出動して全滅している。温存しても役に立たず、邪魔になるばかりだからである。

そのようにドラグの第七中隊も、唯一の機会である敵上陸第一夜に夜襲をしかけて全滅したのであった。

〇五三〇、ドラグ海岸の米三二連隊第三大隊のK中隊は、約五〇人の日本兵の払暁攻撃を受けた。中隊は散開して、臼砲と重機で撃退した。夜が明けると、陣地の前に三五の日本兵の死体があった。

前述のように三二連隊と一八四連隊の間には三〇〇メートル以上の間隙があった。二十一日、一八四連隊右翼の第三大隊は進路を斜め右に変える。

〇八〇〇、三二連隊の二個大隊は前進をはじめた。右翼の第二大隊は上陸日にはあまり強い抵抗を受けず、第三大隊と歩調を合せるために、海岸道路の三〇〇メートル先で止《とどま》っていた。しかしこの日は前進を始めるとすぐ、灌木の茂みの中に隠された銃座から強力な銃火を浴びた。そういう銃座を一つ一つ片付けて行かなければならなかったので、前進ははかどらなかった。

第三大隊はこの日は広い沼にぶつかった。それを両側から廻るうちに右側の第二大隊との間に、日本軍の堅固な砲兵陣地があることがわかってきた。しかし連隊長はこの日のうちに、前日のおくれを取り戻す決意をしていた。二つの大隊にこの陣地を迂回することを命じた。その攻略は予備第一大隊の二個中隊に任せた。

第二、第三大隊の第一線がやや整った時、掩蔽壕《えんぺいごう》に隠されていた七五ミリ野砲陣地にぶつかった。この砲座の攻略も戦車に任せ、大隊は進撃を続けた。一五二〇、やっと上陸日の目標の線に達した。

迂回された林中陣地の処理を任せられた第一大隊は、午後おそくなってから仕事に取りかかった。七五ミリ野砲一と対戦車砲（速射砲）一をすっぽり埋めた砲座を中心に、四つの機関銃座があり、深い壕で連絡されていた。約二個小隊の日本兵が立籠っていたことがあとでわかった。

第一大隊は五つの中型戦車とM8式七五ミリ榴弾砲車を先頭に進んだ。砲座の前の開けた野に出ると、機関銃座から射って来た。数人の戦死者が出たので、歩兵は前進をやめた。

戦車も対戦車砲に撃たれた。いくつかの命中弾があったが、損傷は大したことはなかった。しかし榴弾砲車は直撃弾を受けて炎上し、弾薬が爆発した。

歩兵が突進して、手榴弾でその対戦車砲を破壊した。しかし周囲の機関銃座から掃射を受けて、再び伏せねばならなかった。戦車が前進して遂に砲座と機関銃座を沈黙させた。歩兵が前進し、蛸壺にかくれた日本兵を掃射した。戦いが終った時は暗くなりかけていた。連隊主力に迫い付くのを諦め、一八〇〇、その場で夜営の準備にかかった。

左翼一八四連隊の二個大隊の進撃はこの日も楽だった。散発的に機銃弾、小銃弾が来るだけで、前方にはほとんど日本兵がいなかった。〇九〇〇、ドラグ飛行場占領、なおも前進を続けて、一二四五には三二連隊との間に二キロの間隙を作ってしまった。一五一五、連隊は停止を命ぜられた。上陸日の目標の線より八〇〇メートル先まで進んでいた。

師団重砲がこの日のうちに揚陸《ようりく》された。二十一日から二十二日へかけての夜、重砲は次の日の師団進撃正面を盲射ちした。二十二日、〇八〇〇、進撃開始前の一五分間、弾幕射撃を実施した。

二十二日、三二連隊の進撃はまたもやはかどらなかった。前方の沼沢地《しょうたくち》に日本兵はいなかったが、蛇行するカラバサ川の流路を縫って直進する形になったからである。川岸はけわしく二・五メートルの高さがあった。大隊はこの日のうちに一二度渡河しなければならなかった。水陸両用の戦車とトラックが助けに来た。工兵隊が呼ばれ、仮橋を架けた。

第二大隊の左に接し、ドラグ＝ブラウエン道の右側を進んでいた第三大隊は、〇九二五、日本軍の七五ミリ野砲に射たれた。弾は五〇〇メートルばかり前方の灌木の繁みから来るらしかった。L中隊が繁みのそばまで突進すると、野砲を守る四つの重機関銃座から掃射された。

軽機関銃と臼砲が前進した。三一野砲連隊が五分間射撃を集中してから、七六七戦車大隊が前進した。一つの機関銃座と七五ミリ砲座を破壊した。L中隊が残りの三つの銃座を、手榴弾と自動小銃で片づけた。戦闘は三時間続いた。

第三大隊が日本軍の七五ミリ砲に射たれている間に、第二大隊のG中隊はカラバサ川の岸で、日本軍の軽機と小銃の待伏せに会った。弾は一軒の土民小屋の床下から来た。最初の一斉射撃で第三小隊の一〇人の兵士が死んだ。

この日本兵の処理はG中隊に任せ、大隊は前進を続けた。沼地の泥はあまり深かったので戦車は使いものにならず、友軍が前にいるので、砲兵の掩護射撃を要求することも出来なかった。G中隊も土民小屋を片づけることが出来ず、第三小隊は日が暮れるまで、沼地に伏せたまま動けなかった。

左翼一八四連隊正面にはこの日も日本軍の抵抗はなかった。前進を妨げたのは、丈より高い萱《かや》と草いきれだった。連隊は二キロ進んだら停止して、三二連隊の進出を待つよう命ぜられていた。

連隊は一日の半分は待って過ごすことになった。一八〇〇までに三二連隊は、ドラグ＝ブラウエン間の道程の半分を進んだだけだったから。そして二つの連隊の間には、再び八〇〇メートルの間隙が空いていた。出来るだけ早くブラウエン飛行場群を占領するのが師団に与えられた任務だった。一八四連隊の前方五〇〇メートルのホリタには日本軍の二十聯隊の戦闘指揮所があり、強力に防備されていると考えねばならなかった。作戦を変える時が来ていたのである。

ドラグの水際陣地には日本の二十聯隊第三大隊の兵士が置き去りにされていた。上陸日に三二連隊第三大隊を押し返した水際陣地は、ドラグの町の北のバナナ林の中に縦横に掘られた連絡壕であった。水際陣地でも「有力な一部の抵抗」を軍から指示された十六師団の兵たちが、米軍上陸間際まで掘り続けたものだった。

大隊長河田信太郎少佐は自分の任務が捨て石であることを理解し、幾分死に急いだ傾向がある。

「おれたちは玉砕すればいいんだ」

敵が上陸を始めた時、初年兵たちは、不意に銃を捨てろと命令されて驚いた。帯剣もはずし、ガソリンを詰めたビール瓶（ずんぐりした形の四分の一リットル瓶である）を一つ右手に持ったままの軽装で、戦車に肉薄攻撃をせよというのである。

艦砲射撃による被害は地域によってまちまちだった。帰還した第九聯隊第二大隊（サマール島防衛）の将校の報告によれば、タクロバン地区ではサンホセ正面八割、パロ正面五割だった。ドラグ地区は一割程度だった。

「むしろこわいのは歩兵が射って来る臼砲と手榴弾銃でした。手榴弾が機関銃のように飛んで来るんですからね」と第三大隊生き残りの、京都市の西川政雄軍曹はいう。

「弾はちょうど横なぐりの土砂降りの雨みたいにやって来ました。しかしその中を『重機、前へ』の声で、機関銃中隊の連中が私の肩を踏んで出て行きましたからね。どうして前進出来たのか、ちょっとわかりません」

壕は大抵は灌木の繁みのうしろに掘ってあるのだが、なま木が見る見るうちに葉をもがれ枝を飛ばされて、とけるようになくなって行く様を、西川軍曹は見ている。

壕は蜘蛛の巣形に縦横に掘ってあった。さらに横穴も掘ってあったので、その中へもぐってしまえば上からは見えない。軍曹のいた壕は、いつの間にか米軍の第一線の後方に取り残されていた。

米軍の戦車が止って、掩蓋が開き裸の米兵が上半身を出して、タバコをふかしているのを見た。

二十二日、そういう風に取り残された兵隊が一個小隊ばかり、一つの窪地に集まって来た。河田大隊長は足に重傷を負っていて、この日拳銃で自殺した。

「お前たちは必ず玉砕しろ。決して俘虜《ふりょ》になるな」

この言葉は「全員自決」の大隊命令となってドラグ＝ブラウエン間の方々の林の中に残っていた兵士たちに伝わって行った。

「玉砕せいならわかるけど、自決とはどういう意味やろな」と兵は疑った。「大隊長発狂」のうわさも出た。やがて「自決命令は取り消し、ダガミ師団司令部集合」という命令が伝わって来た。

この頃正式の命令伝達の機能は第一線では失われていたはずだが、この命令は奇妙にこの夜師団司令部が発した命令と一致している。恐らく伝令が最初に接触した部隊に伝えた命令が口づてに伝わったのである。退却命令は常に攻撃命令より早く伝わるのである。

河田大隊長は自決する前に無傷の者を五名選んで伝令とし、「第三大隊玉砕」を聯隊本部に伝えよと命じたという。西川軍曹は偶然負傷していなかった。便乗する者もあって、見習士官を長とする一〇名ぐらいの伝令が、夜にまぎれて出発した。

ドラグの南にはダギタン川（あるいはマラバング川）といって、京都の鴨川より少し大きいぐらいの川がある。聯隊本部は対岸七キロ西南の山際のサンタアンナにあった。敵上陸と共に戦闘指揮所をホリタに移していたのだが、兵隊はそれを知らなかったらしい。西川軍曹の一行はサンタアンナを目指して、丈より高い萱をかき分けて進んだ。ダギタン川の岸に着いた時、夜が明けた。思い切って駈け足で渡渉した。うしろの岸から米兵に射たれたが、幸い弾に当らなかった。夕方までに全員無事に目的地に着くことが出来た。

サンタアンナは無人の村になっていた。丸腰の日本兵の死体が六つ、道や家の床下にころがっていた。殺されてから日が経っているらしく、死体はふくれ上っていた。聯隊の糧秣《りょうまつ》倉庫は空であった。

ダギタン川からアブヨグまで三〇キロ間の、マホルラック、タラゴナ、ラパスなどの村々には二十聯隊第二大隊が、一個小隊ぐらいずつ警備していた。既述のように牧野師団長は米軍上陸地点をドラグ＝アブヨグ間に想定し、この方面の防備を強化してあった(付図3参照)。

しかしこの辺は半ばゲリラ地区で、治安は悪かった。米軍上陸と共に南方の山地からゲリラが大挙進出したらしい。大隊主力は、ダギタン川対岸に移動したが、各地に残された少数の警備兵はゲリラに襲撃されて殺戮されたのである。

サンタアンナの聯隊本部留守部隊もそういう運命に会ったのであろう。西川軍曹の一行の中で銃を持っている者は二人しかいなかった。一同は直ちに西方の山に入り、十日の後ダガミの師団司令部にたどり着いた。この間に、ホリタ＝ブラウエン道で戦闘が行われているが、一行は山中深く迂回したため知らなかった。
これが友近軍参謀長のいわゆる「相当数の離散兵」の一つの場合である。

二十二日夜、米第七師団長アーノルド少将は師団予備の一七連隊の主力二個大隊と一八四連隊の予備第二大隊、計三個大隊を、攻撃正面に投入することにきめた。各部隊は三二連隊、一八四連隊の戦線から突出して、ドラグ＝ブラウエン道を挺進し、二十三日中にサンパブロ飛行場を確保するはずであった。これはブラウエンの三つの飛行場のうち、一番東の道路北側にある飛行場である（第5図参照）。

M4戦車より成る七六七戦車大隊は、一七連隊の出撃より三〇分早く、〇七三〇、ドラグ飛行場付近を出発し、一七連隊を超越して、ブラウエンの町に達する。三二連隊と一八四連隊は一七連隊より八〇〇メートル遅れて道路の両側を進み、残敵掃討に任ずる。アーノルド将軍が「逆V字」（flying wedge）と名付けたこの陣形は憎らしいほどうまく行った。M4戦車、通称シャーマン戦車はヨーロッパ戦線では中型戦車だったが、レイテの日本兵には化物としか思えなかった。

ホリタの聯隊戦闘指揮所は一挙に突破され、聯隊長鉾田《ほこた》慶次郎大佐は戦死した。一〇〇〇、戦車一台がホリタの西八〇〇メートルの道路上で工兵が敷設した地雷によって擱座させられただけで、一七一二、部隊の先頭はブラウエンに達して、飛行場周辺の日本軍陣地を掃射した。

〇八〇〇、一七連隊は戦車隊より三〇〇メートルおくれ、縦隊となって道路上を進んだ。隊形は自然に延びたので、三二連隊と一八四連隊は〇九〇〇まで出発出来なかった。この日も快晴は続いた。地形と暑気のため、歩兵が戦車におくれないように進むのは楽ではなかったが、日本軍の抵抗はほとんどなかった。一七〇〇、一七連隊はサンパブロ飛行場の西端に達した。

夕方、三二連隊の第一大隊はサンパブロ飛行場の三〇〇メートル南に、第三大隊はホリタの北一キロ強のところにいた。第二大隊は師団予備として、ホリタの東南三五〇メートルにあった。一八四連隊の二個大隊はホリタ、サンパブロの中間にあった。

この日、米軍の進撃がはかどったのは、後述のように、二十二日夜十六師団の退却命令が出ていたからである。これは水際で一部の抵抗、続いて縦深抵抗を指示した三十五軍の遺憾とするところであった。後に詳しく触れる機会があるが、要するに水際の第一線の放棄を認め、ホリタ、ヒンダン、タボンタボンに到る第二線の確保を命じたものである。

しかしこの第二線も米軍戦車隊の挺進攻撃によって、一挙に突破されたのである。あとはブラウエン、ダガミ間で、拠点防衛を実施するほかなくなった。

いずれにしても二個大隊の兵力で支えられる戦線ではなかったが、兵はすでにドラグ

＝ホリタの間で、三日間連続の戦闘で疲れ切っていた。シャーマン戦車の出現によってパニック状態に陥ったと見なしてよいであろう。

井畑敏一一等兵は和歌山県那賀町の土建業者で、十八年召集、第五十四飛行場中隊に属し、十九年六月以来ブラウエン南飛行場（バユグ）の地均《じなら》しに従事していた。この日一五〇〇頃、彼はよく晴れた空が異様な音に充たされているのに気がついた。キュラキュラともヒュルヒュルとも聞える甲高い音で、それが遠くなったり近くなったりするのは、音がブラウエンの町を西南方から取り囲んでいる低山に反響する工合らしかった。

それがドラグ＝ブラウエン道を進んで来る米戦車のカタピラの音だということは、誰がいい出すともなく、みな承知していた。ドラグの二十聯隊の全滅の報は二日前から伝わっていた。

ブラウエン南飛行場から二〇〇メートル坂を上ったところにブラウエンの町がある。家の床下には戦争初期の飛行場警備隊が掘った壕があった。分隊長は飛行場に積んであった二〇〇個のドラム罐を小銃で点火させてから、町へ退いた。

井畑一等兵が壕へ入ってしばらくすると、坂の下に二台の戦車が現われた。弾も来た。戦車は坂を登るつもりらしかった。カタピラの音は、この近さで聞くと、ガラガラというしわがれたような音に変っていた。

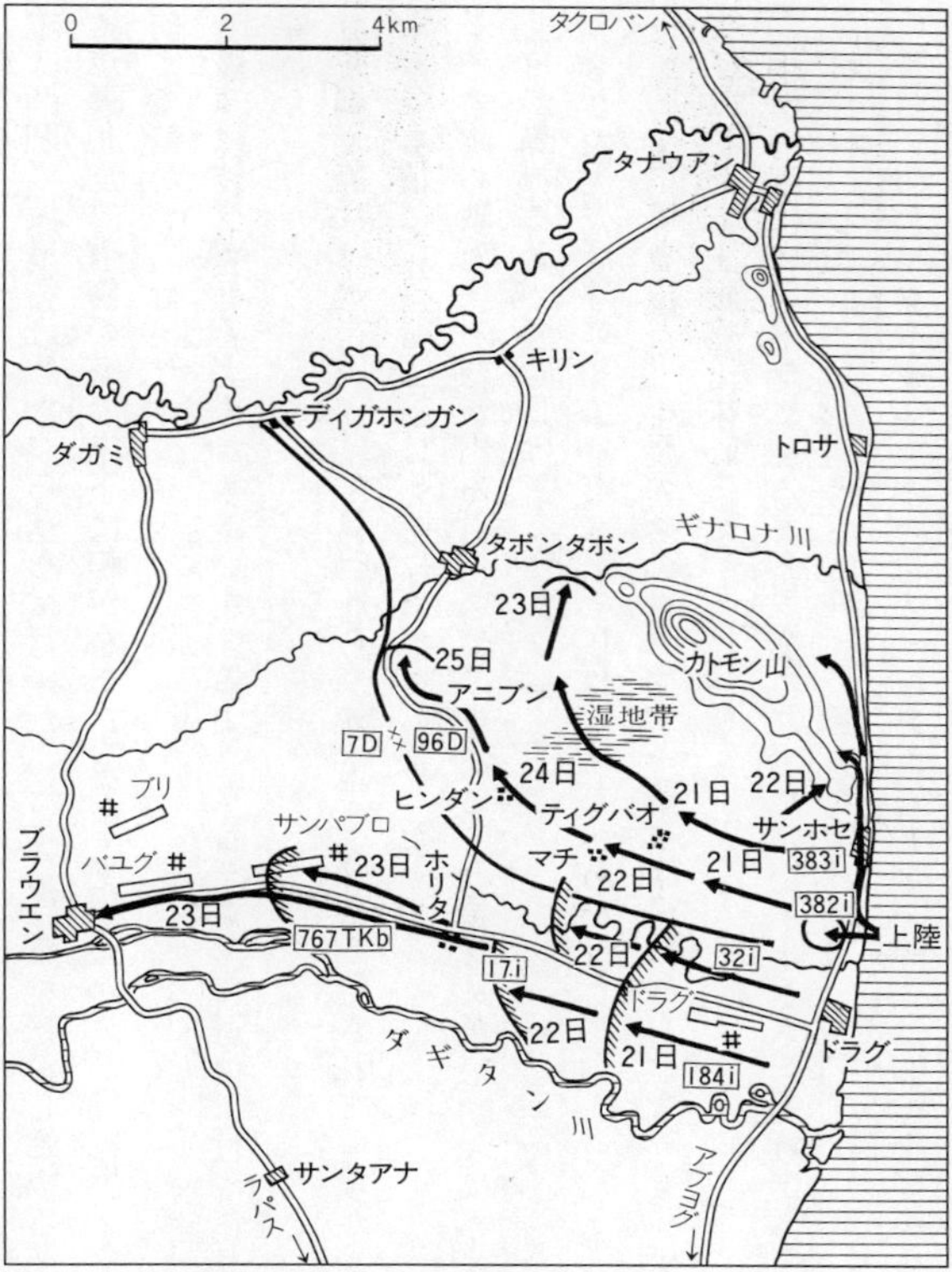

第5図　ドラグ、ブラウエン地区の米軍の作戦

彼の知らないほかの部隊の兵士が、坂の上に現われた。ガソリン罐を転がし始めた。罐は凸凹の坂道をはねながら落ちて行った。日本兵は罐を転がし始める前に小銃で射って点火した。道傍の家の床下に転がりこむものもあったが、一部は燃えながら米戦車の前まで転がって行った。

戦車はガラガラと老人がうがいをするような音を立てて退いて行った。みんな歓声を挙げた。

井畑一等兵は飛行場作業隊員だから、銃も手榴弾も支給されていなかった。この時になっても彼に持たせる銃は、隊には無いのだった。

「そのうち戦死する奴が出る。そいつのを使え」と分隊長がいった。

日が暮れると、分隊長は、

「もう大丈夫だ。アメ公は夜は来やしねえ、上へあがろう」

といって、壕を出た。小屋の裏の林の中で、飯盒半分の飯を炊き、レイテ島に着いて以来、はじめて満腹感を味わった。

小屋の床にアンペラにくるまって横になった。いっそ一人で逃げ出して、山へ入っちゃおうか、どうしようかと迷いながら、眠りに就いた。

翌日、米兵はブラウエンの町に入って来た。井畑一等兵は喉笛を横から貫かれ、唖になってしまった。

ドラグの北からタナウアンまでの攻略を受け持った米第九六師団には、第七師団のような華々しい戦闘はなかった。日本の第九聯隊一個大隊の拠ったカトモン山を、米軍ははじめから迂回することにきめていた。

その攻略は二十三日に上陸する予備三八一連隊の任務になるはずである。この連隊は実戦経験のない九六師団の中では異質の選抜部隊だったらしく、ニューギニアで山岳戦を知っていた。しかし目標の攻略にたっぷり時間をかけたので、カトモン山の一番高い頂上は二十九日まで陥《お》ちなかった。これは三十五軍と十四方面軍に、十六師団善戦の希望を与えた。

カトモン山はドラグの北二キロのサンホセ（タクロバン方面のサンホセと同名だが、比島には無数のサンホセがある。地方によりサノセと発音される）の北で海岸に接し、北西に五キロ延びた細長い孤丘である。四つの頂上の北から二番目が最も高く、標高三〇〇メートル、南方の少し離れた突端ラビラナン・ヘッドが、標高一〇〇メートルである。

九六師団の右翼三八三連隊の第一大隊は、上陸第一日にラビラナン・ヘッド西南の麓《ふもと》に達していた。海岸に接したこの頂上だけは、ドラグからタナウアンに通ずる海岸道路を確保するため、直ちに攻略しなければならなかった。

二十日から二十一日へかけての夜、三六一野砲大隊と、キンケードの第七艦隊の巡洋艦が、この頂上を砲撃した。二十一日、〇八一〇航空機爆撃、さらに三時間の艦砲射撃と砲撃が加えられた。

一一三〇、第一大隊は山を登りはじめた。一〇分の後一つの銃座を攻略した。重装備のC中隊が、海岸道路の側から攻撃した。その攻撃正面に七五ミリ砲一〇と海岸砲六、それを取り巻いて七つの銃座があった。先頭が砲座の二〇メートル下まで登った時、両側から機銃掃射を受けて後退した。

第一大隊長はC中隊に丘の北側を廻って、一つの尾根の孤立した突端を占領することを命じた。C中隊が登り始めると、日本軍の七五ミリ砲が射って来た。D臼砲中隊に掩護射撃を要求してから、中隊はまた登攀にかかった。

一六〇〇、C中隊は携行無線でラビラナン・ヘッドの頂上を攻略したと報じた。その時カトモン山全体が第七艦隊の艦砲射撃を受けはじめた。中隊は山を降り、ラビラナン川を渡ってその南岸に夜営した。大隊主力はラビラナン山の西麓《せいろく》五〇〇メートルまで後退して夜営した。

二十一日の夜を通して、三つの野砲大隊がラビラナン・ヘッドを砲撃していた。砲撃は翌二十二日の正午まで続いた。C中隊は大隊主力と合流し、一二〇〇、丘を登りはじめた。対戦車砲小隊がラビラナン川の南岸から丘の南斜面を砲撃した。四つの銃座を破壊してから、目標を七五ミリ砲に切り替えた。一六二〇、二個中隊が頂上に達し、すぐ壕を掘った。

一九三〇、右翼A中隊は強力な逆襲を受けた。三つの野砲大隊が海岸から砲撃を加えた。日本軍の攻撃は阻止され、ラビラナン・ヘッドは米軍のものになった。

この頂上からはドラグから北方ギナロナ川の河口まで、六キロにわたる海岸線を見渡すことが出来た。

カトモン山全体を守っていたのは、既述のように、第九聯隊第一大隊であるが、ラビラナン・ヘッド突出部には、野砲二十二聯隊の第六中隊及び第一機関銃中隊が配置されていた。上陸前の艦砲射撃及び爆撃により、かなり損害があったはずであるが、多くの野砲が生き残って頑強に抵抗したのである。（ただし米側記録の野砲一〇、海岸砲六は誇張である。）

なお、米海軍の記録には、上陸一日前の十九日、トロサ及びカトモン山の「海岸砲」により、駆逐艦二隻損傷が記録されている。これも野砲第六中隊の戦果と見なされよう。

その日のうちに米第一大隊の各中隊から抽出された五個小隊が、戦車大隊、重砲小隊、対戦車砲小隊と共に、海岸道路を北上して、サンロケの町にバリケードを築いた。

二十三日、予備三八一連隊がサンホセの南に上陸した。直ちに海岸道路を北上し、主力二個大隊は西に転じてカトモン山を登りはじめた。二十六日、道路上を進んだ一個大隊は三八三連隊第一大隊を超越して北上を続け、三キロ北のトロサを占領する。

二十一日、カトモン山西南方の沼と水田地帯を進んだ三八三連隊第二、第三大隊は一人の日本兵にも会わなかった。一六四〇、第二大隊はティグバオ部落の二五〇メートル北で、第三大隊は八〇〇メートル北東の沼沢地で、連隊本部と共に夜営した。

二十日から二十一日へかけての夜、師団の最左翼三八二連隊の二個大隊は、不明の日本軍陣地(ドラグ＝ブラウエン方面にあった野砲陣地であろう)から砲撃を受けた。三人が死に八人が傷ついた。

二十一日、〇八〇〇、連隊は沼と水田に散開して進みはじめた。沼は腰までもぐり、前進ははかどらなかった。第三大隊の正面には多数のヤシ材で築いた日本軍の機関銃座があった。一応は迂回したが、一〇三〇、一個中隊が引き返して、各銃座を炎上させ、幾人かの日本兵を殺した。

大隊の行く手には、同じような銃座が無数にあった。それはみんな空だったが、歩兵はいちいちそれを確かめなければならなかったので、前進はますます遅れた。二つの大隊の間に出来た間隙は第一大隊が埋めた。一六三〇、夜営の準備をはじめた。目標よりかなり手前だった。

右翼三八三連隊主力に与えられた任務は、なるべく早くカトモン山の北側に進出し、東に転じて海岸道路上のタナウアンで、パロ方面の二四師団と連絡することだった。二十二日朝、連隊長メイ大佐はカトモン山に登らせてくれないかと師団司令部に頼んでみたがきかれなかった。

この日の連隊の出発は少しおくれた。一一三〇、深い沼地にぶつかったので、進路を北西に転じたが、沼が水田にかわっただけで、腰までもぐるのには変りはなかった。部隊の進路には日本兵はいなかった。一八三〇、アニブンに達した。諜報によればここに日本軍の飛行場があるはずだったが、着いてみると、それがとんでもない誤りであることがわかった。

この部隊の困難は糧秣補給にあった。各大隊のトラックは二〇〇メートルも進まないうちに、泥にもぐって役に立たなくなった。比島人が六頭の水牛を牽《ひ》いて来て協力したが、夕方までに予定量の半分も運べなかった。兵士たちはヤシの実を割って、中の水を飲む許可を得た。

同じ日、師団左翼三八二連隊の主力はほぼ一キロ半内陸の線に達した。一八〇〇、第二大隊はボロンハンの東五〇〇メートルに、第三大隊はティグバオの西南三〇〇メートルの地点まで進出した。この方面にも日本軍はいなかった。

第一大隊は途中南方一キロの無人部落カンマンギをチェックする任務を授けられたため、進撃が遅れた。マチの手前で、少数の日本兵が塹壕《ざんごう》に拠っていたが、部隊が迂回しようとすると壕を棄てて逃げ出した。一二〇〇、大隊はマチの部落で停止した。(日本側の記録によれば、この地区には部隊は配置されていない。米軍の見たのは、恐らくカトモン山の第九聯隊が派遣した斥候だったろう。)

二十三日、〇九〇〇、カトモン山迂回部隊三八三連隊は、前方二キロのギナロナ川まで斥候を出した。十六師団の物資集積場タボンタボンが近くなったからである。一一三〇帰った斥候の報告によれば、その方面には日本兵はいないという。一二〇〇、部隊は前進を開始した。一四三〇、ギナロナ川に達した先頭中隊は、裸になって水浴している六人の日本兵を捕えた。この辺は米軍の二つの上陸地点の中間に当っている。艦砲射撃も爆撃もなかったので、こんな呑気な兵隊もいたのである。恐らく輜重《しちょうたい》隊であろう。

しかし付近に日本軍の拠点があることは確かだったから、米軍は慎重に進んだ。いくつかの塹壕を処理した。五〇人の三八銃を持った日本兵が死んでいた。

一八一〇、大隊は川を渡り、ピカス部落付近の小丘に拠った。夜営の準備をしているところへ、約一〇〇名の日本兵が襲撃して来た。アメリカ兵は辛うじて機銃と臼砲を据えるのに間に合い、撃退することが出来た。

左翼の第三八二連隊の各隊は前夜の夜営した場所が、一九〇〇、第三大隊も川を越えて夜営した。あまり離れすぎていたので、二十三日一日中を連絡と偵察に費した。この日部隊は五〇〇メートル弱進んだだけだった。

この方面でも沼地のために補給が極めて困難だった。翌日は一キロ西北のヒンダンの西で、ホリタとタボンタボンを結ぶ車輌道に出る予定だった。

九六師団司令部は三八二連隊と共にあった。二十四日朝、司令部は、その日の連隊諸隊の行動を次のように定めた。即ち第二大隊は北西アニブンを包囲し（彼等はまだそこに飛行場があるという諜報にこだわっていたのだが、これは理由のあることだった。事実、十一号作戦開始時にはここタナウアン、ラパスに飛行場建設の計画があった）、第三大隊はヒンダンを占領する。第一大隊はヒンダンを通り越して四〇〇メートル前進し、ホリタ＝タボンタボン道を確保する。

この時までにアメリカ軍は、二十二日二三〇〇、ダガミの十六師団司令部から牧野中将が発した「垣作命甲三八七号」を手に入れていたらしい（二十三日、ホリタで戦死した二十聯隊長鉾田大佐の携行していたものではあるまいか）。命令はアメリカ軍の急速な進出に対処するため、指揮下諸隊の配置変更を命じたものであった。

その全文は未見であるが、アメリカ公刊戦史の摘要によると、日本の南部レイテ防衛隊は二十聯隊の第二、第三大隊及び第三十三聯隊第二大隊、独立戦車第七中隊、工兵第十六聯隊の二個小隊（二十三日、ドラグ＝ブラウエン道でM４戦車一台を五〇キロ地雷を使って擱座させた部隊）であるが、歩兵部隊の一部はサンパブロ飛行場及びダギタン川流域の防備に任じ、主力はヒンダン方面に集結する。ホリタにも一部をおいて、随時斬込みを行うという内容のものであった。

ドラグ＝ブラウエン方面で第七師団の「逆V字」作戦が成功したのが、この撤退命令のためであったのは既に見た通りである。しかしこの後の戦闘経過を見ると、ヒンダンへの兵力集中は、結局行われなかったらしい。

前日第七師団がホリタを突破したことにより、沼地に孤立した九六師団は、ホリタ＝タボンタボン道から七六三戦車大隊の補強を受けた。二十三日一日を偵察に費す間に、前方の日本兵の配置について諜報を得ていたと推察される。

二十四日、〇八三〇、米軍左翼三八二連隊は第一大隊を先頭に、第三大隊はその右後方に、梯団となって前進を開始した。〇九三〇、ボロンハン部落を越してから、第一大隊は西北に転じてヒンダンに入った。家の床下から小銃弾が飛んで来たが、その処理は後続の第三大隊に任せて通過した。村の西側、ホリタ＝タボンタボン道に面した方にも塹壕が掘ってあった。一五三〇、第三大隊が到着攻撃すると、日本兵はちょっと抵抗しただけで、よく整備された三六の壕を残して、逃げ去った。

第一大隊はヒンダンの村の二〇〇メートル先の道路左側に、強力な日本軍陣地を見出した。砲車と軽戦車が先頭に出て、砲と火焰放射器で攻撃した。日本兵が開けた野に散らばって行くところを、待ち構えていた歩兵の自動小銃が掃射した。一六〇〇、日本軍の陣地は占領された。部隊はなお前進して、一七〇〇、壕を掘った。

小川幹雄伍長は九聯隊第二機関銃中隊（片野秀男中尉）付衛生下士官で、タナウアン＝ダガミ道西南一〇キロのカルサダハイにいた。九月末以来、部隊全員が陣地構築と糧秣輸送に駆り出されていた。しかしバターン戦以来の古武者である小川伍長は、中隊の留守番を仰せつかり、人事係准尉のザル碁の相手をしていればよかった。

十月十九日早朝非常呼集、師団演習だということだった。カトモン山の警備につけと命じられた。強行軍二時間で丘の北麓に着くまでの間に、海岸方面でドンドコドンドコ祭の太鼓を叩くような砲声を聞いた。これが演習ではなく、米軍がほんとうに上陸しようとしていることを知った。

カトモン山の頂上まで重い弾薬箱を担いで、六回の往復はかなりこたえた。その夜は山上の洞穴で明かした。

二十日も弾薬輸送に暮れた。二十一日、ドラグの二十聯隊第三大隊全滅のうわさがあった。二十二日の夜、聯隊本部から命令が来た。ドラグに上陸した米戦車はホリタ＝タボンタボン道をタボンタボンに向う見込みだが、現在その地点には友軍はいない。二十三、二十四日中には三十三聯隊の主力が到着の見込みだから、片野隊は直ちにヒンダンに赴いて、これを確保せよ、戦車襲来せば肉薄攻撃によって撃退すべし、というのである。

当時日本軍が歩兵に持たせていた対戦車地雷には二種あった。一つは戦車の機関部または横腹に吸いつかせる「破甲爆雷」で、いわゆる「アンパン」である。形が酒保で売っている大型アンパンに似ているので、この名がある。もう一つは、棒の先に爆薬を装着した「棒地雷」で、それを敵戦車のカタピラにさし込む。カタピラが廻って、それを敷くと爆発する。

道傍の溝に伏せていて、戦車が通りかかると飛びかかって、これらの爆雷をかませる。瞬間身を翻してもとの溝に飛び込むという、軽業のような訓練をやらされた。しかし実際に当ってそううまく行くはずはなく、無論決死隊である。(そしてアメリカのM4戦車にはアンパンは無効だった。)

中隊から三三名の決死隊が選ばれ、小川伍長はその中に入ってしまった。衛生兵は聯隊本部直属だが、決死隊の衛生兵兼攻撃要員として随いて来てくれ、と頼まれると断るわけに行かなかった。旧日本軍は比較的成績優秀な兵を選んで衛生兵にしたといわれる。それだけ各隊の兵力は充実することになる。小川伍長はもともと重機の出であった。つまりいつでも中隊の戦闘要員になれるように配置されていたのである。

決死隊は全部小川伍長のような四年兵であった。普段は面倒な作業は初年兵二年兵に任せ、のうのうとして除隊待ち気分になっていたが、いざ戦闘となると、最初の地獄行きの直通切符を貰うのは四年兵だなあ、と同僚と歎き合った。

その夜のうちに出発、麓まで降りたが、夜が明けると頭上には絶えず敵機が飛んでいて、行軍出来ない。壕を掘って一日隠れていた。日暮れと共に出発、暗闇の中で、地形や道の曲り方、目じるしになるようなものを憶えながら進んだ。

命令によればヒンダンには明日三十三聯隊が来るはずである。その時まで米戦車が来なければ、小川伍長たちは三十三聯隊に任務を引き継いで引き揚げて来ればよいのである。その時同じ道を通らねばならぬから、よく憶えておく。どんな危急な際にも古兵の頭はこういうふうに働くのである。

〇〇三〇、ヒンダン到着、村はずれの道路傍で小休止の後、戦車の来そうなところに壕掘りを開始、夜が明けるまでに、自分の身体が入れるだけの蛸壺を掘った。

一〇〇〇頃ホリタの方面から二十聯隊の連絡兵が二名来た。かなりの重傷で、三〇〇メートル後方に、第三大隊副官（小川伍長は名前を憶えていない）以下一七名の負傷兵が避難している。出来れば少々の糧秣を分けてほしい、衛生兵を派遣してほしいというのである。

隊長の命令で分隊員が糧食を少しずつ出し合った。それを持って小川伍長は隊長当番の山本という初年兵といっしょに出張した。

三〇〇メートル後方の林の中の壕にいたのは、目も当てられない重傷者だった。みな砲弾の破片で受けた創で、手のもげた者、足のない者ばかりである。手当てをしても助からないのはわかっていたが、とにかく一番軽傷の大隊副官から順に応急手当をはじめた。三〇分ばかりで四、五名の手当てを終った時、ホリタの方からガラガラという戦車のカタピラの音が聞えて来た。中隊の陣地で機関銃が鳴り出した。

小川伍長は大隊副官に手当て中途だが帰らしてほしいといった。副官は一個小隊ぐらいの兵力でどうなる相手ではない、われわれを見ろ、アメリカの戦車は友軍の野砲ぐらいの砲を持っている、肉薄攻撃なんて受けつけやしない、みすみす死ぬとわかっているのに帰らすわけにいかない、といった。

小川伍長はしかし、自分たちは片野隊の兵で命令系統が違う、帰らせて貰う、と言い張り、山本初年兵と二人、覚悟をきめて壕を出た。

一〇〇メートルばかり戻ると、米戦車砲のドカンドカンという音と日本の機関銃のバリバリいう音が高くなった。対戦車爆雷を使う前に、機関銃と小銃で戦っているのである。

二十聯隊の負傷兵がいた壕は道からはずれた林の中にあった。小川伍長たちは草の中を背をかがめ道に沿って戻って来たのだが、道路上を米戦車が進んで来て、ちょうど中隊との間に入ったような恰好になった。戦車は五、六台一列に続いている。これ以上前へ出ると、味方の弾に射たれるおそれがあるので、その場に伏せた。

一時間ぐらいで、友軍の射撃の音がやんだ。戦車はやがて小川伍長らの伏せている位置を通り越して進み、カタピラの音も聞えなくなった。小川伍長は山本一等兵にいった。

「中隊は全滅したかも知れない。おれはもう少し待って、中隊の位置へ戻ってみる。お前はカトモン山の聯隊本部へこの旨報告してくれ」というと、山本一等兵は喜んで、

「では聯隊本部へ報告します」といって、ヤシの林の間を駈けて行った。以来小川伍長は山本一等兵に会えなかった。

戦車には歩兵が随いていないと見え、米兵が来る様子がないので、道に出て中隊の方へ歩いて行くと、道端の草叢《くさむら》から同年兵の柴田伍長が転がり出た。やはり中隊は全滅したという。戦車はとても大きくて肉薄攻撃する気にならなかったという。小川伍長が見たのはそれほど大きな戦車ではなかったのだが、いざアンパンで攻撃しようという時になると、途方もなく大きく見えるらしいのである。

とにかく中隊のところまで行ってみようと、ヒンダンの村の方へ歩いて行くと、前方村はずれの道ばたに土嚢《どのう》を築いたように土が盛り上っている。日本軍の鉄帽が動くのを見て、やれやれ中隊は無事だったのか、と思った途端、機関銃弾が来た。柴田伍長が怒って、

「馬鹿もん、友軍を撃つ奴があるか」

と呶鳴《どな》ると、向うも立ち上った。

それは二人が見るはじめての米兵で、鉄帽も軍服もバターン半島で見た時と全然ちがっていた。しまった、と思った途端、手榴弾が来た。それが運悪く柴田伍長のそばに落

ちて、爆音と共に、伍長は倒れた。

小川伍長は背中から何か罵る声と機関銃を浴びながら五〇センチぐらい高い草の中を匍匐《ほふく》で逃げた。匍匐に邪魔になるので、衛生兵の鞄と拳銃を棄てた。一〇〇メートルそのまま進むと、草が切れ、先は赤土の野原である。そこへ出るわけにいかない。じっと伏せていると、米兵が二、三人ぺらぺら喋りながらやって来た。死体を探しているらしいのだが、幸い見つからずにすんだ。米兵は去った。

日が暮れて来た。小川伍長はすっかり変った米軍の装備にショックを受けていた。バターンで見た米兵は、平らな鉄兜をだらしなく斜めにかぶった怠け者の植民地兵だった。あれから三年、自分の方はちっとも変ってないのに、相手は体つきもがっしりして、ひと廻り大きくなったように見えた。こりゃやられたな、おれはとうとう二十五の若さで、ここでお陀仏か、と彼は思った。

もし小川伍長の記憶に誤りがないなら、彼が戦ったのはヒンダンより少しホリタ寄りで、米戦車隊が三八二連隊の第一大隊と合流する前でなければならない。

小川伍長の希望は、三十三聯隊主力が到着して、米軍を追い払ってくれることだった。彼はそれを待って、三日間この辺の草叢に潜んでいたが、日本軍は遂に来なかった。

夜、近くの部落で赤ん坊の泣き声を聞いた。住民が帰っているのなら、もう大丈夫だ、水と食物を貰おうと思い沼を渡って行くと、不意に照明弾が上り自動小銃で射たれた。

罵り叫んでいるのはフィリピン人だった。三日の後、彼はゲリラに叢《くさむら》から駆り出された。左上膊部に貫通銃創を受け、倒れたところを捕えられた。

小川伍長が待ち焦れた三十三聯隊第二大隊は、十九日付師団命令によれば、ブラウエン方面に配置されていた。さらに二十二日二三〇〇付の鹵獲《ろかく》された命令によってヒンダン方面に指向されたのであるが、米九六師団報告にある空の壕の存在は、そこにも到達出来なかった状況を示している。

これらは恐らく米軍の意外に早い内陸進攻から起った混乱である。既述のように二十三日にはその戦車隊はブラウエンに達している。その進出によって三十三聯隊第二大隊はブラウエンを動くことは出来なくなったと思われる。

鹵獲命令の発令時間、二十二日二三〇〇は、「レイテ戦史」によれば師団司令部の通信再開一時間後である。

しかしダガミは脊梁《せきりょう》山脈に近いせいか、通信状況は極めて悪く、大抵の電報が二日から三日かかって三十五軍に届いている。通信音が明瞭でないので、通信隊が再送を要求する。要求は何時間か経ってかなえられるが、やはり明瞭でない。また再送を要求する。こういうことを繰り返している間に、おくれてしまうのである。

三十五軍は十六師団の意外に早い後退に驚いたが、艦砲射撃と水際の戦闘によって五割を失った師団に多くを期待することは出来ない。米軍が橋頭堡を確保してから、徐々に進んだのはガダルカナル戦の段階のことである。ホーランディアでも上陸後直ちに進撃を開始している。この戦闘方法に対して、水際で「幾分の抵抗」をし、それから縦深抵抗というのは、最も現実的でない作戦だったといえよう。

レイテ島の陸上戦闘については、二十年三月発行の「偕行社記事」の特別付録に、戦訓「レイテ戦史」がある。戦争中に刊行された文書であるから、多少の粉飾はあるが、レイテ戦について数少ない公式史料の一つである。その付図の一、「垣兵団防禦配備図(敵上陸前)」を本書の付図に収めてある。少し見にくいかも知れないが、当時の陸軍のこの種文書の例として原図を複製した。(付図3)

日付を欠いているが、恐らくは九月下旬の作成で、師団が敵上陸をドラグ＝アブヨグ間に想定し、西北—東南軸に縦深防衛を形成しようとしていたことが見てとれる。カトモン山、ヒンダン、ホリタ、ラパス、西方山地を結ぶ線が第二線だったらしい。しかし敵の二方面上陸と水際の消耗によって、予備の過早投入を強いられ、後方は混乱に陥る。敵上陸後四日目の二十三日には、カトモン山は迂回され、ヒンダンは空であった。ホリタは突破され、戦闘はすでにブラウエンの局地戦に移行している。第二線は殆んど存在しなかったといっても過言ではない。

ドラグ方面がこのように一気に内陸まで押しこまれてしまったのに対し、敵の上陸を予期せず、脆弱《ぜいじゃく》であったはずのパロ方面が案外長く持ち堪えた。これは専ら地形の効果であった。タクロバン西方の丘陵の延長は、パロの西二キロでいくつかの孤丘となって尽きる。パロ川がその間を浸蝕し、迂《まが》った小さな谷を作っている。二号国道はその谷に沿って、丘陵地帯を貫き、西方のレイテ平原に出る。

この複雑な地形の南方を迂曲することも出来るが、その方はヤシ林や水田になっていて、道が悪い。米軍の補給組織では、雨天でも車輛通行可能な二号国道を、どうしても打通しなければならなかった。道路両側の丘陵を一つ一つ攻略しなければならず、日本軍もまた拠点防禦によって戦ったので、戦闘が永びいたのである。

ドラグ方面は三日で一五キロ進んだのに対し、内陸四キロの隘路《あいろ》を完全に制圧するのに二十五日までかかっている。

この方面を守っていたのは、三十三聯隊の第一大隊と第三大隊の第九中隊であった。上陸日の二十日、水際の野砲二十二聯隊第一大隊第一中隊と共に、米二四師団にかなりの打撃を与えたことは、第六章で見た通りである。

その右翼三四連隊は、予定通りパウインの村でパロ＝タクロバン道を越えて、内陸二キロまで橋頭堡を拡げた。

しかし左翼の一九連隊は上陸日の目標パロの町を占領することが出来なかった。水際の砲兵陣地突破に手間取った上に、町の北の道路上で強力な抵抗に会ったからである。

しかしその別働一個大隊は、夕方になってから町を俯瞰する十字架山（ヒル五二二）の頂上の奇襲奪取に成功していた。

二十日から二十一日にかけての夜、米砲兵は十字架山後方からパロの町の西側一帯を砲撃して、日本軍が前線を補強するのを妨げた。

夜通し、米軍は日本軍の強力な夜襲を受けた。二十一日〇一〇〇、迫撃砲と重機を持つ約三個中隊と思われる日本兵が、パロ＝タクロバン道路上の米軍陣地を襲った。攻撃は猛烈で、米軍の損害は大きかった。〇二〇〇には壕の前方二メートルまで迫られた。陣地はムーン一等兵の機関銃一基によって、突破されずにすんだ。彼我の戦線は混乱した。明け方近く、ムーンの属する小隊の残員は、白兵突撃によって日本軍の戦線を突破して、やっと友軍と連絡した。この時までにムーン一等兵は戦死していた。

左翼L中隊も夜襲を受けた。米軍は日本軍の両翼を包囲して攻撃を吸収しようとしたが、成功しなかった。日本軍も包囲作戦を取っていて、全線にわたり正面衝突になったからである。射ち合いは明け方まで続いた。〇六二〇日本軍が遂に退いた時、一〇五名の日本兵が、部隊正面で戦死していた。

これら強力な夜襲を行なった日本軍は、恐らく十九日付師団命令でこの方面に増強された二十聯隊第一大隊である。

この間不明の日本軍砲兵陣地から砲撃が加えられた。二十一日〇九〇〇、米軍の六三野砲大隊が応戦し始めた。一五〇発発射した。

右翼三四連隊の第二大隊の正面、パウィン村南方は橋頭堡が最も浅く、パロ＝タクロバン道にも達していなかった。朝から第七艦隊の艦砲が道路上を絨毯的に砲撃していた。やがてG中隊が一台のシャーマン戦車の援護の下に前進を開始した時、六〇〇以上の日本兵の戦死体が道路上にあった。

一〇〇〇、大隊はさらに西方の丘陵の攻略を命ぜられた。ヒル三二二、ヒル・ナンなど、米軍がその標高、あるいはそれを攻略した中隊名を取って命名した小丘が、部隊正面にあった。これはパロの町後方のヒル・マイク、ヒル・チャーリー（日本名花園山）、ヒル・ベーカー（日本名大桑山）と共に、タクロバン＝パロ海岸平野と、内陸のレイテ平原（米軍のいわゆるレイテ・ヴァレー）を隔てる連丘の一部である。（米軍は各中隊にアルファベットで順序づけ、それぞれそのイニシャルを持った呼びよい名を呼出し符号とする。ナンNan、マイクMike、チャーリーCharlie、ベーカーBakerはそれぞれ、N、M、C、B中隊である。）

二号国道は、花園山と大桑山の間を抜けてレイテ平原に出る。米二四師団の任務はこの道を北上して出来るだけ早くカリガラに達することであった。そしてそこで上陸するかも知れない日本軍の増援部隊を撃破してから西に転じて、必要があれば対岸のビリラン島に上陸する。そして日本軍のカリガラ上陸に対する防衛態勢を整えて、作戦を終る予定であった。

二十一日朝、パウイン西方の高地の攻撃を命ぜられた米三四連隊第二大隊は戦線整理に手間取り、一四〇〇まで出発出来なかった。三二二高地に日本兵はいなかったが、ヒル・ナンには約二〇〇名が立籠っていた。米軍がスロープを攀じはじめると、頂上から機関銃と小銃を射って来た。

それをどうやら制圧すると、こんどは手榴弾が来た。日本兵は反対側の斜面にさがり、稜線越えに抛《ほう》って来るのである。日本軍は手榴弾を無限に持っているのではないかと疑ったくらい、あとからあとから斜面を転がして来た。

先頭が頂上近く進出しているので、迫撃砲を使うことが出来ない。まず反対側の斜面深く射撃し、だんだん射程を縮めて来る、同時に米兵も後退するという方法を取ったが、手間がかかるばかりであまり効果はなかった。米軍は街道まで退却した。

翌二十二日の午後になって、やっと護送空母の急降下爆撃機による掩護爆撃を取り付けることが出来た。師団砲兵が目標の両端に発煙弾を発射した。その間の稜線一帯を、一四一〇から一〇分間爆撃した後、米軍は進撃を始め、一五一五、一個中隊がヒル・ナンの頂上に達した。日本兵は撤退していた。この要領のいい戦闘をした日本軍部隊は、多分三十三聯隊第一大隊第一中隊である。ただし二〇〇名という数字は誇張されていよう。

一方パロの町北方に夜営した米一九連隊も、二十日の夜から二十一日朝にかけて、執拗な日本軍の夜襲を受け、二十一日午後まで攻撃を開始出来なかった。パロ＝タクロバン道から町に近づくと、道路は縦横に掘られた塹壕によって遮断されていた。それは南からの攻撃にも、北からの攻撃にも堪えられるように構築された抵抗陣地であった。二十一日の午前中、艦砲射撃、迫撃砲撃がこの掩蓋陣地に加えられた。一四〇〇先頭中隊が進撃を開始したが、道が曲っている地点で集中砲火を浴びて、停止しなければならなかった。後続の中隊も同じく停止した。日が暮れて来たので、攻略を明日に延ばすことにきめ、諸隊は壕を掘った。

その夜第八五化学砲隊がこの日本軍陣地を目標に五〇〇発射撃した。二十日の夕方十字架山の攻略にも用いられた白燐砲弾である。時限信管により地上一〇メートルで爆発、壕にひそんだ兵士に燃焼性物質を浴びせる。やがて中隊の四二・二ミリ軽迫撃砲も砲撃に加わった。

二十二日朝、米一九連隊の先鋒は、三四連隊の予備一個大隊に左翼を援護されながら前進を開始した。日本兵は撤退していた。

この時までに米の別働隊はパロ川の下流を渡り、町の東南方のパロ＝ドラグ道、いわゆる一号国道から町に入っていた。この方面の日本軍の防備は手薄だった。一九連隊の第二大隊は抵抗する日本軍陣地は迂曲する方針を取った。一一五五、国道上で約三五名の日本兵の攻撃を受けたが、戦死二、負傷二の犠牲を出しただけで突破した。連隊砲が国道の西側の林を砲撃している間に、兵士は歩度を早めた。パロの町の中央部で、タクロバンから来る街道と二号国道が合する地点に近づくと、不明の日本軍陣地からの砲撃が激しくなった。米兵は殆んど駈け足でパロの町に入った。

町の住民はみな教会に避難していた。これは幅二〇メートル縦五〇メートルほどのバジリカ風の石造の建物で、一七世紀にこの島で布教したイエズス会士が建てたものである。

その頃レイテ東海岸の繁栄の中心はパロだった。タクロバン港が発達したのは太平洋貿易が盛んになった一九世紀以降で、それまでマニラを船出した宣教師たちは、波静かな内海を通って、カリガラに上陸した。そこからレイテ平原を南下して東海岸に出る最初の町はパロである。タクロバンからタナウアンに到る教区の本山はパロにあった。

パロの教会の二つの尖塔は望楼を兼ねていた。一七世紀にモロ族が海上から近づいた時も、米比戦争たけなわの一九〇〇年、米砲艦がレイテ湾に入った時も、教会の鐘が激しく鳴らされた。(この砲艦はマッカーサーの坐乗艦「ナシュビル」と同名だった。恐らく偶然ではなく、マッカーサーの感傷から、同名の軽巡洋艦を選んだのであったろう。)

一九四四年十月二十二日米軍がパロの町へ入った時も、鐘は砲声と競うように鳴っていた。教会の前面は五〇メートル四方の緑地帯になり、そこで二つの街道が合わさっている。

米兵が広場に達すると、パロの市民が星条旗を振りながら教会から駈け出して来た。しかし歓呼、抱擁のひと時が過ぎると、米兵は善良なフィリピン人に、教会の中に戻ってくれと頼んだ。町の四方の要所は確保したが、町の中のどこに日本兵が潜んでいるかわからなかったからである。米軍は広場の周囲に壕を掘った。

広場から三〇メートル北へ行けばパロ川である。その対岸から十字架山の急な斜面がはじまり、町を俯瞰している。既述のように前日米軍の別働隊がその頂上に登っていたが、部隊は日本の三十三聯隊の一部に包囲され、連絡は断ち切られていた。山裾をめぐってタクロバンに向う街道もまだ日本軍の手中にあり、油断は出来なかった。

その夜中、町の方々で、日本兵の狙撃が絶えなかった。真夜中頃、日本軍が弾薬庫に使っていた民家が爆破された。火は三時間にわたって町を焼いた。

夜の間に米軍の師団砲兵は四方から町へ入る道路を五〇〇発砲撃した。それにも拘らず、二十二日〇四〇〇、日本軍は町の西方二号国道の方面から夜襲を仕掛けて来た。これは撃退された。

南方ではF中隊とG中隊の間隙が覘《ねら》われた。米軍の八一ミリ迫撃砲は弾がなくなるまで射ち続けた。師団砲兵も戦線一〇〇メートルのところまで進出して榴弾を発射した。

日本軍は執拗に攻撃を続けた。「攻撃に役立つものならなんでも抛って来た」と師団戦闘記録は書いている。手榴弾を投げ尽すと、棍棒、石ころ、竹竿の先にガソリンに浸した布を巻き、火をつけたものまで抛って来た。しかし攻撃は遂にやんだ。これは恐らく三十三聯隊第三大隊第九中隊の攻撃である。

一個小隊の日本兵が十字架山麓の曲り角に現われ、パロ川を越して町に入る橋に殺到して来た。しかし橋の袂には塹壕が掘ってあったので、軽機一挺で防ぐことが出来た。二十二日の夜、米第二大隊の損害は戦死一六、負傷四四であった。九一の日本兵が町の周辺で戦死していた。

町を占拠した米軍は糧食弾薬の補給を師団に要求した。町へ入る道には日本兵が地雷を敷設していたので、補給ははかどらなかった。

三十三聯隊第一大隊付衛生伍長、赤堀多郎市は松阪市出身の理髪店の長男で、大阪市住吉公園付近に、新しい支店を出そうとしていた。昭和十七年徴兵検査の結果、甲種合格となった。三十三聯隊の所在地は三重県津であるが、赤堀伍長は京都深草の第九聯隊の兵舎で訓練を受けた。重機の訓練をすませてから衛生兵になったのは、ドラグ方面で戦った小川伍長の場合と同じである。

十八年比島へ送られ、三十三聯隊本部のあるアンヘレスの野戦病院に勤務しているうちに任官した。十九年四月、十六師団主力がレイテへ進出した後も、部隊はルソン島南部の警備を解かれなかったので、兵士はみなしめたと思っていた。

聯隊長鈴木辰之助大佐は牧野師団長より陸士で一期先輩であった。部下の前では上官に対する礼を取っていたが、部屋に入ると、「おい、牧野」と呼びかける、と当番兵が伝えた。

三十三聯隊の第二、第三大隊を乗せた輸送船が、マニラを出た九月十三日はハルゼーの第三艦隊がビサヤ地区空襲中であった。船団は艦載機の機銃攻撃を受け、十七日辛うじてセブ島の北端に上陸、大発に乗り替えて、十九日オルモックに着いた。

二十日車輛輸送により、リモン、カリガラを経て、レイテ東海岸に到着、第三大隊はパロ及びカリガラの方面に分散警備した。赤堀伍長の配属された第二大隊はタボンタボンの防備施設構築を命ぜられた。民家の床に壕を掘り、さらにそれを連結する連絡壕を作るのである。十月上旬ホリタに移って再び陣地構築、赤堀衛生伍長はサンホセ方面防衛の第一大隊に転属した。

米軍上陸に先立つ二日間、つまり十月十七、十八日の両日、衛生兵は繃帯《ほうたい》を全部草色に染め替えろという命令を受けた。タクロバンの野戦病院から受領した粉末染料を温湯に溶き、繃帯や三角巾という応急手当用の木綿を浸すだけの簡単な作業なのだが、なぜ敵艦船がレイテ沖に現われてから、いそがしく染め替えねばならぬのかわからなかった。

赤堀伍長はフィリピン人の女を雇って、作業を予定通り十八日中に終えた。なるべく現地人を使うようにするのは、軍医の方針だった。衛生兵は宣撫用の薬品を現物給与したので、住民と仲がよかった。

繃帯の染替え作業を終った時、通りがかりの古兵がいった。

「おい班長、衛生兵に白旗を作らせねえように、染め替えるのかね」

「ばかなことをいうな」赤堀伍長はむっとして答えた。「白い繃帯は夜でも目立つ。負傷兵が狙われないためだよ」

サンホセ防衛の一個中隊は十九日の艦砲射撃で殆んど全滅した。ほかの方面でこんなにひどくやられた話は聞かなかったから、敵はタクロバン飛行場のある半島の頸部を扼《やく》すこの地区に、艦砲射撃を集中したと、赤堀伍長は思っている。

しかし飛行場は海軍のものだから、陸軍はその防備に力を入れないのだという噂だった。整備員その他、約一、〇〇〇の海軍がレイテ島にいた。トロサに要塞砲一の据えつけ作業中ということだった。

十九日は負傷者の応急手当と後送に暮れた。殆んど一個中隊の全員が負傷していた。パロ方面から来るトラックも負傷者を満載している。野戦病院にとても収容し切れない数である。タクロバンの野戦病院は、その頃二キロ西方、サンファニコ水道に臨んだティバオに移っていた。アンペラを敷いた床に、これらの負傷者は少なくともその晩はなんの手当ても受けず放っておかれるんだろうな、と彼は思った。

中隊長も戦死していたが、補充の兵隊はどこからも来なかった。赤堀伍長は歩ける患者を連れて、その日のうちにタクロバンの野戦病院に向った。

赤堀伍長が四人の独歩患者と共にサンホセ西方の山際の道を歩いていると、タクロバンの方から地下足袋を穿いた将校の一列が来るのに会った。赤堀伍長は患者を道傍の草原に整列させ、敬礼してからいった。

「陸軍衛生兵伍長赤堀多郎市、独歩患者四名を第二野戦病院へ後送します」

先頭の将校はこの言葉を聞くと、大きな眼玉をぎろりとむいた。

「ばか。それくらいの傷で病院へ行く奴があるか。今日は独歩患者も戦うんだ。原隊へ戻れ」

と言いすてて遠ざかった。少し離れて、数名のやはり地下足袋の将校が続いていた。赤堀衛生兵が急いで申告し直そうとしたが、先頭の将校は手で制して通りすぎた。後尾にいた若い将校が立ち止り、赤堀伍長と四人の独歩患者を観察した。

独歩患者といっても、足に怪我はないから歩けるというだけのことで、腕とか肩などに砲弾の破片が入っている。腕を三角巾で肩に吊り、銃は持っていない。

「お前たち、自決用の手榴弾は持ってるな」

「はい」四人の患者は出来るだけ、大きな声を出した。

「よし、自決はゴボウ剣でする。手榴弾は敵にぶつけるんだ」

「はい」

それから赤堀伍長に向って、「パロの聯隊本部へ行け」といった。それから低声で「さっきのは師団長閣下だぞ」と付け加えて遠ざかった。

戦闘中なので参謀肩章ははずしていたが、自分たちが師団参謀直々の命令を受けたことを了解した。赤堀衛生兵はそれまでタクロバンへ行ったことがなかったので、師団長も参謀も見たことがなかったのである。

伍長の記憶は牧野中将は病臥中だったという松田軍医中尉の証言と喰い違っているが、前線の陣中点景で現実性があるので記した。病軀を押しての前線視察だったかも知れない。

赤堀伍長たちは山際の小路を伝って、パロ北方、十字架山の背後にさしかかった。夕方になっていた。そして伍長はすぐ忙しくなり、独歩患者に構っているひまはなくなった。そこいらの林の中は再び重傷者でいっぱいだったからである。そこが聯隊本部になっていた。

聯隊長鈴木大佐は全身二六カ所の艦砲弾の破片を受けていた。その朝早く、敵状視察のため十字架山の頂上に登った時艦砲射撃と爆撃が始まり、山を降りる途中被弾したという。

赤堀伍長は聯隊長の手当てをする軍医に薬品や繃帯を渡す役目をしたにすぎないが、腿の傷が重そうでとても助からないような気がしたという。聯隊長は後方へ下るのを拒否していた。

二十日、重傷者を二〇キロ西方のハロに開設されたという臨時野戦病院まで後送するのが、赤堀衛生兵の任務となった。聯隊本部から担架かつぎ使役一〇人を借りて、朝のうちに二〇名の重傷者をパロの町まで下げた。タボンタボンから来ていた輜重隊の車を借りてハロへ行った。臨時野戦病院というのは、町の裏山の林のことであった。莚《むしろ》も敷かずに、一〇〇人ばかりの重傷者を寝かせてあるだけだった。

翌日二十一日夕方、花園山西方のマリロングまで戻り、パロにすでに米軍が侵入していることを知った。パロ川左岸の林の中の道を通って十字架山の北麓にたどりついた。

聯隊長は朝出た時の位置より少し上の洞穴に移されていた。友軍は頂上の米軍を追い払うことが出来ないということだった。赤堀伍長は聯隊長のいる洞穴を目指して山を登り出したが、日が暮れてしまったので、そこらの窪地に四、五人の兵隊がかたまっている所で野宿した。兵たちはみな負傷していたので、赤堀衛生兵は手持ちの材料で応急手当をした。

二十三日が三十三聯隊の軍旗奉戴日だった。聯隊は本部付近の兵は全部、その日パロに斬り込む予定だという。赤堀伍長は花園山方面に頑張っている第三大隊の位置へ下ることを命ぜられた。

軍旗は二十二日の夜のうちに焼かれたという。翌朝未明、鈴木辰之助大佐は拳銃で自決したという。

二十日夜、十字架山の頂上を占拠した米一九連隊の第一大隊は、四八時間友軍との連絡を断ち切られていた。弾薬の補給もなく、負傷者は手当てを受けることが出来なかった。

山の反対斜面には絶えず友軍が砲撃、爆撃を加えていたから、昼間は日本軍の攻撃はなかったが、夜に入ると必ず夜襲があった。それは八人か一〇人の少人数の斬込隊で、昼間は山腹の洞窟陣地に隠れているらしかった。米軍が西方パロ川の岸に降りることが出来たのは二十二日の夜だった。五〇の日本兵の戦死体がその進路にあった。

米軍がそういう洞窟の全部を火焔放射器と燐性手榴弾で片づけたのは、さらに四日の後だった。洞窟の中には多くの武器が埋められていた。迫撃砲四と重機関銃八が掘り出された。そのうち一つは米軍のものだった。日本兵が弾を射ち尽すと砲を埋める習慣があるのは、ニューギニア戦線以来知られていた。

二十二日パロの町の完全占領が成り、一三三〇、米一九連隊の連隊本部は町に入った。

一四二五、それまで町の広場を守っていた第二大隊は第三大隊と交替し、第二大隊は一キロ西方のヒル・ベーカー（大桑山）攻略のため出発した。

第三大隊は一日中町の掃討に忙しかった。次の日の夜までにフィリピン人の服装をした七人の日本兵を射殺した。そのうち一人は中尉の襟章を、上衣の襟に縫いつけていた。

二十三日の夜、町の西南の入口を守っていた米哨兵《しょうへい》は、前方の闇に人の足音を聞いて照明燈をつけた。女子供を交えたフィリピン人の一隊が照し出された。武器を持たず、裸足だった。彼らは南の方の沿岸の町、サンホアキンから来たといった。男たちは、「ミー、ゲリラ。ミー、ゲリラ」といって近づいて来た。

哨兵は照明燈を消し、銃を下した。一人の男の子が群を離れて駈け出して来た。

「シュート、シュート。ジャップ、ジャップ」

米兵は再び照明燈をつけたが、見えるのはフィリピン人ばかりだったので、一瞬発砲をためらった。この一瞬が致命的だった。一人の日本の将校が軍刀をふりかざして駈け寄って来た。二つの機関銃を守る米兵がたちまち斬り倒された。もう一人の兵は警戒の叫びをあげながら町の中へ逃げ込んだ。

日本兵は忽ち町の広場に達し、戦車やトラックを炎上させた。経理部付の二人の歩兵が戦死した。日本兵は食糧にガソリンを注いで火を放ち、手榴弾を投げた。

これは米軍がこれまでに知らない斬込み方法だった。誰もバンザイを叫ばなかった。

黙々として効果的に働いた。一人の日本兵はナイフで広場のまわりにあったトラックのタイヤを突いて廻った。その一台の上に分捕ったばかりの機関銃を据えつけ、広場の四方を射ちまくった。

別の日本兵は広場のキリスト像の下に機関銃を据え、曳光弾を周囲の民家へ射ち込んだ。弾薬庫が爆破され、トラックが積荷もろとも炎上した。教会の鐘が鳴りはじめた。

斬込隊は八〇名ほどの人数に見えた。自走速射砲一が炎上させられ、それを守っていた軍曹は負傷した。日本兵の一部は臨時野戦病院になっている建物の前に陣取ったので、米兵は射つことが出来なかった。日本兵が病院に火をつけるのをおそれた。二人の米兵が日本兵の注意をそらすために、隣接した家の二階に上って、射撃を開始した。日本兵は八つの死体を残して橋の方へ移動しはじめた。

その橋はすでに日本の別働隊によって占領されていた。一二人の警備兵のうち、九人が殺された。日本兵は橋の袂に分捕った対戦車砲を据えつけ、対岸の米軍陣地を弾がなくなるまで射った。

町役場にあった一九連隊本部は約二〇人の日本兵の襲撃を受けた。連隊長チャップマン大佐が自ら指揮して、軽機で応戦した。撃ち合いは夜明けまで続いた。連隊通信隊のマルガン一等兵は、この間交換台の前を離れることが出来なかった。壁や天井に曳光弾がささっているというのに、パロの西方に展開した諸隊から、明日の攻撃に関して、次から次へと八つの砲兵の準備射撃の要請があったからである。

翌朝、パロの町の道の方々に六〇の日本兵の戦死体があった。米公刊戦史はその中に三十三聯隊長鈴木辰之助が含まれていたと書いている。大佐が二十三日未明十字架山で自決したのは、赤堀多郎市衛生伍長の談話にあるだけであるが、二十二日ダガミの師団司令部は鈴木大佐の全員斬込み予定との電報を受けた。司令部では斬込み中止、後退の命令を出したのだが、再び斬込み許可が申請された。松岡師団参謀長は、大佐が負傷しているな、と感じたという（二十六日ダガミに達した軍参謀渡辺利亥中佐の記憶による）。するとこの効果的な斬込みを指揮したのは、別の将校でなければならない。

米公刊戦史によれば、この斬込みで米軍の受けた損害は戦死一四、負傷二〇である。ただし斬込みの状況はジャン・ヴァルティンのルポルタージュ『昨日の子供達』（Children of Yesterday）に拠っている。ヴァルティンは二四師団の戦史係一等兵で、戦争の実状が、新聞記者が打電するような勇ましいものでもユーモアに充ちたものでもないのを知っていた。そして終戦の翌年『昨日の子供達』を書いたのである。

多少の文飾はあるが、これはレイテ島の北部の戦闘について、最も真実に充ちた本と私には思われる。復員軍人に読まれる本であるから、聞書によって個人の功績を記すのを怠っていないが、戦争がもたらす非人間的な状況に目をふさいではいない。ＧＩがヒューマニズムに溢れた紳士ばかりでなかったことを怖れずに記している。

レイテ島東岸は十月末までに二〇万人の米兵が上陸していた。最初の日、住民は手に星条旗をかざし、争ってバナナや砂糖菓子をくれようとしたが、次の日から法外な高い値段に釣り上った。

夕方、町々の広場に、米兵が与えた石鹸で体を洗った娘たちが現われて、ダンスとキスの相手をした。中には熱狂のあまりそれ以上の愛情を示す娘もいた。しかし翌日からデートしてくれるのは売春婦だけになった。タクロバンの慰安所は一人五分間に制限された。この後、東海岸の戦局が安定した後も、将官でも家族を呼ぶことは許されなかった。まして下士官などは。家族と一夜をすごすことは兵士の士気を衰えさせる、性欲の満足は慰安婦との殺風景なワン・ラウンドに限り、兵士をいつも殺伐なムードにおく方がよく戦う、という軍首脳部の計算だった。

十月二十四日、パロの町に平和が訪れた時、町の警察は布告を貼り出した。

「町民のみなさん、市警察署は死体置場ではありません。死体を署の前において行くのは止めて下さい」

「GIの洗濯代の最高価格を、次のように定める。

ズボン　二五センタボス

シャツ　一五センタボス

靴　下　五センタボス

違反者は処罰さるべし」

この後いちいち断らないが、二四師団の行動に関する限り、米公刊戦史より、ヴァルティンのリポートに従ったところがある。

『昨日の子供達』によれば、パロの斬込隊長は丈の低いガニ股の将校だった。著者は鈴木大佐の名を挙げていない。

十月二十五日までに、ヒル・ナン、ヒル・マイク、八五高地など、パロの町の西北を限る高地は米軍の手に落ちた。しかしこれらの高地は、コゴンと呼ばれる萱に蔽《おお》われ、樹が全然なかったから、占拠部隊も楽でなかった。日中の暑気は堪え難く、米兵はしばしば五〇〇メートル下の谷間まで水を汲みに行き、日本兵に狙撃された。

二号国道の南側のベーカー山（大桑山）の攻略は手間取った。地図では一つの山として描かれていたが、実際には三つの頂上があったからである。二十二日一四二五、パロの町を出た第一九連隊の第二大隊は、艦砲の準備射撃の後、一つの頂上を確保した。

これをかりに第一ベーカー山とすれば、第二のベーカー山はさらに五〇〇メートル西にあった。それを攻撃するにはいったん谷に降りなければならないのだが、そこに強力な日本軍の抵抗が待ち構えていた。一〇〇名の損害を与えたが、米軍の損害も大きかった。大隊付情報将校が重傷を負い、大隊長スプラギンズ中佐も左腕に怪我をした。その手当てをしていた衛生兵も傷ついた。

二十三日、大隊は師団砲兵の援護の下に、第二ベーカー山の攻略に取りかかった。頂上近くの押し合いで、一人の米兵が味方の砲弾で戦死したので、援護射撃は止めて貰った。一日戦った後、米軍はまだ登り斜面に壕を掘らねばならなかった。

日が暮れようとした時、一キロばかり北の野原で、四、五人の日本兵が一門の大砲を山の方へ引っ張って駈けているのが見えた。一人の一等兵が、重機を三〇〇メートル前進させ、その砲に命中弾を与えると、日本兵は逃げ去った。

その夜の米師団砲兵の砲撃は、一組のフィリピン人の母子を傷つけた。二十四日、第二大隊は第二ベーカー山を迂回することにした。すると西の方五〇〇メートルにさらに高く嶮しい高地が見えてきたので、大隊長スプラギンズ中佐はがっかりしてしまった。再び砲兵の射撃を要請しておいてから、大隊は第三ベーカー山の麓に壕を掘った。

その夜は一晩中雨が降ったので、米兵は首まで水に浸って夜を過した。これまでの例では、雨は朝になればあがるのだが、二十五日になっても一向衰えず、一日中降り続いた。

この日はサマール沖で、栗田艦隊がスコールに妨げられて、キンケードの護送空母群の追跡に苦労した日である。比島の太平洋岸の気候は一般に多雨性で一年中雨が降るが、十一、十二、一の三ヵ月が最も多い。その季節がそろそろ始まろうとしているのであった。

二号国道を挟んで、ベーカー山と対峙するチャーリー山の攻略を受け持たされた第三大隊は、雨の中を登攀を開始した。日本軍はどうせ頂上の占拠は簡単に許すだろう、あとから手榴弾を投げてくるだけだ、ときめていたから、雨ですべる足もとにばかり気をとられていると、不意に頂上から一斉射撃を受けた。軽機で応戦したが、斜面は嶮しく、射撃は有効でなかった。

一三〇〇、大隊は麓まで退却した。連隊砲に二時間頂上を砲撃して貰ってから、大隊はやっとチャーリー山を確保した。

一方、第二大隊は前夜の砲撃で、第三ベーカー山の頂上には一人も日本兵生存者はいないと確信して前進を開始した。しかし日本兵は残っていた。頂上陣地からの機関銃火は激しく、一七三〇、米軍は雨の中でまた山の中腹に壕を掘らねばならなかった。

後でわかったことだが、頂上には二メートルの深さの壕があり、トンネルで反対側に出られるようになっていたのである。そして砲兵の使うペリスコープで、米軍の行動を観測しながら、射っていたのだった。

ここで大隊長スプラギンズ中佐は、一つの決断をした。夜通しの砲撃で、生きているはずのない日本兵が山頂にいた以上、日本軍は夜になると頂上を撤退するのだ、と大変合理的に推理したのである。夜を冒して登攀を続行すれば、頂上は容易に占拠できるはずだと考えた。

彼の作戦は部下将校の反対を受けた。兵士たちは上陸以来五日間連続戦っている。弾薬も残り少なく兵は疲れている。その日も将校の幾人かが戦死していた。万一日本兵が頂上にいたら、破滅的損害が出る惧《おそ》れがあるというのである。しかしスプラギンズ中佐は譲らなかった。彼自身も二度負傷していた。

中佐の賭けは当った。真夜中までに約一キロ登攀して彼は予想通り空の日本軍陣地を発見した。日本軍は、米軍にこの種の果敢な行動を予期しなかったので効果的だったのである。塹壕には弾薬箱や装具、飯盒などがおき放しになっていた。

雨は明け方止んだ。第三ベーカー山の頂上からは一望目を遮るもののないレイテ平原が、朝靄にかすんでいるのが見えた。頭をめぐらせばパロからタナウアンに到る汀《みぎわ》の線と、多数の艦船を浮べた輝く海を眺めることが出来た。

米軍は上陸後六日目に四キロ内陸に浸透し、カリガラまで続く平野への溢出《いっしゅつ》口を確保した。これは日本の三十五軍の予想より四日早いだけだったが、米軍はそれほど慎重だったわけではない。彼らは一日も早く溢出路を打開しようとして懸命に戦ったのだが、この方面を守っていた三十三聯隊の二個大隊と二十聯隊の第一大隊の一部がよく防いだので、溢出したくても出来なかったのである。

この隘路の防衛を受け持った部隊は明らかでない。増援の二十聯隊第一大隊は既述のように、十八年十一月から、レイテ島南部マリトボ方面を警備していたが、十九年八月匪情《ひじょう》悪化によって撤収、南部山岳地帯に困難な行軍を続けて、ダガミ付近に集結した。その後同地で陣地構築を行なっていたが、十九日付師団命令により、パロ方面に増強されたものである。この隘路の守備に任じたかも知れないが、一方こういう増援部隊は、まとめて機動作戦に使われるのが、むしろ普通である。

十六師団の生還者の中には、タクロバン飛行場奪回を命ぜられて全滅した、というわさが残っている。しかし米側にはその記録はなく、二十日以後の状況では、飛行場に到達出来たとは考えられない。むしろ二十日夜のパロ北方の戦い、あるいは十字架山包囲部隊がそれではないかと思われる。

二十三日夜の効果的な斬込みは、新手の部隊攻撃を思わせるが、この種の決死的作戦はやはり地区防衛に責任を持つ、三十三聯隊が行なったと見なすのが適当であろう。

パロ西方には第三大隊がいたとの赤堀伍長の証言がある。十九日以降、オルモック、カリガラ、ハロなどに分散警備をしていた第三大隊の諸隊は、少数の警備兵を残して、パロに集結した。水際から後退した部隊の一部及び第三大隊の兵士がベーカー山を防衛したと見なしてよいであろう。（第三の山頂にトンネルつきの壕があったという米側の記録は少し怪しい。）

とにかくこうしてパロの第二線も二十五日破られて、レイテ平原には米二四師団の前に立ちはだかる日本軍はいなかった。三日後西北二〇キロのマイニット川の線に達するまで、師団はなんの抵抗も受けなかった。

この日までに二四師団は、一、九二八名の日本兵の戦死体を埋葬した。この期間の師団の損害は、なぜか米公刊戦史の記録洩れになっているが、『昨日の子供達』によれば、戦死、負傷、行方不明合せて六三八である。

二十六日、師団は司令部をチャーリー山の西麓マリロングに進めた。パロの警備は、タクロバン地区の掃討を終えた第一騎兵師団に任せ、諸隊は直ちに前進しなければならなかった。

タクロバン市攻略の任務を持った第一騎兵師団第七連隊は、上陸日の夕方までに、パロ＝タクロバン道路上の、市まで二キロの地点へ進出していた。二十一日〇八〇〇出発、日本軍の抵抗はなかったが、沼と泥に妨げられて進撃ははかどらず、一四〇〇、やっとタクロバン郊外に達した。

米軍はタクロバン市そのものには全然艦砲射撃を行わなかった。ゲリラを指導した米謀略将校パースンズ大佐が米軍上陸に先立ってドラグ方面に上陸、タクロバン市に日本軍の大部隊はいないと報告したためといわれている。

多数のフィリピン人が星条旗を手にして沿道に並び、歓呼して迎えた。しかし米兵は彼等の好意に応えるひまはなかった。沿道の家の床下に日本兵が隠れ、通りかかる米兵に、一矢報いようと待ち構えているかも知れなかったからである。第七連隊第一大隊の兵士は、家から家を伝って、虱つぶしに捜索した。

しかし十六師団は前日、市を撤収していた。司令部付一個中隊ほか約二〇〇名のタクロバン支隊が、後方参謀北川少佐の指揮の下に市の西南、「赤ハゲ山」と呼ばれた小丘に構えた陣地を守っていた。

赤ハゲ山は前夜来、師団重砲に砲撃されていた。一四〇〇から一五〇〇まで一時間、改めて弾幕砲撃を実施してから、第七連隊第二大隊が小丘の南に取りついた。日本兵は迫撃砲と機関銃で抵抗した。対戦車砲と重迫撃砲隊が呼ばれて来た。一人の弾薬輸送班の一等兵が、叢林をくぐって、日本軍砲座を側面から不意打ちした。一八〇〇までに南側の頂上が占拠された。二十二日一一〇〇、北側のもう一つの頂上も米軍のものになった。北川参謀ほかタクロバン支隊の残部は山を越えてレイテ平原に出、ダガミに向った。同日米第七連隊本部も入市し、女学校の校舎に通信施設を設置した。これは予定より一日早かった。

タクロバン市西側は、何度も書くように、山形錯綜した丘陵地帯になっていて、これを越えてカリガラ方面に大規模な作戦を行うことは出来ない。タクロバン湾の奥からは、サマール島との間に、幅二キロのサンファニコ水道が三〇キロ北のカリガラ湾まで通じている。太平洋の潮の干満によって、始終流速が変っている。舟艇による兵員機材の運搬は不能と日本軍は考えていた。

実際、米軍の戦車砲車などはパロを廻って陸路進出するほかはなかったが、フィリピン人の水先案内があれば、上陸用舟艇によって重装備の挺進隊がこの水路を通って、カリガラ湾に出ることが出来た。これは後にカリガラ、リモン峠の戦局に支配的な影響を与えることになる。

米軍がタクロバン方面に第一騎兵師団の全力を割り当てたのは、政治的理由だけではなかった。サンファニコ水道を確保して、サマール島からの増援を断つと共に、カリガラ湾に遊撃作戦を行うという軍事目的があったのである。

二十二日、第一騎兵師団長マッジ少将は、タクロバン駐屯第七連隊から第二大隊を抽出して、予備第八連隊の指揮下に入れた。増強された連隊は、二十三日、勝利行進しながらタクロバン市内を通過し、サンファニコ水道に沿って五キロ北方の、ディィト川の河口に向った。

この部隊はこの方面の日本兵を掃討した後、水道の西を限る丘陵地帯を縦断し、三〇キロ北のカリガラ湾の港サンタ・クルーズを占領する任務を持った挺進隊であった。部隊は少数の日本兵と交戦した後、日暮れまでにディィト川を渡って、前進陣地を築いた。翌日部隊はディィト川を遡り、地図のない山地に踏み込んだ。人一人やっと通れるくらいの羊腸の山道なので、補給品はフィリピン人を雇って運ぶほかはなかった。彼等はよろこんでCレーションを担ぐ役目を引き受けたが、山に入ると忽ち四散して、荷物もろとも行方不明になってしまった。

フィリピンを解放するため命がけで戦っているつもりの米兵は怒りに震えながら、ディイトへ引き返した。これはゲリラほどアメリカに忠誠でない一般フィリピン人の反応を示す挿話である。二十五日、大隊はサンタ・クルーズ攻撃の任務を解除され、ディイトに止《とど》まって周辺山地の哨戒に当ることになった。

二十三日、第八連隊の幕僚は一個中隊の護衛と共に、LCI（歩兵上陸用舟艇）に乗り、サンファニコ水道を遡航した。無事三〇キロ北上、カリガラ湾への出口、ババトゥンゴンに達した。帰途レイテ側ギンテギヤン、サマール側ラパス間の幅員七〇〇メートルの渡船場に、日本軍の陣地を認めた。斥候を両岸に上陸させたが、攻撃は受けなかった。

この偵察に基き、二十四日三個中隊の派遣が決定された。一個中隊が舟艇機動によってババトゥンゴンに直行してこれを占領、他の一個中隊はギンテギヤン＝ラパスの渡船場を確保する、さらに他の一個中隊は陸路水道に沿って北上して、ギンテギヤン占領部隊と連絡するはずであった。

二十四日朝、タクロバン港湾施設が日本空軍の組織的空襲を受けたので、出発は少しおくれた。一〇三〇、タクロバンを出た第七連隊の一個中隊は一三三〇、無事ババトゥンゴンに着き、橋頭堡を築いた。

第八連隊の一個中隊の出発も空襲のため遅延したが、午前中にラパス付近に達した。途中五人の日本兵がバンカーに乗って攻撃して来ただけで、抵抗はなく、無事ラパスに上陸し、南の方タクロバン対岸サンアントニオに向う道路上にバリケードを築いた。

陸送の一個中隊は予定通り〇七〇〇出発出来た。前方の状況が不明だったので、軽戦車一個小隊を先頭に立て、弾薬食糧運搬用トラックを従えて進んだ。ギンテギヤンまで一二キロの行程は二日のはずだったが、途中道路を横切る小流の架橋がうまく行ったので、二一三〇目的の手前一キロに達した。

その夜二三〇〇、ラパスの橋頭堡は約一〇〇名の日本兵の夜襲を受けた。斬込みではなく、機関銃と手榴弾をもった組織的な攻撃であった。混乱は大きかった。夜が明けてから、対岸のギンテギヤン占領部隊からの支援を受け、ラパスの橋頭堡を確保することが出来た。続く三日の間に北方三キロのシラガ川の線まで拡大された。

タクロバンからババトゥンゴンまで、長さ三〇キロのサンファニコ水道は確保された。ババトゥンゴンの第七連隊の一個中隊は、以後随時カリガラ港に游弋偵察を行い、そこにまだ日本軍が進出していないことを確かめた。二十八日にはカリガラ市に威力偵察を行なって、その頃到着した日本の増援部隊を驚かした。

サマール島南部には、タクロバン対岸のサンアントニオに三十三聯隊第一大隊の第三中隊、バセイ警備の九聯隊第一大隊の第二中隊の一部がいた。彼らは米軍がタクロバンに進出すると共に山に入った。ラパスを攻撃したのは、ライトに本部をおく大隊主力である。

既に記したように、この部隊の主要任務はサン・ベルナルディノ海峡の監視であったが、米軍上陸の直前、ギウアン方面上陸に備えてその方面にも一個中隊が配置されていた。米軍上陸と共に、方面軍直轄となったが、その後レイテ島の増援に使う企図は見られない。むしろ米軍がその西海岸伝いに北上、ルソン島を目指す場合の抑えとされた模様である。十一月十四日、ラパス北方三〇キロのカルビガに進出した米軍と交戦して打撃を受け、以来西海岸の要地カバンドコン、ライト山中に転戦しつつ終戦を迎えた。

この間にタクロバン市に残った第一騎兵師団主力は、市周辺の掃討に従事していた。なおこの師団は「騎兵」の名を持っているが、ヨーロッパ戦線におけるように機械化された捜索師団ではなく、レイテ上陸軍のほかの師団と同じ編成の歩兵師団である（ただしほかの師団が三個連隊編成であるのに対し、古典的な二個旅団四個連隊を持つ。兵力は同じ）。アメリカ建国以来主として中西部でインディアンとの戦闘に従事した騎兵隊で、多くの武勲と悲劇を記録していた。それを記念するために「騎兵」の名を残しているだけである。戦後、空挺師団に改編されてヴェトナム戦に従軍。

二十一日、第一二連隊はタクロバン西南方三キロ山際の部落ウタプの攻略に向った。途中いくつかの日本軍陣地から散発的な抵抗があり、沼湿地が行軍を悩ませたが、部隊は夕方までに部落を占領した。これは十六師団司令部の物資集積所で、米軍は多くの食糧、車輛、機具のほか、情報資料を入手した。

部隊は二十三日までにタクロバンの西方の丘陵地帯の前山に分散配置された。この方面からの日本軍の襲来に備えるためであった。

第五連隊はウタプ南方二キロのカイバアン部落とその後方丘陵攻撃を受け持たされた。二十一日朝部落を通過する間は無事だったが山際にさしかかると、およそ一個小隊の日本兵の頑固な抵抗に会った。

しばらく砲火を交えた後、意外にも日本軍陣地に白旗が挙った。米兵は重機を前進させておいてから、武器を捨てろと呶鳴った。二、三の小銃、剣、飯盒が投げ出された。しかしその次に弾が来て、五人の米兵が傷ついた。前進した重機が射撃を開始し、一三人の日本兵を殺した。残りは山の奥へ逃げた。

日本兵の白旗による欺瞞はニューギニア戦線でもよく見られた行動である。二〇対一、五〇対一の状況になった時、敵を斃《たお》すためには手段を選ばずという考え方は、太平洋戦線の将兵に浸透していた。しかし白旗は戦闘放棄の意思表示であり、これは戦争以前の問題である。こうでもしなければ反撃の機会が得られない状態に追いつめられた日本兵の心事を想えば胸がつまる。射ったところでどうせ生きる見込みはない。殺されるまでに一矢を報いようという闘志は尊重すべきである。しかしどんな事態になっても、人間にはしてはならないことがなければならない。

卑怯を忌む観念は戦国武士にもやくざの中にもあるのに、私が今日カイバアンの日本兵の物語をすると、大抵の元兵士は「うまくやりよったな」という。いつからわれわれはこうなってしまったのか。

明治開化以来、対外的に無理に無理を重ねて来て積った怨恨の結果なのである。北条時宗も蒙古の使節を斬るというルール違反を行なったが、この場合は諜報軍使と判断したからである（そしてこの判断はほぼ当っていた）。

太平洋戦線で戦った日本兵は、米軍の物量を「卑怯」と感じた。なにをしてもかまわないという観念もこの感情から生れたと思われる。しかし相手もわれわれと同じく徴募された市民である。同じ市民同士の間には、戦争以前の、人間としての良心の問題があると私は考える。

そして厳密にいえば、二十二日夜パロの町に有効な斬込みを行なった部隊が、ギャングや銃砲魔のようにフィリピン人を楯にした行為についても、考えなければならないと思う。

二十二日〇六四五、米第五連隊はこの危険な日本兵を掃討するため、カイバアン後方の丘陵を登りはじめた。一二〇〇頃はじめて日本兵と接触し、小競合があった。さらに山奥まで追及して、一〇名の日本兵を殺した。

この日はレイテ東海岸は一日天気がよかった。丈より高いコゴン草の中を登るので、暑気に当って倒れる者が多かった。一四四七、第五連隊は停止を命ぜられた。

翌日二十三日も一日中現位置にあって休息を許された。ただし三〇名の選抜兵が、タクロバンに出張し、マッカーサーの儀仗兵を務めることを命ぜられた。

二十三日朝、レイテ遠征軍総司令官マッカーサー大将はじめ第六軍の軍団長がタクロバンの市庁前に集まっていた。第七艦隊司令官C・キンケード中将、第六軍司令官ウォルター・クルーガー中将、極東空軍司令官ケニイ中将もいた。それから比島亡命政権大統領セルヒオ・オスメニヤがいた。

マッカーサーは自分が「帰って来る」という約束を果したことを繰り返した後、厳かにフィリピン政府の設置を宣言した。続いてオスメニヤ大統領が立ち、フィリピンの領土から日本軍を全部追い払うまで戦う決意を述べ、レイテ、サマール島の住民はもちろん、フィリピン全国民に米軍に協力するよう要請した。アメリカ、フィリピン両国の国旗が同時に、市庁舎の両側に上った。

これは一八九八年アメリカが実質的には支配者でなかったスペインから、二、〇〇〇万ドルで、グアム、プエルト・リコと共にフィリピンを買って以来、フィリピンに成立した最初の完全な独立政府であった。その行政範囲はさしあたって米軍が占領した東海岸の一部だけであるが、これを気前よくオスメニャに渡したのはマッカーサーの美行の一つに数えられている。

しかし式を見るために集まったフィリピン人はごく少数だった。「恐らく式があるのを知らなかったのだろう」と米公刊戦史は付け加えている。たしかに式は終るまでは、タクロバン市民に対して秘密にされていたろう。日本空軍にとって、これ以上よい目標はないはずだったから。

ゲリラ隊長カングレオン大佐も南部山岳地帯から出て来て列席し、アメリカ軍の功労章を受けた。オスメニャは彼を直ちにレイテ島知事に任命した。日本軍協力者、主として警察署長の逮捕が始まった。

米軍の勧告によって、出来るだけ早く小学校を開けることになった。難民救護所、物資配給所、病院が開設された。しかしオスメニャには、財源もなくスタッフもなかった。小祭典が終ると、大統領自ら、その夜を過すべき宿舎を探しに行かねばならなかった。小学校は三週間後に開かれたが、ほかの施設と共に、マッカーサーの総司令部の恩恵によって運営された。

政治的細目は、この本の主題であるレイテ島の戦闘の帰趨に関しないので、詳しくは書かないが、マッカーサーはオスメニヤの因循な性格を好かなかったといわれる。彼はもともと熱情と才智に溢れるケソン大統領が妥協によって包摂した反対党の首領で、ケソンが前年ワシントンで死んだので、自動的に大統領に昇格したにすぎない。

レイテ島上陸と同時にコモンウエルスを復活させたのは、マッカーサーの劇的演出である。これは一九四六年六月に予定されていた独立を八カ月早めたにすぎない。独立に伴う行政経済上の取りきめが残っていた。それらをゆっくりワシントンと協定してから、独立をもらうべきだ、とオスメニヤに忠告する者がいた。オーストラリアのマッカーサー王国べったりとなるのは危険だ、といったのだが、結局オスメニヤはマッカーサーの誘惑に負けてホーランディアに行った。そして遠征軍といっしょにレイテに上陸し、フィリピン人民への呼びかけの道具に使われたのである。

宣伝的効果は大きかったが、その行政権の及ぶ範囲は、さしあたって米軍の攻略したレイテ島東海岸だけである。マッカーサーはマニラの対日協力者、ラウレル政府の経企庁長官ロハスと連絡をとりはじめる。オスメニヤは、新聞に載る上陸と式典の写真に、マッカーサーといっしょに映ってさえいれば、あとは用ずみだったのである。

闇物資がPXから流れ出した。日本軍政はフィリピンの経済を根底から破壊していた。物資はなく、インフレはカバン一杯の軍票で、カバン一杯の米が買えるかどうかという程度に達していた。しかし米軍進駐は事態を一層悪化させただけだった。以来、これら闇取引とGIの振り撒くドルによって、インフレはさらに急ピッチで進行する。

上陸からこの日まで、第一騎兵師団の損失は、戦死将校四、兵三六、負傷将校一四、兵一八五、行方不明兵八であった。日本軍に与えた損害は戦死七三九、俘虜日本兵七、台湾人一、中国人一であった。

ドラグ方面に上陸した第二四軍団の二個師団はその目標たるタナウアン、ドラグ、ブラウエン、ダガミを結ぶ四角地帯の半分を確保していた。内陸に進むにつれ日本軍の抵抗は弱まったので、目標の達成はもはや時間の問題だと思われた。

二十四日午後、ババトゥンゴンの橋頭堡のLCI一隻が、一機の日本機の銃撃を受け、海軍将兵八が死に、一七が傷ついた。

同日朝、第一騎兵師団がタクロバン港でサンファニコ遡行の準備をしていた時、日本空軍の組織的空襲を受けたことは、前に書いた。これはネグロス島バコロドに進出した第四航空軍の第二、第七飛行師団の戦爆連合八〇機の、二波延《のべ》一五〇機の攻撃であった。翌二十五日に行われる予定の聯合艦隊主力栗田艦隊のレイテ湾突入に協力しての準備攻撃であった。レイテ沖にあった輸送船、タクロバン港湾施設と飛行場、サンホセ方面の軍需品蓄積場は、甚大な損害を受けた。

この時までに米軍はタクロバン飛行場の修理を完成出来ずにいた。キンケードの護送空母から飛び立った戦闘機約一〇〇機が迎撃し、六六機を射ち落したと米公刊戦史は記録する。米側の損失は三機であった。

この日ハルゼーの第三艦隊の艦上機はこの戦闘に加わることは出来なかった。ミンドロ島南方を廻ってシブヤン海に入り、サン・ベルナルディノ海峡を目指す日本艦隊を全力をあげて攻撃中だったから。

いわゆる比島沖海戦が始まっていた。

九　海戦

十月二十四日―二十六日

この戦記の対象はレイテ島の地上戦闘であるが、十月二十四日から二十六日まで、レイテ島を中心として行われた、いわゆる比島沖海戦は、その後の地上戦闘の経過に、決定的な影響を与えているので、その概略を省くわけに行かない。

これが日米海軍の最後の決戦となったことは周知の通りである。聯合艦隊は艦船の八割を挙げて出撃し、敗れた。レイテ島周辺の制海権は米軍に帰し、同時に地上戦闘もまた決戦の意味を失ってしまうのだが、大本営は海戦の経過のうちに出現した航空特攻に望みをかけた。敵がわが抵抗に手を焼いて、戦争を止そうといい出すかも知れないという希望を、終戦ぎりぎりまで持ち続けた。

海戦はルソン島東北方海上から、レイテ島西南のスル海まで、四百カイリ平方に及ぶ、広大な空間で行われた。その規模において、世界の海戦史上最大のものであった。結局航空戦力が劣勢であった日本海軍が敗れるのであるが、聯合艦隊は当時考え得る最も巧妙な作戦を案出して、局地的勝利の可能性を生み出した。その作戦においても、戦闘の経過においても、われわれの精神の典型的表現であったといえる。

この海戦は十月十日から十五日までに戦われた台湾沖航空戦と一連の戦闘と考えるのが適当であろう。米軍の台湾、南西諸島の日本の航空基地攻撃は、レイテ島上陸の準備作戦であった。日本海軍としては、敵機動部隊が基地航空隊の射程に入った時、これをたたく作戦は一貫していた。

当時聯合艦隊は分散していた。戦艦「大和」を中心とする第二艦隊はリンガ泊地にあったが、機動部隊は艦上機補充と搭乗員訓練のために、瀬戸内海にいた。南方の艦隊には重油はあるが弾薬がなかった。内地の艦隊はリンガ泊地へ行かなければ燃料が枯渇するおそれがあった。二つの艦隊が南方で合同する時期は、大体十一月に予定されていたが、米軍が十月にレイテに進攻して来たので、その暇がなくなった。

しかしレイテ島を敵手に委ねては、艦隊の合同する機会は永遠に失われてしまう。不備ながら二つの艦隊が南北から出動し、レイテ上陸企図を破摧しようとするのは、止むにやまれぬ行動だったのである。

このために聯合艦隊の取った作戦は囮作戦と殴り込み作戦の巧妙な結合で、日本的巧緻の傑作といえる。最初の構想では、北海道方面から呼び寄せた志摩清英中将の第五艦隊（重巡二、軽巡一）を、小型空母二、航空戦艦（後部に飛行甲板をつけたもの）二につけて、囮艦隊として南下させることになっていた。レイテ島東方にある米機動部隊を北方に誘致して、小沢中将の空母四より成る機動本隊で叩く、その隙に、南方から進撃した水上部隊が、レイテ湾に突入して、輸送船団を撃破し、上陸作戦を挫折させるはずであった。

　これは米軍のレイテ島占拠により、南方資源との連絡を断たれるという危急存亡の秋《とき》に当って、案出された変形の作戦であった。一艦隊を全滅をかけて囮とするということは、海戦の常識にないことである。艦隊主力撃滅、制海権獲得というネルソン以来の世界海軍の伝統に反していた。ただガダルカナル以来太平洋に出現した新しい海戦の意義、つまり陸上部隊掩護という原理には適っていた。

「主力艦撃滅」という思想は、太平洋の島伝い作戦によって訂正を強いられていた。島自身直ちに航空基地となる。作戦全体が航空第一主義である。基地獲得のためには地上部隊による占拠が必要であると同時に、海軍にとって上陸部隊の撃破は、艦隊撃滅と同等の重要性を持つといえるのである。

　もしこの作戦が成功していれば、レイテ島に上陸したマッカーサーの第六軍は、後方との連絡を断たれ、その補給計画は大幅に狂い、撃滅されたかも知れない。ハルゼーの第三艦隊はカロリン群島のウルシー基地に帰って再編を強要されたはずで、その間に日本の機動部隊はリンガ泊地で戦艦群と合流するという目的が達成されたかも知れなかった。

かりにそうなったとしても、当時すでに日本の航空機生産が激減しはじめていたから、レイテ島の航空基地は維持出来なかったろう。昭和二十年中に日本の戦力が尽きてしまうには変りはないにしても、米軍の日本進攻の速度はにぶり、日本海軍はその最後の戦いをよく戦ったことを誇ることが出来たかも知れなかった。

しかしこの新しい構想は、古い艦隊撃滅の観念に捉われていた現地司令官に理解されず、栗田艦隊のレイテ湾突入中止によって、画餅に帰する。しかし同時に米第三艦隊司令長官ハルゼー大将を誤らせて、聯合艦隊は全滅を免れ、多くの艦艇を連れて帰ることになる。

その経過において、われわれの創意と伝統との矛盾、アメリカ側には驕りと油断との関係が、複雑な艦隊行動となって現われているのである。

聯合艦隊は台湾沖航空戦によって、大きな打撃を受けていた。それは十月二十日の上陸日において、在比島の第一航空艦隊が実動可能数三六機という危機的状態にあったことである。二日後には福留中将の第二航空艦隊一九六機が進出して来るが、部品の不足や搭乗員の未熟によって、実動数はその三分の一に充たない。

聯合艦隊の作戦は、台湾沖航空戦の誤った勝報に釣られて、豊田長官が艦上機一〇〇を投入してしまったことによって変更を余儀なくされた。小沢治三郎中将の機動本隊は一〇八機より集めることが出来なかったので、自ら囮部隊となると共に、攻撃部隊となるという悲壮な決意をしなければならなかった。

一方ハルゼーの第三艦隊も、台湾沖航空戦で使い物にならないくらい傷めつけられた重巡二隻を、長官の虚栄心のために、一、二〇〇カイリ曳航したため、その戦力を弱め、艦隊行動を制約するという誤りを冒していた。(損傷艦を囮として、わざと戦場に残しておいたというハルゼーの弁解は、結果論である。)十月十八日から二十二日まで、フィリピン各地の空襲があまり激しくなく、日本の基地航空軍がやすやすと増強されたのは、この間のハルゼーの機動部隊の曖昧な行動のお蔭であった。

聯合艦隊は三つの方向から比島東方海面を目指していた。小沢中将の率いる正規空母「瑞鶴」、改装空母「瑞鳳」「千歳」「千代田」に、航空戦艦「伊勢」「日向」(但し搭載機がないので、戦艦として参加)、軽巡「大淀」ほか二隻、駆逐艦八隻から成る機動本隊は、二十日豊後《ぶんご》水道を出た。すぐ潜水艦に発見されるのは覚悟していたが、十二日から水道を見張っていた米潜水艦は、その前日十九日監視位置を離れ、東シナ海を通行する商船攻撃という通常任務に戻ったところだった。

レイテ島上陸は二十日であるから、日本艦隊が出動するとすれば、もっと早く内地を出なければ間に合わない。それが一向に出て来ず、却って瀬戸内海に入る小艦艇が多いので、日本艦隊は内海に遁入《とんにゅう》しつつあると速断したのである。小沢艦隊の任務は敵に発見されることにあったとはいえ、ちょうどうまい時に発見されることも必要であった。これは小沢艦隊の最初の好運だった。

戦艦「大和」「武蔵」を中心とする第二艦隊（栗田健男中将）は第一遊撃部隊と名を替え、捷《しょう》一号作戦発起と共に、リンガ泊地を出て、ボルネオのブルネイに進出した。燃料補給の上、二十二日出動、二手に分れて、レイテ島の南北を限る二つの海峡、スリガオとサン・ベルナルディノに向った。

栗田中将の率いる本隊は「大和」以外戦艦四、重巡一〇、軽巡二、駆逐艦一五から成る大艦隊で、空母を欠いているとはいえ、これは第二次大戦中、太平洋に現われた最強の水上部隊であった。別に西村祥治中将の率いる旧型戦艦二、重巡一、駆逐艦四より成る別働隊がスリガオ海峡に向った。二十五日黎明を期して、南北呼応してレイテ湾に突入する。輸送船団を破摧し、敵上陸部隊を艦砲射撃するはずであった。

最初囮部隊になるはずであった志摩中将の第二遊撃部隊の用途はなかなか決定しなかった。この部隊は既述のように台湾沖航空戦の戦果を過信した結果、敵残存部隊撃滅、搭乗員救助のため、台湾東方海面に派遣されたが、米機動部隊の健在を知って、奄美大島に退避し、続いて馬公に進出していた。第二航空艦隊の資材を台湾から送るために、駆逐艦四隻を削られ、「逆上陸」作戦のため待機を命ぜられたりした。大本営海軍部では南西方面艦隊に組み入れて、レイテ増援の地上部隊の輸送に使う予定だったようだが、二十三日朝になって、西村艦隊の後から、スリガオ海峡突入を命ぜられた。可動戦力の全部をこの作戦に投入することにきまったのである。

一方ハルゼーの第三艦隊の主幹三八機動部隊は、快速空母四を中心とする機動群四つから成っていた。その一つ、マッケーン隊が破損重巡を護送しながら、ウルシー環礁に向け帰投中、残りの三つは二十三日未明、ルソン島東方二八〇カイリの地点に集結、給油を受けながら、日本艦隊の動静をうかがっていた。レイテ上陸軍の直接掩護の任務を持つキンケードの第七艦隊は、護送空母一六、戦艦六、重巡二、軽巡二、護送駆逐艦三二から成り、レイテ湾東方海上にあった。

第三艦隊は連勝に意気昂った約一、〇〇〇の航空機を持つ強力な艦隊であり、すでに比島、台湾の日本空軍を完膚なきまでに叩きのめしたと信じていた。基地空軍の支援を欠く聯合艦隊が決戦をいどんで来るのは不合理である。従ってそんなことは起らないと信じていた。

二十二日〇八〇〇ブルネイ泊地を出た栗田艦隊は、あまり運がなかった。二列縦隊となって、進路を北東に取り、二十三日〇一一六パラワン水道にさしかかった時、ちょうどそこで日本の商船を待ち伏せしていた二隻の米潜水艦のレーダーに引っかかってしまったのである。

パラワン水道とはフィリピン群島の西南端に、長く延びたパラワン島と、南シナ海中の暗礁との間の長さ三〇〇カイリ幅二、三〇カイリの可航水路である。一般商船もここを通るので、米潜水艦のいる公算大で、艦隊が通るのは危険なのだが、燃料の関係で止むを得なかったのである。速力も一六ノットに下げて燃料を節していた。最高一九ノット出る米潜水艦は艦隊を追い越し、北緯九度三〇東経一一七度一五付近に停止して、夜明けを待っていた。

この日の日の出は〇六三七であった。〇六三二、艦隊が対潜警戒体制に入り、速力を一八ノットに上げて、「之」の字航行をはじめた時、前方わずか九〇〇メートルから、突然魚雷攻撃を仕掛けた。

西側の縦隊先頭の旗艦重巡「愛宕《あたご》」が右舷に四本の魚雷を受け、二〇分で沈んだ。栗田長官と小柳参謀長は水中に投げ出され、駆逐艦「岸波《きしなみ》」に救助された。東側の艦隊の三番艦「摩耶」も、別の潜水艦の発射した魚雷四本を受けて、四分間で沈んでしまった。艦隊は早くも重巡二隻を失ったことになる。対潜警戒が十分でなかったのは無論だが、要するに駆逐艦の数が少なく、前方に出す艦がなかったのである。待ち構えていた暁の急襲で、防ぎようがなかった。

しかし艦隊にとって一層打撃だったのは、「愛宕」の艦底を潜り抜けた魚雷二本が、二番艦「高雄」に命中したことだったかも知れない。この方は当り所がよかったため、沈没を免れたが、ブルネイへ帰投するために駆逐艦二隻を護衛につけねばならなかったので、艦隊の戦力はさらに減じた。

襲撃したのは、米潜水艦「ダーター」と「ディス」だった。二艦は帰投する「高雄」を尾行して、パラワン水道を南下したが、翌二十四日〇一〇五、「ダーター」が暗礁に乗り上げて大破してしまった。「ディス」が乗員を収容した後、爆破した。

米潜水艦の報告は無論ハルゼーの機動部隊に届いた。日本の三つの水上部隊の動向は無線傍受によって、だんだん明らかになっていた。ハルゼーは直接三八機動部隊の指揮を取り、二十三日正午までに三つの機動群を、ルソン島、サン・ベルナルディノ海峡、レイテ島の東、それぞれ一〇〇カイリの地点に展開して、強力な偵察を行なった。ウルシーに帰投中の第一機動群は、急遽海上給油を受け、引き返すように命ぜられた。

聯合艦隊の出動はもはや疑うことは出来なかった。ハルゼーの懸念は、北方から来るはずの機動部隊について、なんの情報も入らないことだった。

栗田艦隊では二十四日一六二三漸く潜水艦の脅威が去ったので、司令官栗田中将が「岸波」から「大和」に移乗した。「大和」はもちろん旗艦たるに必要な通信設備を完備していた。

「大和」の艦橋には司令官宇垣纏《うがきまとめ》中将がいた。真珠湾攻撃以来の聯合艦隊参謀長だったが、山本長官と共にブーゲンビルで遭難、一ヵ年の病院生活の後「大和」「武蔵」「長門」から成る第一戦隊の司令官になったのである。日記『戦藻録《せんそうろく》』があり、開戦以来終戦までの戦歴について詳細な記録を残している。

二十四日〇八〇二、ミンドロ島の南を廻ってシブヤン海に入った時、「大和」のレーダーは北方に三機の米艦上機を捉えた。基地航空隊よりの航空情報によって、艦隊は二十二日までにハルゼーの機動部隊及びキンケードの護送艦隊の動静をほぼ知っていた。しかし二十三日から情報が来なくなった。ルソン島南部から東方海上にかけて、活発な不連続線があり、未熟な偵察機操縦士には突破出来なかったのである。

「そろそろお出になる頃と心待ちしたる一〇四〇、（タブラス島北方）水道手前にて敵機約二五機の初見参あり（SB2C, F6F, TBF）。二、三機落して大した事なしと見えたるが、矢張り妙高は魚雷一命中落伍、第五戦隊は羽黒に旗艦変更、駆逐艦一を附し妙高は西に下る。

武蔵より信号あり。右舷に魚雷一命中、発揮速力差支なしとの事、此分ならばと思う」（『戦藻録』）

この記録は戦闘が終った二十七日に書かれたものであるが、宇垣中将の剛毅な性格がよく出ている。文章に軍人の考え方のダイナミスムが感じられる。彼は終戦時には第五航空艦隊を指揮して神風特攻を実施していた。八月十五日夜停戦の勅命に抗して、沖縄に飛んだ。

しかし栗田艦隊の各艦にとって、この日の空襲は生易しいものではなかった。一二〇七、第二波二四機来襲。「武蔵」が左舷に魚雷三を受け、速力は二二ノットに落ちた。

これはハルゼーの三つの機動群のうち、中央のサン・ベルナルディノ沖にいたボーガン隊から発進した攻撃隊であった。一三三五、第三波二九機の攻撃は「武蔵」に集中した。三本の魚雷が艦首と右舷に同時命中、艦首の外鈑が大きくめくれ上って波が立ち、速度が落ちた。一三三五、小柳参謀長は聯合艦隊と基地航空隊に緊急電報を発した。

「敵艦上機われに雷爆撃を反復しつつあり、触接ならびに攻撃状況速報を得たし」

この簡潔な電報の真意は、こんなに苦戦しているのに、基地航空隊はなにをしているのか、ということである。栗田長官はブルネイを発する前から、基地航空隊の劣勢、大西中将の第一航空艦隊の特攻企画を知っていた。艦隊上空掩護が望めないのはわかっていた。しかし友軍が敵機動部隊を攻撃していれば、こう連続して空襲を受けるはずはない、と考えるのは自然であった。

しかし基地航空隊も手を拱いていたわけではなかった。二十三日夜、レーダー偵察機によって、ルソン島東方海上に米機動部隊がいるのを知り、〇六三〇約一八六機の戦闘機、攻撃機を発進させていたのである。艦爆「彗星」一〇機がこれに続いた。

しかし攻撃隊目標は栗田艦隊を攻撃したボーガン隊ではなく、一番北方にいたシャーマン隊であった。〇八三〇その上空に達したが、舞い上ったヘルキャット戦闘機に迎撃されて、六七機を失った。第二航空艦隊は寄せ集めの部隊であったため、福留中将の期待したような編隊行動が取れなかった上に、機の性能、パイロットの技倆の差によって、この結果を見たのである。

ただし〇九三八シャーマン隊が日本空軍を撃退したと信じて、戦闘機を収容しはじめた時、一機の彗星機が雲間から現われた。小型空母「プリンストン」が友軍機一機を着艦させようとして、高射機関銃を射つことが出来ない一瞬の隙をねらって、三〇〇メートルの高度から二五〇キロ爆弾一個を後部エレベーター付近に命中させた。

爆弾は飛行甲板を貫き、格納甲板も貫いて、その下の第二甲板で炸裂した。雷撃機六機が燃え上り、魚雷とガソリンタンクが誘爆した。「プリンストン」は一八〇〇まで浮いていたが、一五二三の大爆発によって、接艦消火作業中の軽巡「バーミンガム」の上部構造を吹き飛ばした。戦死二二九、負傷艦長以下四二〇。

小沢艦隊はこの時までにルソン島東北端エンガノ岬の東北三〇〇カイリに達し、五八機を発進させていた。この方はすでに書いたように、一層未熟なパイロットばかりだったから、二〇機はニコラス飛行場に着陸、一部が本隊の位置に戻って、付近の海上に不時着した。なんの戦果もあげなかったのだが、度重なる攻撃と「プリンストン」火災に伴う混乱のため（優秀なパイロットによって操縦された彗星機はこの後米戦闘機に撃墜

第6図　連合軍および日本軍のレイテ湾近接（10月24日正午）

された)、少なくともシャーマン隊だけは、ハルゼーの度々の緊急命令にも拘らず、栗田艦隊攻撃の雷撃機を発進させることが出来なかったのである。

福留中将は栗田艦隊の電報に対して応えなかった。敵機動部隊攻撃だけが掩護になると思ったからだといわれる。帰還機をかき集めて、二次、三次の攻撃隊を発進させたが、悪天候に妨げられて目標に到達できず、全機帰還した。

第一航空艦隊の神風特攻機はこの日もマバラカット基地を出た。この方はレイテ島東方機動部隊攻撃の任務を持っていたが、前述のようにルソン島南部から海上にかけて、活発な不連続線があり、重い二五〇キロ爆弾を抱いた零戦には突破出来なかった。栗田艦隊がハルゼーの二つの機動部隊に叩かれ通しに叩かれるのを防ぐ手段は、どこにもなかったのであった。

一四一五サマール島沖にあったデヴィソン隊の六五機が攻撃に加わった。一五二〇魚雷と爆弾と積み替えて第二波が襲った。攻撃はすでに艦隊から落伍していた「武蔵」に集中し、二〇本の魚雷と一七個の爆弾を受けて、不沈艦は艦首から沈み始めた。一八五〇機関停止、一九三五左に横転沈没した。

乗員約二、四〇〇のうち、戦死一、〇三九、その中に艦長の猪口敏平大佐も含まれていた。大佐は砲術の権威で、捷号作戦実施のため海軍砲術学校教頭から転任してきたところだった。大艦巨砲主義の主張の責任を取って、艦と運命を共にしたのであった。

「武蔵」沈没はシブヤン海海戦における象徴的事件といえよう。これは周知のように「大和」の姉妹艦として、昭和十三年三月着工、十七年八月に竣工して聯合艦隊の戦列に加わったのだが、海軍はすでに重油不足に悩まされており、艦隊行動に加わらず、射撃訓練を行わず、トラック島の基地にその巨体を横たえるだけであった。

軍艦もまた民族の精神の表現といえる。「大和」「武蔵」は、わが国の追い着き追い越せ主義の発露といえる。排水量七二、〇〇〇トン、四六センチ主砲九門は世界最大の威力である。仰角四五度で発射すれば、富士山の二倍の高さを飛んで、四一キロ（東京より大船までの距離）遠方に達する。その他多くの日本造艦技術者の智恵をしぼって建造されたもので、その性能は極度の機密に守られていたので、伝説的畏敬と信頼を寄せられていたのであった。

しかし二〇〇カイリの攻撃半径を有する空母に対しては、その巨砲も用うる余地なく、一方的な攻撃を受けて沈まなければならなかったのである。

起工当時海軍内部にも山本五十六や大西滝治郎等いわゆる「航空屋」の反対意見があったが、主力艦対決主義は日本海海戦以来の伝統であり、その偏見の下には無力であった。空母中心に艦隊を組み、戦艦は主砲以外はすべてを空母掩護用の高角砲に切り替えたアメリカ海軍の柔軟性に屈したのである。

米海軍では戦艦はこの時すでに空母の護衛と、海岸砲の射程外から陸上を艦砲射撃することに任務を切り替えられ、現在に到っている（一九六三年のトンキン湾砲撃）。日本海軍でもすでにガダルカナル島で飛行場の艦砲射撃を効果的に行なっていた。米軍のレイテ島上陸と共に、四六センチ砲が威力を発揮する機会が生れていたのである。レイテ湾殴り込み作戦はその結果抱懐されたもので、それは翌朝実現しようとしていたのであった。

しかし「武蔵」沈没は多くの悲惨事に充ちている。前代未聞の巨体が活動をはじめた時は、また意想外の事態も発生する。対空戦闘のため主砲も三式弾という対空焼夷弾を発射する。合図のブザーが鳴ると共に甲板上に増置された高角機関銃の射手たちは、適当な遮蔽物《しゃへいぶつ》を見付けて避難しなければならないのだが、戦闘中でブザーの音が聞えなかったり、実際鳴らなかったりするから、多くの者が海上に吹き飛ばされた。発射後爆煙が艦上を傘のように蔽って、突込んで来る敵機が見えなくなった。

空から降って来る人間の四肢、壁に張りついた肉片、階段から滝のように流れ落ちる血、艦底における出口のない死、などなど、地上戦闘では見られない悲惨な情景が生れる。海戦は提督や士官の回想録とは違った次元の、残酷な事実に充ちていることを忘れてはならない。

「まわりには人影はなかった。僕は血のりに足をとられながら、自分の配置のほうへはうように駆けだした。足の裏のぐにゃりとした感触は、散らばっている肉のかけらだ。

甲板だけじゃない。それはまわりの構造物の鉄板にもツブテのようにはりついて、ぽたぽた赤いしたたりをたらしているのだ。めくれあがった甲板のきわに、焼けただれた顔の片がわを、まるで甲板に頰ずりするようにうつむけて、若い兵隊が二人全裸で倒れていた。一人はズボンの片方だけ足に残していたが、いずれもどっからか爆風で吹きとばされてきたものらしい。皮膚はまともにうけた爆風で、ちょうどひと皮むいた蛙の肌のように、くるりとむけて、うっすらと血を滲ませている。とっつきの銃座のまわりにも何人かころがっていたが、一人はひっくりかえった銃身の下敷きになって、上向きにねじった首を銃身がジリジリ焼いていた。そこから少しさきへいくと、応急員のマークをつけたまだいかにも子供っぽい丸顔の少年が、何かぶよぶよしたものをひきずりながら、横むきになってもがいている。歯をくいしばっている顔は、死相をだして土色だ。みると腹わたを引きずっているのだ。うす桃色の妙に水っぽいてらてらした色だった。少年は、わなわなふるえる両手で、それを一生懸命裂けた下腹へ押しこめようとしていたのだ。が、突然喉をぜえぜえ鳴らして、もつれた縄のような腸《はらわた》の上に前のめりに倒れたまま、ぐったりと動かなくなった。赤く焼けただれた指先でその腸をまさぐっていた。痙攣が走った。彼は息をひきとるまで、僕はそれを横目にみながらかけだした」（渡辺清「海ゆかば水漬《づ》く屍《かばね》」）

「転がり出した移動物のために、後甲板に行くことは出来なくなってしまった。とその時、突然悲鳴が起った。滑り出した八糎砲の下敷になった主計課の小林兵曹が、押し潰されて惨死した断末の叫び声であった。つづいて防舷物が転がり出し、二三人が押し潰された。人々は転がるものを飛び越え、避けながら、右へ右へと寄って行く。既に上衣をとり、脚絆とズボンをぬいで、飛びこむ仕度をしている者、何もつかまる物とてない広い甲板を、転がる物と一緒にごろごろと左舷に転んで行く者、叫喚、怒声、恐怖――生きんがための騒然たる様相は、正に鬼気迫る凄烈なものであった。

転がるものは転がりつくした。傾斜は既に四十度か五十度、すっかり水面に浮き上った右舷の艦腹に這い上っている者が多くなった。

私はようやく、右舷の手摺をにぎって、艦腹に出ようとした瞬間、凄まじい音響が起って、艦首砲塔の附近に真赤な火柱が吹き上り、海面を横這いに走ったと見る間に、艦体は急激に左舷へ横転した。傾斜のためについに汽罐が爆発したらしい。

甲板の上をごろごろ転がる者、右舷の艦腹を転がる者、尻をついて滑るもの、忽ち海中へ落ちこんでしまった。それらの情景が網膜に映った瞬間、前方にひろがっていた巨大な赤い腹が、ぐーっと眼の前に迫った。そして私は海中深く投げ出されてしまったのであった」（佐藤太郎『戦艦武蔵』）

猪口艦長は沈没までの経過を刻明に記した報告書を副官に托した。

「遂に不徳の為海軍はもとより全国民に絶大の期待をかけられたる本艦を失うこと誠に

申訳なし。唯本海戦に於て他の諸艦に被害殆んどなかりし事は誠にうれしく、何となく被害担任艦となり得たる感ありてこの点幾分の慰めとなる。本海戦に於て全く申訳なきは対空射撃の威力を十分に発揮し得ざりし事にして、これは各艦共下手の如く感ぜられ自責の念に堪えず。どうも乱射がひどすぎながら反って目標を失する不利大である。遠距離よりの射撃並に追打ち射撃が多い。（中略）

大口径砲が最初に主方位盤を使用不能にされたことは大打撃なりき。主方位盤はどうも僅かの衝撃にて故障になり易い事は今後の建造に注意を要する点なり。敵航空魚雷はあまり勢力大ではないが、敵機は必中射点で然も高々度にて発射す。初め之を低空爆撃と思っていたりしも之が雷撃機なりき。（中略）

機銃はも少し威力を大にせねばならぬと思う。命中したものがあったのになかなかおちざりき。敵の攻撃はなかなかねばり強かりし。具合が悪ければ体勢がよくなるまで待つもの相当多し。但し早目に攻撃するものもあり。艦が運動不自由となればおちついて攻撃して来る様に思われたり。

最後まで頑張るつもりなるも今の処駄目らしい。一八五五。

暗いので思うた事を書きたいが意にまかせず。最悪の場合の処置として御真影を奉遷すること、軍艦旗を卸すこと、乗員を退去せしむること。之は我兵力を維持したき為、生存者は退艦せしむる事始めから念願、悪い処は全部小官が責任を負うべきものなることは当然であり、誠に相済まず。

我斃《たお》るるも必勝の信念に何等損する処なし。我が国は必ず永遠に栄え行くべき国なり。皆様が大いに奮闘してください。最後の戦勝をあげらるることを確信す」

巨艦はそのあまり複雑な機構のため、一部に不測の故障が起ると、一挙に戦力を損じたのである。栗田艦隊の戦艦はみな一二〇挺の高角機関銃を具《そな》え、高角砲には黄燐弾《おうりんだん》を包んだ新式の砲弾を具えていたのだが、航空機の傘をまったく欠く、戦艦対航空機の戦闘という新しい事態に直面して、射撃は演習のようにうまく行かなかったのであった。

この戦闘でアメリカ側の損害はモリソンの『海戦史』によれば一八機である。ほかに偵察機一〇その他二喪失。

一五三〇栗田長官は全艦反転を命じた。一六〇〇日吉台の聯合艦隊司令部に発した報告電。

「第一遊撃部隊主力ハ航空作戦ト策応シテ、日没ノ約一時間後ニ『サン・ベルナルデノ』海峡ヲ突破スルコトヲ意図セリ。シカルニ敵ハ〇八三〇ヨリ一五三〇ノ間ニオイテ、出撃機数二五〇機以上ヲ以テワガ方ヲ攻撃シ来タリ、ソノ機数並ニ攻撃ノ激烈ナルコトハ一波毎ニ増大ス。コレニ反シテ今マデノ航空索敵ノ成果モ期シ得ズ、逐次被害累増スルノミニテ無理ニ突入スルモ徒ニ好餌トナリ、成果期シ難シ。一時敵機ノ空襲圏外ニ避退、友隊ノ戦果ニ策応進撃スルヲ可ト認ム。一六〇〇『シブヤン』海」

栗田艦隊はこの後四度反転を重ね、いずれも問題を残した。機動部隊の攻撃圏内で反転して見たところで、五十歩百歩なのだが、この反転は意外な効果を生んだ。ハルゼーに、与えた損害を過大評価させ、栗田艦隊はもはやサン・ベルナルディノ海峡突破の意図を放棄したと判断させた。海峡出口の守りを解き、三八機動部隊の全力を挙げて北上を決意させることになったからである。

この時までにデヴィソン第四機動群の索敵機は、ルソン島北端エンガノ岬東方海上に小沢艦隊の一部を見付けていた（一五四〇、北緯一八度一〇分、東経一二五度三〇分）。これは航空戦艦「伊勢」「日向」を主体とする先遣部隊であった。

一六四〇、別の一機が、その少し北に、東へ向け一六ノットで航行中の空母四、戦艦二より成る本隊を見付けた。艦隊は付近海面に降りた艦上機の搭乗員を収容中のように見えた。

これはハルゼーが待ち焦れていた報告であった。二〇二二彼は三つの機動部隊に、直ちにルソン島東方海上に集合を命じた。

彼は栗田艦隊には壊滅的打撃を与えたから、もはやレイテ湾に突入することは出来ない、かりにそれを試みたとしても、キンケードの第七艦隊にとって重大な脅威ではない、と判断したのであるが、これは誤っていた。

シブヤン海の戦闘は、戦艦が航空攻撃に対して弱いことを証明したが、同時に性能の悪い航空魚雷だけでは、強力な水上部隊を完全に壊滅させることも出来ないことも証明していたのである。

猪口艦長の遺書にある通り、沈没は「武蔵」一艦だけで、ほかには重巡「妙高」大破、戦艦「長門」小破、軽巡「矢矧《やはぎ》」小破程度で、「大和」は魚雷四本を受けながら航行に差支えなかった。米機が「武蔵」にとどめを刺そうとして空中サーカスに熱中したため、この結果を見たのである。

一五三〇回頭した時、栗田艦隊はまだ戦艦四、重巡六、軽巡二、駆逐艦一一から成る強力な艦隊であった。アメリカのパイロットがどんな報告をしたか不明であるが、どうやら日本のパイロットと同じく、よほど戦果を誇張していたらしいのである。

栗田艦隊の回頭の報を受けて聯合艦隊司令部は驚愕した。ここで艦隊にサン・ベルナルディノ海峡突破を放棄されては、捷号作戦全体の意味が失われてしまうからである。

栗田中将は、十八年三月ブーゲンビルに敵が上陸した時、重巡戦隊を率いて、ラバウルへ進出したことがあった。その時も、米機の一方的な攻撃を受け、約束の友軍機が来ないのに腹を立て、至急信で電請して、さっさと引き揚げて来たことがあった。

一八一三豊田長官は電命した。「天佑を確信し、全軍突撃せよ」。命令はさらに草鹿参謀長の悲痛な説明電で補強されていた。「若し第一遊撃部隊がこの時に及んで反転するとせば、捷号作戦の根本は全く崩壊のほかなかるべし。しかして水上部隊によるレイテ湾突入の機会は再び到来せざるべし……たとえ第一遊撃部隊のサン・ベルナルディノ海峡通過が予定時刻より若干遅延するとも、決戦によってわが方を妨害せんとする敵水上部隊と、一戦を交え得るようせざるべからず」。

しかしこれは聯合艦隊司令部の杞憂であった。栗田長官の報告は「一時避退」といっていたはずである。豊田長官の全軍突撃電の「大和」受信は一八五五、その一時間半前の一七一五、艦隊は再び反転して東進を始めていた。艦上機の攻撃は最初の反転を境に、ぴたりと止んだからである。

なお一機が高々度に止《とどま》って、艦隊の行動を監視しているらしかったが、それも一六二〇東方に去った。これは北方の小沢艦隊が発見された四〇分後である。ハルゼーはすでに、在空の航空機に対し「全員帰還せよ」の命令を出していた。

人間のやることであるから、海戦には多くの錯誤がつきものである。奇蹟的な完全試合といわれる日本海海戦を除いて、ほとんど錯誤の連続といってもよい。小沢中将の機動本隊はこの時すでに数少ない攻撃機の発進を終り、形ばかりの護衛戦闘機を持つだけの、完全な囮艦隊に化していたのだが、ハルゼー大将にはそうは映らなかった。

この日朝からシャーマン隊が攻撃され、「プリンストン」は沈没しようとしていた。これは前述のように福留中将の基地航空隊の一機の殊勲だったが、機種は艦上機だったから、ハルゼーはこの熟練のパイロットは、北方のどこかにいる機動部隊から来たと考えたのである。

小沢提督は敵に見つけられるのを惧《おそ》れる理由は全然なかったから、無電封鎖を行わず、必要な報告電は遠慮なく打っていたのだが、これはハルゼーのところへは全然届かなかったらしい。この日「瑞鶴」の発信性能が悪く、その発した電報は、ハルゼーの旗艦「ニュー・ジャージー」で傍受されなかっただけではなく、栗田艦隊にも届かなかったといわれる。これは翌二十五日、栗田艦隊にとって致命的な不利となるのだが（ただし最近発表された「大和」電報綴によると、一二四〇受付として小沢艦隊一一三八発の接敵攻撃報告が載っている。ただ何かの手違いで艦橋へ届かなかったという。信じられないことだが、これについては後述の機会がある）、この日はちょうどハルゼーが焦々している時に、小沢艦隊が偵察機に視認されて、その判断を狂わすことになったのである。「プリンストン」が撃沈され、栗田艦隊が反転した時、ちょうど発見されたので、ハルゼーはサン・ベルナルディノ海峡を開放して、その空母一六隻で、わずか空母四隻の小沢艦隊の攻撃に専念することになった。

しかし栗田艦隊の再反転は、勇気を要する行動であった。空襲は止んだが、サン・ベルナルディノ海峡に行くまでには、多くの小島が点在するシブヤン海を乗り切らねばならない。海峡は一列縦隊で抜けるほかはないから、潜水艦や魚雷艇の好餌となる惧れがある。そして海峡を抜けて、夜が明けてからは、再び敵の機動部隊の攻撃を受ける覚悟をしなければならない。

「天佑」は米機動部隊の北上という形で現われていたのだが、栗田長官は知る由もない。一四〇〇、スリガオ海峡に向った西村艦隊の重巡「最上」から飛び立った偵察機は、この日栗田艦隊が受けた唯一の敵情報告を齎《もたら》していた。

「レイテ湾の南部海面に戦艦四隻、巡洋艦二隻あり。ドラグ上陸点沖に輸送船約八〇隻。スリガオ海峡に駆逐艦四隻、小舟艇十数隻あり。レイテ島東南部沿岸に駆逐艦一二隻および航空母艦一二隻あり」

これは〇六五〇の状況であるが、高々度からの偵察としては、優れて正確なものであった。これはキンケードの第七艦隊で、実際は戦艦六、重巡洋艦六、駆逐艦、護送艦合せて三二、魚雷艇三九であったが、空母数は正確に捉えている。ただしこれは正規空母ではなく、商船を改造した護送空母だったのだが、その区別まで艦載偵察機のパイロットに求めるのは無理である。

翌日栗田艦隊が遭遇するのもこの空母群で、これを高速空母と見なして、攻撃法を誤ることになるのである。

栗田艦隊の二度の反転は悲しむべき結果も生んだ。それは南方スリガオ海峡に向った西村艦隊に、悲壮な単独突入の決意をさせ、さらに突入時刻を繰り上げさせることになった。二つの艦隊の共同行動を不可能にさせ、第七艦隊の戦艦群に十分の時間の余裕をもって、レイテ湾口に栗田艦隊迎撃の体勢を取らせることになった。

命令は「二十五日黎明を期して突入」であった。「黎明」とは曖昧な表現であるが、大体日出前二時間から一時間の間を指すのが普通である。この日の日出は〇六二七であった。二〇二〇西村祥治中将は、次のように打電して来た。「本隊は二十五日〇四〇〇を期して、ドラグに突入する予定なり」。この電報に接して、栗田艦隊の参謀長小柳冨次少将は、一時間早いと感じたという。「黎明」は〇五〇〇頃と了解されていたのである。

この単独突入決意については、日米軍事評論家の間で、議論が分れている。ジェームス・A・フィールドJr.はハーバード大学出身の若い歴史家で、海軍少佐、航空戦隊参謀として翌日のサマール島沖海戦に参加した。戦後米戦略爆撃調査団の一員となって日本へ来て、関係将官を訊問した。訊問は十分礼儀を尽して行われ（恐らく昭和二十年十月の時点で、元海軍軍人が受けた最大の尊敬である）、みな生々しい記憶の下に答えていて、その報告は最も信頼出来る史料の一つである。

フィールドはこの資料、その他に基いて、一九四七年『レイテ湾の日本艦隊』（中野五郎訳昭和二十四年）という本を書いた。米艦隊の行動について書く自由はまだなかったので、記述は聯合艦隊の行動に限られているのだが、歴史家の職業的公正さのほかに、日本海軍に対する理解と思いやりに充ちている。比島沖海戦について、最も早い研究である。

彼は西村艦隊の猪突を重大な作戦上の過失と見ている。西村艦隊は栗田艦隊の指揮下にあったのだから、その命令を電請するのが当然であり、専断で突入を早めたのは、理解に苦しむといっている。これに対して日本人の立場から反論したのは伊藤正徳『連合艦隊の最後』(昭和三十一年)である。著者の聯合艦隊への愛惜の念が感じられる好著だが、戦略調査団に迎合的な答弁をした一部旧軍人に対する反感、その他終戦直後一般的であった否定的見解に対する反感が露骨で、見方がやや偏っている。伊藤は西村中将の行動は、栗田艦隊の重荷を少しでも早く軽くしてやろうという感情的理由に基くとしている。

栗田艦隊が二十五日朝五時にレイテ湾に突入するためには、遅くとも二十四日日没までにはサン・ベルナルディノ海峡に達していなければならない。予定は二十三日「愛宕」沈没、旗艦変更などによって遅れた。その上シブヤン海で反転を繰り返したのだから、共同行動がとれないことはもはや明白になっていた。

西村艦隊は旧式戦艦「山城」を旗艦としていたが、これは練習艦に使われていた老朽艦であった。重巡「最上」がやや一人前なだけで、戦艦「扶桑」も「山城」と似たり寄ったりの老朽艦である。ただ駆逐艦四隻だけが第一線級という弱小艦隊で、狭いスリガオ海峡へ突入するのだから、むしろ囮艦隊といってもよい。少なくとも牽制が任務であったことは『戦藻録』の記事にも窺われる。（出発間際に、レイテ島へ増援部隊輸送用として巡洋艦「青葉」「鬼怒」、駆逐艦「浦波」をけずられて護衛は駆逐艦四隻になった。）命令を受けた時から、生還を期していなかったという伊藤正徳の意見はむろん正しい。

西村艦隊は栗田艦隊より七時間半遅れた二十二日一五三〇、ブルネイ基地を出た。レイテ湾までの航程は栗田艦隊の半分以下だから、潜水艦攻撃を避けるために、最初レイテ島とは反対の北西に針路を取った。スル海に入ってからも、モロタイ島の米陸軍航空隊の制圧圏に入らないように、パラワン島の東岸に沿って北上した。二十四日〇九〇五、デヴィソン隊の偵察攻撃隊に発見されたが（これは栗田艦隊攻撃のため発進したものだった）、航続距離ぎりぎりの地点だったので、攻撃は形式的なものので、損害は「扶桑」のカタパルト破損、偵察機喪失の程度であった。以後艦隊は空襲を受けなかった。

その日、キンケードの護送空母はレイテ島橋頭堡の掩護に忙しかった。朝から第四航空軍によって、タクロバン空襲が繰り返されていたからである。キンケードはこの弱小艦隊をスリガオ海峡で待ち伏せ、魚雷攻撃と戦艦の斉射で、片付けることが出来ると信じていた。

これは殆んど聯合艦隊の作戦通りだった。問題は突入の時期だった。栗田艦隊の突入がおくれた以上、西村艦隊もおくらせるべきで、そうすれば牽制は一層効果的で、第七艦隊は苦境に立たされたろう、これがフィールドの説である。

これに対してもう一つの反対は、モリソンの『第二次大戦海戦史』の「レイテ」（一九六六年刊）の説で、西村艦隊の行動は、二十四日一九一五の豊田聯合艦隊司令長官の「全軍突撃」に基いた正しい行動だという。〇四三〇から日本軍の「黎明」に入るのだから、別に突入を早めたわけではない、予定のペースで進んだだけだ、という。

モリソンは特に名指していないが、フィールドの説に対する批判を含んでおり、アメリカ人同士の争い、海軍大学出と民間大学出の歴史家の対立が見られる。モリソンの『第二次大戦海戦史』一五巻は、米海軍公史の性格を持つものだが、それだけに迎合的筆致が見られ、聯合艦隊に対して嘲笑的である。私にはフィールドの著書の方が好意が持てるのだが、この点については、モリソンが正しいと思う。

西村艦隊の専断的決意通告は、時間的に見ても豊田長官の「全軍突撃」の命令に従って発せられたと見るのが自然である。西村中将は最初から玉砕という感情的動機に支配されていたのである。ただし黎明を〇四三〇に限定するのはモリソンの強弁。一時間早いと感じたという小柳参謀長の証言に従うべきであろう。

小柳参謀長は当惑したが、二一四五次の電報を西村中将に発した。

「栗田本隊は二十五日一一〇〇、レイテ湾突入の予定。貴隊は予定通り突入し、〇九〇〇、スルアン島（レイテ湾口、タクロバンより六〇浬《かいり》）の北東一〇浬の地点に於て、本隊に合同すべし」

本隊がこうおくれてしまった以上、どうせ共同行動は不可能と諦めて、この命令を出したと、小柳少将はいっている。翌日のランデブー時刻地点を指定したのは、別に西村艦隊の生還を期したわけではなく、レイテ湾の敵艦が、本隊の行動に釣られて北上する場合を考えて、念のため付け加えただけだという。返電はなかった。

西村中将は三十三年艦隊勤務を続けた生粋の戦士で、夜戦を好んだ。「山城」「扶桑」組がスリガオ海峡を突破する機会は夜戦によるほかはない。かりにフィールドのいうように、栗田艦隊と歩調を合せて、二十五日九時頃突入に変更したとしても、結果はあまり変らなかったであろう。ドラグの輸送船攻撃も夜戦の方が有利である。単独死地に入る以上、少しでも夜戦の時間を長く取りたかったのではないかと思う。艦隊は予定にいれていた空襲がないので、時間が余って持て余し気味だった。速力の早い「最上」を先発させて、スリガオ海峡の入口の偵察なんてこともやっている。突入を早める方が、万事都合がよかったのである。

しかし突入の一日前に、豊田長官の「全軍突撃」命令が出たのは、異例のことだった。これは栗田艦隊が異例な回頭をしたことから起っている。厳密に因果関係をたどるなら、西村中将に死に急ぎの決意をさせてしまったのは、栗田艦隊の遅延が原因ということが出来よう。

月齢七の月は、真夜中少し過ぎに沈んだ。レイテ東方海上に雨があったが、ミンダナオ海は微晴で、明るい熱帯の星空の下で、視界は五、〇〇〇メートル、スリガオ海峡を限るパナオン、ディナガット島の山影がくっきりと浮び上っていた。

オルデンドルフ少将は西村艦隊に対してその水上兵力全力を投入して、完全試合を計画していた。海峡の入口に魚雷艇三九、駆逐艦二八を配してまず魚雷攻撃を加える。その後に西村艦隊の進路をT字形に扼《やく》して戦艦六、重巡四、軽巡二が並んでいた。煙幕のうしろから四、〇〇〇発の徹甲弾、高性能弾の斉射を浴びせて、この弱小艦隊を粉砕してしまったのである。

これは太平洋で戦われた最も無残な殲滅戦であった。西村中将はこの前海軍大尉であった一人息子を同じフィリピンの戦場で失ったところであった。

「われ魚雷攻撃を受く。各艦はわれを顧みず前進し、敵を攻撃すべし」

これが〇三四〇旗艦「山城」が発した最後の命令であった。まもなくさらに一発の魚雷を火薬庫に受けて、「山城」は轟沈してしまう。

この頃志摩中将の率いる第二遊撃部隊が海峡に入って来た。これは重巡「那智」「足柄」、軽巡「阿武隈」と駆逐艦四から成る小部隊で、既述のように、南西方面艦隊所属のままの参加で、全然西村艦隊と共同行動を取らなかった。

海峡入口で「阿武隈」が魚雷を受けて落伍したが、「那智」を先頭に、一列縦隊に進んで来た。捷号作戦から各艦に取りつけられたレーダーによる魚雷攻撃を行うのが任務であった。「山城」「扶桑」はすでに沈み、「最上」が炎上している戦場に到達し、混乱に乗じて、煙幕の向うの米戦艦群に向って魚雷を発射して回頭した。

ただしレーダーの性能が悪く、軍艦と島の区別がつかなかったらしい。一発も命中しなかった。翌朝、海峡東側のヒブソン島の砂浜に乗り上げている数発が発見された。

回頭した「那智」は炎上している「最上」と衝突して艦首を折り、速力が一八ノットに落ちてしまった。停止していると思った「最上」が燃えながら、八ノットの速力で南下していたからである。志摩艦隊はレイテ湾突入を諦め煙幕を張って退いた。この艦隊は「突入を可と認む」という程度の曖昧な命令しか与えられていなかった。

しかしこの志摩艦隊の素早い退却は、次の日の栗田艦隊の戦闘に幾分の貢献をした。夜が明けて偵察機が出動するまでオルデンドルフの戦艦群は海峡出口を離れることが出来なかったからである。不撓不屈の攻撃精神を持つ日本の艦隊は、いつ引き返して来るかわからない、と考えられた。

二一一五小沢艦隊も豊田長官の「全軍突撃」の命令を受信した。三〇分後、栗田中将が一六〇〇発した反転報告が届いた。いくら全軍突撃の電命があっても、栗田艦隊が戦線を離脱した以上、空母四隻を犬死させてはつまらないと判断し、同じく反転した。しかしその後草鹿参謀長の説明電を傍受して、栗田艦隊は必ず突入すると確信して二四〇〇再び反転した。この往復運動は捷号作戦全体にとっても、小沢艦隊にとっても、有利に働いた。

二十四日小沢長官が改装戦艦「伊勢」「日向」、軽巡「多摩」のほか駆逐艦四から成る先遣部隊を分派して、敵に発見させるようにしたことは前に書いた。予定通り本隊より二時間早くハルゼーの偵察機が見付けてくれた。しかし司令官松田少将は闘志に燃え、レーダー攻撃に自信をもっていた。すでにかなりの打撃を受けているはずのシャーマン隊の残存空母に夜襲をかけようと思い、夜に入っても、南下を続けていた。

小沢中将は自ら反転すると同時に、二二〇〇すぎ松田少将にも反転を命じたのだが、少将は命令に反して南下を続けた。小沢長官は松田隊とのランデブーを、二十五日〇六〇〇、東経一二六度三〇分、北緯一八度三〇分と指定した。これはエンガノ岬の真東約二〇〇カイリで、最初に予定されていた集合地点より、一二〇カイリ北だった。二四〇〇松田艦隊は本隊と同時に反転した。

小沢艦隊は豊後水道を出て以来、つき通しについていたといえる。この上なくよいタイミングで、ハルゼーに発見されたのは前に書いた通りだが、栗田艦隊の反転の影響で、一時北上したことも、幸いした。攻撃的な最初の集合地点では多分深入りしすぎていて、十分米機動部隊を釣り上げる役目を果すことが出来なかったはずである。早々と撃滅されてしまって、ハルゼーにサマール島沖海戦に間に合うように、引き返させたかも知れなかった。

しかし聯合艦隊の幸運もここまでであった。一六四〇小沢艦隊を発見した米偵察機は、その結果を本隊に電話していた。「瑞鶴」はこの電話を傍受した。米偵察機のパイロットはごていねいにも、ハルゼーの機動部隊の中で、一番北にいたシャーマン隊の位置まで報告していた。

一六五〇「瑞鶴」は比島方面にあるあらゆる友軍部隊に向って誇らかに発信した。「敵機動部隊北緯一七度二〇分東経一二四度五〇分にあり」。しかしこれは日吉の聯合艦隊司令部と配下松田部隊のほか、どこにも受信されなかった（その夜松田部隊が進出したのはこの位置までである）。

翌日〇八四五から米艦上機の攻撃を受けた。この時発した「艦隊ハ北方ニ誘致サレ、敵艦上機来襲、ワレト交戦中ナリ」との電報は、ちょうどその頃サマール島沖で米護送空母群と戦闘中の栗田艦隊には届かなかった。栗田司令官の決意を左右したかも知れない、この重大な情報が遂に届かなかったのである。

この大事な海戦を豊田長官が台湾あるいはマニラに進出せず、東京の日吉台の地下壕から指揮したことを非難する人がいる。しかしこれはあまりにも感情的な判断である。

日吉台の位置は太平洋艦隊司令長官ニミッツ大将のいたハワイと見合っている。十日から十五日へかけて台湾沖航空戦が行われた時、豊田長官は偶然台北にいたが、台北の南西方面艦隊本部の無電機の機能は不良で、作戦指導に不便を感じたところであった。現地ではどんな不測な事態が起るかも測りがたい。瀬戸内海からシンガポール対岸まで拡がった大作戦は、日吉台の優秀な無電機から指揮するのが最も有効である。聯合艦隊司令長官が陸へ上ったことを嘲笑する理由は全然ないと私には思われる。

レイテ沖海戦全般を通じて、通信が海戦の経過に重大な役割を果しているのが特色である。海戦は三〇〇カイリ離れた三つの海面で行われており、それを連繋するものは通信よりなかった。殊に聯合艦隊は創設以来初めての複雑な作戦を実施中で、その成果は大幅に通信に依存していた。ただ当時の通信組織では、受信、暗号解読に手間がかかり、能率的でなかったのが、致命的な障害となった。ただし「瑞鶴」の発信が栗田艦隊に全然届かなかったわけではなく、一二二五発の最初の接触電のほか、少なくとも二通が「大和」の電報綴にある。しかしこの微妙な問題については、あとで一括して書く。

二十四日の夜から二十五日にかけて、ハルゼーの取った行動は、結果から見ればまったく馬鹿げたもので、もし栗田艦隊のレイテ湾突入が成功していれば、懲罰ものであった。彼は海戦の最も決定的時期に、旗艦「ニュー・ジャージー」ほか二隻の快速戦艦を率いて、全然敵と接触することなく、フィリピン東方海面三〇〇カイリを、全速力で往復しただけだったから。

負けてしまったわれわれとしては、溜飲の下る話なので、大抵の比島沖海戦記はこの条《くだ》りに来ると、調子づいて来る。ハルゼーは小沢中将の空母四隻の囮艦隊を手持ちの空母一二隻をもって攻撃したのである。しかも日本海軍の次の作戦が囮作戦であることを承知の上だったのだから、おかしくなって来るのである。

大本営が志摩艦隊に航空戦艦「伊勢」「日向」をつけて、囮艦隊とすることを決定したのは、この年の八月であるが、米軍は諜報によってその内容を知っていた（八月十八日パラオ島北で撃沈された軽巡「名取」から救助された一人の士官がこれを確認した）。ハルゼーはむろんこれを知っていたのだが、「プリンストン」が撃沈されたことから、北方に発見された日本の空母群が囮ではなく攻撃部隊だと判断した。実際この時作戦が変更され、小沢艦隊は囮兼攻撃部隊だったのだから、ここまではいい。小沢艦隊攻撃のためサン・ベルナルディノ海峡の出口の守りを放棄し、しかもそれをキンケードの第七艦隊に通報しなかったことから問題が生じた。

一方、キンケードの方では、そこはハルゼーが守っていてくれるものと思い込み、スリガオ海峡の西村艦隊の撃滅にばかり熱中して、護送空母群に警戒体勢を取らせなかった。これが栗田艦隊に二十五日夜明けまで、その行動を探知されることなく、無事サン・ベルナルディノ海峡を抜け、サマール島沖に進出するのを許した原因であった。

間違いのもとはワシントンにあるというのが、マッカーサーの意見である。ハルゼー第三艦隊は、レイテ上陸軍掩護の任務を持っていたが、太平洋艦隊司令長官ニミッツに対して責任を負い、レイテ遠征軍総司令官マッカーサーの指揮下にはなかった。

上陸軍掩護についてマッカーサーに対して責任を持つキンケードとは別の指揮系統に属していた。サン・ベルナルディノ海峡の守りはキンケードの責任であり、ミッチャー機動部隊は、栗田艦隊撃滅のため、海峡東方海面にいたにすぎなかった。

ハルゼーは二十四日シブヤン海の空襲で、十分に栗田艦隊を痛めつけたと思っていた。北方に新しく出現した敵に向ってその勢力を結集するのは、明らかに彼の自由であり、時々刻々その行動を確認するのは、キンケードの通信将校の義務であるべきであった。それに基いて、キンケードは適当な処置を取ればいいのである。

彼はサン・ベルナルディノ海峡の守りはキンケードに任せたつもりだった。すると責任はすべてキンケードにかかって来そうだが、ここにそうは簡単に行かない理由がある。

二十四日小沢艦隊が発見される少し前の一五一二、ハルゼーは配下各艦に「全般戦闘計画」を通達した。そこにはボーガン、デヴィソン二隊から引き抜いた戦艦四、重巡三、駆逐艦一四からなる三四特別任務部隊（機動部隊と同じくタスク・フォースであるが、空母中心の機動部隊と区別するため直訳呼称を使う）を組織、リー少将の指揮下においたと告げていた。この特別部隊にはハルゼーの旗艦「ニュー・ジャージー」が含まれていたから、通達を傍受したキンケードはさてはハルゼーが自ら戦艦群を率いて、サン・ベルナルディノ海峡の出口を見張ってくれるのだな、と思い込んだ。

「全般戦闘計画」は計画を告げただけで、その実施は別問題だった。キンケードは多くの戦闘中の指揮官と同じように、事実をあるがままではなく、自分がそうあってほしい、と思うように解釈したのである。

この点キンケードが誤っていたかも知れないのだが、海戦のこの段階では、そう考えるのが最も自然であった。さもなければなぜ空母中心の機動部隊から、わざわざ戦艦中心の部隊を抽出する必要があるのか。ハワイにいたニミッツもそう解釈した。戦後行われた論争で、ニミッツがキンケードに同情的なのは、このためである。

ハルゼー自身は、この任務部隊が海峡を守るためだったとはいおうとしない。栗田艦隊はもはやキンケードの脅威になり得ないほど傷めつけられてしまっていると思った、という立場を取っている。三四特別任務部隊は日本の機動部隊に付属した戦艦にとどめを刺すためのものであると主張する。彼は実際二十五日一〇〇〇頃には、自らこの部隊を率い、エンガノ岬沖の小沢艦隊の残存艦から、四二カイリの地点まで迫っていたのである。

一六二〇小沢艦隊発見の報に接し、ハルゼーは配下機動部隊にルソン島東方に集合を命じる時も、三四特別任務部隊編成計画を取り消す必要を感じなかった。計画はあくまで計画で、実施命令が出ない限り、それは存在しないのと同然である。第三艦隊の内部ではそれはその通りだが、キンケードの立場は別である。彼はハルゼーが三四特別任務部隊を見張りに残して北上した、と思い込んでいたのである。

一抹の不安は残っていた。〇四〇〇スリガオ海峡で二つの日本艦隊と交戦していることをハルゼーに連絡したついでに、幕僚の忠告によって付け加えた。

「三四特別任務部隊はサン・ベルナルディノ海峡を守っているか」

電報は〇六三九までハルゼーの手許まで届かなかった。彼はすぐ返電した。

「否、三四特別任務部隊は空母群と共に、日本空母部隊と交戦中である」

キンケードはびっくりしたが、どうしようもなかった。その時彼の護送空母群の一つは、サマール島沖で栗田艦隊に攻撃を受けようとしていた。ところがオルデンドルフの戦艦群は、二〇〇カイリ南のスリガオ海峡で、志摩艦隊を追撃中であり、とても戦場に間に合いそうもなかった。彼が掩護の責任のあるレイテ湾内の輸送船団と、栗田艦隊の間には、速力のおそい護送空母六のほかに、駆逐艦三、護送駆逐艦四しかいなかった。

ハルゼーの夜間偵察機は、二十四日一九三五、シブヤン海をマスバテ島へ向って東進中の栗田艦隊を見付けていた。二〇三〇にはさらに二五カイリ東方にあり、二〇ノットの速力で進んでいた。サン・ベルナルディノ海峡の燈台は、管制を破って、点火されていた。艦隊が海峡を抜けようとしていることは明らかだった。報告は二三二〇ハルゼーの手許に届いた。しかし彼はこの時は、すでに翌朝の小沢艦隊に対する攻撃部署を決定しており、命令を変更するのを欲しなかった。

彼は栗田艦隊の最初の反転と、パイロットの誇大な戦果報告によって、栗田艦隊はもはやキンケードが料理出来る弱小艦隊であると信じていた。彼もまた事実をあるがままではなく、そうあってほしいように認定していた。

一方キンケードも全然海峡の警戒を怠ったわけではなかった。二十四日、日が暮れてからカタリナ夜間偵察飛行艇一機がサン・ベルナルディノ海峡に沿って飛び、その西口へ出て、サマール島西岸を偵察して引き返して来た。あいにくそれは栗田艦隊が海峡へさしかかる前だった。

護送空母群は夜間偵察機を持っていなかったので、未明偵察を命じた。〇一五五スルアン島の北北西一三〇カイリの偵察を実施するよう命令を発した。命令が発進すべき護送空母の一つに達したのは〇五〇九だった。しかし飛行甲板は夜来の雨に濡れていたし、護送空母には暗いうちに離着艦出来るパイロットはいなかった。一〇機が発進したのは、日出から二〇分たった〇六五八だった。これはちょうど「大和」の主砲が初弾を発射した時だった。

情報に欠けていた点では、栗田艦隊の側でも同じだった。「最上」の艦載偵察機からうけた報告が、二十四日中に受けた唯一のレイテ湾内の艦船の種類と数に関する報告であったことは前に書いた。艦隊の各艦も偵察機を搭載していたのだが、「大和」「長門」の三機を除き、計三二機をブルネイ出発に先立って、ミンドロ島南端サンホセの水上機基地へ派遣していた。

水上機は一度発射したら、収容に手間がかかる。ミンドロ島は艦隊の進路にあり、東方海面の偵察に便利な位置にあるから、これは一応合理的な処置であった。ところがそれが二十四日中にはなんの報告もよこさなかった。

二十五日〇二〇〇、一機の夜間電探索敵機が、ルソン島の東を北進中のハルゼーの機動部隊を見付けていたらしい。〇四〇〇頃からサンホセは電報を打ち出したのだが、まず総合電報からはじめて、「肝心の本電は三十一通一七〇〇に至り発信しあとの祭となり終りぬ」（『戦藻録』）という状態であった。

この頃栗田艦隊は一、〇〇〇メートル間隔の単縦陣でサン・ベルナルディノ海峡を通過、〇〇三〇無事東方海上に出た。海峡の途中から雲が低く、視界は一五キロぐらい、時々スコールが来た。

ここで単縦陣を夜間索敵陣に組み替えるのに、一時間を要した。この間、潜水艦攻撃を期待していたのだが、さっぱりそれがないので、狐につままれたような気持であった（米軍では海峡は機雷封鎖されていると見なし、潜水艦作戦は行わないことにきめていた）。

〇三〇〇まで東進、それから進路を一五〇度（南南東）に取って、サマール島に沿って南下、スルアン島東一〇カイリの西村艦隊との集合点へ向った。

この間にスリガオ海峡に向った西村艦隊からの報告が入って来た。〇五二二志摩中将から第二戦隊全滅、「最上」大破炎上の報告があった。

日出は〇六二七。その一時間前から、黎明空襲にそなえて、輪形陣を組むため整形中、〇六四四「大和」の檣上《しょうじょう》見張りが東南方水平線上の左四〇度にマスト四を発見した。続いて空母二、巡洋艦四、駆逐艦二が見えて来た。空母は艦上機を発進させている。

「実に意外も意外、敵母艦群との不意の洋上出会、しかも夜明け早々の好条件、天佑我に在り。夢寐《むび》にも忘れぬ憎っくき敵の機動部隊、リンガで鍛えた腕を試すはこの時ぞ、一網打尽に薙ぎ伏せてくれんと艦橋にあるもの皆期せずして快哉を叫んだ。幕僚の中には嬉し涙を流しているものさえいる」（小柳冨次『栗田艦隊』）

これは海戦史上、水上部隊が空母群と視認距離で接触した唯一のケースだった。栗田艦隊将兵の歓喜は想像に余りある。これを昨日散々に叩かれた機動部隊だ、と信じてしまったのも無理はない。風向東北東、敵は艦首を東に向けて、飛行機を発進させているらしい。直ちに三〇度一斉変針を命じ、展開方向を一一〇度にして（度数は羅針盤の目盛りによる。つまり真北は〇度として、全部で三六〇度。つまり東が九〇度、南が一八〇度である。つまり一一〇度はほぼ東南東に当る）未整の隊形のまま全艦突撃を命じた。これは敵の遁走《とんそう》を妨げるため、風上の東北方向から包み込むように攻撃する体勢だが、後に重大な指揮の誤りと批判された処置である。各艦思い思いに固有の速力で突進したため、広い海面に散らばって、行動に一致を欠き、対空防禦力を弱めた。敵機に牽制されて有効な攻撃が出来なくなったのである。

　相手は最大速力一八ノット程度の護送空母群だったのだから、なにもあわてることはない。ゆっくり隊形を整えてから、風上へ廻るなど余計な手間をかけず、直進すればすぐ追い付いて殲滅出来たという結果論なのだが、私の素人考えでは、咄嗟《とっさ》の判断にそこまで要求するのは苛酷なような気がする。

　護送空母とは主に商船、油槽船を改造したもので、地中海作戦では飛行機運搬用に使われたが、後に輸送船護衛、橋頭堡掩護に使われるようになったものである。搭載機数は一八―三六機、速力一八ノットが最高、問題にならない弱敵だった。大きさもまちまちで一二、〇〇〇―七、〇〇〇トンぐらい、二万トン以上の高速空母と見間違うはずはない、というのは素人考えで、それまでに空母と遭遇したことがない水上艦艇の乗員に、水平線上に見えた艦影が、むやみと大きく見えたのも無理はない。栗田長官としては、敵がそんな弱い艦隊を戦場におきっ放しにするとは考えられなかったのであろう。

正規空母なら一刻を争う。一瞬も早く飛行甲板に着弾させて発進不能にしてしまわなければ、こっちがやられてしまう。敵に高速を利して、射程外に出てしまわれると、一方的な攻撃を受けなければならないことになる。

〇六五八「大和」の前部砲塔の四六センチ主砲は、距離三二、〇〇〇メートルで発射した。初弾命中、轟沈、あるいは空母の横腹に穴があいて、向うの海が見えた、というような伝説があるが、これは無論よた話で、遠距離の落下角度は垂直に近いから、舷側貫通などあり得ない。当れば一発で轟沈が相場である。

一体この日「大和」が発射した砲弾は約一〇〇発であるが、一発も当らなかったという説がある。史上最大の戦艦の機能には、目に見えないところに欠陥があったのである。

この時キンケードの護送空母は三つの群に分れ、サマール島からミンダナオ島へかけて東方海上に散開していた。いずれもこの日の目標を西方に持っていたので、海岸から五、六〇カイリに近づいていた。

栗田艦隊に接触したのは、一番北にいたC・A・F・スプレイグ少将の率いる第三群で、〇五三〇レイテ湾上の輸送船団の艦上哨戒《しょうかい》のため一二機の戦闘機を、〇六〇七には対潜哨戒のため雷撃機四、戦闘機二を発進させたところだった。これは護送空母群として、お定りの日課だったから、〇六二七作業終り、甲板勤務員は下に降りて、朝食をとろうとしていた。

〇六四五、見張員は北西海上に高角砲弾が上るのを認めた。（これは日本側の記録にはないが、この頃栗田艦隊の上に達した一〇機の偵察機の一つが、攻撃されたものか。なおこの偵察機は第三群の所属ではなく、もっと東方にあったスタンプ少将の第二群から発進したものだった。）〇六四六「ファンショウ・ベイ」のレーダーは「正体不明な物件」を水面上に認めた。同時にラジオ受信機は戦闘機同士が日本語で話し合っているような声を聞いた。〇六四七「カダシャン・ベイ」の対潜哨戒機が、日本の戦艦四、重巡八その他駆逐艦多数を二〇カイリ北西に認めたと報告した。スプレイグ少将はハルゼーの機動部隊ではないかと訊き返したが、違うという返事だった。まもなく日本戦艦の特色のあるタイの仏塔のようなマストが水平線上に現われた。〇六五九日本海軍独特の着色水煙が、艦尾に立ちはじめた。

スプレイグ隊は残った飛行機を全部発進させながらひたすら逃げた。進路は真東に変え、速力を一七ノット半の最大速力に上げた。この時の隊の位置は東経一二六度一一分、北緯一一度三六・五分で、サマール島の沖四〇カイリ、スルアン島の北東八〇カイリだった。〇七〇一各隊に助けを求める至急報を平文で発しながら、栗田艦隊に包囲されるのを避けるため、東から西南へ半円を描きながら逃げたのである。そのうちレイテ湾から出撃して来るオルデンドルフの戦艦群に会えるかも知れない、というはかない望みを抱きながら。

スタンプの第二群は約二〇カイリ西南、レイテ湾口の東方にいた。一〇機をサン・ベルナルディノ海峡の遅まきの偵察に発進させたほかに、例えば一機の戦闘機に八八〇ガロンの水と一、二〇〇個のKレーションを積んで、カトモン山の西側の沼地に孤立した九六師団の兵士の頭の上に落すというような仕事があった。

しかしその他の艦は、スリガオ海峡に侵入した西村艦隊追撃のため待機の体勢にあった。雷撃機はすぐ魚雷を積み込んだ。一時間半の間に、戦闘機三六、雷撃機四三が発進した。

T・L・スプレイグ少将（第三群司令官と同姓異人）の第一群は、護送空母六のうち二隻がマヌス島に帰投する輸送船団の一部の護衛に派遣されて四隻だった。第二群から一三〇カイリ南方の、ミンダナオ島東北端、スリガオ半島の東方海面にあり、一時間前に志摩艦隊追撃のため、雷撃機一一、戦闘機一七を発進させたところだった。その上、〇七三〇から、ミンダナオ島から飛来した神風特攻機の攻撃を受けたので、一一機しか救援を送ることが出来なかった。

レイテ湾のキンケードの旗艦水陸両用作戦母艦「ワサチ」にいた第五空軍総司令官ホワイトヘッドにはあまりすることがなかった。連日の雨のためタクロバンの飛行場はまだ未完成で、陸軍機は一機も着いていなかったからである。彼に出来るのは、在空の飛行機全部に目標を栗田艦隊に替えることを命じたぐらいだった。

スプレイグ隊が最初の緊急電報を発してから、一〇分後には救援体制は一応出来上ったが、これが間に合うかどうか。キンケードとホワイトヘッド、それからこの頃は上陸してタクロバン市の総司令部にいたマッカーサーが最も恐れたのは、栗田艦隊がスプレイグ隊を突破して、レイテ湾に突入して来ることだった。

栗田艦隊の各艦は速力をあげながら、思い思いに勝手に選んだ目標を乱射していた。旗艦「大和」と「長門」から成る第一戦隊が縦陣を保っているだけで、左翼第三戦隊の高速戦艦「金剛」と「榛名」は単独に行動した。「金剛」は〇六四六勝手に針路を東に変針し、艦列から七カイリ北に離れて射撃していた。しかし、この艦が一番着実に成績を挙げたのは皮肉である。

「榛名」は針路を南に取り混乱した艦列の中へ、二六ノットの高速で突込んで来た。〇七〇六「大和」が針路を七〇度に変えた時、唸りを立てて、その進路を横切り、あわてて左に舵を切って退いたりした。この艦は最後には艦隊の最左翼に出て、スタンプの第二群を発見し、三二、〇〇〇メートルから斉射を浴びせていた。

やがて第五、第七戦隊の重巡群を先頭に、軽巡、駆逐艦から成る二つの水雷戦隊は後尾に、という命令が各艦に徹底して、やや艦列が整って来た。

スプレイグの護送空母群に倖せしたのは、この日の天候だった。夜来の雨はあがったが、雲が空の三分の一を蔽っていた。スコールが東の方、護送空母群の行く手にあった。低い雲から青黒い雨の脚が幕のように垂れ下って海面まで届いている。各空母は出来るだけ煙を出すようにしたし、三隻の駆逐艦は発煙燃料を焚きながら敵味方の間を走り廻って煙幕を張った。大気の湿度が高かったので、煙は海面低くたなびき、北北東の風にあおられて、米空母が遁走路を西南に変えるに従って、ちょうどその跡を追うよう移動した。

〇七一〇「大和」「長門」「榛名」は目標を見失い、射撃を中止してしまった。北に離れていた「金剛」だけ、煙幕に妨げられずに射撃を続けていたが、〇七二五には自ら別のスコールの中に入ってしまった。

〇七三〇米空母六隻はスコールの中で、南南西に転針した。これが栗田艦隊の射撃を狂わせた。

〇七一〇から空母群から飛び立った戦闘機の攻撃が始まり、「金剛」の主測距儀がやられた。護送空母には第三艦隊のように熟練したパイロットがいなかったが、前日「武蔵」ばかりに攻撃を集中するような勝手な真似をしないで、二、三機ずつ分散して、各艦に個別的攻撃を加えた。その進路を妨害して、低速の空母との距離をちぢめない、という任務に忠実だったので、案外効果的だったといわれる。

軽巡「能代」を旗艦とする第二水雷戦隊は執拗に付けねらわれて、旋回運動を繰り返しているうちに、次第に北方に取り残された形になり、最後まで戦闘に参加しなかった。

米軍は駆逐艦の魚雷攻撃の方を恐れていたのだが。

米駆逐艦三、護送駆逐艦四は単独で突込んで、魚雷攻撃を行なった。空母遁走を助けるための行動だが、その果敢な攻撃は敵味方共に、賞讃している。

煙幕を張り終った時、一番栗田艦隊に近かった「ジョンストン」は〇七一〇、ちょうど空襲が始まると同時に、一八、〇〇〇ヤードの距離から、第七戦隊の旗艦「熊野」に向って砲火を開いた。二五ノットの速力で九、〇〇〇メートルまで近づき、魚雷一〇を放って反転した瞬間、三発の三六センチ砲弾を受けてノックアウトされてしまった。後部機関室をやられ、速力が一七ノットに落ちたが、その時、ちょうどスコールの中に入った。

魚雷の一つは「熊野」の艦尾に命中した。二番艦「鈴谷」が接触して、白石司令官を移乗させたが、この頃「鈴谷」も爆撃されて速力二〇ノットに落ちていた。以来この二艦は追撃から脱落する。

〇七二五「大和」は右舷に「重巡」一を認めて、まず副砲で射撃を加えた後、主砲で撃沈したと信じているが、これは「ジョンストン」だったかも知れない。「ジョンストン」は二、一〇〇トン、この頃のアメリカの駆逐艦の中で最も大きく、前部は砲塔を加えてふくれ上っていたから、よく重巡と間違えられた。ただし駆逐艦と重巡と間違えるのは、日本海軍の特技ではない。この海戦の経過の中だけでもアメリカ側も二つ間違えている。この日の夕方エンガノ岬沖で駆逐艦「初月」を沈めた米巡洋艦は相手を「重巡」と主張した。翌日〇一〇〇やっとサン・ベルナルディノ海峡に帰って来たハルゼーは、逃げおくれた「野分」を沈めたが、射撃を担当した軽巡が駆逐艦だと報告したにも拘らず、「重巡」だといって聞かなかった。自分の倒した相手をなるべく大物と思いたいのは人情で、どの海戦にも必ず起ることである。

米駆逐艦「ホール」は北方にいた「金剛」に狙いをつけ、一三、〇〇〇メートルから砲火を開いたが、〇七二五艦橋に一発喰って、拡声伝達機能を失ってしまった。〇七三三魚雷を半斉射して回頭した時、艦尾に数発の命中弾を受けて、操舵不能になった。気がつくと「金剛」に向って進んでいたので、仕方なく前部砲門を射ち続けた。

「金剛」はこの時までに四発の魚雷を回避していた。戦線の混乱はその極に達していた。聯合艦隊は各艦の弾着を確かめるために、着色砲弾を用いていた。赤、青、黄、緑の水煙が目標に近く林立して、天然色映画みたいな光景が、曇った海上に現出したのである。

「ホール」は混乱にまぎれて徐々に南に退却していたが、〇八二〇、「金剛」が左舷前方八、〇〇〇メートルの距離に近づいていた。右舷後方七、〇〇〇メートルにも二隻の重巡がいた。四方から集中砲火を浴びて、〇八四〇沈没した。

〇七五四「大和」は右舷から駆逐艦一隻が近接して来るのを認め、副砲で射撃を加えた時、六本の魚雷が進んで来るのを認めた。後続の「長門」と共に、左へ舵を切って回避したが、気がつくと、右舷に四本、左舷に二本の魚雷の間に挟まれていた。魚雷はひどく速度がおそく、いつまでも艦と並行して走ったので、一〇分後それが推進力を失って沈んでしまうまで、「大和」は真北へ向って進み続けることになった。

これは不幸な偶然だった。六本の魚雷を放った駆逐艦の名はアメリカ側にもわかっていないのだが、この頃戦線にまぎれ込んでいた護送駆逐艦の一つだったらしい。「ジョンストン」級の駆逐艦を巡洋艦と思っていたのだから、それより小さいのは護送駆逐艦よりいないわけである。

これは商船を改造した補給艦で、乗組の将校は主として予備士官で、魚雷は前大戦の使い古しの練習用のものを積んでいた。その速力が二〇ノットぐらいだったのが、アメリカ軍にとっては幸運、「大和」にとっては不運となった。この時以来「大和」は敵空母と接触する望みがなくなっただけではなく、味方の先頭を水平線下に見失って、戦況を的確に把握することが出来なくなってしまった。〇八〇三「大和」は依然北進しながら、再び「全軍突撃せよ」の命令を発した。

〇八五〇「金剛」はスコールの間に的確に目標を捉えて、「ガンビア・ベイ」を撃沈した。この頃から重巡「利根」「筑摩」「羽黒」「鳥海」は一列縦陣を組んで、東側から弧を描いて、敵空母群を西南に圧迫し、西側を南下する第十水雷戦隊と挟撃の形に持っていった。距離一万メートル、射撃は確かになり、いくつかの命中弾もあったのだが、護送空母の薄い鉄板が幸いした。重巡の主砲の徹甲弾は炸裂しないまま舷側を通り抜けたといわれる。速力一六ノットに落ちながら、五隻の護送空母は、レイテ湾目指して逃げ続けた。

この頃から、敵の空襲が激しくなって来た。スプレイグ隊からあわてて飛び立った飛行機は、雷撃機が爆弾を積んでいたり、戦闘機は陸上爆撃用の一〇〇ポンド爆弾しか持っていなかったり、攻撃は手緩かった。〇八〇〇からは風下に向って遁走していたから、発着艦を行うことが出来なくなっていた。東南方にいる第二群の空母上に着艦して、魚雷を拾って飛んできた。

〇八三〇志摩艦隊を追撃中の第一群の雷撃機九、戦闘機二〇が栗田艦隊の上空に到着した。護送空母のパイロットは元来迎撃か対潜哨戒、あるいは陸上監視所や弾薬集積場爆撃の訓練しか受けていなかった。艦船の攻撃は得意ではなかったのだが、急降下、増速、魚雷投下、反転と教科書通りの攻撃を行なっても、数やるうちには命中したのである。そういう型通りの攻撃を繰り返す雷撃機を射ち落せないほど、日本海軍の対空砲火は不正確だったのである。

〇八一四「大和」が発射した偵察機は、遁走中の空母とは別の一群と駆逐艦四が、煙幕を張って南東に進むのを見たと報告したが、〇八三〇通信が杜絶した。〇八二〇艦隊の最左翼にあった「榛名」は東南方三万メートルに別の空母群を発見して砲撃を始めていた。スタンプ少将の第三群だった。

〇八五一「大和」の発射した二番機は、一三分の後敵戦闘機の追撃を受くと報告しただけで消息を絶った。

「敵電話は平文にて救援を友軍に求め、之に対し二時間を要すと答えたる由なるを以て近在する敵あり。何れに向うべきや？　先ず割中の態勢を執り、合同までに右の敵（スプレイグ隊）を撃滅すべしとなし、針路南南西とす」（『戦藻録』）

艦隊はこの頃一五カイリにわたって散開し、「大和」「長門」はそのほぼ中間にあった。東南の敵二群のどっちに対しても中途半端な位置で、やや近いスプレイグ隊に向って、あまり正確でない電探発射しか出来なかった。

なおこの傍受電話は多分キンケードが〇七二九に発したもので、二時間で到達するというのは栗田艦隊を牽制するための偽の返事だった。

この頃から「大和」の行動に混迷が見え始める。

「然るに艦隊司令部は程経て東の敵に向えという。よって南南東に変針向首するも時既に遅く、さきの空母を発見せず」（『戦藻録』）

この時また空襲があった。〇八五三「鳥海」が、〇八五五「筑摩」が、それぞれ魚雷一本を受けて落伍した。〇九〇〇「金剛」が、〇九〇六「大和」が空襲を受けた。〇九一〇「大和」は次の運命的な命令を発した。

「逐次集マレ、ワレ〇九〇〇ノ位置、ヤヒセ四三」

「ヤヒセ四三」は暗号。この時の「大和」の位置はほぼ北緯一一度二八分東経一二六度一八分、サマール島の東五〇カイリ、スルアン島まで六〇カイリであった。先頭「利根」と「羽黒」はスルアン島まで二四カイリ、最も近い米護送空母に七、〇〇〇メートルの距離まで迫っていた。敵将スプレイグは確実に泳がされる覚悟をきめていた。

この時「大和」はまた空襲を受けた。回転運動を終った〇九二四、針路零（真北）速度二〇ノットを各隊に通達して反転した。

これはこの海戦の最も劇的な瞬間であり、以来種々論議の対象となっているものである。

小柳冨次参謀長の回想――

「かくして敵情不安のうちに、すでに二時間を経過した。全速力二時間の追撃は、決してみじかい時間ではない。しかも追及し得ないところからみると、敵はまさしく機動部隊の正規空母群で、われと等速以上三〇ノット近くの高速力を出しているに相違ない。

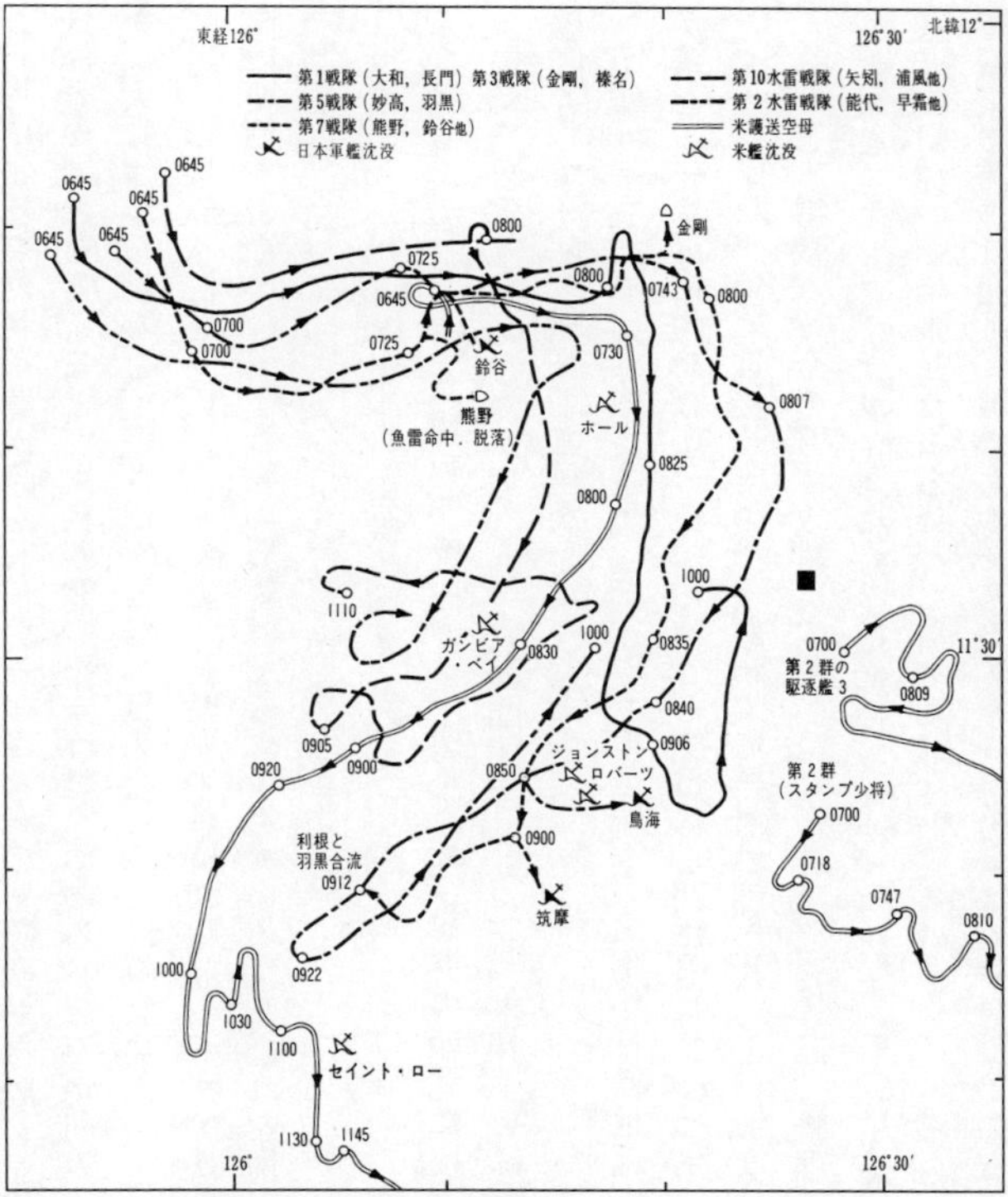

第7図　サマール島沖の海戦（10月25日）

これではまるで燃料消費競争をしているようなもので際限がない。このあとのレイテ突入作戦のことを考えると、燃料残額の不安は刻々つのる。はるか前方巡洋艦戦隊の戦況を『大和』から見ると、戦さは幾分だれ気味で、すでに敵を見失っているかに見えた。

敵との接触状況を聞いてやっても、長時間の戦闘で電話器がすっかり調子が狂い、一向に要領を得ない。第十戦隊の襲撃はすでにすんでいる。しびれを切らして私は長官に『もう追撃をやめてはいかがでしょう』と進言した」

反転のきっかけが第十水雷戦隊の魚雷発射であったことは確かである。これは軽巡「矢矧」を旗艦とする魚雷攻撃隊で、この頃米護送空母群の西北に接近して機会を窺っていた。攻撃は〇九〇六から〇九一五の間に行われた。「大和」では発射命令を聞いて、艦隊として一応攻撃終了と見なしたのである。

距離は一三、〇〇〇メートル、やや遠すぎたので、魚雷が目標付近に達した時は速力が落ち、一本も命中しなかった。ちょうど空母群と共に退却しつつあった米駆逐艦「ジョンストン」が急に近接したので、あわてて発射したらしいと、モリソンはいう。

しかし水雷戦隊司令の罪は攻撃に失敗したことより、一〇三〇艦列に復帰した後、その戦果を「エンタープライズ級航空母艦一隻撃沈、一隻大破（沈没殆んど確実）、駆逐艦三隻撃沈」と誇張したことだったかも知れない。

戦果の誇張は海戦に付きものであるが、この誇張はやや悪質である。こういう部下を持った栗田長官はまったく楽ではなかった。この時までに「金剛」は護送駆逐艦「サムエル・ロバーツ」を撃沈していたし、「ジョンストン」もやがて沈んだので、この誤った報告を加えると、栗田艦隊の計算では、戦果は空母三乃至四撃沈、一大破、重巡二撃沈、駆逐艦四撃沈になる。空軍の掩護のない水上部隊が、機動部隊と戦ってあげた戦果として、これは相当なものである。この自信はこの後の栗田艦隊の行動に影響したと思われる。

問題を〇九一〇の反転に戻すと、各艦の戦闘状況をつかめなかった栗田長官が、隊形を整える時期だと判断したのはまずいとして、なぜ北に向って、つまりレイテ湾から遠ざかる方角に向って、整えようとしたかである。一五カイリにわたって分散していた各艦を輪型陣に組み直すのには二時間半かかり、艦隊は最初敵を発見した位置よりさらに北に行ってしまった。

もし針路を西南に向けたまま整形すれば、その頃にはレイテ湾口に達しているのであり、あるいはその途中で護送空母群の低速に気がついたかも知れなかった。これがジェームス・フィールドの意見である。戦後、戦略爆撃調査団の質問に対して、栗田長官は昂然として答えている。

「早く突入するのが、最善の方法とはいえない」

北方転針は敵を油断させるためであり、再び転針して奇襲の効果を加えるという意味らしい。この戦術的考慮が一つの解答である。しかし〇九一〇には敵は全くの混乱に陥っていたのであり、これ以上攻撃に適した状況があろうとは考えられない。この解答は形式的でまったく説得的でない。

もう一つの解答は空襲に備えるという緊張かつ現実的な配慮である。〇九一〇集合命令を出すまでの「大和」の行動は、二つの空母群のどっちに攻撃を指向すべきか、混迷があったのは、すでに見た通りである。さらに二時間以内に到着すべき空母群が、謀略電話によって予想されていた。その時間がそろそろ迫っていた。

艦隊に全軍突撃を命ずることによって、栗田長官は各艦を航空魚雷攻撃に曝していた。その結果は「鳥海」「筑摩」の被雷落伍となって現われはじめていた。「大和」自身の被害は軽微だったが、執拗な空襲を受けていた。水雷戦隊がその攻撃任務を終った時、それを主力艦の周囲に集めて、魚雷攻撃に備えるのは、一応合理的な防禦措置であった。

それでもなお西南に向って整陣することは出来たのだが、それは一層の空襲の危険に近づくことを意味した。高雄の傍受電報解読班は、〇七三〇頃ホワイトヘッドの発した「艦上機はタクロバン飛行場使用可能」の平文電話を廻送して来ていた。艦隊は反転する時、直線距離でその七〇カイリの地点にあった。この上南に向えばますます敵の攻撃範囲に入り、頻繁な空襲に曝されることになる。

事実はすでに記したように、タクロバン飛行場は未完成であった。戦いが始まった〇七〇〇頃、スプレイグ隊の戦闘機が着陸し、五〇〇キロ爆弾を拾って再び舞い上ったこともあった。しかしこの頃になると、飛行場は母艦が沈んだり損傷したりして、行き場のなくなった艦上機が、五〇機以上着陸してごった返していた。前日来の雨でぬかるんだ未完成の滑走路に足を取られ、二〇機以上が顚覆していた。着陸する場所がなく、岸に近い海面に突込む機もあって、見るに堪えない光景だったと、マッカーサーは回想している。タクロバン飛行場はすでにその機能を喪失していたのである。栗田長官はアメリカの土木技術を過大に見積りすぎていた。

一〇〇〇スタンプの護送空母第三群は、雷撃機一一、戦闘機八から成る攻撃をかけた。栗田長官も小柳参謀長もこれを新手の機動部隊から来たものと信じた。

とにかくこうして栗田艦隊は米護送空母群を殲滅寸前のところで砲撃を止め回頭してしまった。同時に少なくとも一つの戦場で勝つ、唯一の機会は永久に失われてしまった。

捷号作戦全体の意味、栗田長官が受けていたレイテ湾突入、輸送船団撃破の命令を考えれば、空母小部隊を取り逃したことぐらいどうでもいいことである。西村艦隊がすでに突入全滅したのを栗田長官は知っていた。前夜、危険なサン・ベルナルディノへ向った時、艦隊は全滅を賭してレイテ湾突入を決意していたはずである。同じ全滅するにしても、より有効に突入することは、艦隊司令官として当然の配慮である。しかし北上して目標から遠ざかり、敵と交戦するうちに、突入の機会は再び来ないのではないか、という懸念はなかったのか。

ここにはハルゼーがサン・ベルナルディノ海峡の防備を放棄し、小沢艦隊の殲滅をねらって、全兵力を結集して北上した場合と同じ艦隊決戦思想を見ることが出来る。

ブルネイを出撃する前から、艦隊の将兵の間に「大和」の主砲で輸送船団を射つのを潔しとしない不満があり、栗田長官は説得に苦労したといわれている。小柳参謀長はマニラで聯合艦隊参謀の神大佐と会い、敵機動部隊と接触した場合、これと交戦することもあるべし、という了解を取りつけてあった。

しかしマッカーサーのレイテ島上陸作戦を頓挫させるのは、日本の存亡にかかわる絶対の要請であり、レイテ湾突入が第一の目標であることに変りはないはずだった。

レイテ沖では日米海軍の艦隊司令官は、水陸両用作戦と艦隊決戦との矛盾の間に引き裂かれていた。この頃エンガノ岬沖でハルゼーの特別任務部隊は、小沢艦隊の残存部隊の四二カイリに迫り、強力な艦砲攻撃を用意していた。朝から度々のキンケードの救援要請に耳をふさいで、ひたすら北進を続けていたのであるが、十時すぎニミッツの干渉によって、もはや手遅れの反転をする。

この間、栗田艦隊は依然不安な行動を繰り返していた。一〇五五まで針路北、一時二七〇度（西）へ転針、しかし一一二〇針路を二二五度（南南西）にきめて、再びレイテ湾口を目指して進み始めた。

その頃、三〇〇カイリ北のエンガノ岬沖では、小沢艦隊の四隻の空母が沈みかけていた。

二十日豊後水道を出た時載せていた一〇八機のうち、二十四日のシャーマン隊攻撃で六七機が失われ、二〇機がルソン島ニコラス飛行場に着陸していた。〇六〇〇エンガノ岬沖の東二〇〇カイリの地点で松田少将の別働隊とランデブーした本隊は、残存二九機（零戦一四、天山艦攻四、彗星艦爆一一）に減らされながら、小沢中将は二十五日早朝、一〇機を偵察攻撃のために発進させた。

一方ハルゼーの三八機動部隊の三つの機動群は、二十四日二三四五北緯一四度二八分、東経一二五度五〇分で合流した。これはこの日の朝シャーマン隊が攻撃を受けた地点より、二〇〇カイリ西南だったから、松田少将の別働隊は、見当ちがいを探していたことになる。

それは「エセックス」級大型空母四、改造小型空母五、高速新造戦艦六、重巡二、軽巡六、駆逐艦四一から成る強力な機動部隊だった。ウルシーへ帰投中のマッケーン機動群も、洋上給油を受けてその日のうちに到着するはずだった。二十四日夜から二十五日朝にかけて、艦隊は夜間偵察機を三五〇カイリ北まで出しながら、北上を続けていた。〇二十四日一六三五以来艦隊司令長官ハルゼー大将は小沢艦隊を再び見失っていた。

二〇五と〇二三五に二回、偵察機の報告が入った。後者は小沢艦隊がエンガノ岬の東方二〇五カイリを針路一五〇度で南下中としたが、これは通信士の誤読により敵の位置を九〇カイリ南に与えたものだった。小沢艦隊がこの針路を続けるなら、〇四三〇には、両軍は接触することになる。

〇二四〇、リー少将の下に戦艦六、重巡七、駆逐艦一七より成る三四特別任務部隊が形成された。これは前日午後もっと南方の海面で形成される予定で、キンケードがサン・ベルナルディノ海峡を固めると思い込んでいた部隊である。「ニュー・ジャージー」は、ハルゼーの座乗艦で、機動本隊先頭の大型空母「レキシントン」より一〇カイリ先に進出し、海戦の最後の段階で敵に止めを刺す役割を果すはずであった。暗い海上で高速空母が速力を一〇ノットに落し、戦艦と護衛駆逐艦を前に出すという組替え行動が行われた。このため時間を空費した。

〇七一〇、三度目の偵察機は小沢艦隊の位置を北緯一八度三七分、東経一二六度四五分と報じた。予期に反し、まだ一五〇カイリ離れていたのである。日本艦隊は今は一体になり、二〇ノットの速力で北東に遁走しつつあるように見えた。

この日エンガノ岬沖は快晴で、北北東のやや強い風が吹いていた。機動部隊は、すでに〇五四五と〇六〇〇、二度にわたって艦上機を発進させていた。

第一波が小沢艦隊の頭上に達したのは、アメリカ側の記録では〇八〇〇、小沢中将の戦闘報告では〇八三〇である。一二―一五機の日本の最後の戦闘機が舞い上った。しかし日本機は正面から米機との戦闘を避け、横転逆転を繰り返して、牽制するのが目的のように見えた。強烈なのは対空砲火で、二万メートルの距離から、黄燐散弾を射ってきた。（これは砲弾の中部に二五ミリ高角機関銃弾数百発、そのほか黄燐弾を詰めたいわゆる三式弾で、時限装置によって爆発する。）

改装空母「瑞鳳」は艦列を離れ艦首を風上に向けて、残っていた五、六機を発進させようとしていた。爆弾一が命中したが、速力は落ちなかった。しかし「千歳」は運がなかった。吃水線下に三発の爆弾を受け、〇九三七沈没した。

旗艦「瑞鶴」は真珠湾以来最も運の強い歴戦の正規空母だったが、魚雷一発を受けて通信機能を喪失した。傾斜六度。一一〇〇、小沢中将は巡洋艦「大淀」に移乗した。この間に駆逐艦「秋月」が轟沈されていた。

〇八三五、雷撃機一六、急降下爆撃機六、戦闘機一四から成る第二波がデヴィソン、シャーマン機動群から飛び立って、北を目指した。途中、〇九五七、二〇―二五機の機種不明機がデヴィソン群に向うのを発見して、警告を発した。しかし機動群上空を哨戒中の戦闘機が編隊を解いて攻撃体制を示すと、日本機は逃げ出した。これは〇七一五、クラークフィールドを飛び立った第二航空艦隊の一部と見なされる。

〇九四五、第二波が到着した時、小沢艦隊はすでに掩護機を使い果し、ただ米機にたたかれるために、浮いているにすぎなかった。「千代田」が爆弾多数を受けて炎上し、一〇一八停止した。航空戦艦「日向」が曳航しようとしたが、「日向」自身も被弾していてだめだった。「伊勢」と駆逐艦「槇」が接艦し、乗員を収容した。

一二〇〇、小沢艦隊は南北に長く、海上にちらばった破損艦の群になっていた。一番北には「瑞鶴」「瑞鳳」と駆逐艦から成る本隊が、一八―二〇ノットで、ほぼ真北を目指していた。二〇カイリおくれて、航空戦艦「伊勢」、軽巡「多摩」が重油の跡を引きながら一〇―一二ノットで、やはり北上した。さらに五カイリ南で、「千代田」が「日向」に見とられながら、沈もうとしていた。

一二〇〇と一三一五に「レキシントン」その他から発進した第三波と第四波の計四〇〇機が一番北にいる本隊を攻撃した。「瑞鶴」は一四一四、「瑞鳳」は一五二六、沈没した。しかし「日向」をはじめ小沢艦隊の戦艦、巡洋艦など計一七は、一七〇〇にはまだ浮いており、思い思いの速力で北に向っていた。

一四一〇第五波が「伊勢」に集中したが、沈めることが出来なかった。「伊勢」の対空射撃と旋回運動は巧妙だった。一七一〇発進の三六機から成る第六波には一つの命中弾もなかった。前日に続き、この日の三八機動部隊の艦上機の攻撃はあまり鋭くなかった。パイロットの技倆低下は米軍にも現われていた。空母と操縦士の大量生産に訓練が追いつけなくなっていたのである。

三八機動部隊は五時間にわたって、計五二七機（内戦闘機二〇一）を発進して、無防備に近い空母四、駆逐艦一を撃沈しただけだった。この成果は南方で弱体のキンケードの護送空母のパイロットが、二時間の間に栗田艦隊の重巡二を撃沈、一を大破させたのに比べて、かなり見劣りがする。小沢部隊に止めを刺すのは、ハルゼーが率いる三四特別任務部隊が引き受けるはずだったが、それが一〇五五以来既にエンガノ岬沖にいなかった。

この朝早くから、南方三〇〇カイリのサマール島沖で、栗田艦隊の攻撃を受けたキンケードの第七艦隊からの救けを求める電報が、ハルゼーのもとに殺到していた。〇七〇七、キンケードは平文で、スプレイグ少将の護送空母群が攻撃を受けていることを通知した。これは〇八二五ハルゼーの手許に届いた。〇七二五、オルデンドルフの戦艦群はスリガオ海峡で西村艦隊と交戦した結果、弾薬が不足していると告げた。これは〇九二二まで届かなかった。（こういう遅延は、別に通信士の不手際のせいではなく、多くは電報が重要度の順序によって、司令官の手許に差し出されるからである。こんな時には方々から緊急信が殺到する。前に高度の暗号電報があれば、それを解くのに手間取るわけである。）

〇七二七キンケードは完全な平文で同じ趣旨をラジオ放送した。これは〇九〇〇に届いた。(二時間後に救援に行くという謀略放送を付け加えたのは、この時である。)

護送空母第三群司令官スプレイグ少将も、〇七三五、直接ハルゼーに戦況を報じた。

キンケードの電報は続く。〇七三九「すぐヘビイ・シップの救援を乞う」。〇八二八「情況は重大なり。敵のレイテ湾突入を防ぐため、戦艦来援と航空攻撃の要あり」。

〇八四八ハルゼーは答えた。「本隊は敵空母群と交戦中、直ちにマッケーン隊を派遣す」。キンケードはやれやれと思ったが、幕僚にマッケーン隊の位置を聞いて、がっかりした。それはウルシー基地へ帰投中を呼び戻された第一機動群で、この時五〇〇カイリ東方で給油中だった。戦場から三三五カイリの発進位置に達するのは早くて一〇三〇、攻撃機がサマール島沖に達するにはさらに一時間後となる。到底戦闘に間に合わないのであった。

以来キンケードが何度電報を打ってもハルゼーは答えなかった。小沢艦隊と接触するために、三四特別任務部隊の先頭に立ってひたすら北進を続けたのである。

ハワイにいた太平洋艦隊司令長官ニミッツはこのやり取りを聞き、作戦指導に乗り出す必要があると思った。彼は短い電報を送った。

「三四特別任務部隊はどこにいるのか(繰り返し)。全世界が知りたがっている」

電報は一〇〇〇すぎ、ハルゼーの手許に届いた。

ワシントンのキング作戦部長、キンケードの名が同文通報先として並べられていた。

まずこれがハルゼーにかちんと来たが、彼をさらに怒らせたのは、電文末尾の「全世界が知りたがっている」という文句だった。ここには明らかに非難の意がこめられている。しかもこれはアメリカ人が子供の時から暗誦しているテニスンの「騎兵旅団突撃の歌」の一句だったから、奇妙な冷笑的効果を持っていた。

この句は暗号解読班のミスによって、本文中にあらわれたということである。米軍の重要電報は、本文を繰り返した後に、なにか無意味な文句を挿む（この方は繰り返さない）ことになっていた。ところがこの句はあまり内容にぴったりだったので、解読班士官が念のため本文として扱ったのであった。こういう間違い易い文句を挿んだのは、暗号組立班にも責任がある。それは一人の若い少尉候補生で、何気なく頭に浮んだ句を挿入したのであった。彼は後で、譴責《けんせき》された。

しかしこういう間違いが生じるのは、それだけ事態が切迫していたからだ、と私には映る。ハルゼーがサン・ベルナルディノを開け放して北上じた決意に不安を抱く部下もいた。

サン・ベルナルディノ海峡東方にいた第二機動群のボーガン少将は、「インデペンデンス」の偵察機の栗田艦隊再反転の報を最初に受けた提督だった。さらに海峡の航空標識が点火されているとの報告を聞いて、自隊は三四特別任務部隊と共に、現位置に留まった方がいいのではないかと意見具申を行なった。それは拒否された。

三四特別任務部隊司令官リー少将は小沢艦隊が囮であり、栗田艦隊の反転は一時的なものではないか、という意見を具申したが、返事は「了解」だけだった。ハルゼーは「猛牛《ブル》」と仇名されるくらい突進主義者であり、人のいうことなどきくはずはなかったのである。リーは「インデペンデンス」の偵察機の栗田艦隊東進の報告を注釈抜きで送っただけで、あとは黙ることにきめた。

第三八機動部隊司令官ミッチャー中将は、ハルゼーが直接機動部隊の指揮をとったのですることがなかった。彼の幕僚は栗田艦隊の多くがまだ浮いていて、東進していることを知り、二三〇五、寝ているミッチャーを起して三四特別任務部隊を海峡出口に派遣することをハルゼーに進言してほしいといった。しかしミッチャーはその事実をハルゼーが知っているかどうかを確かめただけで、寝てしまった。彼もまたハルゼーが他人のいうことをきく男ではないのを知っていた。

このハルゼーの行動が、栗田艦隊は前日シブヤン海の空襲で十分叩きのめした、もはやキンケードの第七艦隊の手で十分あしらえる、という判断に基いていたことは、前に書いた通りである。しかしそれでもなお万全の処置として、三四特別任務部隊に機動群一つを付けて、海峡の出口に残しておくのが、米軍の石橋を叩いて渡る戦術に適っていた。レイテ上陸作戦掩護という、第三艦隊の任務から見ても、当然とされる処置であった。それにも拘らず、ハルゼーが艦隊全力をあげて、小沢艦隊攻撃に向ったところに、艦隊決戦と水陸両面作戦の矛盾が現われていた。

矛盾は現地艦隊司令官だけではなく、ニミッツをも捉えていた。三ヵ月前サイパン島上陸に続いて起ったマリアナの海戦では、第五艦隊司令長官スプルーアンスは、サイパン島の橋頭堡から遠ざからないために、迎撃作戦を取った。作戦は一応成功し、日本の攻撃機は全滅した。

しかしその夜スプルーアンスはサイパン島をめぐって曖昧な行動を繰り返したので、翌日、日本艦隊を全滅さすのに失敗した。日暮れ近くなって、やっと日本艦隊に接触し、一五〇カイリの遠方から攻撃機を放ったので、攻撃は有効性を減じた。夜に入って帰還した艦上機の収容に失敗して、不要の犠牲を出したのであった。撃沈した三隻の日本空母のうち、航空攻撃によって沈めたのは一隻だけで、あとは潜水艦によるものであった。

出撃に先立ち、ニミッツがハルゼーに与えた指令のおわりに次のような追加があった。「もし日本艦隊の主力を撃滅する好機が来るか、あるいはそれを生み出し得る場合は、かかる撃滅こそ第一の任務たるべきである」。これは栗田長官がブルネイ出撃に先立って取りつけてあった了解事項「敵機動部隊に接触した場合は、これを攻撃することもあり得る」よりも、艦隊決戦に一層強力な支持を与えるものであった。

小沢機動部隊発見の報にハルゼーは勇み立った。競争者スプルーアンスが討ち洩らした、日本空母群主力を撃滅する機会が与えられたのである。結果から見れば、二つの機動群をさし向ければ、十分だったのだが、彼はルソン島基地航空隊の活動が二十四日から活発になったのに不安を感じていた。艦隊が北上すれば、基地航空軍と小沢艦隊の空母群の間に入ることになり、往復ビンタを喰うおそれがあった。万全の措置として、その全力をあげ北上したのは、「機動部隊撃滅優先」の指示に適っていた。三四特別任務部隊をサン・ベルナルディノ海峡に残すのは勢力分散であり、残置部隊自体を危険に曝すことになる。彼としてはなにも間違ったことはしていないつもりであった。

実際は戦場が四〇〇カイリとなって拡がり、日本艦隊が三方から出現したという事態によって、ニミッツの命令も、ハルゼーの処置も現実的ではなくなっていたのである。二十五日朝出現した事態は、強力なアメリカ艦隊は、四〇〇カイリ離れた戦線の二つの

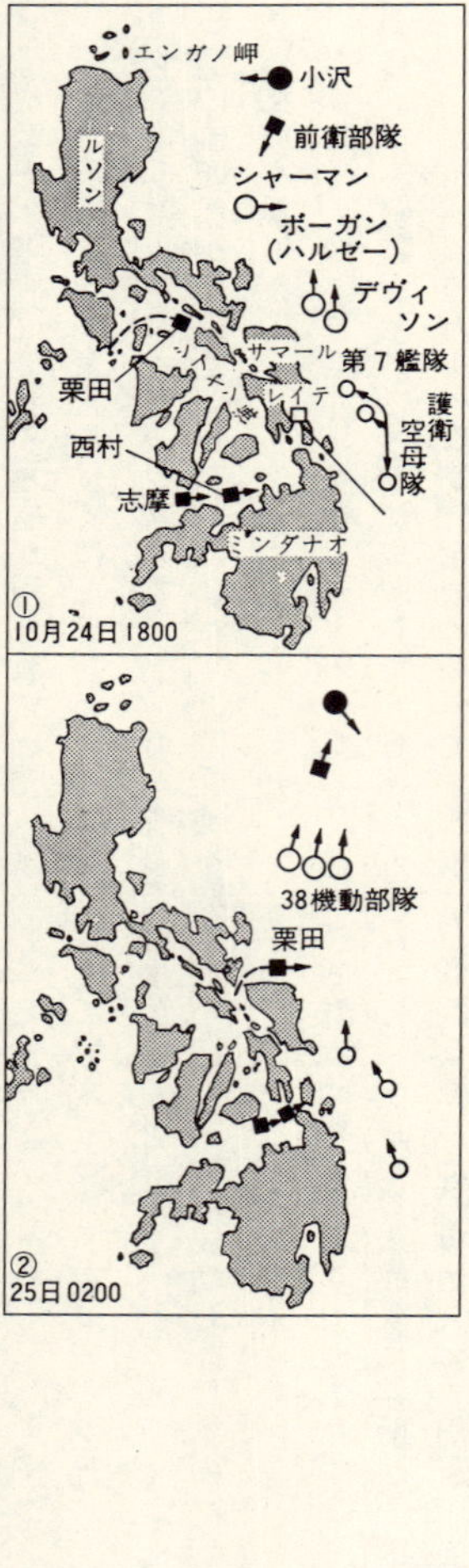

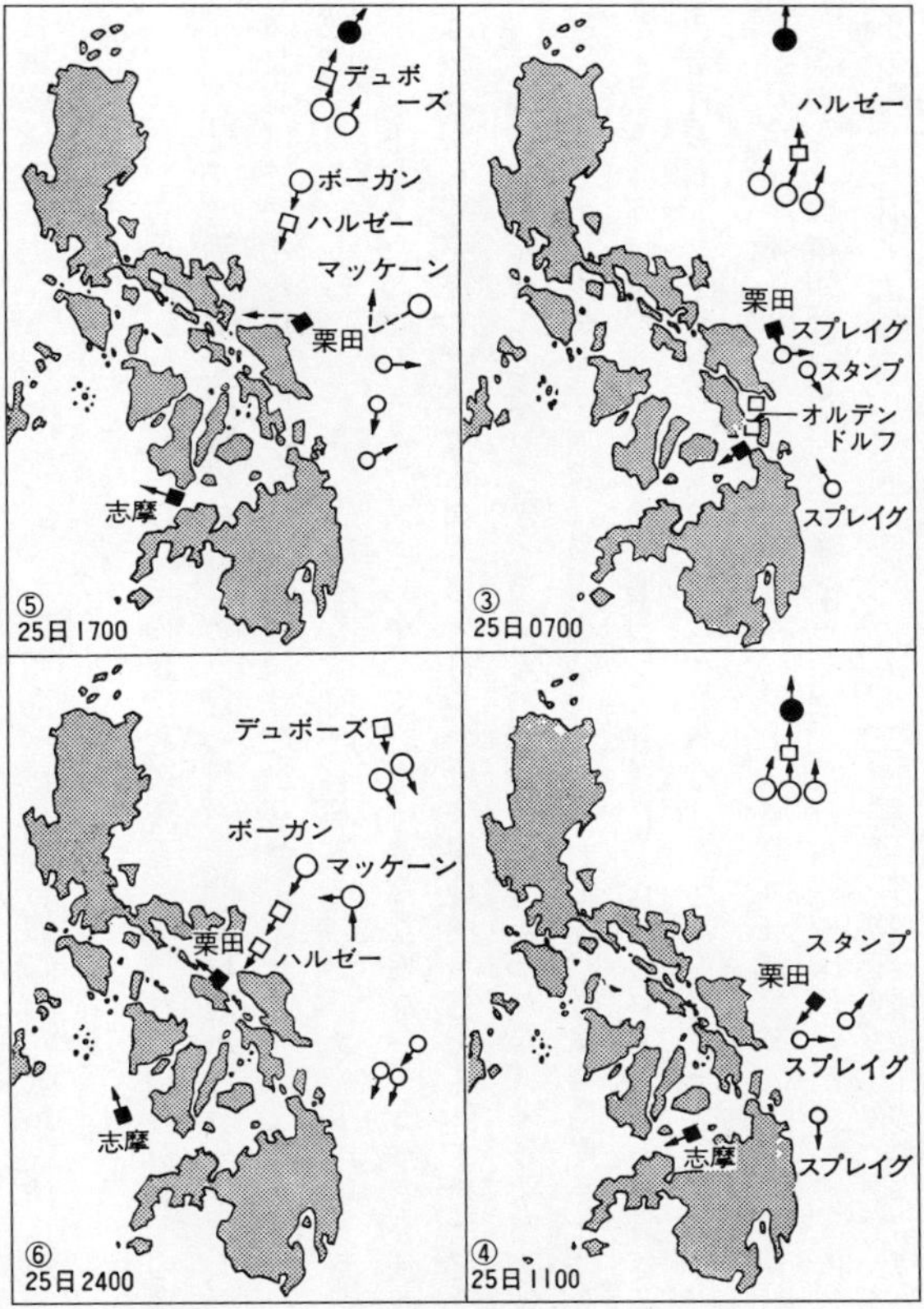

第８図　日米艦隊の作戦経過（10月24日 1800〜 25日 2400）

端に不必要な戦力を集中して、弱敵を攻撃しているということであり、その間隙から、日本艦隊の主力が進出したということであった。聯合艦隊の作戦が成功しかけていたのである。

ニミッツの発した短い電報は、その皮肉な表現と、不馴れな暗号班将校の過失によって、興味ある海戦挿話を提供することになった。専門的見地からいえば、太平洋艦隊司令長官は、こんな短い電報を送るべきではなかったということになろう。三四特別任務部隊がどこにいるか、ハルゼーはすでに何度も答えていた。サマール島沖海戦に関する限り、手おくれなのもニミッツにわかっていなければならない。こういう刺戟的な効果はあっても、実質的には曖昧な電報を打つのは、現地司令官を混乱させただけである。

ニミッツはなにもしないで黙っているのが最善だったのだが、多分栗田艦隊がレイテ湾に突入して、上陸軍が大きな被害を蒙った時、太平洋艦隊司令長官がなにもしなかったという非難は避けたかったのであろう。どうしようもないとわかっていても、命令は司令官の面子《めんつ》を保つために出されることがある。そういう空疎な命令は得てして危機に際して発せられ、当事者と後世を過《あやま》つことになるのである。

ニミッツの電報はハルゼーを激怒させた。彼は電報を床にたたきつけ、それから艦内帽を脱いで床にたたきつけた。一〇五五、三四特別任務部隊に回頭を命じた。南下の途中ボーガン機動群を引き抜き、全速力で南下を続けた。

これは最も適切でない処置であった。サマール島沖の戦場は三〇〇カイリ先にあり、いくら新鋭の高速戦艦でも、一〇時間以上かかることは明瞭であった。長旅のためには、タンクの小さい駆逐艦に石油を分けてやらねばならず、その間、速力を一〇ノットに落さねばならなかったから、到着はさらに遅れた。彼がサン・ベルナルディノ海峡の東北海面に達したのは翌朝〇一〇〇で、栗田艦隊が海峡から逃れ去った後であった。

回頭命令を発した時、第三艦隊の先頭に立っていた三四特別任務部隊は、小沢艦隊の残存部隊の後尾四二カイリに迫っていた。そのまま進めば、三時間以内に破損艦に引導を渡せる位置に達していた。ハルゼーはデュボーズ少将の下に、巡洋艦四、駆逐艦二〇を残し、小沢艦隊の残存艦の撃滅の任務続行を命じたのだが、デュボーズは隊伍を整えるのに時間を空費した。あまり強力な部隊でなかったから、すでに半分沈んでいる「千代田」の処置に手間取るなど、へまを重ねた。小沢中将はこのあと軽巡「多摩」と駆逐艦「初月」を失っただけだった。十分囮艦隊の役目を果し、戦艦「日向」のほか九隻を、無事内地に連れて帰るという偉勲を立てた。

一方ハルゼー大将はいわゆる二兎を追うものは一兎も得ずという諺の実現者となり、海戦の決定的な瞬間に、敵と接触することなく、三〇〇カイリの海上を全速力で往復しただけという喜劇的役割を負わされることになったのである。

マッカーサーは前述のように失敗の原因は、第三艦隊と第七艦隊が統一指揮の下になかったからだといっている。これは中部太平洋艦隊も彼自身の指揮下に入れるべきだ、というかねての主張の繰り返しにすぎず、どこの国にもある海陸軍の抗争的実情に合わない空理である。間違いは情報伝達の不備により、三四特別任務部隊の所在について二つの艦隊の司令官が、自分の都合のいい解釈をしたことから起っている。結局すべては艦隊決戦主義と水陸両用作戦の矛盾にある、といわなければなるまい。

矛盾は栗田艦隊にもあり、それはサン・ベルナルディノ海峡を出て、スプレイグの護送空母群と遭遇した時に現われたのは、すでに見た通りである。彼があくまで捷号作戦の趣旨に忠実であるなら、艦隊の一部をさいてこれを攻撃させ、主力はまっしぐらにレイテ湾を目指すべきであった。しかしここにも艦隊決戦主義の偏見があり、非力な護送空母群を追い廻して、時間と弾丸を空費するという結果が生じた。

駆逐艦七隻しか護衛に連れていない機動部隊なんてあり得ないのだから(重巡と見誤ったとしても少なすぎる)、戦闘の経過中に相手が改装空母群だと気がついてもよさそうなものだ、と考えられるのだが、相手が機動部隊であればいい、という希望が、合理的な判断を下すのを妨げたのである。

ただしこの時栗田艦隊には、ハルゼーの三四特別任務部隊にはない動機が働いていたことを見逃してはなるまい。それははっきりいってしまえば恐怖である。

艦隊は全滅を賭してもレイテ湾に突入する予定であった。しかし「死を賭して」はいうは易く行うに難いことである。弾丸を冒して突撃する歩兵、体当りする特攻機の操縦士にこの恐怖が全然ない、とするのは真実に反する。ただ人は軍人の習慣とか、戦場における心理の昂進、あるいは信念に鼓舞されて、恐怖を超越するだけである。

しかしこれが一艦隊の長時間の行動となると、話は複雑となる。司令官や幕僚の個人的性格は勿論、全将兵のいわゆる「士気」といわれるものが作用する。状況の強圧の下に、群集心理的に伝染することがある。

栗田艦隊はすでに二十三日に潜水艦攻撃、二十四日に航空攻撃を受けていた。見張員は流木を魚雷と見誤ったり、波を雷跡と間違えたりした。二十三日以来何度も潜水艦警報が出され、取り消されている。そして〇九一〇の反転以来、こんどは水平線上のマストの誤認が頻繁になって来た。「打方止め」を令した以上、あとは敵の叩くに任せるほかはないといういやな状況になって来た。

リンガ泊地出撃以前から栗田艦隊の将兵の間に一般的であったレイテ湾の輸送船と心中するのはつまらないという判断、あるいはどうしても敵機動部隊と決戦したいという一見勇壮に聞える願望も、この恐怖の変形である率が大きいのである。

不安と逡巡の後、一一二〇、艦隊は四度目の反転をして、レイテ湾を目指しはじめた。しかしこの時栗田艦隊がレイテ湾に決死の殴り込みをかける決意を固めたかどうか、すこぶる怪しい。一度生じた恐怖は時間が経つにつれ、大きくなるばかりである。この反転も一三一三、五度目の、そして最後の決定的な反転をするためでしかなかった。この後の行動とそのほかの徴候から見て、まだ突入の意図があるぞ、ということを示すための擬態にすぎなかったのではないかという疑いがある。

私はサマール島沖の海戦について、各種文献を参照した結果、レイテ湾突入の意図放棄は、一般に考えられているように一三一三ではなく、〇九一〇米空母群の追撃をやめた時だったという結論に達している。その時レイテ湾の方向ではなく、それに背を向けて隊形を整えようとしたこと、及びその後の栗田艦隊の不安定な行動がそれを示している。

栗田長官と同じ「大和」艦橋上にあった第一戦隊司令官宇垣纏中将には、一一二〇の転針の方が不可解だったらしい。「一一二〇の頃に至り、何を考えたか、針路を二二五度としてレイテ湾に突入すと信号」(『戦藻録』)とやや冷笑的に記録している。栗田艦隊主力の司令官としてかなり奇妙な考え方だ。

反転二八分後の一一四八、「大和」の檣上見張は、左舷一七三度(南南東)三八、〇〇〇メートルの水平線上に、檣らしきものを認めた。『戦藻録』から引く。

「次で戦艦(ペンシルバニア型)の檣及び駆逐艦らしき四隻なりと高所見張は云ふ。余はレイテ湾突入後東航し来れる第二戦隊(西村艦隊)ならずやと云えり。艦隊参謀然らずと云う。然らば確認を要すと助言せるに、二十分前北及びレイテ湾偵察に向わしめたる大和飛行機に命じ遂に近接する事を為さざりしは今に於ても遺憾事とするなり。右は敵戦艦を含む部隊なりし事想像に難からず、輪型陣なれば単に斉動のみにて、近迫直に砲戦を開始し得たるところなり」

レイテ湾のオルデンドルフの戦艦群には実際「ペンシルヴァニア」が含まれていたのだが（これは真珠湾で中破した旧式戦艦でその後修理して戦列に加わっていたのであった。この時レイテ湾にいた戦艦群はみな真珠湾で大破した戦艦を再生したものだった）、しかしこの時は「大和」から視認される位置にはいない。むしろまだこの辺にまごまごしていたスプレイグの護送空母群の一部であった率の方が大きい。

栗田艦隊の北上以来打ちのめされたスプレイグ少将の第三護送空母群は、時々艦首を風上の東北に向けて艦上機を収容しながら、南下を続けていた。

一一五〇、二度目に東北に転針した時、ルソン島マバラカットから出撃した神風特攻機の攻撃を受け、一二二三までに、「セイント・ロー」撃沈、「カリニン・ベイ」炎上の損害を受けていた。栗田艦隊が待ちに待った航空機の協力がやっと得られたのであった。キンケードは無論この攻撃を栗田艦隊のレイテ湾突入の前触れと信じた。

この時のスプレイグ隊の位置は、ほぼ北緯一一度一七分東経一二六度四分、スルアン島の北三五カイリであるが、米空母炎上は「大和」の檣上見張員に視認されていない。

一三一三最後の反転をした時、艦隊は「大和」の主砲が最初の一発を放った所から数カイリ、サマール島寄りにあった。それまで大体二〇ノットの速力で南下していたのだから、一一四八における位置は、その二〇カイリ北である。スプレイグ隊との距離は三〇―四〇カイリである。

ところが、「大和」檣上見張の見た距離は三二、〇〇〇メートル、つまり三二キロ（浬とキロを混用して読者にはわずらわしいかも知れないが、これは日本海軍が航海距離は浬、射程はメートルではかるという面倒な組合せをしているので止むを得ない。メートルに統一するのは不可能ではないが、それでは海戦記録独特の浬感覚をはずれてしまう。二〇浬を三七キロ強と考えてほしい）であるから、逃げおくれたスプレイグ隊の駆逐艦としても勘定が合わなくなって来る。

するとこの檣は完全な幻であったということになる。そしてそこに戦艦の檣を見たというのなら、それは見張員の恐怖を示すものと私には映る。

『戦藻録』にはないが、多くの回想には、敵は忽ち逃げてしまったという物語がついている。これは恐怖から見た幻が消えたのを、合理化するために見る第二の幻である。そういう時敵が「逃げた」と強気に表現するのが、われわれ日本人の悲しい習性であるわけだ。

この頃から栗田長官は数通の傍受情報を受けはじめる。台湾の高雄には傍受電報解読専門の特別通信隊があり、マリアナ海戦の前から、米軍の暗号解読に成功していた。栗田艦隊はこの情報源から、ブルネイを出る前に、三八機動部隊の四つの機動群の編成、その司令官の名前まで知っていた。独自の偵察網を持たない聯合艦隊にとって、これは貴重なそして唯一の情報源であった。

〇九四〇、解読班はキンケードが〇七二三に発した「戦艦四、軽巡の攻撃を受けつつあり、戦艦及び艦上機の攻撃頼む」という電報を、マヌス島回路で傍受していた。これは一一四四栗田長官の手許に届いた。

一一二〇頃、埼玉県大和田にあるもう一つの傍受班は、キンケードが平文電報で不明の艦船に「レイテ湾口の東南三〇〇カイリの地点にきて、待機せよ」と命令していることを伝えた。モリソンの『海戦史』によれば、これはマヌス島へ帰る輸送船を護送中の四九駆逐隊の一部に、護送の任務を解き、オルデンドルフの艦隊との合流を命じたものであった。この情報は栗田長官に強力な艦隊がレイテ湾口に集合しつつあるという不吉な予想を与えた。

彼は昭和二十二年「ライフ」記者のインタビューに答えて、この平文電報の傍受がレイテ湾突入の決意を変えさせたと答えている。それまでの傍受電報によれば、タクロバン飛行場は使用可能である。（何度も書くようにこれはホワイトヘッドの誤った通報で、この頃には二〇機が泥濘に脚を取られて破損し、事実上使用不能であった。）もしレイテ湾に突入すれば、狭い海面で、新手の機動部隊と基地航空隊の挟み打ちに合う、と考えた。

一一四五、艦隊の持つ最後の偵察機が「大和」から発進し、一二三五、レイテ湾に輸送船四〇と報じた。しかし栗田長官は想像した、上陸六日目でそれはおおむね空船だろう、しかも艦隊が侵入すれば、これらの輸送船は逐次スリガオ海峡から逃げてしまうだろうと。

『戦藻録』によれば一二一五より三〇機の空襲があった。空襲は四〇分続いた。これはスタンプの第二群から発進した第五波であったが、小柳参謀長には攻撃は計画的かつ組織的なものに見えた。新手の正規空母群から来たと判断した。

「利根」の舵に被弾したほかは、大した被害はなかったのだが、まだ空襲が続いていた一二三六、栗田長官は日吉台の聯合艦隊司令部に左の電報を送った。

「第一遊撃部隊はレイテ泊地突入を止めサマール東岸を北上し、敵機動部隊を求めサン・ベルナルヂノ水道を突破せんとす」

一三一三栗田艦隊は最終的に反転し、針度零としてサマール島の東岸に沿って北上を始める。こうして西村艦隊、小沢艦隊の犠牲も空しく、日本海軍が最後の機会を賭けた「捷号作戦」は失敗してしまったのである。

この栗田艦隊の回頭はこの日の海戦で二度目の劇的な場面であり、戦後様々に論じられている。小柳冨次『栗田艦隊』、伊藤正徳『連合艦隊の最後』、ジェームス・A・フィールド『レイテ湾の日本艦隊』その他弁護的あるいは同情的なものが多い。たしかにこの時栗田中将にかかった重荷は大変なものであった。彼は航空兵力の掩護を欠く艦隊を率い、上陸部隊破摧の大任を果さなければならなかった。しかもブルネイ出航以来、三日三晩殆んど不眠の緊張の連続のうちにあった。

その決断の根拠はすでに記したが、もう一度整理してみると、

一、レイテ湾内の輸送船は、進むに従って逃れ去るであろう。上陸開始以来一週間に近いから、兵員資材の大部分を揚陸《ようりく》して、空船に違いない。

二、レイテ湾に入ればタクロバンの飛行場から攻撃を受けるだろう。

三、討ち洩らした機動部隊のほかに、強力な新手部隊が、レイテ湾南方に待機しているらしい。

四、二群の新手の機動部隊が北方にある。

要するに出口のないレイテ湾内で、航空機の袋叩きに会うという判断がすべてを決定したのだが、これらはすべて想像である。偵察機を持たない栗田長官は、すべて自分の想像したものによって決断していた。しかも彼はこれを退却と思いたくはなかった。

小柳参謀長の手記によれば、時間は明確でないが、最後の反転の直前、南西方面艦隊

から「〇九四五スルアン島の五度（ほとんど真北）一一三浬に敵機動部隊あり」という情報を受けたという。栗田長官の反転報告にある「敵機動部隊と決戦」というのはこの敵であるという。しかしモリソンの『海戦史』によればこれに該当する電報は「大和」の電報綴にはなく、ただ栗田艦隊の戦闘報告にあるだけである。そして南西方面艦隊ではそんな電報を打った覚えはないという。

さらに水上部隊が敵機動部隊を求めて決戦するとはなんの意味か。栗田艦隊は一万メートルの距離まで追いつめたスプレイグの護送空母群を、三〇ノットの速力で逃げる高速空母群と見なして、追撃を諦めたところであった。それなのに、新しい機動部隊との接触を求めるのは、常識では考えられないことである。

昭和三十年に栗田長官が伊藤正徳と交した問答が残っている。

「レイテ湾の近くまで迫って引返してしまったのはどういうわけか」

「その時はそれが最善と信じたが、今考えると僕が悪かったと思う。なにしろ命令なんだから。その命令を守らなかったのは軍人として悪かったという外はない。（中略）その判断も今から思えば健全でなかったと思う。その時はベストと信じたが、考えてみると、非常に疲れている頭で判断したのだから、疲れた判断ということになろう」

「そんなに疲れていたのか」

「その時は疲労は感じていなかった。しかし三日三晩殆んど眠らないで神経を使った後だから、身体の方も頭脳の方も駄目になっていたのだろう」

「情報を手にして幕僚会議を開いて反転退却した真相は」

「その時は退却という考えはない。幕僚とは全然相談しなかった。自分一個の責任でやった。情報の正否を確かめる暇もなかったが、要するに敵の機動部隊が直ぐ近所にいると信じたのが間違いだった」

「近所にいたことは正確ではなかったのか。現に波状空襲を受けていたのだから」

「それを捕捉出来ると思ったのが、つまり判断の間違いなんだ。敵は百マイルくらいの遠方で戦うのだから、いくら追っても捕まるわけはないのだが、それを捕捉して潰してやろうと考えたのが間違いだった。何しろ敵空母撃滅が先入観になっていたので、それに引摺られたわけだ」（『連合艦隊の最後』）

「大和」艦橋は二十畳敷ぐらいあり、艦隊司令部と「大和」を含む第一戦隊司令部が同居していた。一方の隅を栗田長官、小柳参謀長、大谷先任参謀がいて合議する。それと離れて宇垣纏司令官の第一戦隊司令部があって、別に合議する、たまに進言したりするのだが、栗田長官が幕僚会議を開かなかった、といっているのは自己一人で責任を取ろうとするもので、立派な態度といえる。しかしこのような重大な決定が幕僚の合議なしに行われたと信ずることは出来ない。

全体として栗田長官の個性が鮮明に現われている処置だが、伊藤正徳によれば、栗田中将は九死に一生論者だったという。十八年、ガダルカナル島の艦砲射撃に当って、空軍の掩護がなく、危険が大きかった時、彼は軽機、手榴弾《しゅりゅうだん》等陸戦用の兵器を、当時の聯合艦隊司令長官山本大将に要求した。撃沈された場合、将兵を上陸させて、陸戦隊となって戦うためであったという。伊藤正徳はこれを部下に最後まで生き残る機会を与えるためと解している。

しかし再び話を小柳参謀長のいうスルアン島の五度、一一三カイリにある敵機動部隊に関する電報に戻せば、一体この日の栗田艦隊の通信に関する報告は甚だ明瞭を欠いている。

前日一二一五、小沢艦隊の敵機動部隊との接触、攻撃報告が「大和」の電報綴にあり、栗田艦隊の戦闘詳報にないことは前に書いた。〇二三九発、松田前衛艦隊に接敵撃滅を命じた電報も「大和」は受けていた。しかしいずれも不明の理由によって、艦橋に届かなかったことになっている。

一一〇〇「瑞鶴」沈没、「大淀」に移乗した小沢中将は「大淀に移乗、作戦続行中」の電報を送った。これは「大和」の電報綴には、一二一五受付として載っている。ところがこれも艦橋に届いていない。

三つの電報綴にある電報が艦橋に届かず、一方小柳参謀長が見たと称する電報が電報綴にないのは、すこぶる疑わしい状況といわねばならない。

ついでにいえば、栗田中将はマヌス島経由傍受電で、第三の機動部隊が南方に形成されつつあると思っていた、といっているのは注意を要する。これは終戦直後行われた戦略爆撃調査団に対する返事で、最も早いものだけに信用出来る言明だが、なぜかその後の中将の証言から消滅している。

「大和」の電報綴は、不明の経路を経て、米軍の手に入ったもので、モリソンの『海戦史』の「レイテ」がそれを使ったことによって、その存在は知られていた。史料はその後、一括防衛庁に返却された。しかしその内容をわれわれは知ることは出来ない。一九七〇年になって、読売新聞の連載特集「昭和史の天皇」（「捷一号作戦」）と吉田俊雄、半藤一利『全軍突撃』によって、前に引用した三通に限って公表されただけである。

この作戦を通じて、「瑞鶴」の通信機能が悪かった、というのが、これらの矛盾した事実の辻褄を合せるため、これまでいわれて来たことである。それはまず前記フィールドの『レイテ湾の日本艦隊』（一九四七年）によって提唱された説である。フィールドは、apparentlyという言葉を使った。これは「明らかに『瑞鶴』の通信機能は悪かった」と訳されたのだが、apparentlyとは事実の明証性を示すものではなく、各種のデータから論理的結論を引き出すための慣用語で、日本語の「明らかに」が暗示する「議論の余地なく」の意味はない、という（『全軍突撃』）。たしかにアメリカ側として、この結論を引き出す方が都合がいい。エンガノ岬沖に達する途中、「瑞鶴」は無電封鎖していなかったにも拘らず、第三艦隊では二十三日、二十四日中にその発信を捉えることが出来ず、その所在は二十四日午後まで知られなかったのだから。

フィールドの説は栗田艦隊にとっても都合がよかったから、小柳参謀長の回想に取り入れられている。しかし「瑞鶴」の発信の一部が「大和」に受信されている以上、この説はもはや維持出来ない。『全軍突撃』によれば、「瑞鶴」の通信長高木中佐は戦死している。責任ある言明は得られないのだが、通信参謀山野井実夫中佐の読売新聞社の記者との応答によると、すべての発信は相手の受信確認が得られない場合、記録されないという。通信機の故障はすぐわかる。機能不全という記憶は全くない、という。

それなら「大和」の通信班が記録している受信電がなぜ「艦橋」に届かなかったか。小柳参謀長によれば、栗田艦隊の通信班は、パラワン水道で、最初の旗艦「愛宕」が沈没した時に四散し、一部しか「大和」に乗らなかった、そのために生じた手不足のため、このような遺漏が生じたのだろうという。

しかし超弩級艦「大和」は旗艦となるにふさわしい通信設備は完備しており、独自の通信班がいるし、交替員もいる。そこへ一部でも「愛宕」の通信班が増強されれば、それほど電報の翻訳伝達機能に故障があったとは考えられない。

第一、そんな面倒な言いわけをしないでも、「榛名」は〇八二〇東南方三万メートルにスタンプの護送空母第二群を発見し、砲撃しているではないか。艦隊は一時攻撃をその艦隊に指向しようとしている（『戦藻録』本書二四五ページ）。この敵の話が全然出て来ないのは、まったくおかしい。

これらの疑わしい証拠の蓄積、長官幕僚の混乱した証言、弁明、言い替えの群れから浮び上ってくる事実は、栗田艦隊の戦意不足、レイテ湾に突入の意志の欠如ということであろう。二十四日のシブヤン海における再反転は日吉台の「全軍突撃命令の前、一七〇〇」にされていることになっているが、前記吉田、半藤両氏の著書によれば、命令受信後と憶えている士官もいる。（ただし艦隊の東進は一九三五にハルゼーの夜間偵察機によって報告されている。）

サン・ベルナルディノ海峡を出てから、海岸沿いに南下して、レイテ湾口を目指さず、三時間も東方に直進したのは、隊形を組み直すため必要な処置だったろう。〇六三九、米護送空母群と遭遇した時は、その針路は一五〇度、つまりレイテ湾ではなく、東南方外洋に向いていた。

二十五日一一二〇、この日二度目の回頭も一種の擬態、聯合艦隊司令部に対するお付合いと見なせば、万事はすっきりする。

なおこれら細目について『戦藻録』に記事はない。しかしこれも戦後の刊行物であり、実物は誰も見ることが出来ない。昭和十八年一月一日から四月二日まで、つまり海軍の作戦が守勢に転じた時期に当る部分が抜けている。戦後、元聯合艦隊参謀黒島少将が電車の中へ置き忘れたことになっている。

すべて大東亜戦について、旧軍人の書いた戦史及び回想は、このように作為を加えられたものであることを忘れてはならない。それは旧軍人の恥を隠し、個人的プライドを傷つけないように配慮された歴史である。さらに戦後二五年、現代日本の軍国主義への傾斜によって、味つけされている。歴史は単に過去の事実の記述に止まらず、常に現在の反映なのである。

二十五日一三一三最後の回頭をする前に、栗田長官は、大破あるいは沈没しつつある「鈴谷」「鳥海」「筑摩」「熊野」のために駆逐艦四を派遣していた。これは全滅を賭した突入態勢とはいえない。この処置も、レイテ突入中止の考えは〇九一〇艦隊を北へ向けて組み替えた時からあり、時が経つにつれて、固くなっていったと考えさせる材料である。一三一三最後の反転をする時に、彼の決意に影響したと思われる要因のすべては、〇九一〇にすでに存在したのである。二つの反転の決意が、共に空襲中になされていることも、奇妙な一致といわなければならない。

しかし「捷号作戦」は日本海軍として、生死存亡を賭した作戦であった。この期に及んでの逡巡は、当時の大本営海軍部にとっては勿論、現在の日本人にとって感情的に受け容れることは出来ないであろう。その目的達成のために、西村艦隊は壊滅し、小沢艦隊は空母四隻を囮として、空虚な甲板を米機の爆撃に曝したのである。それらはみな栗田艦隊のレイテ湾突入を実現するためであった。栗田艦隊の反転は悔いを千載に残したものというのが、われわれの心情的判断である。大本営陸軍部にレイテ島橋頭堡破壊に成功したとしても、生還する確率は殆んどなかった。大本営陸軍部に「自殺的」作戦と映ったのは、種村中佐『機密日誌』に窺われる。「大和」以下の巨艦は生き残ったところで、じっとしているだけでも莫大な重油を喰い、日本の戦力全体にとって、負担を増すばかりであった。この最後の機会にすべてを賭け、万一勝利を得ればもっけの幸い、負けてすべてを失ってしまっても、そこで戦争遂行における海軍の任務を終えよう、という終末的思想が窺われる。

これが水陸両用作戦という新しい戦闘形態に対する、適切な適応方法になったのは奇妙な偶然だが、その時出先の戦闘単位に命令違反が現われた。「大和」以下の主力艦群は、自爆を拒否したのである。どうせ死ぬなら艦隊と決戦したい、空船を射っても仕方がない、などなど、この時栗田艦隊の幕僚の念頭を去来した想念は、新しい戦闘方式に対する拒絶反応と見ることが出来よう。

この栗田長官の決意は、われわれの想像力が軍人に付与している果敢の精神と反している。海軍には「状況不明なる時は、簡単な行動を選べ」という通念がある。一般に防禦より攻撃を選ぶのはこのためであり、「状況不明の場合は敵艦に横付けにせよ」というネルソンの古い格言は日本海軍の伝統となっていた。潔く散華するのは、われわれには常に美しく見える。

たとえ「大和」がレイテ湾頭で沈没しても、アメリカ輸送船団を一掃し、レイテ島の橋頭堡に四六センチの巨砲をぶちこんで、十六師団の兵士の怨みを晴らしてくれればよかった、タクロバンの総司令部を爆砕して、マッカーサーを吹き飛ばしてくれたらよかった、とにかく一発打ち込んでくれればよかった、という感情はなお残る。

レイテ湾突入中止は、太平洋戦争中の最大の痛恨事として残っているのだが、しかしよく考えてみれば、これは日本全体が昭和二十年八月に、一億玉砕を実現できなかったことと見合っているのである。痛恨の念を解決するために、もし栗田艦隊があのまま突入したらどうなっていたか、と想像してみるのも無駄ではあるまい。

この時レイテ湾にあった輸送船団には、到着したばかりのものもあり、決して空船ではなかった。空船はさっさとマヌス島へ新しい資材を取りに帰っていたのだが、栗田艦隊がそれを砲撃する前には、オルデンドルフの戦艦群を片付けねばならなかったことを、忘れてはなるまい。

栗田長官、小柳参謀長の懸念が、空襲に関することばかりで、敵の戦艦が全然出て来ないのは奇妙なことである。事実ソロモン海戦以来、戦艦の主な敵は航空機だったのだから、まず敵機動部隊の所在を考えるのが順序ではあるが、戦艦の主敵は敵戦艦であり、それはいつかは現われねばならぬものであった。

サン・ベルナルディノ海峡を突破した時、そこに三四特別任務部隊がT字陣を敷いて待ち構えている可能性を全然考えなかったらしいのだが、レイテ湾内の戦艦の存在は何度も偵察機によって報告されていたのである。

いくら西村、志摩両艦隊と交戦して、弾薬を使っていたとはいえ、これはなお戦艦六、重巡四、軽巡四、駆逐艦三〇から成る強力な艦隊であった。

この日〇六五九、サマール島沖海戦が始まった時、オルデンドルフは志摩艦隊を追って一〇〇カイリ南のスリガオ海峡の中まで進入していた。〇八五〇栗田艦隊出現の報を受けたキンケードは、その全艦艇をヒブソン島の北数マイルに待機を命じ、さらに〇九五三その半数にレイテ湾口へ進出を命じた。命令は〇九一〇栗田艦隊の第一回回頭が明らかになった時、一旦取り消されたが、一一二七再び発せられている。

栗田長官が一二三〇頃、大和田の傍受班から受け取った不明の艦船レイテ湾頭三〇〇カイリ（三〇カイリの誤読）東南に待機という情報は、キンケードの〇八五〇の命令に付随したものであった。それはオルデンドルフの戦艦群の護衛を強化するため、一〇一五第四九駆逐隊九隻に宛て発せられたもので、マヌス島に帰投中の空の輸送船護送の任務を解き、レイテ湾に急行して、「所在の敵を撃破すべし」という内容であった。彼は〇八〇〇オルデンドルフは栗田艦隊と交戦出来る位置より六五カイリ南にいた。

直ちに護送空母群救援のため出撃しようといったが、幕僚は湾口での迎撃作戦を進言した。艦隊は一つの海戦をやって弾薬燃料を使っている、走り廻りながら戦闘するのは適当でない、栗田艦隊がレイテ湾に入って来るなら、その進路をT字型に扼して、殲滅すべきである、と主張したのである。

この時期キンケードがハルゼーに弾薬不足を訴えたのはすでに書いた通りである。たしかに駆逐艦は魚雷を使い尽していた。しかし戦艦はまだT字型砲列を敷くのに、十分とはいえないまでも、かなりの量の砲弾を持っていたのである。

モリソンの『海戦史』によれば、この時の各艦の弾薬保有量は第2表の通りである。これは米軍の通念では、十分な量とはいえないかも知れないが、各艦一三から一四斉射を行うことは出来た。軽巡洋艦は徹甲弾を使い尽していたが、艦砲射撃用高性能弾はたっぷり持っていたので、それは艦上構造物破壊及び人員殺傷用に全然無効なものではなかった。

これに対して、栗田艦隊の残存重巡二隻は殆んど弾を射ち尽していた。なお一戦を交えるだけの徹甲弾を持っていたのは戦艦四だけだった。無論戦いは時の運でどんな偶然が作用するかはわからない。世界で最後の戦艦同士の砲戦が行われれば、オルデンドルフの旧式戦艦六隻をアウトレインジ出来たかも知れない。しかし空軍の掩護を持ち、偵察機によって刻々栗田艦隊の位置速力を知り、「大和」の超大口径主砲が物をいって、

	徹甲弾			高性能弾		
	10月17日現在	25日朝発射	残	10月17日現在	艦砲射撃	残
40センチ8門						
ウェストヴァージニア	200	93	107	616	440	176
メリーランド	240	48	192	856	411	445
36センチ12門						
テネシー	396	69	327	960	692	268
カリフォルニア	240	63	177	960	882	78
ミシシッピー	201	12	189	1200	657	543
ペンシルヴァニア	360	0	360	960	946	14
	1637	285	1352	5552	4028	1524

第2表　米軍護衛艦弾薬保有量（10月25日）

T型陣を敷いて待ち構えていたオルデンドルフの方にも有利な点はあった。

よくいって相打ちというところなので、混乱に乗じて、一隻か二隻の駆逐艦が燃料を使い切り、海岸に擱座《かくざ》覚悟で、湾内深く突入して、決して逃げ出しはしなかった輸送船団を砲撃することが出来た程度だったろう。

ところが戦艦の存在に関する関心は、栗田長官や小柳参謀長の回想にまったく出て来ないのである。（相手が高速空母群と思っていたのなら、戦艦がついていないのがおかしいし、レイテ湾内の戦艦の所在について度々の報告を受けていたことは、何度も書いた。）一般乗員にその出現が予測されていたことは、「大和」の檣上見張が「ペンシルヴァニア」のマストの幻を見た事実に現われている。

これら無意識あるいは故意の抹消は、戦艦群が現実的恐怖の対象であったと推測させる材料である。それを言わないのは軍人の誇りであるが、目標の不足、機動部隊の存在のみ主張して、戦艦に関する情報を隠蔽しているのは、その恐怖が存在したことを思わせる。

相打ちになったとしても、それは大した戦果であった。米上陸軍としては、それは補給船団と橋頭堡を掩護すべき水上部隊を失うことを意味した。米軍のシステムではこれは償うことの出来ない損失になる。レイテ橋頭堡掩護はさしあたって第三艦隊の戦艦が代行するほかはないが、それは艦隊自身の行動を著しく制約することになる。

ハルゼーの喜劇的な往復運動、サン・ベルナルディノ海峡の開放は、査問委員会にかけられて、キンケードと共に懲罰を免れなかったであろう。(それでなくても査問委員会が開かれ、戦後まで両提督は醜い応酬を繰り返した。)それは米軍の作戦に決定的な影響を及ぼしたであろう。

ただしこれで南方海域に日本艦隊は皆無となるから、米軍は少数の機動部隊を送るだけで、南シナ海を遮断することが出来ることになる。太平洋戦争の結果には変りはなかったにしても、レイテ島の地上戦闘の進行には、最低二週間の狂いは来たに違いない。航空作戦が多少とも有利に展開したことは疑いない。

といって、私は決して栗田健男中将の逡巡を非難する者ではないことを付け加えておく。「大和」にとって、翌年四月沖縄へ単独出撃して米航空機の餌食になるより、レイテ湾がいい死場所になったに違いないにしても、それはまた大群の悲惨な挿話を、レイテ沖海戦に付け加えたはずである。

翌二十六日、栗田艦隊は再びシブヤン海でハルゼーの艦載機の追撃を受け、軽巡「能代」沈没、「大和」「長門」に損傷を受けたが、とにかく、戦艦四、重巡二、軽巡一、駆逐艦八を、ブルネイ泊地へ連れて帰ることが出来たのである。

これはもはや一艦隊として敵に脅威を与えることが出来なかったが、レイテ島周辺に不安を残し、ハルゼーの第三艦隊を引き留めておく役割を果した。彼は十一月に予定していた日本本土空襲を実施することが出来なかった。

私はこうして幾らかでも艦隊と人員を保全しながら、敵の作戦を牽制した方がよかったと思っている。

比島沖海戦で日本艦隊が戦っていたのは、アメリカ艦隊ではなく、日本の歴史であった、とフィールドはいっている。日本の提督たちはみな敗因として基地空軍が予想されたような活躍をしなかったことを挙げている。これは日本海軍によっても容認されている観点である。フィールドによれば、それはソロモン、マリアナの海戦で、多数の航空機と搭乗員を失った結果である。しかし巨視的に見れば、この観点は多分日本海軍の歴史、あるいは近代日本史全体にまで拡げなければ十分ではあるまい。パラワン水道で、潜水艦攻撃によって三隻の重巡を失ったのは、補助艦艇の数が少なく、対潜警戒が十分でなかったからである（主力艦の両側に一隻ずつ駆逐艦を配しただけで、前方に出していなかった）。それは海軍が古い巨艦決戦主義に捉われていたからだった。十八年以降やっと駆逐艦の大量建造に着手したが、その時はもう手遅れだった。ここにも常に「歴史」が現われているのである。

日本海海戦まで、新興日本帝国は主力艦を強化しながら上昇を続け、清露二つの老朽艦隊を撃滅したのであるが、米英海軍を相手にしなければならなくなった時、本土に資源を持たない国の弱点が現われて来た。われわれの失われた陸海軍人が勇敢であったことは疑う理由はない。しかし現代の海戦に必要な、例えば正確な戦果報告というような習慣を育てる暇がなかった。

聯合艦隊には機敏な作戦家がいた。捷一号作戦は全体としてみれば、日本的果敢と巧智の傑作といえると思う。ただし四〇〇カイリに及ぶ海域で戦われる海戦を、あまりにもミニアチュア的に、個人の力闘と類推したような無理があった。広大な海域に統一行動を取るためには、精密な通信組織が必要であった。それが穴だらけだったので、計画通りに動かなかったのである。

もっとも通信の混乱はアメリカ側にもあり、サン・ベルナルディノ海峡の開放、ハルゼーの往復を生んだのは、すでに見た通りである。アメリカも現代の海戦が情報化されていることに、やって見て気がついたわけである。この海戦の後、米海軍も通信改善に乗り出した。

フィールドも日本の作戦を賞讃しているが、ただ全体として、現代戦を戦うために必要な「高度の平凡さ」がなかった、といっている。巨大化され、組織化された作戦を遂行するには、各自が日常的な思考の延長の範囲で行動出来るのが、錯誤の生じる余地を少なくする。囮とか突入とか、異常な行動で組み立てられていた捷一号作戦には、それがなかったから、うまく動かなかった、という。

これはレイテ島上の地上作戦、あるいは太平洋戦争全体に適応出来る考え方である。われわれは明治以来の上昇的エネルギーを結集してアジアで最も強力な戦力を作り出した。陸軍は第一次大戦を経験しなかったハンディキャップのために、三等国の戦力に転落していたが、海軍の立ち遅れはそれほどひどいものではなかった。

西太平洋の地理的条件により、防衛的海軍を作り上げるほかはなかったのだが（巨艦主義もその結果であった）、二ヵ年の貯油量で勝利の当てのない戦いを戦うことを強いられた時、防禦的戦力をもって真珠湾の冒険的攻撃作戦を取らざるを得なかった。しかも戦力の不足からそれに徹することが出来なかった。

不本意ながら消耗戦に捲き込まれ、戦力が底を突いた時、再びマリアナ、レイテの冒険的攻撃作戦が現われるのだが、それはかりに勝ったところで、戦果を拡大する手段がなかったという意味で、真の勝利に繋がるものではなかった。敗戦を遷延するだけの効果しかない攻撃であった。どっちにしても昭和二十年にはわれわれの戦争を続行する力は尽きてしまうはずだったから。

捷号作戦に一応成功の可能性が現われた時、司令官に逡巡が現われた原因は、司令官個人の性格、大海戦指揮の経験の不足に求めるべきではなく、これら「歴史」の結果と見なすべきだと私には思われる。栗田艦隊将兵全体にわたって、状況の結果としての士気の低下が見られた。それは繰り返される誤った警報、射撃の不正確となって現われた。黄海、日本海の勝利の原因であった正確な射撃が、サマール島沖では影をひそめてしまったのである。

戦力の不足を、高度に訓練されたパイロット、砲手の技倆でカバーしなければならなかった。しかしこういう人的資源は有限であり、補充が間に合わなかった。もとは海員や、漁師などの志願水兵から成っていた日本海軍も、捷号作戦の頃は、召集兵が主だった。その時奴隷的な訓練、艦内生活の前近代性が、障害となった。新しい水兵に戦意より怨恨が積った状態で、戦場に臨ませるほかはなかった、などなど、近代日本の歴史の結果である無数の要因が重なって、捷一号作戦を成功させなかったのである。

われわれはこういう戦意を失った兵士の生き残りか子孫であるが、しかしこの精神の廃墟の中から、特攻という日本的変種が生れたことを誇ることが出来るであろう。限られた少数ではあったが、民族の神話として残るにふさわしい自己犠牲と勇気の珍しい例を示したのである。しかしこれについてはまた章を改めて書くことにする。

一三一三栗田艦隊が最後の回頭をした時の報告に、「敵機動部隊を求め決戦」とあるのは、実質的怯懦《きょうだ》を攻撃精神におき替えるわれわれの精神の習性を示している。決戦後「サン・ベルナルヂノ水道を突破せんとす」とあるのは、いわゆる語るに落ちる例で、最初からそれが目標だったことを示している。

栗田長官の指揮は、第一戦隊司令官宇垣中将を満足させなかった。「大体に闘志と機敏性に不充分の点ありと同一艦橋に在りて相当やきもきもしたり」と『戦藻録』にある。「一三一三再び動揺してレイテ湾内突入を止め」たが、「保有燃料の考えが先に立てば、自然と足はサンベルに向う事となる」。

回頭について、宇垣中将と栗田艦隊の幕僚の間に激しい応酬があったといううわさがある。

反転中の一三一〇「大和」のレーダーは東北方に飛行機の大編隊を探知した。一三一四、檣上見張は七〇機の敵機を認めた。これがやっと戦場に到着したマッケーン機動群の攻撃隊であった。攻撃は一三二三と一三三九に行われたが、被害はいくつかの至近弾だけであった。一四一〇第二波、一六〇〇第三波、一六四〇、四〇機から成る第四波の攻撃があったが、駆逐艦「早霜」が中破しただけで被害は軽微であった。米三八機動部隊のパイロットもこの頃は連日の戦闘に飽き、その戦意もまた低下していたのである。レイテ島周辺の制空権が十一月一日頃、一時日本に有利になったことがあるが、それは敵側のこの奇妙な戦意低下の結果であった。

もっともマッケーンの攻撃隊は三三五カイリ向うから飛来したもので、航程距離の限界に達していた。予期に反してタクロバン飛行場が使用不能と聞き、大急ぎで積んでいた魚雷と爆弾を落して帰っていっただけだったから、一発も命中しなかったのである。この時栗田艦隊の対空砲火は割合有効で、一四機を撃墜した。

一四五〇栗田艦隊ははじめて頭上に友軍の飛行機を見た。それは二機の偵察機で、続いて一六一六、マッケーン隊の第三波と第四波の間に、六〇機が現われた。さらに一七四四に三二機、一七五五には零戦九。これは福留中将の第二航空艦隊の一部であったが、ただ現われたというだけで、すぐ引き返していった。それだけではない、そのうち二機は栗田艦隊を爆撃した（幸い命中しなかったが）。

第二航空艦隊はこの日、朝四時から、ミンドロ島サンホセ基地が発した総合電報に基き（なんども書くようにこれは極めて不正確なものであった）、〇七一五、戦闘機七五、爆撃機二九、合計一〇四機を発進させた。〇九五七、エンガノ岬沖で、デヴィソン機動群の哨戒機に追われて逃げ出した二〇―二五の機種不明機は、この部隊の一部でなければならない。恐らく予想しない地点で敵に会ってあわてたのだが、戦わずして逃げ出すくらい、ヘルキャット機に対する恐怖がつのっていたのである。

発進は〇七一五から、一時間ぐらいにわたって行われたらしい。しかしいずれも敵機動部隊を発見するに到らず、やっと栗田艦隊の上に到達した時は燃料を使い果していて、ルソン島東南端レガスピー基地に着陸した。

第二次攻撃隊四六機は、〇九〇〇レガスピー基地を発進した。これは一一〇〇に予定されていた栗田艦隊のレイテ湾突入を掩護する任務を持っていた。レガスピーとサン・ベルナルディノ間は三〇カイリしかないのだが、とにかく公式記録では一七四四、栗田艦隊が再びサン・ベルナルディノ沖に達した時までは、どこにも現われていないのである。この部隊はマッケーン隊の一部と遭遇し、一〇機を失った。栗田艦隊を爆撃したのは、この戦闘の経過中のことであった。

士気低下は第二航空艦隊でも現われていたのである。ただしこの日一一一〇スプレイグ隊を攻撃した彗星一五機が、アメリカ側の記録にある。敵はこれを神風特攻と混同しているのだが、機種と機数から見て、二航艦の一部でなければならない。その攻撃については別に書く。

この日の二航艦のだらしのない戦闘ぶりを見て、福留中将はやっと神風特攻に参加する決意をする。大西中将の一航艦の残存二六機は、この日の朝から、キンケードの護送空母群を襲い、撃沈一、大破炎上四の成果を挙げていた。これは栗田艦隊が挙げた戦果よりも大きく、二航艦の二日間の総合戦果よりも大きい。二十六日福留中将は大規模な特攻隊を組織する。戦果は僚友の果敢な行動に対して、同情的な掩護機によって誇大に報告され、特攻作戦を決定的なものにする。

栗田艦隊の諸艦は多くの至近弾によって、舷側を破られ、大抵の艦が油を曳いていた。一五〇二、スタンプの第二群は二六の雷撃機、二四のワイルドキャットから成る最後の攻撃隊を発進させたが、この時彼我の間は一三〇カイリ離れていた。栗田艦隊の対空射撃は、二日間の経験で著しく正確度を増していたので、米機は有効な攻撃を行うことが出来ず、被害は再び皆無だった。

一八〇〇艦隊はサマール島の北、サン・ベルナルディノ海峡の入口に近づいていた。檣上見張が再び東方海上に、マストを見、飛行機の発着するのを認めたような気がした。しばらく東航してみたが、敵機動部隊を「北方にも見ず――いつ迄も同一場所に居る筈なし」（『戦藻録』）という状況だったし、海上は漸く暗く視野狭小になったので、再び反転した。

一九二五、海峡通過のため、単縦陣に組み直していた時、豊田長官の電報を受取った。「第一遊撃部隊は今夜乗ずべき機会あらば敵を捕捉撃滅せよ。爾余の部隊はこれに策応すべし。今夜夜戦の見込みなければ、機動部隊本隊及び第一遊撃部隊は指揮官所定により補給地に回航せよ」

しかしここまで下って来た艦隊にいま一戦の勇気を奮い立たせることは出来なかったし、また「策応」すべき機動部隊も基地航空兵力もすでになかった。豊田長官の命令は形式的なもので、実際はブルネイに帰る許可を与えたものだったであろう。

小沢長官の旗艦「大淀」は一九一五、駆逐艦「初月」から敵と交戦中救援を請う電報に接し、二一三〇戦艦二、駆逐艦一と共に反転した。

これは豊田長官の命令に忠実な行動だが、もし最初の電報に接した時すぐ転針していれば、それまでに「千代田」に止めを刺すのに手間取り、この頃やっと「初月」に追い付いたデュボーズの巡洋艦群と接触出来たかも知れない。戦力の比率はわが方に有利だったから、局地的勝利が得られたかも知れない。しかし恐らく損傷艦を集めて、隊伍を整えるのに手間取ったのであろう、戦場に間に合わなかった。この日一日の戦闘の経過から見れば、とにかくここで反転しただけでも賞讃されなければならない、とフィールドはいっている。

「初月」が米軽巡「モビール」から最初に砲撃を受けたのは一八五三だが、艦首を立て直して、魚雷攻撃の姿勢を示したので（米艦のレーダーにはそう映った）、デュボーズ隊の各艦は、退避運動をした。これが再び彼我の距離を引き離し僚艦二に北方に逃れ去る機会を与えた。二〇五九「初月」は再び追い付かれ、星光弾の下で、六、〇〇〇メートルの距離から一斉射撃を浴びて撃沈されてしまった。これはレイテ海戦全般を通じて、最も勇敢に行動した日本軍艦であった。

小沢艦隊は二三三〇まで南下を続けたが、遂にデュボーズ隊と接触出来なかった。二一三〇敵も反転していたからである。二三〇五、南シナ海寄りの海面を単独で北進していた軽巡「多摩」が、米潜水艦「ジァラオ」に撃沈された。結局小沢艦隊は航空戦艦「伊勢」「日向」、軽巡「大淀」「五十鈴」、駆逐艦五を日本本国に連れて帰った。その与えられた任務からみればむしろ戦術的成功といえる。

二一三〇栗田艦隊はサン・ベルナルディノ海峡を通過した。それは戦艦四、重巡二、駆逐艦一〇の討ち洩らされた損傷艦の群で、艦底は負傷者に充ちていた。しかも行く手には前日激しい空襲を受けたシブヤン海がある。南西方面艦隊及び基地航空隊に打電した。

「本二十五日の戦闘における当艦隊の一方的戦果により、敵の残存機動部隊は、その大部をもって、われに追及し、二十六日レガスピーの東方ないし北方に近接、復讐的空襲をくわだてる算大なり。基地航空隊先制攻撃の好機と認められるにつき、しかるべく取り計らわれたし」

「本二十五日当艦隊を空襲せるもの及び帰投する空母をうしなえる敵艦上機相当数タ

クロバンに集中せることほぼ確実なり。奇襲攻撃の好機と認む」

任務を遂行しなかった艦隊から、こんないい気な電報を受け取った聯合艦隊幕僚の顔が目に見えるようである。

夜のうちになるべく敵から遠ざかっておく必要があった。一日のうちに著しく輝度を増した月の光の下で、潜水艦の潜望鏡を見たと騒ぐ駆逐艦があったが、「之」の字運動は行わず、速力を早めて海峡を通過した。未明、タブラス島北方、前日「武蔵」が沈没した個所を過ぎた。〇八一〇頃ミンドロ島南端を過ぎ、〇八三五パナイ島の北にさしかかった時約三〇機、〇九一〇約五〇機の艦上機の攻撃を受けた。軽巡「能代」が魚雷一発を受けて落伍した。一時間後さらに六〇機の攻撃を受け、二番砲塔に爆弾を受けて沈没した。「大和」も前甲板に二発被弾、航行には差支えなかったが、相当の被害となった。前日魚雷を受けて速力の落ちていた重巡「熊野」も一発被雷した。

これはこの日未明、やっとフィリピン東方海面に達したマッケーン隊の一七四機、ハルゼーの三四特別任務部隊と共に南下したボーガン隊の八三機であった。機数の割に戦果が少ないのは、アメリカのパイロットが連日の戦闘に疲れていたからだった。

一〇四〇、モロタイ島の基地から飛び立った米陸軍航空隊のB24長距離爆撃機三〇が来襲し、主に「大和」「榛名」を目標に高々度から水平爆撃した。命中弾はなかったが、至近弾の破片で小柳参謀長が大腿部に負傷した。

この日のアメリカ空軍の攻撃はこれだけだった。栗田艦隊はミンドロ島西南方のコロン基地で燃料補給をする予定であったが、なるべく早くモロタイ島から飛来するB24の射程外に出る必要があったので、針路を真西に転じて南シナ海に入り、パラワン礁堆の西を迂回してブルネイに帰った。途中、残存駆逐艦八隻のうち五隻を輪番で、コロン湾に派遣して給油を受けさせた。

「筑摩」の乗員収容のため帰りがおくれ、サン・ベルナルディノ東方に取り残された駆逐艦「野分」は、〇一二〇やっと戦場に到達したハルゼーの三四特別任務部隊の軽巡に撃沈された。速力が落ちたため、単独航海中の「早霜」は二十六日、「鳥海」の乗員収容のため遅れた「藤波」は二十七日、それぞれミンドロ島南方で撃沈された。

栗田艦隊の喪失は、総計戦艦三、重巡五、軽巡一、駆逐艦三となった。

二十四日朝スリガオ海峡から、素早い退却戦を行なった志摩艦隊のその後の経過を書いておく。これは前に書いたように、南西方面艦隊所属のまま、捷号作戦に参加させられたもので、重巡「那智」「足柄」、軽巡「阿武隈」と駆逐艦四から成る小艦隊で、二十四日未明、西村艦隊より一時間おくれてスリガオ海峡に入って来た。

ドラグ方面の輸送船団を魚雷攻撃した後、レイテ湾を右廻りしてスリガオ海峡から退却する予定であったが、〇四一〇海峡の北端に達したのは、西村艦隊が壊滅したあとだったので、魚雷を発射しただけで反転した。回頭中「那智」は炎上している「最上」と衝突した。艦首を折り、速力一八ノットに落ちてしまったので、それ以上の攻撃を諦め、煙幕を張って「最上」と共に退却した。この行動はオルデンドルフの戦艦群をそのままスリガオ海峡警戒の状態におき、間接的に栗田艦隊を助けた。もともと遊撃が任務だったのだから、艦隊は十分その任務を果したことになる。

〇五三〇海峡南口で落伍した「阿武隈」を艦列に入れ、ミンダナオ海に出て、対空戦闘の準備をした。途中米魚雷艇一隻を撃沈、一隻を遁走せしめた。

〇九一〇、スプレイグ隊の爆撃機一七の攻撃を受けて「最上」が停止、間もなく沈没した。しかしこの時はサマール島沖の海戦が始まっていたので、その後空襲はなく、「阿武隈」はミンダナオ島の北西端の港ダピタンに回航され、応急修理の上、二十六日コロン湾を目指したが、一〇〇六、ビアク島とヌンホール島より飛来した米陸軍の第五空軍、第三空軍のB24、P38計四四機に攻撃されて、一二四二沈没した。

「那智」「足柄」「不知火」など艦隊主力は、二十六日コロン着、給油を受けてから、無事マニラに帰った。しかしレイテ海戦に敗れた艦隊は、フィリピン海域にいる限り平安はなく、「那智」は十一月五日空襲によってマニラ湾内で撃沈された。艦内にあった機密書類が引き揚げられ、米軍のその後の作戦と、戦果確認に役立った。

しかしこれら残存艦艇は、艦隊の馬公出港以前から、航空資材運搬に当てられていた駆逐艦四隻と共に、この頃から活発になるレイテ島への兵員資材輸送、いわゆる「多号作戦」の船団護衛に任じることになる。極めて非凡であった捷号作戦から生き残った南西方面艦隊の艦船には、多くの平凡だが、緊要な諸任務が課せられることになる。

捷号作戦の主力栗田艦隊も、ブルネイ出港の直前、重巡「青葉」、軽巡「鬼怒」、駆逐艦「浦波」から成る第十六戦隊と輸送艦四隻（中にはアメリカのLSTと見合う優秀な新造輸送艦もあった）を抽出、南西方面艦隊に転属させられている。第十六戦隊は元来西村中将の指揮下に入って、「山城」「扶桑」と共に、スリガオ海峡に突入の予定だったのだが、二十二日西村艦隊のブルネイ出港の前、地上部隊輸送のため突然マニラへ急行を命ぜられたのである。

非凡な捷号作戦の構想がある一方、現実的な海陸協同のレイテ島輸送作戦も行われているのだから、一国の海軍の動きは単純ではない。

「青葉」は二十三日未明マニラ湾口で、米潜水艦「ブリーム」により大破したが、南西方面艦隊司令長官三川中将は第十四方面軍と合議の上、「鬼怒」「浦波」に四隻の輸送艦と共に、直ちにミンダナオ島の北端のカガヤンに進出を命ずる。二十六日フィリピン海域全体にわたって海戦の余波静まらぬ忙しい中に、三十師団の四十一聯隊二、〇〇〇名と資材をオルモックへ運んだのは、この戦隊である。

輸送艦一隻は直ちにボホール島に向い、二十七日、百二師団百六十九大隊を運んだ。

しかし百二師団司令部と百七十二大隊を輸送するため、ネグロス島バコロドに向った「鬼怒」「浦波」と優秀な一等輸送艦一隻は、二十七日午後、パナイ島東方海面で、空襲を受けて沈没してしまった。攻撃したのは、三八機動部隊の艦上機ではなく、前日サマール島沖海戦で、栗田艦隊の攻撃からも神風特攻からも免れたスタンプ少将の護送空母第二群の四〇機だったのだから、アメリカ海軍もなかなかこまめである。

こうして三日間にわたった比島沖海戦は終り、フィリピン海域は次第に静かになりつつあった。その中で次第に拡大されて行く動きが二つあった。一つはレイテ島に対する日本の海陸協同の輸送作戦、もう一つは神風特攻である。

十　神風

　神風特攻の最初の戦果は、比島沖海戦酣《たけな》わの昭和十九年十月二十五日一一一四、サマール島沖で米護送空母「セイント・ロー」を撃沈した関行男《せきゆきお》大尉に帰せられるのが普通である。しかし厳密に時間の順序に従うなら、その名誉は同じ日の早朝、米護送空母「サンティ」を中破させた飛行士に与えられなければならない。神風特攻の真価が、その戦果よりも、確実な自己の死を賭けて、敵艦に体当りする自己犠牲の精神にあるとするならば。

「サンティ」はこの日レイテ島東方海面に配置されていた米護送空母機動部隊の三つの群のうち、最も南にいたT・L・スプレイグ少将の第一群に属していた。

　この群は前章で記したように護送空母四と駆逐艦三、護送駆逐艦四から成り、スリガオ海峡の東方シアルガオ島沖四〇カイリにいた。十月二十五日、サマール島沖海戦が始まる一時間前の〇六〇〇頃、スリガオ海峡から遁《のが》れ去った志摩艦隊追撃のため、アヴェンジャー雷撃機一一、ヘルキャット戦闘機一七を発進させた。〇七四〇北方一三〇カイリのサマール島沖で、栗田艦隊に攻撃されていたC・A・F・スプレイグの第三群救援のため、アヴェンジャー五、ワイルドキャット八を発進させたところへ、低い雲の間から、不意に一機の零戦が現われた。

高角砲を向ける暇がなかった。日本機は真直ぐに突込んできて、飛行甲板の左舷前方に激突した。爆発は甲板に一〇×五メートルの穴を開け、格納甲板に火災を起した。発火個所のすぐ傍にあった五〇〇キロ爆弾八を取り除けることができたのは、「サンティ」の長い戦歴で一番の幸運だったといわれている。〇七五一火災は鎮火した。負傷四三、うち一六は間もなく死んだ。

少し遅れて「サンガモン」が攻撃された。日本機は最初は「スワニイ」に狙いをつけたらしく、その艦尾を旋回していた。きりもみになって落ちてきたので、撃墜したと安心していると、不意に立ち直り、「サンガモン」目指してダイヴに移った。「スワニイ」の五インチ高角砲が追従し、高度一五〇メートルで命中弾を与え、僚艦を救った。

同時に高角砲弾で傷ついた別の一機が「ペトロフ・ベイ」の舷側をわずかにはずれて海上に落ちた。同じ頃「スワニイ」の前方高度二、五〇〇メートルの雲の中で旋回していた一機が認められた。これも被弾したらしく、煙を曳きながら降りて来た。そして

「スワニイ」の右舷、後部エレベーターの一、二メートル先の飛行甲板に垂直に突き刺さった。

直径四メートルの穴を開け、爆弾が格納甲板との間で爆発した。格納甲板にも八メートルの穴が開き、多くの死傷者を出した。格納甲板の火はすぐ消えたが、後部エレベーターが運転不能になった。飛行甲板は一〇〇九までに応急修理された。

これは〇六三〇ミンダナオ島ダバオから飛び立った「菊水隊」（指揮官一等飛行兵曹加藤豊文）、「朝日隊」（指揮官同じく上野敬一）の特攻機四、直掩《ちょくえん》機四が挙げた戦果である。初期の特攻には必ず直掩戦闘機がついた。特攻機を目標まで誘導し、戦果を確認するためであるが、傷ついた直掩機も突込んだ模様である。

「サンティ」の火災が収まった五分後の〇七五六、右舷に魚雷一本を受けた。しかし魚雷の信管が鋭敏すぎたと見え、爆発は強力でなかった。死傷者は皆無、浸水も大したことはなく、一六ノット半の速力を保つことが出来た。

これは潜水艦イ号五十六が放った魚雷で、この日、日本の潜水艦が挙げた唯一の戦果となった。なお海戦に先立ち、比島海域に配置された潜水艦の数は一〇だったが、多くは米駆逐艦に牽制されて攻撃を実施することが出来なかった。未帰還五を出した。イ号五十六はこの時の戦果を「エンタープライズ型一隻撃沈」と報告した。

関行男大尉の率いる「敷島隊」の特攻機五は、零戦四に守られて、〇七二五マバラカット飛行場を飛び立った。タクロバンの東方八五度九〇分にある空母四、駆逐艦六を目標に与えられていた。これは朝から栗田艦隊に追っかけられていたC・A・F・スプレイグの護送空母群である。〇九一〇栗田艦隊が反転したので、討ちもらされた護送空母群五は艦首を風上に向けて艦上機を収容しはじめたところであった。

日本機は海上すれすれに飛んできたので、レーダーに映らなかった。そして不意に五、〇〇〇フィートに上昇してから、突込んで来た。迎撃機を発進させる暇がなかった。

一機は旗艦「キトカン・ベイ」の艦尾を飛び越してから、急に上昇反転した。艦橋をはずし、右舷舷側に接触して海に落ち、そこで爆発した。甲板に多くの死傷者が出た。「ファンショウ・ベイ」も二機にねらわれたが、運よく射落すことが出来た。「ホワイト・プレーンズ」に向った他の二機は、四〇ミリ高角機関銃火を冒して一五〇メートルの高さから急降下してきた。そのうち一機が煙を曳きながら反転し、「セイント・ロー」に激突した。

この時「セイント・ロー」は二時間の戦いに疲れた水兵にコーヒーを飲む余裕を与えるために、減速していた。特攻機は飛行甲板を貫いて爆発した。格納甲板にあった七個の魚雷と爆弾が引火爆発した。飛行甲板にあった飛行機が数百フィート吹き上げられ、火は艦尾まで燃えひろがった。一一一五「セイント・ロー」は沈んだ。

別の一機は艦隊の周囲を一周して獲物を選んでいるようだった。やがて「ホワイト・プレーンズ」目掛けて突込んで来た。曳光弾がその機体に入るのがはっきり見えたが、機はまだ突込んできた。艦尾五、六〇〇メートル手前で回転し、飛行甲板をかすめて水面に達する前に爆発した。機体と操縦士の肢体が破片となって、甲板に散りかかった。一一人が負傷した。

これが「敷島隊」の特攻機五、直掩零戦一の行動である。直掩機三は一二二〇セブ飛行場に不時着した。西沢広義《にしざわひろよし》兵曹長は興奮していた。戦果はマニラの第一航空艦隊司令部に次のように報告された。

「神風特別攻撃隊敷島隊は一〇四五スルアン島の北東三〇浬《かいり》にて空母四を基幹とする敵機動部隊に対し奇襲に成功、空母一に二機命中撃沈確実、空母一に一機命中大火災、巡洋艦一に一機命中轟沈」

二機連続命中は直掩機の誤認、巡洋艦とは「ホワイト・プレーンズ」のことらしい。轟沈は誇張であるが、それでもこの日の栗田艦隊水雷戦隊の戦果報告と比べれば、控え目なものである。特攻の効果について、実行を命じた大西中将自身確信を持っていなかった。今後の作戦に影響するので、正確に報告するよう、特に指示されていたのである。特攻操縦士が最後の瞬間まで、操縦桿を離さず突入方向を保つことが出来るかどうか、人間の能力の限界について、疑問が残っていた。機もろとも突入するのであるから、命中率は高くなるが、航空機の翼が加速度を抑制する。それだけ爆弾の威力を減少させるので、一機が飛行甲板を破壊した跡に、続く機が突入しなければ、装甲艦を撃沈することは出来ない、と予想されていた。

西沢兵曹長の報告は、これら特攻機に対する技術的な問題がすべて解決されたとするものである。米側の記録によれば、二機が同じ個所に命中した例はこの後もまったくない。また七、〇〇〇トンの護送空母「セイント・ロー」と正規空母とを見誤ったのは、この時期に一般的な希望的な誤認であった。

しかし二つの特攻隊の瞬間的な攻撃が、一航艦の二日間の編隊攻撃、栗田艦隊の二時間の砲撃が成し遂げた以上の戦果を挙げたのは事実である。元来神風特攻は捷号作戦に関連した緊急措置として採用されたものだが、この戦果によって、以来正規な艦船攻撃法として固定する。二十年一月八日、大本営と戦争指導会議は全機特攻を決定する。

何度も書くように、特攻は十月二十日第一航空艦隊司令長官大西滝治郎《おおにしたきじろう》中将によって決定されたものである。十五日マニラに着任した中将は、一航艦の兵力が、机上の数字とは桁違いの三〇機にすぎないのを知って愕然とした。捷一号作戦を成功に導くために、栗田艦隊に空から掩護《えんご》を与えるのは絶対的要請である。零戦に二五〇キロ爆弾を抱かせ、一機一艦必殺の方針で、体当りさせるほかはないと考えるに到った。

二〇一空戦闘機隊の副長玉井浅一《たまいあさいち》中佐と相談の結果、兵学校出身の関行男大尉を隊長とする二六名の特攻隊編成が決定する。二三名の搭乗員は、玉井中佐子飼いの九期練習生より選ばれた。彼等は十八年十月に入隊、十九年二月訓練半ばにしてマリアナに出動してから、パラオ、ヤップを転戦していた。その間一人前の搭乗員に成長していたのであった。

大西長官の決意を伝えると、「喜びの感激に興奮して、全員双手を挙げての賛成である。彼等は若い。彼等はその心の総てを私の前では云い得なかった様子であるが、小さなランプ一つの薄暗い従兵室で、キラキラと眼を光らして立派な決意を示していた顔付は、今でも私の眼底に残って忘れられない」と玉井中佐はいっている。(猪口力平、中島正『神風特別攻撃隊』。当時猪口中佐は一航艦参謀、中島少佐は二〇一空飛行長である。)

指揮官に選ばれた関大尉は、元来戦闘機乗りではなく艦爆出身で、ひと月前台湾から着任したところであった。玉井副長が大尉に計画を打ち明けた時の模様は、次のように伝えられている。

「関大尉は唇を結んで、何の返事もしない。両ひじを机の上につき、オールバックにしている長髪の頭を両手で支えて、眼をつむったまま俯向き、深い考えに沈んでいった。身動《みじろ》ぎもしない。——一秒、二秒、三秒、四秒、五秒……。

と、彼の手が僅かに動いて、指が髪をかき上げたかと思うと、静かに頭を持ち上げて云った。
『是非、私にやらせて下さい』（傍点原文）
少しの澱みもなかった。明瞭な口調であった」
軍人の慣用の文体によって、関大尉の静かな決意を称揚するように、語られているのである。しかし私には、黙って俯向いていた五秒間に、大尉の心中を去来した想念の方が重く感じられる。

むろんパイロットは常に死の覚悟が出来ていなければならない。殊に米軍の航空戦力と対空射撃が強化されたこの頃では、出撃はほとんど死を意味した。三度は帰還しても、四度目には撃墜されるのである。しかし生還の確率零という事態を自ら選ぶことを強いられる時、人は別の一線を越える。質的に違った世界に入るのである。

戦闘の経過の中では、人はこの一線は案外すっと通り越す。被弾した航空機のパイロットにとって、自爆は避けられぬ死をいさぎよく飾ることであり、憤怒の感情を解放することである。壕内にとび込んだ手榴弾《しゅりゅうだん》を体でかばって、僚友の身代りになるような道徳的行動が反射的に取られることがある。しかし基地の兵舎で、特攻と決定してから出撃までの幾日かの間、あるいは飛び立ってから、目標に達するまでの何時間かの間は、人間に最も残酷な生を強いる、と私には思われる。

神風特攻は敵も賞める行動である。米軍のパイロットの七割は、自分も同じ立場にあったら志願するといっているそうである。当時銃後にあった若者たちはみな特攻散華の肚を決めていたという。しかし決意していることと、それを実行することの間には、また一線が存在するのである。

沖縄戦の段階では学徒出身の予備学生が大量に出撃して、『きけわだつみのこえ』『あゝ同期の桜』に見られるような悲痛な遺文を残した。その頃は志願とは表向きで、性能の悪い練習機による特攻が強要されるようになっていた。

醜悪な基地の生活と特攻の美名の間には若い心を傷つける矛盾があり、こんどの戦争から胸をえぐる文字を残したのであった。

沖縄戦の段階では、基地を飛び立つと共に司令官室めがけて突入の擬態を見せてから飛び去る特攻士があったという噂が語られる。故障と称して途中の離島に不時着する機が増えた（実際故障は多かった）。目標海面に達しながら攻撃を行わず、まるで失神したように、ふらふらと墜落する特攻機が、敵側に観察されている。

不時着半数という数字が最後の特攻を指揮した五航艦司令長官宇垣纒《うがきまとめ》中将の『戦藻録《せんそうろく》』に記録されている。命中率が七パーセントに落ち、特攻打切りを提案する技術将校もいた。

しかも特攻という手段が、操縦士に与える精神的苦痛はわれわれの想像を絶している。

自分の命を捧げれば、祖国を救うことが出来ると信じられればまだしもだが、沖縄戦の段階では、それが信じられなくなっていた。そして実際特攻士は正しかったのである。口では必勝の信念を唱えながら、この段階では、日本の勝利を信じている職業軍人は一人もいなかった。ただ一勝を博してから、和平交渉に入るという、戦略の仮面をかぶった面子《めんつ》の意識に動かされていただけであった。しかも悠久の大義の美名の下に、若者に無益な死を強いたところに、神風特攻の最も醜悪な部分があると思われる。

しかしこれらの障害にも拘らず、出撃数フィリピンで四〇〇以上、沖縄一、九〇〇以上の中で、命中フィリピンで一一一、沖縄で一三三、ほかにほぼ同数の至近突入があったことは、われわれの誇りでなければならない。

想像を絶する精神的苦痛と動揺を乗り越えて目標に達した人間が、われわれの中にいたのである。これは当時の指導者の愚劣と腐敗とはなんの関係もないことである。今日では全く消滅してしまった強い意志が、あの荒廃の中から生れる余地があったことが、われわれの希望でなければならない。

神風特攻がはじめてレイテ沖に現われた時は、多くの解決しなければならない技術的問題を抱えていた。三〇機で実施しなければならないから、沖縄戦のように、練習機でもなんでもいい、数を繰り出して一割当てればいい、というようなことは、問題にならなかった。

特攻が効を奏するには、まずそれが奇襲でなければならないことも認識されていた。零式戦闘機に爆弾を抱かせたのは、当時一航艦には、戦闘機しか残っていなかったからだが、優勢な米哨戒機《しょうかいき》と対空砲火を潜り抜けるために、零戦の機動性が必要と考えられたのである。そして当時零戦はグラマン機には絶対的劣勢にあり、戦闘機としての機能を果せなくなっていたのであった。

もともと零戦には腹に燃料タンクを抱え、空になった時切り離す装置があった。このタンクのかわりに二五〇キロ爆弾を吊垂《ちょうすい》出来るように改良を加えたのが最初の工夫であった。

攻撃法として「反跳爆撃《スキップボム》」が研究された。これは水面上一〇メートルを飛行し、目標の三〇〇—二〇〇メートルまで接近して爆弾を投下する、それを水面で跳躍させて、目標の艦船の横腹に命中させるのである。

この攻撃法は元来ミッドウェイ海戦の時米軍のパイロットが発明したものを模倣したもので、熟練を要する上に、投下後二、三秒で敵艦上を通過することになるから、被弾の確率高く、ちょっと操縦を誤れば自爆となる。生還率一パーセントという数字が出た。特攻精神はこの時芽生えていたのであった。

この方法はマリアナ海戦の時、一部航空戦隊によって採用されていた。この海戦が敗北に終った時、「千代田」艦長城英一郎大佐が、非常手段として特別攻撃隊の組織を上申した背景には、こういう技術的問題があったのである。

最初の神風特攻実施の名誉を誇る二〇一空では、八月以来ダバオでこの反跳攻撃を研究していた。これはサンボアンガにあった攻撃機が実数二〇以下に落ちてしまったので、とにかく一〇〇機に増えていた零戦を使わなければ、近く来襲を予想される米機動部隊に対抗出来ないという、実際的考慮から生れたものであった。

ところが九月十二日のハルゼーのビサヤ地区爆撃で、この虎の子の零戦の大部分を失ってしまった(十日の敵上陸の虚報によって、セブへ退避したところを奇襲されたのである)。少ない機数で有効な攻撃を行うためには、一機必中を期待するほかはなくなったのである。十月二十五日の「敷島隊」の攻撃法、つまり低空接近、急上昇に、この反跳爆撃の名残りが認められる。もう一つの攻撃法は「菊水隊」が示した高空待機、急降下突入であるが、恐らくこれは搭乗員の熟練度を考慮して、低空接近を無理と見たからであろう。

どっちにしても五〇〇メートルぐらいの高度からダイヴするのは、不可欠の条件であった。体当りといえば威勢はいいが、前に書いたように航空機は翼があるだけに、加速度がつかない。それだけ爆弾の威力は減殺されるからである。

しかし結局この飛行機のまま突入するということが、神風特攻の根本的欠陥として残った。この後爆弾は五〇〇キロ、八〇〇キロに増強されたが、結局正規空母や戦艦を一隻も撃沈出来なかったのは、この攻撃法にある根本的な矛盾のためであった。

そのほか攻撃時期、目標の選定と配分、目標に達するまでの航法など、多くの解決すべき問題があった。こういう技術的問題を棄て去って、特攻精神一本となった沖縄戦の末期で、命中率七パーセントになるのは、当然であった。米軍の対策も進歩して、駆逐艦のピケラインが幾重にも敷かれる。目標として駆逐艦よりなくなる。補助艦艇一隻を撃破するために、航空機平均一四機と搭乗員を喪失することが、引き合うかどうかという数学的問題が出て来る。神風特攻はこうして戦術的に不利という結果が出ていたのである。十月二十五日には、レイテ島沖に戦闘状態が生み出されていたので、神風特攻が成功したのであった。

十月二十日、ルソン島マバラカット基地で編成された神風《しんぷう》特別攻撃隊二四機（うち特攻機一三）は「敷島隊」「大和隊」「朝日隊」「山桜隊」と名付けられた。本居宣長の「敷島の大和心を人問はば朝日に匂ふ山桜花」にちなんだものである。

二十一日、中島飛行長は零戦八機と共に、セブに移動する。レイテ湾まで二〇〇キロ、マバラカット基地と比べて半分の距離にある。さらに一部はダバオに移動して、レイテ島東方海面を三方から覗う体制をとった。（「スワニイ」に命中した「菊水隊」の名はこの編成にはないが、恐らくその後、逐次編成されたものであろう。）

二十一日、スルアン島沖六〇カイリに機動部隊ありという報告に基き、久納大尉以下三機がセブから飛び立ったが、悪天候に阻まれて、目標を発見出来なかった。久納機は未帰還となった。二十三日、〇五〇〇さらに二機が直掩機なしで飛んだが、これも目標を発見できなかった。未帰還機一。なおこの間、記録には現われていないが、マバラカットの関大尉の「敷島隊」が二十一日と二十四日に出撃している。

しかしいずれも悪天候に阻まれて目標に到達出来ず、帰って来た。責任者としての関大尉の苦衷を察して、記録にも留めなかったのである。重い爆弾を抱いた特攻機の航行は楽ではなかったのだ。

この頃米軍はむろん日本機の特別攻撃法を知らなかった。二十五日一一〇〇、C・A・F・スプレイグの護送空母第三群が、関大尉の特攻が終ったので、消火と負傷者に専念していた時、一五機の彗星機が近づくのを見た。

「キトカン・ベイ」は直ちに迎撃機をカタパルトで発進させたが間に合わなかった。一機が「キトカン・ベイ」の艦尾から突込んで来た。その一翼を高角砲弾で吹き飛ばされながら投弾した。爆弾は右舷二五メートルの海面に落ち、機体は艦橋に衝突した。同時に別の一機が「カリニン・ベイ」の飛行甲板に突入し、続いて一機が煙突に命中した。火災は五分間で鎮火した。その他二機が突込んできたが、対空砲火によって近くの海面にそらすことが出来た。

モリソンの『海戦史』は、これも神風攻撃として記録しているのだが、機種、機数、攻撃法から見て、これは福留繁《ふくとめしげる》中将の第二航空艦隊の一部の攻撃でなければならない。この日の午後の二航艦の戦果は、栗田艦隊を盲爆しただけとなっているのだが、二航艦の名誉のために、訂正する必要があろう。

第二航空艦隊の一九六機は、十月二十三日、台湾から移動したばかりであった。大西中将はすぐ特攻採用を慫慂《しょうよう》したが、福留中将はまだ編隊攻撃に望みをかけていた。一部を特攻に参加さすことは、全員の士気に悪い影響を与えるという理由で断っている。ここにも特攻の微妙な性質を窺うことが出来る。

しかしこの日の特攻の挙げた戦果と自隊の示したたらしのない戦闘振りを見て、次の日から参加に踏み切る。一航艦と二航艦を合せて比島方面航艦が創設され、先任の福留中将が司令長官になり、特攻を正式に作戦として採用する。こうして神風特攻は拡大されて行く。

十月二十六日正午すぎ、T・L・スプレイグ隊の護送空母四は、依然スリガオ海峡の東方海面にあり、三機の特攻機に襲われた。「サンガモン」と「ペトロフ・ベイ」は辛うじて命中を免れたが、前日「菊水隊」に大破させられた「スワニイ」は運がなかった。前部エレベーターがやっと動くようになり、アヴェンジャー機を装備して、飛行甲板に上げたところだった。一機の零戦がそのアヴェンジャー目掛けて突込んだ。二機が同時に爆発し、二人のパイロットと、二人の整備員が即死した。

甲板上にあった九機が次々と誘爆し、火は数時間燃え続けた。戦死八五、行方不明五八、負傷一〇二（そのうち幾人かは間もなく死んだ）。

この攻撃を行なったのは、セブから飛び立った大和隊の八機であった。一〇一五、第一波二機が一機の直掩機と共に、一二三〇、第二波三機が直掩機二と共に飛び立ったが、帰還したのは、第二波の直掩機零戦一だけである。従ってその報告は第二波に関するもので、三機命中としている。「空母一轟沈確実（二機命中）、空母一（一機命中）一時四五度傾クモ復元ス」

しかしセブからレイテ島沖まで一時間以上かかるから、米側の記録を参照すると、この報告は第一波の挙げた戦果でなければならない。

第一波は植村真久《うえむらまさひさ》少尉と二等飛行兵曹五十嵐春雄の二機であった。植村少尉は立教大学のサッカー部の主将、次のような挿話が残っている。

「明日の戦闘要領を検討する作戦テーブルに肘をついたまま、あわい追憶にふけっていると、静かにドアの開く音がした。見ると、植村少尉がそこに立っている。

植村少尉は立教大学の蹴球部の主将だっただけに、その体格はガッチリと逞しく、見るからに勇猛なのであるが、今日はいやにしょんぼりしている。しかし今日ここへ上っ

て来る以上は、またまた特攻隊志願に外ならぬのだが、と思いながら、

『入れ』

と云うと、彼はテーブルの前に寄って来て、しばらくもぞもぞとしていたが、意外にも何でもないつまらぬことを聞いて帰ってしまった。私の考え違いだったかな？　おかしな奴、と思ったが、忙しさに紛れそのまま忘れるともなしに忘れてしまった。ところが、彼はまた翌晩も来たのである。

私は作戦室の入口から歩いて来る彼の眼をじっと凝視《みつ》めた。彼は今晩もまたしおしおと、何となく恐れ入った様子であった。しかし私には、〝来たな〟と感ずるものがあった。所が彼は、私の前へ来てもやはり昨夜のようにもじもじしていて、またもや何でもないことを尋ねると、そのまま帰ってしまったのである。私は私の眼を疑った。動作にこそ元気はなかったが、彼の顔には確かに、特攻隊を志願に来ました、と書いてあるのを見たと思ったからである。だが、それは私の見誤りだったのだろうか？　私には何かしら割切れぬ気持が残っていた。

しかるに彼は、三晩目もまたやって来たのである。他の搭乗員たちが寝静まるのを待って、あたりをはばかるようにしてやって来るのだ、彼はテーブルを距てて私と向い合い、目を落してやはりもじもじしている。私は彼の顔をじっと凝視めながら云った。

『君は一昨晩からこうして再三やって来るが、……特攻隊を志願に来たのではないの

か？』

　すると彼は、その言葉ではじめて顔を上げ、済まなさそうに私を見て云った。

『実はそうなのです、一昨日からそう思ってやって来るんですが、飛行長の顔を見ると、どうしてもそれが云い出せないのです。御存知の様に、私は他のものよりも技倆がまずいものですから……』

　何という言葉だろう！　世の中にこんな美しい心根があるだろうか？　私は感動のあまり物云う術も知らなかった。黙っている私を見て、彼はまたいった。

『私は先日、訓練で大切な飛行機をこわしました。私は自分が技倆のまずいのをよく知っているのですが、……これぱっかりはどうしてもあきらめられないのです』

　それでも私が返事をしないので、彼は駄目なのではないか、と悲しそうな顔になってきた。私は思わず立ち上って、彼の肩をたたいて云った。

『心配するな、お前位の技倆があれば特攻隊員には充分過ぎる。俺がきっとよい機会を見つけてやるから心配せずに寝ろ』

　それを聞くと彼は初めて笑顔になって、

『よろしくお願いします』

　そう云って、お辞儀をして帰って行った」（『神風特別攻撃隊』）

　これは元参謀が『きけわだつみのこえ』に対抗して神風特攻を正当化するために書い

た本であるから、志願を美化する意向が働いているし、植村少尉の行動には、筆者のいうような技倆を恥ずる心と、自分を確実に死者の中へ繰り入れることに対する逡巡が混り合っているように見える。ただ確かなのは、この頃は特攻実施について、技術的な問題が存在したということである。

そして出撃の前に植村少尉が書く手紙は、次のようなものである。

「素子 素子は私の顔を能く見て笑いましたよ。私の腕の中で眠りもしたし、またお風呂に入ったこともありました。素子が大きくなって私のことが知りたい時は、お前のお母さん、佳代伯母様に私のことをよくお聞きなさい。私の写真帳もお前のために家に残してあります。素子という名前は私がつけたのです。素直な、心の優しい、思いやりの深い人になるようにと思って、お父様が考えたのです。

私はお前が大きくなって、立派な花嫁さんになって、しあわせになったのを見届けたいのですが、若《も》しお前が私を見知らぬまま死んでしまっても、決して悲しんではなりません。お前が大きくなって、父に会いたいときは九段にいらっしゃい。そして心に深く念ずれば、必ずお父様のお顔がお前の心の中に浮びますよ。父はお前は幸福ものと思います。生まれながらにして父に生きうつしだし、他の人々も素子ちゃんを見ると真久さんに会っている様な気がするとよく申されていた。またお前の伯父様、伯母様は、お前を唯一の希望にしてお前を可愛がって下さるし、お母さんも亦、御自分の全生涯をかけて只々素子の幸福をのみ念じて生き抜いて下さるのです。必ず私に万一のことがあっても親なし児などと思ってはなりません。父は常に素子の身辺を護っております。優しくて人に可愛がられる人になって下さい。
お前が大きくなって私のことを考え始めた時に、この便りを読んで貰いなさい。
昭和十九年〇月吉日　父
植村素子へ
追伸　素子が生まれた時おもちゃにしていた人形は、お父さんが頂いて自分の飛行機にお守りにして居ります。だから素子はお父さんと一緒にいたわけです。素子が知らずにいると困りますから教えて上げます」（集英社版『戦没学生の手記』による）
この手紙に通常攻撃のための出撃前の兵士の手紙との相違は見出されない。これは、この段階では特攻が、普通の出撃の延長として行われたことを示していると私には思われる。
たしかにレイテ沖の段階では神風特攻は合理的に遂行されていた。搭乗員はいかに自分の機を有効に敵艦に命中さすかより考えなかったので、『きけわだつみのこえ』に見られるような複雑な反省を強いられる余地はなかったのである。全機特攻の方針が決定してから、作戦は空想的となり、無数の矛盾と悪徳が吹き出してきたのである。

第二航空艦隊は二十七日から神風特攻を実施した。既述のように一航艦との統一作戦を取る必要上、二つの艦隊を併せて比島方面航空艦隊が創設され、福留中将が司令長官となったのだが、これは名目上の統一で、実質的には、二つの航艦は別個に作戦した。ただ大西中将が子飼いの二〇一空を使ったのに対し、福留中将は北海道から移動したばかりの七〇一空を使ったところに、司令長官の熱意が反映している。

福留中将は麾下搭乗員の技倆では、高速空母への命中を無理と判断し、目標をレイテ湾内の艦船に切り替えた。湾内には目標はいくらでもあるので、特攻機から目標発見の困難を取り除いたつもりだったが、これは不幸な変更だったといえる。

二十七日一五〇〇「義烈隊」(特攻三、戦闘機八)、一五三〇「忠勇隊」(特攻三、戦闘機六)、一四〇〇「純忠隊」「誠忠隊」(各特攻三、戦闘機二)、計三〇機が出撃する。しかしレイテ湾上のキンケード第七艦隊の上空は、スタンプ少将の護送空母第二群の戦闘機三〇が厳重に哨戒《しょうかい》しており、特攻一二機は目標に達する前に直掩機六と共に射落されてしまった(特攻機一機帰還、一機セブに不時着)。

二十五、二十六の両日は敵艦が栗田艦隊と交戦中の隙をうかがったので成功したが、二十七日レイテ湾の戦況が安定するに及び、爆弾を抱いた足のおそい特攻機は敵戦闘機の好餌《こうじ》になってしまったのであった。

帰還した直掩機は、戦艦一中破、重巡一大破、輸送艦三炎上と報告した。アメリカ側の記録によれば、戦艦「カリフォルニア」が機銃掃射を受けたほか、駆逐艦一が水平爆撃により、魚雷艇一が急降下爆撃によって損傷しただけである。（ただしアメリカ海軍の記録には、徴用輸送船は含まれないという説がある。若干の輸送船が炎上したかも知れない。）

こういう戦果の誇張は、散華した僚機への同情という感情的動機を持ったものだったのだが、軍首脳部にますます特攻を促進さす結果になった。

なお「誠忠隊」の特攻機は零戦ではなく、旧式の九九式艦爆であった。二五〇キロ爆弾のほか、試験的に九九式六〇キロ爆弾四を積んでいた。つまり規定の二倍積んでいたので、いっそう行動の自由を失ったのである。

「純忠隊」指揮官深堀直治大尉はセブに着陸した。途中風車止引上装置（爆弾の安全解除装置）に故障を発見し、レガスピーに不時着して修理の上飛び立ったが、日没になったので、セブに向ったのであった。

翌二十八日〇四三〇、単機出撃した。中島飛行長の計らいで二〇一空から零戦四をつけたが、途中一機がエンジン不調で引き返すと、他機もいっしょに引き返してしまった。（これは列機が編隊飛行に馴れなかったためもあろうが、やはり他の隊の特攻機と心中してはつまらないというセクショナリズムの現われと見る方が当っていよう。）従って戦果は未確認となっているが、この日第七艦隊の重巡「デンヴァー」が特攻攻撃によって損傷の記録が米側にある。深堀機の戦果と見なすことが出来よう。この日他に出撃した特攻機はなかったのだから。

大尉が出撃前七〇一空司令江間少佐宛、セブ飛行場に托した手紙。

「本日私の飛行機は風車止引上装置不良のためレガスピー飛行場に着陸し、風車を廻転して直に離陸、同飛行場上空にて純忠隊のみ集合、レイテ湾に進出しました（直掩機及誠忠隊は先行しました）。純忠隊の戦場到達は一八五〇で、既に日没後でありました。高度一〇〇〇米にて約三〇分捜索しましたが、防禦《ぼうぎょ》砲火に依って敵艦船数隻の存在を知るのみで、艦種の識別不能、輸送船に体当りする算極めて大でありましたので攻撃を断念、セブ飛行場に向いました。二番機は戦場上空にて解散後不明ですが、体当りをやったものと思われます。雲並に視界不良のため成果は私も見て居りません。三番機は防禦砲火により被害を受けたるものの如く、運動不規則でセブ飛行場に向う迄一緒でありましたが、途中より再び戦場に引返したのではないかと思われます。捜索するも見つけることは出来ませんでした。二〇三〇私のみセブ飛行場に降着致しました。明朝黎明を期し体当りを決行致します。本日教訓となりました事を御参考までに記して戦闘機に託します。

一、風車止引上装置は出発前必ず慎重なる試験をして見る要あり。

二、二五番×一（二五〇瓩《キログラム》一個）六番×四（六〇瓩四個）にては巡航計器一二五節

程度なる故、之を考慮し、出発時刻を定むる要あり。薄暮は遅くとも一八二〇頃迄に到着せざれば艦種識別並に照準困難なり。月は出づるも下は極めて見え難し。(二五〇キロ一個を抱いた零戦の巡航速度は約一八〇ノットになる)
三、薄暮夜間攻撃となりたるため飛行機を見失い、本日戦果確認困難なりしと思わるるも、九九艦爆を以てしても大丈夫戦果を挙げ得たと確信せり。後続人にお伝え願い度。
四、セブを中継として黎明体当りを行われては如何と思考す。斯くすれば燃料残量多き故更に攻撃に効果ありと思わる。尚戦闘機につかるることも少し。
五、断じてあせらず、無理な状況の時は再挙をはかり、之はと思う奴に体当りをやる様、後続の人にお伝え願い度。一般にあせり勝ちとなり、目標を誤るおそれあり。

追記
列機は本当に可愛いものです。今日も戦場突入時各人きちんと敬礼をして『ニコッ』と笑って解散しました。私は涙が出て仕方がありませんでした。之で皇隆断じて疑いなしと確信致しました。
年は若年でも列機の人々の態度の実に立派であった事は、今も私の目に残って離れません。特攻隊員の人選は頭をなやまさずとも大丈夫であると信じます。ではお別れ致します。御健闘を切にお祈り致します」
(『神風特別攻撃隊』)

比島沖海戦は二十六日をもって終ったが、レイテ湾の緊張は、神風特攻によって解けなかった。ハルゼーの三八機動部隊は連続一七日の戦闘に疲れ切っており、燃料、爆弾も不足しはじめていた。第一、第三機動群はウルシーに帰って休養をとる。キンケードの護送空母群は撃沈二、大中破七の損害の上に、艦上機一二八を失っていた。戦死行方不明一、五〇〇人、負傷一、二〇〇人。

タクロバン飛行場は、鉄板を敷いて応急修理され、二十七日モロタイ島の極東空軍の陸軍機P38三四機が到着したのを機に、マヌス島に帰る。タクロバン上空の制空権は昼間は確かに米軍のものだったが、日が暮れると共に、日本軍の手に移った。度々の空襲警報に米将兵の眠りは妨げられた。

タクロバンと対岸のサマール島に固定レーダーが設置され、一七〇マイルの先から機影を捉えはじめる。セブを発進した神風特攻機がレイテ島の脊梁《せきりょう》山脈を越えるとすぐ、激しい対空砲火に会うようになった。三十一日、夜間戦闘機P61が到着する。これらはレイテ湾を特攻機の目標として不適当とする。もともと特攻は奇襲を前提としているのだから。

二十九日から比島方面航艦は目標をルソン島東方海上にある三八機動部隊に切り替えた。二十九日「忠勇隊」か「義烈隊」の一機が、大型空母「イントレピッド」に突入して、戦死一〇、負傷七の損害を与える。三十日、セブの「葉桜隊」の二機が三、〇〇〇メートルの高度から大型空母「フランクリン」に体当りして、飛行甲板に一二メートルの穴を開け、三つのエレベーターを停止させる。炎上三三機、戦死五六、重傷一六。別の一機は小型空母「ベロー・ウッド」に命中、一二機を炎上させ、戦死九二、重傷四の損害を与えた。両艦はウルシー基地へ帰る。

神風特攻の戦果はエスカレートされる。それは米軍にとって冗談ごとでなかったので、その戦果はナパーム弾、水中破壊班と共に、報道禁止事項になっていた。沈没は日本側の発表より少なかったが、大中破と人員の損傷は大本営発表を上廻った。

特攻機は艦橋を覘《ねら》ったので、死傷者にはしばしば将官が含まれていた。これは敵に戦意を喪失せしめるという点からは有利な戦果であるが、艦船撃破という海軍本来の趣旨からははずれている。結局人員は補充可能な要素であり、米首脳部が戦争遂行を諦めるはずがなかった。

特攻は搭乗員に対してだけではなく、敵側に対しても残虐兵器であった。もっとも米空軍も日本国民の戦意を失わせるために、二十年三月から都市の無差別爆撃という残虐戦略を採用したからお互い様である。そしてわれわれがそれに対して、すぐ抗議する気分にならなかったのは、われわれの戦意の中に、戦争を人間対人間の関係に単純化する意識が働いていたからである。

私は神風特攻を通説に従って、捷号作戦の段階で、現地から自然発生したと見なした。技術的にも精神的にも、その痕跡が記録に見出されるからである。

しかし一方これが中央の方針として決定していたのではないか、と疑わせる材料もまた見出される。特攻兵器「桜花」は一・八トンを爆装し、ロケット推進装置により、最終速力四五〇ノットに達する恐るべき特攻兵器であるが、試作は十九年八月はじめられて、十月量産に入っている。人間魚雷「回天」（これは艦船撃沈には神風特攻より遥かに有効であった）、特攻モーターボート「震洋」もこの頃設計され、十月から量産に入った。

大西滝治郎中将は開戦以来航本総務部長であり、十八年十一月に軍需省航空兵器総局総務部長であった。「桜花」の試作を知っていたはずである。「桜花」使用部隊として七二一空が新しく編成されたのは十月一日である。

大西中将のその決意を左右したのは、マニラ着任の二日前の十月十五日、台湾沖で自ら一式陸攻に搭乗して、敵艦に突入した有馬《ありま》正文《まさふみ》少将の死であったといわれる。しかし彼が第一線の司令長官に任ぜられたのはそれ以前だから、中央で決定した方針を実施するためと見なす根拠がある。

『神風特別攻撃隊』の著者猪口参謀は今日でもなお神風特攻は大西中将の現地での発意と繰り返しているが（読売新聞社『昭和史の天皇』12、昭和四十五年九月）、二年前に出た防衛庁戦史室編『沖縄方面海軍作戦』には、次のように明記されている。

「大西中将は十九年十月五日、南方方面艦隊司令部付（一航艦長予定）に補せられた。赴任に当って、軍令部の打ち合せで、航空部隊の現状と術力からみて、大西中将は特攻作戦を断行する決意を披瀝した。及川軍令部総長は特攻作戦は中央からは指示しない。しかし現地部隊で自発的に実施することに対しては中央は敢えて反対せず、黙認の態度をとる旨を述べた。大西中将は中央からは何も指示されないように希望を述べている」

性懲りもなく、古臭い嘘を繰り返している旧軍人は案外間が抜けているのである。

陸軍の特攻機の出現はずっとおくれて十一月十三日の「富嶽隊」であるが、「万朶隊《ばんだ》」が内地で結成されたのは十月二十日である。内地の各地の飛行学校単位に編成され、フィリピンに送られた。

最初に編成されたのは茨城県の鉾田《ほこた》飛行学校である。指揮官は士官学校出の教官で、将校四、下士官八より成っていた。十月二十二日内地を出発、二十四日台湾の嘉義《かぎ》に着いた。そして搭乗員はその時はじめて作戦が体当り特攻であることを知らされるという経過を辿っている。

この方は海軍とは違い、双発爆撃機を使い、爆弾は五〇〇キロを積む。機首に針のように突き出た電気信管がついていたのだから、準備はとっくに出来ていたのである。

「万朶隊」は二十八日ルソン島南部リパ飛行場に到着したが、出撃に先立って空襲に会い、機と共に将校を失ってしまった。陸軍の特攻実現がおくれ、海軍の現地志願に追随した外観を呈しているのはこのためだが、十月二十日という日付は、偶然とするには、あまりにも一致しすぎている。

大本営が捷号作戦に関連して、特攻を志願する将兵を正式に編入する等の処置を研究していたことは、服部卓四郎《はっとりたくしろう》『大東亜戦争全史』にある。しかし一部にこれを統帥の道に反するという見解が強く主張され、特攻志願の「義烈の士」を個人として作戦軍に配属することにした。特攻隊が常に単独で特別の名称を付けられているのはこのためである。

地上作戦においては戦車に対する挺身攻撃、斬込みが「高揚される」ようになった。これも原則として志願であるが、次第に選定、強要となったのは、神風特攻と同じである。戦闘が激しく、至急に所要兵力を揃えなければならない場合に具《そな》えて、志願者名簿を用意しておかなければならない。朝、特攻士に登録されて、夜半の電話で出動というような場合が、フィリピンの段階ですでに生じているのである。

一方、捷号作戦が端緒についた十月二十三日、大本営戦争指導班では、班長種村少佐以下高尾山で一日「秋季鍛錬」をした。二十四日「比島作戦有利に展開する場合、戦果を利用して、政略攻勢（終戦導入の企図）に資する為の帝国政府声明（案）を班内に於て研究、一案を得た」（『大本営機密日誌』）。口で必勝の信念を鼓吹しつつ、一勝和平の機運はこの頃から存在した。これが特攻方針採用との関連で、最も醜悪な部分だが、むろん特攻がみなこのような軍人によって指導されたわけではない。

大西中将は特攻が統率の外道であることを意識していた。部下に死を強いる時に、多くの心の優しい将官がする決意、自己の死を定めていた。彼は終戦時は軍令部次長で、徹底抗戦を主張し、八月十六日自刃した。遺書。

「特攻の英霊に曰《もう》す。善く戦いたり、深謝す。最後の勝利を信じつつ肉弾として散華せり。しかれどもその信念は遂に達成し得ざるに到れり、われ死をもって旧部下の英霊とその遺族に謝せんとす。

次に青壮年に告ぐ。

わが死にして、軽挙は利敵行為なるを思い、聖旨に添い奉り、自重忍苦する戒めとならば幸なり。隠忍するとも日本人たるの矜持を失うなかれ。諸子は国の宝なり。平時に対し尚よく特攻精神を堅持し、日本民族の福祉と世界人類の和平のため最善を尽せよ」

宇垣纏中将は比島沖海戦の時、「大和」を含む第一戦隊の司令官であったが、二十年二月以来五航艦司令長官として九州鹿屋《かのや》にあり、沖縄に対する特攻を指揮した。八月十五日終戦の詔勅下ると聞いて、沖縄に飛んで自爆した。三月十一日、ウルシー基地を目標とする一、三六〇カイリの片道特攻、いわゆる「丹作戦」決行の夜、次のように反省した。

「昨今の決死隊出発に際して何等の苦も無く微笑を以て訣別し見送り得る事厚顔となれるに非ず。既に自ら危機に出入せる事度あり。而して吾も亦何時かは彼等若人の跡追うものと覚悟しあるに因る。情に涙多き我身も克く茲迄《ここよ》に達せりと喜ぶ。又着電に一喜一憂せず、喜憂を顔に出さざる態度も自ら大命を奉じたる長官の落着きと見えたり。猶々修業に努めなば物になり相なり。春霞棚引く中の殺気かな」

特攻の計画者も実行者も、確かに「殺気」に動かされていた。こういう感情は軍部という片寄った教育を受けた武力集団が存在する以上、必ず育つものであり、それに鼓舞されて、職業軍人はよく戦うのである。ただし真の勇士はどこの国の軍人でも一〇〇人に一人位の割合である。平時、軍人が民間人よりも臆病なのは、ナポレオンの昔から観察されていたことである。

十月末までにフィリピン各地の基地は正常の発着を行うことが出来ない程度に破壊されていた。優秀な設営隊と機械はニューギニアに置いて来たままだったから、補修が爆撃に追いつかなかった。

特攻機は飛行場周辺の林の中に隠蔽され、その誘導路もカモフラージュされていた。着陸の必要はないのだから、どんな不備な滑走路からも発進させることが出来た。マニラの鋪道も利用された。「殺気」に動かされ、あらゆる手段を用いて、ひたすら感情的に実施されたのであった。

二十八日、三八機動部隊はセブを爆撃した。飛行場も飛行機も十分破壊しつくしてあったので、オルモックへの増援部隊を輸送する船舶の破壊が目標だったのだが、港内に船舶は一隻もなかった。

以来レイテ島地上軍の増強はマニラ＝オルモック間、七二〇キロの長い危険な航路によって行われる。二十八日、十四方面軍と南西方面艦隊合同のレイテ輸送作戦、いわゆる「多号作戦」が決定される。

この頃キンケードの護送空母群の一部はマヌス島に帰投し、ハルゼーの二つの機動群は燃料弾薬が欠乏していた。タクロバンに到着したP38はたった三四機で、船舶攻撃は得意ではなかった。

一方日本の第四航空軍では新鋭機「疾風《はやて》」で編成された第三十飛行集団の補給を受け、タクロバン港の艦船及び地上施設を爆撃しはじめる。輸送船団護衛も強化される。十月三十日から十一月一日へかけて、決戦師団第一師団が人員資材の九割をオルモックに揚《よう》陸《りく》出来たのは、こういう彼我航空戦力の消長により、レイテ島上の制空権が一時日本軍に移るという状況が生じたためであった。

十一　カリガラまで

十月二十六日―十一月二日

地上においてはすべてはゆっくりと進む。比島沖で聯合艦隊を殲滅し、レイテ戦は終ったと思っていた三八機動部隊の艦上機の一部は、二十七日セブ港を爆撃した帰り、ドラグ飛行場に不時着した。そして米歩兵がそこからわずか一五キロのブラウエン地区で、日本兵と交戦しているのを知った。

十六師団はすでに第一線、第二線を突破され、混乱した指揮の下に、ハロからブラウエンに到る最後の線で抵抗しようとしていた。すでに五日の戦いで戦力を消耗し、戦意は著しく低下していたが、陣地固守を命じられた兵たちは、神風特攻士と同じく確実な死を賭して戦わねばならなかったのである。

二十二日二三〇〇発、第二線への撤収を命じた師団命令を受信した三十五軍ではあわてた。二十四日、十六師団に与えた電報が残っているが、それは十六師団司令部にとっては、苛酷なものであった。

「対米戦闘特項は先ず敵の砲兵次で迫撃砲更に〝マイク〟に連繋する自動短銃、手榴《しゅりゅう》弾《だん》等の火力発揮を困難ならしむると共に、之に依る損耗を極限しつつ、近迫し（この間相当の時間余裕を必要とすること勿論にして焦燥短兵急《たんぺいきゅう》は禁物なり）、一挙に敵中に突入し奮戦に依り勝を決する。所謂初めは処女の如く終りは脱兎の如き、戦闘方法に徹するにあり。然るに初めは脱兎の如き勢あるも、忽ちにして処女の如く、進むべきに進まず、徒らに敵火力の猛威に佇立して、為すなきに到れること多し」（尚参電第二二九号、十月二十四日一八〇〇発）

十六師団がこの電報を受け取ったのは、十一月二日になってからであるが、戦闘熾烈の折柄《おりから》、こんな幼年学校の講義のような訓電を受け取った師団参謀の顔が目に見えるようである。しかし軍としても、師団の早期崩壊はどうしても避けねばならず、増援部隊到着まで斬込みを強化して、少なくとも第二線陣地を確保してもらわなければならなかった。切羽詰った必要と狼狽が、このような抽象的訓電となって現われたのであった。

ホリタの防禦《ぼうぎょ》線は十月二十三日、アーノルド将軍の「逆V字陣形」の戦車隊に突破され、二十四日〇八四〇、米第七師団の左翼第一七連隊の第一、第二大隊はブラウエンの町に入った。

戦車が坂を上って町に入ると、四、五人の日本兵が家の床下の壕から飛び出して、対戦車地雷をかませようとしたが、簡単に排除することが出来た。一四〇〇、大隊は町を確保した。

ドラグ上陸以来、進撃速度の最もおそかった右翼三二連隊長ロック大佐は罷免されて師団司令部付となり、替ってフィン中佐が指揮を取った。連隊はサンパブロ飛行場を斜めに横切り、ブラウエン北飛行場を攻撃する任務をさずかった。そしてこの地区で最も強い抵抗にあうことになった。

「ブラウエン北飛行場」は日本軍の呼称。米軍は付近部落の名を取って、ブリ飛行場と呼んでいた。この地区の三つの飛行場の中で一番大きく、滑走路も整っていた。それだけ強固に防備されていた。

北に密林を控え、多数の銃座が北側と西側を囲んでいた。南方は二〇の堡塁《ほうるい》で守られていた。そして十六師団二十聯隊第二大隊の一部、九十八飛行場大隊、五十四飛行場中隊（いずれも設営隊）、併せて一、〇〇〇名がこれを守っていた。

米軍の記録によれば、東西に長い滑走路に一〇〇ポンド爆弾が地雷のかわりに埋められ、電気爆破装置が近くの銃座と連結されていたという。

一一二三、米軍の先頭第一大隊はサンパブロ飛行場を出発した。途中日本軍の抵抗はなかったが、ブリ飛行場の東南一キロの地点にさしかかった時、うまくカモフラージュされた日本軍陣地の中に踏み込んでいるのに気がついた。

右翼のA中隊は正面陣地を強襲して突破したが、左翼C中隊は強烈な銃火を浴びて伏せてしまった。二つの中隊の間に生じた間隙は、予備B中隊の一個小隊がうずめた。大隊長は進みすぎたA中隊の所在を確認しようとして前進し、重傷を負った。

この間にC中隊は潰走《かいそう》をはじめていた。四人の兵士が負傷した僚友をかばって後退しようとして方向を間違え、日本軍陣地の一キロ奥へ入り込んでしまった。

C中隊の退却したあとへ日本軍が進出して来た。B中隊の重機分隊が、C中隊の後方四〇〇メートルに重機を据えて、退却を掩護《えんご》した。戦いは一時間続き、双方に多くの死傷者を出した。

一五三〇、連隊長フィン中佐は第三大隊に左翼へ進出を命じたが、沼と叢林《そうりん》に妨げられて、予定通り前進出来なかった。一六三〇、まだ先頭の第一大隊の左後方五〇〇メートルのところにいた。

連隊長自ら前線に出て、戦況を視察した結果、第一大隊にサンパブロ飛行場まで退却するのを許可した。予備第二大隊が投入され、第三大隊と共に防禦線を形成した。

翌二十五日の朝、〇八〇〇から三〇分、師団砲兵がブリ飛行場の東西四五〇メートルの間を砲撃した。それから第二、第三大隊が各々戦車一個小隊（四台）を先頭に立てて進んだ。第三大隊は一キロ半進んだ後、複雑な塹壕《ざんごう》の迷路に会って停止した。対戦車砲でその塹壕を砲撃しながら、第二大隊の到着を待ったが、それがなかなか来なかった。

斥候が飛行場まで三〇〇メートル弱の線まで進み、前面に堅固な陣地は一つしかないことを確かめて来た。しかしあたりは深い萱に蔽《おお》われ五メートル先しか見えなかった。偵察機に滑走路の所在を示す発煙筒を投下して貰ってから、大隊は進みはじめ、一七〇〇、飛行場の端に取り着き、直ちに壕を掘った。一七一五強力な日本軍の逆襲を、辛うじて退けた。

この間に第二大隊は飛行場の北端で苦戦していた。日本軍の銃座はトンネルで連結されているらしく、両翼から十字砲火を浴びて退いた。負傷者を収容し、壕を掘りはじめた。

二十六日〇八〇〇、師団砲兵の一〇分間の準備射撃の後、第二大隊は進撃を開始した。日本軍は撤退していたらしく、昨日前進を阻んだ銃座をあっさり占領することが出来た。戦車の掩護の下に、大隊は滑走路の南側の六〇〇メートル西まで進出した。

前日一日の休息を取った第一大隊は、右翼第三大隊を超越して、飛行場の北側に進出、それから西方に転じた。滑走路の西端まで三〇〇メートルの地点に到達した時、強固な日本軍の堡塁にぶつかった。大隊は戦車の到着を待ってから攻撃を開始した。戦いは午後一杯続き、一七〇〇先鋒のB中隊が、飛行場の西端に達して、第二大隊と連絡した。その夜少数の日本兵による斬込みがあった。

翌二十七日、連隊長はこの日のうちに、飛行場の攻略を終える決意を固めていた。日本軍の不意を衝くために、攻撃時間を一時間早めた。〇七〇〇、三二連隊の各隊は前日と同じ隊形で前進を開始したが、抵抗がまったくないので拍子抜けがした。右翼の第一大隊の正面だけでも四〇〇以上の日本兵の死体があった。塹壕、堡塁、蛸壺はみな死体で埋っていた。こわれた七五ミリ野砲、軽機、擲弾筒《てきだんとう》、小銃が散乱していた。一一三〇ブリ飛行場は完全に占領された。

ここでよく戦った日本兵は、飛行場について責任を持つ飛行場中隊だったろう。主に召集兵から成る部隊であるが、よく構築された陣地に拠れば、案外効果的な防禦が出来たのである。三二連隊は上陸以来の戦闘、及び十一月中旬西海岸ダムラアンの戦闘でも、あまり強くないところを見せる連隊である。その戦闘報告には日本軍の戦力について多少の誇張はあろうが、飛行場中隊は、いまやダガミの師団司令部の前哨《ぜんしょう》拠点となったブリ飛行場を、その責任において防衛したのであった。

この間に一七連隊の残部と一八四連隊の一個大隊は、戦車隊を先頭に立てて、ブラウエン＝ダガミ道を北進していた。道に埋められた地雷と西方山地から散発的に飛んで来る砲弾のほかに障害はなかったが、地雷の処理に手間取り、二十四日は四キロ進んだだけだった。

一台のシャーマン戦車が道路左側の沼地に落ちて動けなくなった。すると日本軍の銃火は急に激しくなり、乗員は備砲をはずして来る隙がなかった。その夜を通して米軍陣地は砲撃された。しかし道路の両側に広く散開して壕を掘っていたので、損害は少なかった。

夜中すぎ、日本兵が米戦車から奪ったらしい七五ミリ砲と機関銃で米軍陣地を乱射した。しかし弾道は高すぎ、損害はなかった。

二十五日、米一七連隊は道路上をダガミへ向って急進することも出来たのだが、あまり進みすぎると、右翼でブリ飛行場の攻撃に手間取っている三二連隊の砲火を浴びる危険があった。

一七連隊の一部はほぼ現在地に止まって前方の偵察を行い、左翼一八四連隊の一個大隊が西方の山地の日本砲兵の掃討に任じることになった。沿道の民家は十八年十月、日本の討伐隊がゲリラと交戦した時、焼き払われたまま再建されていなかった。斥候小隊は前方道路上に日本軍陣地のないこと、ブリ部落の手前で橋が一つこわされていることを確かめて帰って来た。

道路の西方は二キロばかり水田が拡がった先に、形のよいブラウエン山が裾野を引いている。その前山に日本軍の砲兵陣地があるらしかった。一八四連隊の一個中隊は、砲兵の掩護の下に、裾野の中の高地を占領していた日本兵を奥地に追い込んだ。この日部隊は全体として三〇〇メートル進んだだけだった。

二十六日〇七〇〇、一七連隊第一大隊が進撃を開始すると、敵のいないはずの前方道路に夜のうちに日本兵が進出して塹壕を掘っていたことがわかった。しかし一個小隊ぐらいの少人数だったので、戦車が容易に突破することが出来た。日本軍の戦死二一、俘《ふ》虜《りょ》一。

一〇〇〇、米軍の先鋒は再び機関銃で射たれた。右方の沼地に日本兵の迂回運動が見られたので、八一ミリ迫撃砲で攻撃すると、約六〇名の日本兵が逃げて行った。開豁《かいかつ》した野と水田を進んだ米軍の右翼も左翼も、日本の小部隊の抵抗を受けた。一つは水田を前に叢林に潜んだ一五名ばかりの小銃隊、もう一つは土民小屋の床下に蛸壺を掘った約二五名の機関銃隊であった。前者は手榴弾で、後者は二台の戦車によって突破された。

第二大隊F中隊の二個小隊が、大隊指揮班の対戦車砲分隊と共に、ブリ飛行場攻略部隊と連絡するため、飛行場に向う小径を進んだ。しかしこの方面の日本軍の抵抗は依然として強かった。最初の戦闘で小隊長と二人の兵が戦死し、多くの負傷者が出た。中隊は一〇〇メートル西に退って、八一ミリ迫撃砲の掩護を要請した。日本軍もまた後退したが、その砲火は衰えなかった。速射砲が日本軍の四つの機関銃を沈黙させる間に、中隊は負傷者を収容した。米軍はブリ部落の二〇〇メートル先で夜営した。

二十七日は一七連隊の第三大隊がブラウエン＝ダガミ道進撃の先頭を受け持った。空中偵察によって、前方の橋は悉く破壊されていることがわかっていたので、工兵隊が先鋒のすぐ後に続いた。ギナロナ村の手前、道を横切る小流の対岸に小学校があり、二つの機関銃を持つ日本兵が立て籠っていた。先頭のK中隊は川の上流を迂曲し、急襲に成功した。一七名の日本兵が戦死した。工兵隊は素早く橋を架け、部隊は進撃を続けた。この日米軍は約二キロ半進んだ。ギナロナ部落を越え、ダガミまで二キロの地点に達した。

ダガミはレイテ島北東部の豊沃な平野の西南端に位置する町、農産物の集散地で、海岸の町タナウアンから来る道が、ブラウエンから北上する道とT字形に合さっている。俘虜の情報によれば、二十聯隊の一部、三十三聯隊第二大隊の二〇〇名、九聯隊及び工兵十六聯隊の残兵が集結しているという。ブラウエン゠ダガミ道に一キロにわたって、幾重にも陣地を構築して、守りを固めているはずであった。

二十七日夜、米一七連隊と一八四連隊の幹部将校は、慎重に翌日の作戦を練った。ここが十六師団司令部の後退陣地であり、その占拠がレイテ島攻略の戦闘の区切りをつけるものであることを意識していた。

この夜、米軍の陣地は絶えず機関銃と小銃の射撃を受けたが、日本兵の斬込みはなかった。珍しかったのは、一機の日本機が飛来して、爆弾を落して行ったことだった。

この間に東海岸中部の掃討を受け持った米第九六師団の二個連隊は、日本の九聯隊主力の立て籠るカトモン山を迂回しつつあった。

十月二十三日、三八三連隊の二個大隊は、山の西北のギナロナ川（ブラウエン＝ダガミ道の部落ギナロナを経由して来るので、この名がある）を渡って、ピカスの小丘を占拠した。

九六師団はこの年の夏ハワイで編成され、レイテ島ではじめて実戦に参加する師団だったので、連隊長は部隊行動を偵察と掃討に限るよう指示されていた。第二大隊にはカトモン山の西北端の高地サンビクトルの攻略を、第三大隊には西方二キロにある町タボンタボンの偵察を命じた。

タボンタボンは十六師団の物資集積場の一つであった。三つの道が合さる要地だったから、強固に防備されているはずであった。町には教会があり、二階建ての木造家屋がメイン・ストリートの両側に並んでいた。

偵察中隊はそういう家の床下に深い塹壕が掘られ、機関銃座が出来ているのを知った。しかしそれらはすべて空であった。偵察隊が見た日本兵はたった五名で、家の裏庭で呑気に夕食を用意していた。

この偵察に基き、二十五日〇六四五、重機と迫撃砲で補強された一個中隊が攻略に向った。〇七三〇、部隊はタボンタボンの二〇〇メートル手前で止った。〇八〇〇砲兵の準備射撃があるはずだったが、連絡の不備で実施されなかった。中隊長は、一個小隊を北から、一個小隊を東南から突入させたが、激しい機関銃、迫撃砲火を浴びて阻止されてしまった。

日本軍の陣地は前夜のうちに強化されていたのであった。この頃、九聯隊第二大隊の第六中隊第二小隊（今宿武義中尉）が、カトモン山からの第一大隊の撤収を掩護するため、タボンタボンに急派されたという記録がある。しかしこの後の戦闘の経過は、かなり強力な大部隊による防衛を示している。三十三聯隊第二大隊の一部が投入されたのであるまいか。

慎重な米軍の中隊長は増援部隊の派遣を要請したが、大隊長は撤収を命じた。一二四〇、中隊はピカスに帰った。この頃師団左翼三八二連隊が南方のホリタ＝ヒンダン道から進み、タボンタボンの南二キロの地点に迫っていた。この部隊は軽戦車を持っていたから、町の攻略はそれに任すことになった。

一二〇〇、三八二連隊は町の南方ギナロナ川の線に進出した。三〇分の砲撃の後、一四〇〇、部隊は日本軍の砲火を冒し、肩まで水に漬りながら川を渡った。町に突入した先頭は家の床下の銃座からの機関銃火によって阻止された。戦いは夕方まで続いた。日本軍は後方陣地からの迫撃砲の掩護を持っていた。強力な白兵突撃を受け、米軍はギナロナ川の南岸まで押し戻された。

それから夜中まで、日本軍の迫撃砲弾が米軍の陣地に落ち、死傷者が出た。二一〇〇から朝まで、米師団砲兵は町の中心部を砲撃した。

後方の補給陣地の守備に任じていた第一大隊（一中隊欠）が投入されることになった。部隊は翌朝〇九〇〇までにギナロナ川の線に進出した。

二十七日一〇〇〇、米軍は三個大隊併進で前進をはじめた。左翼第三大隊は第一大隊と共に町を迂曲して、ダガミ方面に進み、日本軍の退路を断つのを任務としていた。町を外れてからは何の抵抗もなかったので、夕方までにディガホンガンに向う道を二キロ進むことが出来た。

町の中心部に突入した第二大隊の方は、こうはうまくは行かなかった。家の床下、二階から、日本兵は激しく射ってきた。先頭は銃火を冒して駈け足で進み、町の北端に出たが、そこで前方の野から激しい銃火に見舞われた。

部隊がその日のうちに町を確保することが出来ないのは明瞭になった。先頭は町の中心部まで呼び戻され、そこで壕を掘った。その夜は夜通し日本軍の逆襲が繰り返された。

二十八日〇八〇〇、米軍は再び進みはじめた。そしてあまり強い抵抗を受けることなく、町の北東のはずれに達した。日本軍は前夜の夜襲で力を使い果していたらしかった。第二大隊はキリンに向う道を五〇〇メートル東へ進んでバリケードを築いた。

三日にわたるタボンタボンの町の攻防戦で、三五〇名の日本兵を殺したと米公刊戦史はいう。米三八二連隊第二大隊の損害は、戦死三四、負傷八〇だった。

カトモン山の四つの峰の攻略は三つの部隊によって行われることになっていた。その一番南の端、ラビラナン・ヘッドはすでに三八三連隊の第三大隊の手で二十二日占領されていた。中央の最も高い二つの峰は、二十三日上陸した予備三八一連隊が、二十八日から攻撃することになっていた。そして最北端の小丘サンビセンテの攻略が、三八三連隊第二大隊のE中隊の任務となった。

この高さ三〇メートルの小丘の攻略は第二大隊長マッカレー中佐が、新兵訓練のために実施を決定したものだったが、彼はそのために命を失うことになる。

二十六日、師団野砲の一五五ミリ曲射砲が一〇分間の準備砲撃を実施したが、射程を大きく取りすぎて、あまり効果がなかったらしい。一〇〇〇、先頭の一個小隊が高い萱草を分けて、北西側の野から近づいた。各隊は敵が射ち出すまでは、射ってはならないと命令されていた。兵士は命令通り山麓《さんろく》から二〇〇メートルの地点で、機関銃火を浴びるまで射たなかった。第三小隊が三〇〇メートル後から進んで、掩護するはずだった。日本軍は迫撃砲を射って来たが、米軍も負けずに迫撃砲を射ち返すと、沈黙してしまった。

しかしマッカレー中佐が中隊の戦闘指揮所に進出した時、日本軍は不意に側面から迫撃砲を射ち出した。その方面にいた米兵の多くが負傷した。中佐は全員退却を命じ、挺身して一人の負傷兵を引きずってきた。一人の日本の狙撃兵が中隊指揮所の後方に潜んでいた。中佐は指揮所から二〇メートルの地点で射殺された。

二十七日から三日間、偵察隊はサンビセンテ部落まで足を延ばして、日本軍陣地の発見に努めた。三十日一三〇〇、こんどは二個大隊を投入して、ギナロナ川の側から攻撃を開始した。一個大隊はサンビセンテ部落に向うと見せかけて道路上を進撃し、後尾の一個中隊が不意に山を登り出した。何の抵抗もなかった。日本軍は撤退していた。

米軍上陸日の十月二十日以来、カトモン山は連日艦砲、軍砲兵、師団砲兵の砲撃を受けていた。二十八日、さらに三〇分の準備砲撃の後、一二〇〇、三八一連隊の第一大隊が海岸道路の側から進んだ。しかし麓《ふもと》に達すると山上から猛烈な砲撃を受け陣地に戻った。

第二大隊は南方のラビラナン・ヘッドから稜線伝いに進んだ。日本軍の抵抗は意外に少なく、日暮れまでに次の峰の下まで達した。

その夜、師団砲兵は三〇〇発の砲撃を、第二大隊の進路に加えた。二十九日〇八三〇、大隊は軽戦車を先頭に立てて進んだ。抵抗は再び全然なかった。大隊は一三〇〇までに、カトモン山の二つの峰を占領した。一方海岸道路にいた第一大隊も、四、五台の戦車と師団速射砲の掩護の下に山を攀《よ》じはじめた。昨日強い抵抗を受けた地点を難なく通過し、一六〇〇頂上の第二大隊と合流した。

日本の第九聯隊第一大隊はダガミ方面の戦局切迫に伴い、二十六日師団命令によって撤退を始め、この日まで、ダガミに転進していたのであった。機関銃座五三、横穴七〇、その他無数の塹壕が、陣地破壊班によって処理された。日本軍の戦死は主として十九日以降の艦砲射撃によるものだった。


二十六日、三八一連隊の第三大隊は、戦車を先頭に立てて海岸道路を北上した。翌二十七日一一四五、タナウアンの町に入った。これはパロ＝ドラグ間で一番大きな町で、もと第九聯隊本部があった。しかし日本軍の守備隊は撤退していた。

米軍は進路を西南に転じ、タナウアン＝ダガミ道を進んだ。四キロ行ったところで、野砲の抵抗があった。八台のシャーマン戦車と二台の火焔放射戦車と二時間交戦した後、日本軍の野砲は沈黙した。米軍は進んで、三門の七五ミリ野砲、七つの機関銃座を破壊したのを確かめた。

翌二十八日も大隊は道路に沿って、西進を続け、一五〇〇、キリンを通過した。一六三〇、大隊が休止していると重機を持つ日本兵が反撃してきた。反撃は強力であった。一八〇〇、大隊は煙幕を張って、キリンの東方一キロに退却した。

二十九日、大隊は砲兵の準備砲撃の後、戦車を先頭に立てて再び進撃を開始した。キ

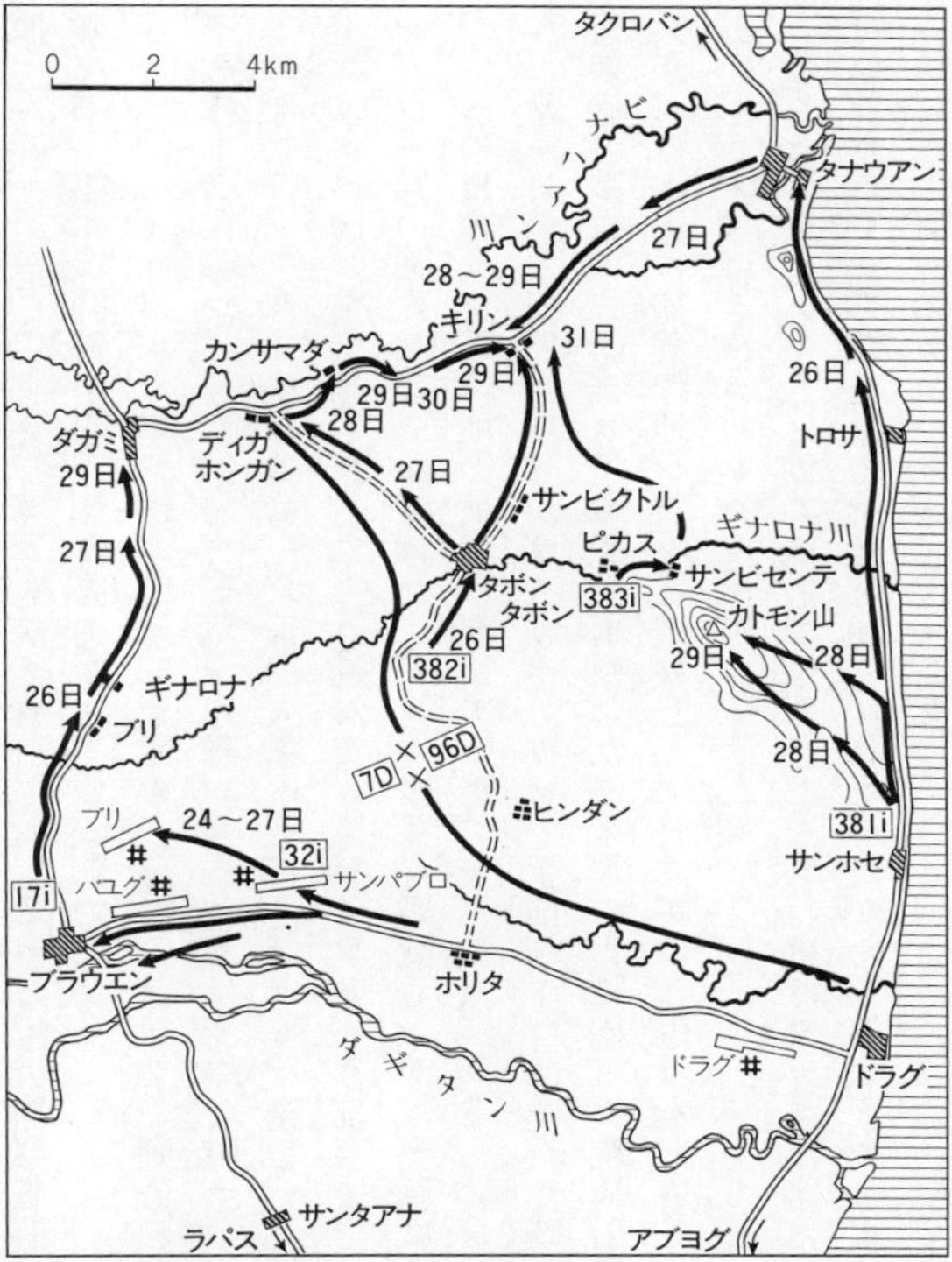

第９図　ダガミ、キリン地区の米軍作戦

リンの町の入口で頑強な抵抗に会った。この方面の日本兵は、文字通り最後の一兵まで戦ったが、一五〇〇、遂に米軍の突入を許した。これは第九聯隊戦闘指揮所と第三大隊の主力、第二機関銃中隊（片野秀男中尉）の一部であった。

一六〇〇、タボンタボンから三八三連隊の一部がトラックで到着し、戦いに疲れた第三大隊と交代した。一八〇〇、三八一連隊の兵士たちは海岸の町サンロケに戻った。

二十七日、三八二連隊の第一、第三大隊はタボンタボンを発し、北西五キロのディガホンガンへ向って出発した。二キロ進んでカプフマンという部落で野営しているところを、日本兵の強烈な夜襲を受けた。三人の米兵が戦死したが、翌朝になってみると約一〇〇人の日本兵が、陣地の前で戦死していた。

二十八日一二三〇、部隊がディガホンガンの手前一キロに達した時、二つの七〇ミリ速射砲と多数の五〇ミリ迫撃砲で射たれた。米軍の大隊砲と火焔放射器、陣地破壊班工兵が、日本軍の掩蓋《えんがい》陣地を次々と破壊した。日本軍は負傷兵を収容しつつ退却した。一五〇〇、米軍はディガホンガンの町に入った。

ここはタナウアン＝ダガミ街道で、西へ二キロ行けばダガミだった。しかしその攻略はブラウエンから北上中の第七師団の任務だったから、第一大隊は東へ切れてキリンに向い、二キロ先のカンサマダで停止した。

ディガホンガンの守備に任じた第三大隊は、日が暮れるまで散発的な日本軍の狙撃に悩まされた。夜は約二〇〇名の日本兵が夜襲して来た。カンサマダの第一大隊の陣地も、三名あるいは八名から成る斬込みを受けた。

二十九日、部隊はカンサマダを出てキリンに向った。一一三〇不意に道路傍の銃座から射たれた。やがて榴弾砲がこれに加わった。大隊は約一キロ退却した。大隊長ミーチャム中佐が戦死した。

三十日一〇三〇、大隊は再び前進を開始し、何の抵抗も受けずにキリンの町に入って、第二大隊と連絡した。日本軍は北方の川を渡って退却していたのだった。タナウアン、ディガホンガン間、約一〇キロの道路が確保された。

二十五日以来、九六師団の損害は戦死、将校三、兵一三二、負傷、将校三〇、兵五三四、行方不明、将校二、兵八八であった。受持ち区域内の日本軍の戦死者は、上陸日以来、確認したものだけで、二、七六九であった。

一方、既に記したように、二十七日、ダガミ南方二キロの道路上に陣を敷いた米第七師団の一七連隊は、俘虜の情報によってダガミ防衛の日本軍が二十聯隊の一部、三十三聯隊の第二大隊及び九聯隊、工兵十六聯隊の残部であることを知っていた。その数は大体一、五〇〇から二、五〇〇と推定されたが、牧野師団長は多分五〇〇〇以上を温存しておくだろうから、戦闘に参加する兵力は一、〇〇〇から二、〇〇〇と見積られていた。

長期抗戦の任務を持つ牧野中将は、米軍の予想以上の兵力を持って、山脚地帯に入るつもりだった。残兵の一部を「中部レイテ防禦隊」という戦闘単位に再編成し、高級副官角田中佐をその長に任じた。二十七日一八〇〇に発せられた命令は、二十聯隊の残部にダガミ西南方に進出し、米軍殲滅を命じていた。

一キロにわたる日本軍陣地は、主として道路両側の水田の中の小高地にあり、膝までもぐる田圃を通らずには近づけないという利点を持っていた。

米一七連隊長は三梯団《ていだん》による攻撃を企図した。第二大隊は第三大隊を超越して先鋒となり、第三、第一大隊の順序で攻撃する。諸隊は先鋒の第二大隊と協力、攻撃を実施するよう命ぜられた。

二十八日〇七三〇、前進をはじめた第二大隊は、すぐ強い抵抗に会った。道路両側は約一〇〇メートル幅の腰までもぐる沼地になっていた。それは西方のさらに大きな沼地の続きであった。沼地の向い側は、道の西に接してヤシ林が始まり、三日月形に沼地をかこって、七〇〇メートル西に張り出していた。これは前方の沼地全体を三つの単位に分けることになった。つまり道の両側の沼地と、西方に道路に平行して存在する大沼《しょう》沢地《たくち》である。

不明の日本軍陣地からの機関銃、小銃弾を冒して、F中隊が三台の戦車と共にクリークを渡った。戦車が道路上を進んでいる間に、歩兵が腰まで浸る水溜りを越えて行った。

対岸に深い戦車壕があった。前方と左側に、数多くの銃座が見えて来た。

　これ以上進めそうもなかったので、中隊長は部下に現在地の確保を命じ、戦車の援助を求めるために、引き返した。その間に一個小隊が中隊の左翼を掩護するために、山側に展開した。すると約二〇名の日本軍が、さらにその左側から迂曲して攻撃して来た。小隊は十分日本兵が近づくのを待って一斉射撃で、これを全滅させた。

　道路上の大隊本部にたどりついた中隊長は、戦車はもうない、という返事を得た。再び陣地に戻って負傷者を収容し、戦車壕のうしろまで退いた。

　右翼の沼地を進んだG中隊の方面も似たような戦況だった。大隊長はさらに一個中隊をその右翼に投入することにした。二つの中隊は日本軍陣地の右へ右へと廻りながら進んだ。ちょうどその時、沼地の東を迂曲して来た二台のM8装甲自動車が戦場に到着し、日本軍の銃座を突破した。

　この間に第一三工兵隊は、破壊された橋の修理に忙しかった。装甲ブルドーザーのドライバーが三人続けて戦死した。

　道路左側で戦っていたF中隊はC中隊によって補強された。C中隊はその左翼に進出したが、前方ヤシ林の銃座から来る銃火によって阻止された。ヤシ林の中の日本軍の右翼が、大隊左翼の南まで延びていることが明らかになった。

　B中隊がその方面に指向された。この中隊も日本軍陣地を突破することは出来なかったが、火点を発見して牽制する役目を果した。

一四〇〇、道路上を進んで行った三台の戦車のうち一台が帰って来た。他の一台は二五〇メートル先で、対戦車砲（速射砲）によって破壊され、一台が擱座《かくざ》させられたと報告した。

橋の修理がやっと出来たので、Ｍ８装甲車二と中型戦車一が救援に出掛けた。中型戦車と歩兵が破壊された戦車を守備している間に、Ｍ８装甲車が擱座した戦車に接触して、乗員を収容した。それから戦車を破壊し、救援隊は損害を受けることなく引き揚げた。この間に先に引き返した戦車一は、Ｆ中隊Ｃ中隊正面の日本軍陣地を突破した。

夕方までに米軍は日本軍陣地の線を三〇〇メートル越えた。最左翼のＢ中隊は道路まで退って壕を掘った。この方面の日本軍の機関銃火はまだ活発だったが、出撃して来る気配はなかった。夜中頃、少数の日本兵がＦ中隊の正面に忍び寄ったが、鉄条網の線で停止したところを、手榴弾で全滅させられた。

しかし二十八日中の米第二大隊の損害も大きかったので、次の日は予備となって、左翼ヤシ林中の日本軍陣地に備えることになった。

二十九日〇八〇〇、四九野砲大隊の準備砲撃の後、第一（Ｂ中隊欠）、第三大隊は、攻撃の重点を日本軍の右翼に指向した。速射砲一個小隊が時限砲弾を銃座に射ち込み、その後から歩兵が虱つぶしの攻撃を加えた。前日の戦闘に疲れた日本兵はこの新手の攻撃に堪え切れず、銃を棄てて逃げ出す者が多かった。一二〇の戦死体が米軍の正面に横たわっていた。

その後第一大隊はあまり抵抗を受けることなく、ダガミの町はずれに取りついた。すると町の西方山地から来る砲弾が米軍陣地に落ちはじめた。

道路右側を進んだ第三大隊もあまり抵抗を受けずに、町の南部の墓地に達した。石の墓の間に三メートルくらいの雑草が生い茂っていた。G中隊は無事に通過したが、L中隊の後尾の小隊が墓地を出はずれようとした時、突然一つの墓が開き、四名の日本兵が射ち出した。その一人はアメリカのブローニング自動小銃を持っていた。

小隊の歩兵銃では対抗出来なかったので、火焰放射班が呼ばれた。その間に多くの墓が開き、機関銃弾が来た。米兵は四、五人ずつに分れて、墓を一つ一つ潰しにかかった。

I中隊のうしろに続いていたK中隊は、一人の日本将校の斬込みを受け、一人が傷ついた。この中隊も四方の墓から機関銃火を浴びたので、墓地の中央道路に出て隊伍を整えた。六つの火焰放射器を持った班が到着した。それを先頭に立て、中隊は一列に散開して進んだ。一九〇〇までに戦闘は終った。連隊はその場で露営したが、夜通し少数の日本兵の斬込みを受けた。西側の山地から射って来る砲弾が、時々陣地内に落ちた。

十月三十日一〇四〇までに、ダガミの町の占領は完了した。第二四軍団直属の偵察機は、町の北を流れるキロット川を越え、レイテ島北部攻略第一〇軍団の二四師団一九連隊の陣地に連絡筒を落した。一個小隊の偵察隊がタナウアン＝ダガミ街道を東進し、ディガホンガンで九六師団の三八二連隊と連絡した。

日本の第十六師団の作戦的抵抗は終った。師団は一、五〇〇以上の兵力を温存して、西方山地に入った。以来次第に集結して来る残兵が多く、その兵力は三、〇〇〇に上ったと米軍は推定している。すでに兵器と戦意を失った負傷兵であるが、ブラウエン西北から、ハロ西南に到る二〇キロの脊梁《せきりよう》山脈の東斜面に散開して、米討伐隊と交戦しつつ減少して行った。十一月三日、米軍の組織的な攻撃を受け、第三十五軍との通信が杜《と》絶《ぜつ》した。

十二月五日、残存兵力を糾合して大本営のブラウエン奪回作戦に参加したのは約五〇〇、実際斬込んだ時は一五〇であった。

十六師団の戦闘振りは、友近軍参謀長はじめ多くの上級兵団の不満を買った。水際陣地よりの早期後退、カトモン山の放棄は、航空作戦実施中の南方総軍をがっかりさせた。三十一日付電報で、ペリリュー島の敢闘を引用しつつ、方面軍の作戦指導を非難しているくらいである。カトモン山は、米軍に迂回された以上、作戦上重要性は皆無だったのだが、宣伝的価値があったのである。

この後、西海岸オルモックに上陸した増援部隊が見た十六師団の兵士は、いずれも脊梁山脈越えに逃げて来た丸腰の敗残兵であったため、弱兵のような先入観が支配的であいない。師団長牧野四郎中将以下高級将校はみな戦死していて、その戦闘状況を伝える者がいない。

しかしこれまでに引用した米軍側記録にある通り、恐らく師団の現有兵力で可能な限りの抵抗を行なったことは認められるであろう。米軍の記録にも多少の誇張はあって、額面通り受け取ることは出来ないにしても、ブリ飛行場、タボンタボン、キリン、ダガミの諸拠点において、打ち破られた軍隊としては、十二分の戦いをしているということが出来よう。

私が煩雑を恐れず米側の記録を忠実に写したのは、幾分でもその名誉を救い、絶望的な戦いを戦いつつ死んだ兵士の霊を慰めるためである。

レイテ島南部攻略の第七師団は戦死、将校三二、兵二九〇、負傷、将校五三、准尉一、兵一、〇〇〇、行方不明、兵二一を数えた。受持ち地区内で戦死した日本兵は四、二一一、俘虜一九であった。

十月二十四日から二十六日まで、十六師団と三十五軍との間の通信は杜絶している。この間に師団司令部はダガミ西方の山地に入ったと見なしてよいであろう。

二十六日、軍情報参謀渡辺利亥少佐がダガミに到着した。参謀は松岡参謀長自ら山脚地帯の第一線に出て指揮しているのを見た。しかし一般に師団長はじめ幕僚が、米上陸軍の兵力、移動状況について、漠然とした情報しかつかんでいないのに、不満であった。しかしこれまでの戦闘経過から見て、十六師団にそれを求めるのは苛酷である。

十月三十一日付師団が軍司令部に宛てた電報、垣《かき》戦電四八号、三十一日一二〇〇発。

「一、軍ノ爾後《じご》ノ攻勢ヲ容易ナラシムル為ニ、兵団ノ現況ニ鑑ミ、主力を以テ『ブラウエン』飛行場西方四キロ附近ヨリ『ダガミ』西北方ノ中部ニ亘ル高地要線ヲ確保シアリ。軍ノ攻勢開始迄極力確保ス。

二、軍（不明）ヲ顧慮シ、『就テハ』（錯信。「一部」か）部隊ヲ以テ『ハロ』附近ヲ確保、ナシ得レバ『ブラウエン』西方隘路《あいろ》『ラグナ』（錯信。ダギタン渓谷内の地名「パグフドラン」か）附近ヲ占領シ、尚一部兵力ノ『ブラウエン』進出ヲ容易ナラシム。

三、『タクロバン』及『パロ』西方高地ノ確保ハ、現況上ヨリ不可能ナリ。増加兵力ノ到着ニ伴イ、逐次捜索拠点ヲ該高地ニ推進ス」

右は三十五軍の照会訓令電（尚参電一〇六号）に対する返事らしいが、いかにも敗軍の苦悩にあふれた文面である。ブラウエン西方へ進出とは、ミンダナオ島カガヤンから抽出の三十師団（豹）四十一聯隊を、アルブエラより山越えで送るという当初の作戦に呼応するためであるが、師団にはそれを実施する戦力はなかったろうと思われる。

ただしこの日の午後、師団は待ちに待った増援軍到着の予定の通知を受ける。垣戦電五二号三十一日二二〇〇発。

「一、（原文欠）

二、兵団ハ主力ヲ以テ『ダガミ』西方高地要線ヲ占領シ、爾後ノ攻撃準備ヲスルト共ニ、隷下兵団ヲ以テ『パロ』西北方要線及『オルモック＝カリガラ』道ヲ確保シ、尚兵団（三十五軍）主力ノ進出ヲ容易ナラシメントス。

三、新田部隊（地区航空部隊）（約四〇〇名）歩兵第二十聯隊主力（約八〇〇名）歩兵第九聯隊主力（二大隊約一、五〇〇名）ヲ以テ、『ブラウエン』北飛行場西方四キロヨリ『ダガミ』西方ヲ経テ、『リサール』（数字不明）西方八キロ）ニ亘ル陣地ヲ占領シ、爾後ノ攻撃ヲ準備ス。

四、増加部隊ヲ指揮下ニ入レ、独歩第百六十九大隊及天兵大隊ハ貴意ニ副イ、『ハロ』東北方六キロ、三叉路橋梁附近ヲ確保セシム。歩兵第四十一聯隊及ビ独立速射砲第二十大隊ハ、『ハロ』ニ向イ前進スル如ク処置ス。但シ増加部隊（二語不明）掌握シアラズ（二語不明）戦闘司令所ハ依然『ヒヤバンガン』（ダガミ西方三キロ）西北方ニアリ」

この電報は当時の十六師団の残存兵力と占拠地域を示している。合計二、七〇〇、ブラウエン西方山地から北へ一〇キロの間の、山脚地帯に展開していたのである。しかし最も北のリサールから四十一聯隊の前進目標たるハロの町まで一二キロあり、この頃すでに米レイテ島北部攻略第一〇軍団の一部が進出していた。

一体この頃軍と十六師団の通信状況は著しく悪かった。この電文「一」が欠けているのは、通信混乱のためだが、この電報がセブに着いたのは四日後の十一月三日である。セブ発の軍の電報のダガミ着にも同じくらいの日数がかかっているから、増援軍の到着の予定を知らせる軍の電報は二十八日頃の発信でなければならない。そして三十一日にはこれらの増援部隊は米軍の先鋒と接触して、すでに崩壊していたのである。

米第一〇軍団の左翼第二四師団（一個連隊欠）は、第三十三聯隊の頑強な抵抗を排除して、二十五日パロ西方二キロの隘路を突破した。

ここから先は、北方三〇キロのカリガラ湾まで一望目を遮るもののない平野で、西方の脊梁山脈から流出する河川によって縦横に貫かれ、水田、沼地、甘蔗畑、ヤシ林が錯綜している。何度も書くように米軍がレイテ島を最初の上陸地点に選んだのは、この平野を制圧して、ルソン島攻略の補給基地とするためである。カリガラ湾への日本の増援軍揚陸《ようりく》を妨げるために、少しでも早くカリガラに達する必要があった。

二号国道がこの平野を貫いているが、当時それは水田より一メートル高い幅員三メートルの一車輛道路で、北方二〇キロのマイニット川を渡ってから左折し、四キロ西進して脊梁山脈の麓に達する。平野の農産物集散地ハロの町があり、十六師団の軍需物資集積場があった。

そこからカリガラ湾までさらに一八キロである。ハロの占拠が二四師団のさしあたっての目標であった。

二十六日一〇〇〇、二四師団の先鋒三四連隊の二個大隊は梯団となって、パロ西方二キロのマリロングを出た。国道上に日本軍はいなかったが、橋梁は必ず破壊されていたので、進撃に手間取り、その日は四キロ先のサンタフェまでしか行けなかった。二十七日には五キロ進んでムドブロンまで、二十八日は三キロ先のアランガランの手前で止った。アランガランはこの辺の行政経済の中心の一つで、三十三聯隊の一部が守っているという情報が入ったからである。そこから三キロ先にマイニット川がある。

この川はすでにレイテ湾でなく、カリガラ湾に注いでいる。脊梁山脈の最高峰の一つアルト山（一、三〇〇メートル）に発し、ハロの南を通り、二号国道と交叉するあたりから流路を北に転じ、サンミゲルを経て、サンタ・クルーズでカリガラ湾に入る。延長三〇キロ、平野北部で最大の河である。

二号国道がそれを渡るあたりで、高さ二〇メートルの浸蝕崖に縁取られた幅員一〇〇メートルの峡谷を作り、レイテ島上にある三つの鉄橋の一つがかかっている。垣戦電五二号のいう「三叉路橋梁」である。対岸の村カビテでハロ＝サンミゲル道とT字形に交わるのでこう呼ばれた。

日本の工兵隊は付近にある三つの橋のうち二つを爆破していたが、この鉄橋を完全に破壊するには爆薬が足りなかったと米公刊戦史はいう。しかし当時三十五軍はやがてこの平野で一大会戦を行い、米軍をレイテ湾に追い落すつもりであった。最後の瞬間まで爆破せず、固守を命じたのではないかと思われる。

二十八日はいつものように、夜明け前に雨が降った。米三四連隊の兵士たちは、その二時間前に朝食をすまし、沼から上る霧の中に行進を開始した。戦車が先に立ち、二〇〇メートル遅れて第一大隊の尖兵が進んだ。次に二個中隊に増強された前衛、そのあとに迫撃砲、機関銃隊より成る攻撃主力が続くのである。両翼を装甲トラックに掩護されつつ、国道の両側のヤシ林の中に散開しつつ進んだ。偵察機二機が前方を飛んだ。

〇九〇〇、戦車隊がアランガランに入った時、町には完全に音がなかった。住民は退避していた。時々横丁から犬が吠えるだけだった。

道路上に点々と日本兵の死体があった。砲撃でやられたらしく、脚や腕のないものばかりだった。米軍がこの町を砲撃したのは前日で、死体はまだ新しかったが、熱帯の日にあぶられて、早くもふくれ始めていた。犬に喰われたらしく、臀部の骨が出ているものがあった。

第一大隊が停止し、軒なみに日本兵を探しているうちに、第二大隊は散開したまま村を通過し、二キロ先のマイニット川を目指した。

日本軍の陣地は対岸にあると信ぜられていたが、白い鉄橋の骨組みと、堤防の線が見えて来た時、不意に弾が来た。攻撃は突然で激しかった。迫撃砲、機関銃、小銃、あらゆる種類の弾が来た。一瞬のうちに先頭の中隊は五人の死傷者を出して後退した。

銃座は堤防の底部にあり、堤防を貫いてところどころ口を開けている坑道が利用されているらしかった。深い草に埋もれていたので、偵察機が見落したのであった。銃座の前方の草が弾丸に貫かれて燃え出したので、やっとその位置がわかった。

米軍は退き、砲兵の掩護射撃を要請した。野砲六三連隊が、川のこちら側を二五〇メートル、向う側を八〇メートルの縦深で二〇分砲撃した。

それから歩兵が前進した。それは自動小銃を腰だめで乱射しながら、一〇〇メートルの開けた野を進むという、現代戦ではとっくに見られなくなった古典的な歩兵の攻撃であった。五台のシャーマン戦車が歩兵のあとから国道上を進み、日本軍の火点を確かめると、七五ミリ砲を打ち込んだ。第一大隊は堤防を越えて、川の水際まで進出した。しかし対岸からの激しい砲火のため、それ以上は進めなかった。

右翼を受け持った第二大隊の二個中隊は、四五〇メートル下流に浅瀬を見付けた。こちら側は一五メートルの切り立った崖、向う岸は叢林になっていた。スコールが来て、その叢林を含めて二〇メートル四方が見えなくなった。米兵は銃を捧げて腰まで浸りながら川を渡り、それから左に転じて日本軍陣地を側面から急襲した。進撃は早かったので、日本軍の迫撃砲弾は米兵の後方で炸裂した。蛸壺を乗り越え、次の目標をどこに選ぶべきか迷っているうちに射たれる兵士がいた。

鉄橋に到着するまでに三つの迫撃砲陣地をつぶし、一つの重機関銃と六〇ミリ迫撃砲を破壊した。先頭のＦ中隊が弾を射ち尽すと、Ｅ中隊が交替した。鉄橋の線を越えて西進し、林の中の一つの重機を沈黙させた。一五〇〇、鉄橋は確保された。

日本軍の工兵隊は橋脚に二〇〇ポンド爆薬を仕掛けてあった。しかし林中の爆破装置についていた三人の工兵が一度に戦死したため、点火出来なかったのであった。

戦死した日本兵の服装は、これまでに見馴れた十六師団の兵士のそれとは違っていた。米軍は新手の日本軍と戦っていることを知った。これは三十一日付垣戦電五二号にある百二師団（抜）の独歩百六十九大隊か天兵大隊（独混五十七旅団）でなければならない。カビテ、サンミゲルの線に進出、マイニット川を確保して、ハロ防衛の三十師団（豹）の四十一聯隊、速射砲第二十大隊と共に、軍の全面的攻撃を準備するはずであった。しかし米軍の意外に早い進撃によって、十分展開をする隙もなく、突破されてしまったのである。

しかし米砲兵がアランガランから鉄橋の西側を砲撃していた時、斬り込んで来た二〇名の日本兵がいた。これは十六師団三十三聯隊の兵士のはずである。

二十八日夜マリロングの師団戦闘司令所に忍び込んで、師団長アーノルド少将に拳銃で射殺された一人の日本兵があった。また同じ頃マリロングを出発しようとしていた砲兵観測班に、絶望的な斬込みを行なった三名の日本兵がいる。これも三十三聯隊の斬込隊でなければならない。

この地区はもともと三十三聯隊第三大隊の警備地区である。情勢悪化に伴い小拠点を撤収、カリガラ、ハロなどの要地に兵力を集中していた。カビテ防衛の主力はやはりこの部隊でなければならない。小部隊が沿道の要地に拠っていたはずである。その動きは記録に残っていないが、敵の意外に早い進撃によって、後方に取り残され、個別的に斬り込んだと見てよいであろう。

この間に米三四連隊の予備第三大隊は、サンタフェから左折し、パロの西南一〇キロのパストラーナで一九連隊と連絡した。

一九連隊は三四連隊の左翼を掩護しつつパロ＝パストラーナ道を進み、山際の村ティンジブに達して、ダガミの第十六師団司令部とハロの連絡を断つのを任務としていた。

先鋒の第三大隊は二十五日パロを発し、水田とヤシ林の間の野道を通って、カスティラ部落まで進出した。住民の言によれば、そこからパストラーナの間には日本兵はいないということであった。連隊長は出発に先立ち、部隊の先鋒にパストラーナの手前で一旦停止し、前方の偵察を命じていた。しかしこの命令はなぜか後で取り消された。結果は破滅的であった。

二十六日一六〇〇、パストラーナに近づいた前衛中隊は、変な恰好をした日本軍陣地から射撃されて後退した。それは一見土民小屋と見える建物だったが、これまでに米兵が見たことがない六角形になっていて、側面に草が生えていた。しかし家の一方の側には丸太で組んだ豚小屋がついているし、女の着物が干し忘れてあり、最近までフィリピン人が住んでいたことを示していた。

米軍は陣容を立て直し、二個中隊が併立して進んだ。反撃は激しく、多くの死傷者が出た。小屋は迫撃砲弾をはね返した。火焔放射班も爆破班も、その六角形の建物のさまざまな方角から来る十字砲火に妨げられて、近寄ることは出来なかった。

小屋が巧妙にカモフラージュされた堡塁であることはもはや明らかだった。連隊砲の射撃が要請された。二〇分の後、建物は煙に包まれ、内部で大きな爆発音がした。砲撃が止むと、完全な静寂があたりを領した。一六三〇、米兵は起き上り、進みはじめた。

しかし堡塁はまだ生きていた。射撃は前より激しく、死傷者の数も大きかった。米兵は堡塁の手前八〇メートルの線まで退き、壕を掘り始めた。

堡塁までの間の原には、米兵の死体が横たわり負傷者が呻いていた。衛生兵と従軍牧師がそのうち二人を壕まで引き摺って来るのに成功したが、その衛生兵と牧師は戦死した。

一七五〇、第一四野砲連隊の一個大隊が砲撃を始めたが、四二発で弾薬が尽きた。砲車の車輪が泥で滑ったから弾着は不正確だった。一八五〇から一九〇五まで別の砲兵大隊が砲撃を加えたが、陣地はまだ死ななかった。夜が更けるまで、日本兵の軍歌が中から聞えていた。

その夜パロとパストラーナ間の砲兵陣地は夜襲を受け、有線通信の電線が切断された。町のどこかに榴弾砲が一つ残っているらしく、夜を通して米軍陣地は砲撃を受けた。

二二〇〇から二四〇〇まで、師団砲兵が、今度はパストラーナの町全体に砲撃を加えた。明るくなりはじめると一九連隊の四二ミリ迫撃砲と八一ミリ迫撃砲が堡塁に集中した。朝の光は完全な廃墟となった堡塁の姿を現わした。

歩兵が進んでみると、堡塁が厚さ六〇センチのコンクリートの壁を持ち、ヤシ材とトタン板で固められていたことがわかった。堡塁の両脇に、やはりヤシで固めた二つの機関銃座があった。ヤシ材とセメントの破片が、ばらばらになった戦死者の死体といっしょくたに積み上げられていた。やがてブルドーザーが来て、すべてを片づけた。

町の西のはずれに、夜の間米軍を悩ませた榴弾砲が破壊されていた。砲手の将校は手榴弾で「切腹」していた。

このよく戦った六角形の堡塁は日本側の記録には現われていない。あるいは牧野中将が十九日に撤退した「サンタフェ南方」の位置ではあるまいか。師団の第一次後退陣地だったので、ベトンで築城されていたのである。そしてこれを防備していたのは、工兵第十六聯隊の一部だった。榴弾砲は恐らく聯隊砲で、牽引車の破損のため、ここに放置されてあったものだろう。

十六師団が防備に就いた十九年四月、セメントはレイテ島では貴重品だった。水際の野砲陣地はみなヤシの丸太と粘土で構築された。この六角の堡塁とダガミ西方山中の司令部陣地がベトン造りになっていただけである。

それにしてもなぜ六角形の堡塁にしたかは永遠の謎であるが、六角形はなんとなくスペインの匂いがする。フィリピン独立軍がアメリカと戦っていた一九〇一年、タクロバンに上陸した米軍を、サンタフェとパストラーナの線で防いだ記録が、フィリピン側にある。あるいはその時の堡塁の廃墟を利用したものだったかも知れない。

なおこの戦闘の状況は米公刊戦史のほか、ジャン・ヴァルティン『昨日の子供達』の記述を参照している。ヴァルティンは既述のように当時二四師団の戦闘詳報作成を担当していた一等兵で、一九四六年レイテ島の戦闘の実情を伝えるためにこの本を書いた。彼はこの章を「パストラーナの死の舞踏」という陰惨な題を付けている。レイテ島東部で米軍の損害の最も大きかった戦闘だった。

パストラーナの西は、六キロ先の脊梁山脈の山際まで、ヤシと闊葉樹の間のゆるやかな上りになる。二十八日、米軍は日本軍の抵抗に会うことなく、目的のティンジブに達し、三十日までに付近一帯の掃討を完了した。三十日、一個中隊が二キロ山中に入ったリサールで約一〇〇名の日本兵の攻撃を受けたほか、戦闘らしい戦闘はなかった。この日本兵はティンジブに進出した連隊砲によって四散させられた。

時々この地区に米兵が浸透しているのを知らず、呑気に馬を曳いて来る日本の輜重《しちょう》兵があった。ダガミ西方山中の十六師団司令部は、指揮下部隊を掌握出来なくなっていたのであった。それともこれはオルモックから脊梁山脈を越えて食糧を運んで来た部隊であったか。

三十日、一個中隊の米哨戒《しょうかい》隊が山際の道を北上し、マカニップに達した。彼等は北方三キロのハロの方角に砲声を聞いた。これはマイニット橋の左岸を二号国道に沿って西進した三四連隊が、町の北部で日本の第三十師団の四十一聯隊と交戦している音だった。

二十九日〇九〇〇マイニット川北岸のカビテ部落を出発した三四連隊の先鋒は、二号国道を西進して一時間の後ハロの手前二キロのカタング部落に着いた。斥候は一人のフィリピン人らしい人影が小屋へ駈け込むのを見て、銃を構え「出て来い」と叫んだ。返事は一発の銃弾で、斥候は額を射抜かれて即死した。斥候分隊の全員が殺到し、その日本兵を殺した。そこへ機銃の一斉射撃が来て、こんどは米兵が死傷した。

日本兵は小屋の下の土と堆肥の中に壕を掘っていた。それを一つずつ片付けて行かねばならないので、進撃の速度はにぶった。砲兵が掩護射撃を加えたが、抵抗は衰える様子がなかった。対戦車砲隊が呼ばれて来た。予備の第三大隊の二個中隊が右翼を迂曲しようとしたが、別の木の繁った高みからの機関銃火によって阻止された。再び砲兵の掩護射撃が要請された。進出した米兵は一五人の日本兵のばらばらになった死体を見た。

日本軍の残兵は右側の小流の川床に下り、四〇〇メートル退いて、防禦陣地を作り、機関銃を射ち続けた。ハロの町の向う側の不明の日本軍砲兵陣地から、砲弾が来だした。その合間を縫って、二〇名の日本兵が逆襲して来た。日本軍の砲弾のあげる煙でその姿は、一〇メートルに迫るまで見えなかった。米兵は自動小銃でこの突撃を押し返した。

やっと対戦車砲が到着した。その徹甲弾が遂に日本軍の陣地を沈黙させた。第三大隊は進撃を開始し、一七〇〇、ハロの町に入った。

ハロの町は人口二三、九一四（当時）。レイテ島で最大の町、付近の農産物の集散地である。二号国道はここでダガミ＝ティンジブ方面から山際を北上して来る道とT字形に交わり、北に転じる。カリガラまで一八キロである。

第十六師団の最後方の軍需品蓄積場で、アメリカ軍は厖大《ぼうだい》な量の米、砂糖、被服を手に入れた。ただ山際にあるはずの弾薬庫は、フィリピン人の伝える情報が混乱していて、見つからなかった。それはその夜のうちに誰とも知れぬ者の手で爆破された。

三十日、ティンジブから北上して来た一九連隊の先鋒が町に入った。米兵は二十六日パロを出て以来、はじめてあたたかい食事にありついた。カリガラに向った三四連隊の先鋒は、町から二キロのところで、砲兵を持つ日本軍とまだ交戦中だったが、住民は山から降りて来た。

日本軍はこの田舎町の経済を麻痺させていた。食糧は一年前から配給制度になっていたのに、日本軍は無価値な軍票で、それを根こそぎ買い上げたからである。直ちに日本軍倉庫が開かれ、米、トウモロコシ、砂糖が無償で住民に配られた。

ハロの西に接する脊梁山脈の中は、レイテ島北部のゲリラ基地の一つだった。彼等も大挙して現われ、連行した日本兵俘虜について報酬を要求した。

米兵は彼等がハロの町民とうまく行っているわけではないのを知って驚いた。ゲリラもまた「レイテ島解放のために」献米を強要する点では、日本軍と似たようなものだった。彼等がその米をタクロバンへ持って行って闇で売っている、とハロの町民はいった。

戦闘において、あれほど頑強だった日本兵が、一度捕虜になってしまうと、比島人と同じ阿諛《あゆ》を示すのも、米兵を驚かせたことの一つだった。彼等は例外なく米兵は親切で紳士的だといい、軍部を憎んでいたといった。ある者は「将校が鉄砲を持って戦えばいいんだ。おれはうしろで号令したい」といった。

マイニット川の一つの橋を一人で警備していた一等兵は、棍棒を一本持っただけの日本兵に襲撃されて驚いた。彼はその日本兵が地上で動かなくなるまでに、一五発小銃弾を射ち込まねばならなかった。

「とても同じ日本兵とは思えない」

という感想に対し、情報部将校が答えた。

「日本軍の訓練は厳しく、階級の差別はひどい。兵隊は奴隷みたいなもんだ。一度義務から解放されると、彼等が極端から極端に移るのは当然なのだ。われわれの軍隊とは違うんだ」

「おれたちの方もあまり違いはないと思うがな」と一等兵は答えた。「きみは大学を出たおかげで将校だが、おれは百姓だからただの一等兵だ。きみたちはみんなスマートで、威張らない。しかしおれたちだって、一度きみたちにも鉄砲を持たせて、日本兵の方へ押し出してやりたくなる」

ハロ＝カリガラ街道で日本軍と交戦中の三四連隊の先鋒は、相手が第十六師団の敗兵ではなく、新手の増援部隊であることを知っていた。偵察機は二十六日以来、日本増援部隊がオルモック渓谷を北上してリモン峠を越え、カリガラ海岸平野に溢出《いっしゅつ》していることを伝えていた。ゲリラの諜報によれば、その数は五、〇〇〇であった。

三十日〇八〇〇、三四連隊の第三大隊の先鋒L中隊は、ハロの町を出はずれるとすぐ日本軍の激しい砲火に会い、多くの死傷者を出して後退した。

道はゆるやかに東に傾いた斜面を横切っていて、左方山側は厚い叢林で縁取られていた。日本軍の迫撃砲は山側の不明の高地から来た。一個小隊がその方面から迂回しようとしたが、登りは意外に嶮しく、機関銃と手榴弾で撃退されてしまった。

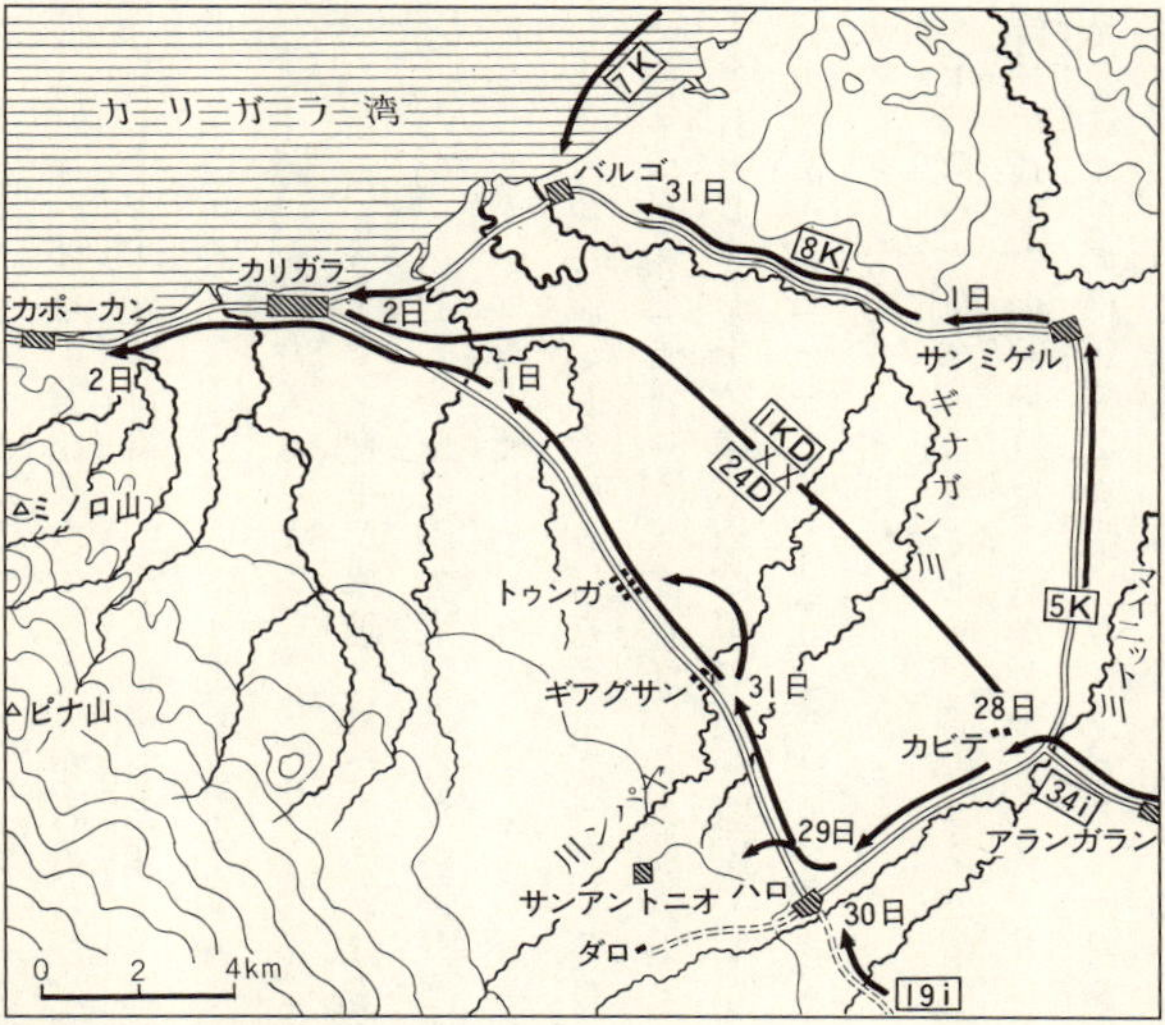

第10図　カリガラ地区の米軍作戦

三台の戦車が前進したが、二〇分山上の日本軍陣地を射撃しただけで引き返して来た。叢林は厚く、一〇メートル先で道が曲っていて、先が見えなかった。そんな林中の道では、シャーマン戦車もすることがなかったのである。

連隊長ニューマン大佐が視察に来た。中隊長は師団砲兵の掩護射撃を要求しようと具申したが、連隊長は許さなかった。

「進むんだ。こんなところは、砲兵に頼んだって頼まなくったって、似たようなもんだ」

彼は先に立って歩き出した。その時、日本軍の榴弾があたりに落ち出した。弾片が赤毛のニューマン大佐のみぞおちに当った。後方へ運ばれる前に、彼は砲兵の弾幕射撃を要求することを許可した。

正午すぎ、砲撃が終ってから戦車を先頭に、二個中隊が道の左右に散開して進んだ。曲り角を越し、二〇〇メートル進むと林が切れた。そこへ左側の高地からの砲火が集中し、中隊は動けなくなった。

二台のシャーマン戦車が撃破された。一台はその七五ミリ砲を装塡しようとしているところを、三七ミリ速射砲で直撃された。弾丸は砲身を通り抜けて、戦車の内部で爆発した。三人の兵が即死した。

米軍は再び後退しなければならなかった。再び砲兵の掩護射撃が要請され、前方の野に徹甲弾と榴弾を注いだ。この頃ハロに到達した一五五ミリ砲が砲撃に参加した。

これはレイテ上陸第六軍直属の長距離砲で、以後二日間はカリガラを、十一月四日以後は標高一、三〇〇メートルの脊梁山脈を越えて、オルモック＝リモン街道を定時砲撃することになる。

L中隊は左側の斜面を攀《よ》じて、道路から四〇〇メートル西の高地にある日本軍の砲兵陣地の攻撃を命ぜられた。しかし一〇〇メートル進むと斜面の中腹に掘られた日本軍の掩蔽壕《えんぺいごう》からの機銃掃射を受けた。あたりには身を隠す溝も穴もなかった。進むのも死、じっとしていても覘《ねら》い射ちされて全滅するほかはない。中隊長は携行無線係の兵士を呼んで、砲兵の射撃を要求しようとしたが、その兵士もたちまち戦死してしまった。重機一個分隊が前進して、退却を掩護することになった。四人の分隊員のうち三人が死傷したが、残った一人が三分間に三〇〇発射ち続けるうちに、中隊はやっと離脱することが出来た。

道路の下の水田に散開していた一人の二等兵がライフルを射ち込んだ土民小屋は、偶然、日本軍の弾薬庫だった。爆発が起ると、付近の壕から四、五人の日本兵が飛び出して逃げていった。この方面の日本兵はあまり強くなかったので、その二等兵は無事後退することが出来た。この日中隊は一〇〇メートルしか前進出来なかった。

これらの砲兵を伴う強力な抵抗は、カガヤンから転進した四十一聯隊のそれであった。四十一聯隊は軽巡洋艦「鬼怒《きぬ》」、駆逐艦「浦波《うらなみ》」で運ばれた現役部隊で、二十六日オルモックに上陸、早くからこの線に到着して配置についていたらしい。その速射砲の行なった戦車攻撃は、レイテ島東部で行われた最も有効な射撃であったということが出来る。

三十日から三十一日にかけての夜、師団重砲は四八六発の高性能砲弾を日本軍陣地に注いだ。翌朝ニューマン連隊長に交替したダーレン大佐は、連隊の全兵力を前線に投入することに決めた。前日損害を受けた第三大隊は国道の進撃を他の二個大隊に譲り、ハロの町はずれからすぐ左手の山に登って、日本軍陣地を山側から攻撃することになった。熱帯の陽の下で尾根から尾根を横切り、日本軍陣地を一つ一つ潰しながら進む苦しい進撃だったが、前日のような激しい抵抗はなかった。

砲兵を先頭に国道を進んだ米第二大隊は、一一三〇ギナガン川（Ginagan：Giはスペイン読みでは「ヒ」だが、日本軍の呼称に従う）を徒渉したところで集中砲火によって阻止された。先頭の戦車が三発の直撃弾を受けて停止すると、後続の戦車は前進出来なくなった。E中隊も後退を命ぜられたが、日本軍の砲火は激しく、川を渡って対岸の土手に伏せていた兵士は動けなかった。

一人の兵士がジープに重機を積んでこわされた橋の袂まで前進し、日本軍の集中砲火を浴びて戦死した。中隊はその間に川を渡って退いた。

師団砲兵の掩護が要求された。一時間にわたって対岸を砲撃した後、第二大隊は前進した。一四三〇、一キロ進んでヤパン川の線に達すると、また集中砲火が来た。右翼のG中隊の一人の小隊長が頭を射抜かれて戦死した。国道を進んでいた一台の一〇五ミリ自走砲が直撃弾を受けて動かなくなった。戦いはすでに三時間続いていた。まずG中隊が退いて、破壊された自走砲を守るように命ぜられた。続いてほかの中隊も、一〇〇メートルさがって壕を掘りはじめた。

その夜は夜通し雨が降り、壕は水溜りと化した。真夜中頃兵士はみな壕を出た。工兵隊が国道を横断していくつもの溝を掘った。溝の底は山から落ちて来る水で洗われていたが、水溜りの壕に首まで漬っているよりましだった。

これは雨季の前触れである夜の集中豪雨だった。ニミッツもマッカーサーも、レイテ上陸作戦を決定するに当って、雨のことは勘定に入れていなかった。聯合艦隊は出て来ないだろうし、日本陸軍はレイテ島に大規模な増援作戦を行わないだろう。十一月二十日までにレイテ島を片付け、十二月五日にはミンドロ島に上陸するつもりだった。作戦はいまのところ予定通り進んでいた。カリガラに集結している増援部隊を粉砕すれば、レイテ戦は終了すると多寡をくっていた。その西方一〇キロのリモン峠に強力な日本の増援部隊第一師団が出現し、戦いが永びいて、雨がレイテ上陸軍にとって悩みの種になろう、などとは思いもかけなかった。

「こんな戦闘をするのは、多分これが最後だろう」と、この夜ハロ＝カリガラ街道の雨の中に夜営した米兵たちは思ったが、予想ははずれた。

十一月一日、〇八〇〇、漸く小降りになった雨の中を部隊は出発した。慎重に警戒しながら進んだが、前日激戦があった地点を通過しても、どこからも弾が来ないのに狐につままれたような気がした。

道傍に日本兵の死体が増え出した。二門の破壊された山砲があった。機関銃と小銃は分解してすててあった。被甲、米、酒、写真、手紙などが、雨と血に汚れて散らばっていた。

二キロ先のトゥンガの町を側面から攻撃するために二個中隊が右を迂回したが、これは余計な手間だった。抵抗は二度あっただけだった。トゥンガの町へ入ろうとした時、山側の三つの銃座から射って来たので、一台の戦車が先頭に立った。戦車長は戦死したが、歩兵が進出して、手榴弾で爆砕した。町の中央の道路上に一つの軽機が頑張っていた。二人が戦死し、一人が俘虜になった。

日本軍は夜のうちに撤収していたのだった。四十一聯隊（炭谷鷹義《すみたにたかよし》大佐）の主力はサンアントニオ（ハロ西方三キロ）に、独歩百六十九大隊（西村茂中佐）は一八九高地（トゥンガ西方六キロ）に、退いていた。友軍と糧秣《りょうまつ》のあるカリガラへ退きそうなものだが、彼等にはそうする理由があった。

二十八日、独混五十七旅団の一個大隊（通称天兵大隊）が、カリガラに達し、サンミゲルに進出を準備していた時、突然東方から戦車を持つ米軍の攻撃を受けた。米軍は町の中央まで浸透したが、機関銃で応戦するとすぐ退いて行った。追随した斥候の報告によれば、米軍はカリガラ東方五キロの海岸の町バルゴにあり、勢力を増しつつあるという。

これはサンファニコ水道を確保していた米第一騎兵師団の一部が、二四師団の右翼を擁護するために進出したものであった。

一方同じ師団の第八連隊の第二大隊は、二四師団の後から二号国道を進んでいた。マイニット川を渡ってから右に切れ、二十八日北東四キロのサンミゲルに進出、三十一日にはバルゴに達した。ババトゥンゴンにあった第七連隊の第一大隊の一個中隊も、二十八日から二十九日にかけての夜、舟航によってバルゴに移動していた。

二十八日カリガラを攻撃したのはこの中隊で、一部は舟航、一部は車輌輸送により威力偵察を試みたものであった。米軍はカリガラの町の中心部で天兵大隊と交戦し、日本軍が死傷者をトラックで収容するのを見て、装備補給の完備した増援部隊と判断して退いた。米軍の損害は戦死三、負傷九、行方不明一であった。

カリガラの銃声は、トゥンガで苦戦中の四十一聯隊、第百六十九大隊に届いていた。彼等にとってカリガラはもはや安全な退路とはいえなかった。この頃の日本兵は状況不明なる時は山に入る習性を持っていたので、退路として西側の山地を選んだのである。

これはカリガラ防衛の見地からは適当の措置とはいえなかったが、この行動は全然無意味ではなかった。ハロ＝カリガラ街道上の頑強な抵抗と意外な退路は米司令官を誤らせ、空虚に近いカリガラ攻撃を一日おくらせることになったからである。これはこの日やっとオルモックに到着した日本の決戦師団第一師団にとって、実に貴重な一日であった。

タクロバンの米情報部がゲリラから得た情報によれば、カリガラに集結した日本兵は五、〇〇〇であった。第一〇軍団（第一騎兵師団、第二四師団）司令官サイバート中将は、この情報に基き、カリガラ攻撃は二個師団をもって行うことに決めた。すでに二十九日第一騎兵師団第七連隊の第一大隊の全部が舟航によりバルゴに転進を了していた。サンミゲル街道を進んだ第八連隊の第二大隊は三十一日、同じく第五連隊の第二大隊は十一月一日、それぞれバルゴに到着した。十一月一日、この方面の米軍兵力は五個大隊、五、〇〇〇人を越えていた。

一方カリガラに到着した天兵大隊は、もともとメナド警備に送られるはずだったが、たまたまセブに立寄ったところを、軍の独断で百六十九大隊と共にレイテに派遣されたものであった。補充兵ばかりのにわかづくりの独立歩兵大隊で、実数約五〇〇名であった。一個大隊に戦車二輛つけて攻撃させれば、ひとたまりもなかったはずである（トラックで負傷者を収容したという米軍の報告は極めて疑わしい）。

一方ハロから北上した米第二四師団の三四連隊も、偵察とゲリラ諜報により、カリガラにいる日本兵を二、〇〇〇から三、〇〇〇と踏んでいた。ハロの北方で強力な抵抗をした四十一聯隊、独立歩兵百六十九大隊の残兵は、カリガラに退却したと判断したからである。

翌十一月二日〇七四五から〇九〇〇まで、軍重砲、師団重砲がカリガラの町を砲撃した。第一騎兵師団と第二四師団の攻撃正面の分担区域をきめてから砲撃したのである。それから二つの師団は二方面から同時に進撃を開始した。日本軍の抵抗は皆無であった。

天兵大隊は三十一日中に撤退し、カリガラは空だったから。

アメリカの公刊戦史は「兵力と企図に関する巧妙なる策略によって、アメリカ軍を欺いた」と鈴木第三十五軍司令官を賞讃しているが、これはアメリカ軍自身の失敗をかくすための自己欺瞞である。

なぜなら第三十五軍とこれら部隊との連絡は三十日以来切れていて、鈴木中将はカリガラ方面の戦況を全然知らなかったからである。軍参謀長友近美晴少将の回想録『軍参謀長の手記』はいう。

「しかるに四十一聯隊はハロ附近に於て三十日米軍と遭遇戦を演じ、その砲撃及び戦車のため圧倒せられて、一たまりもなく潰走、カリガラ附近にも拠る事を得ず、十一月一日頃カリガラ西南方山地に退却、聯隊本部は一個大隊を掌握せるのみにて、他の大隊は一時掌握し得ざる状態、西村大隊また二十八日カリガラ、トンガ間に於て米軍と遭遇(四十一聯隊と殆んど同時期)これまた潰走し、カリガラ方面に来る事なく行方不明となる。天兵大隊はカリガラより海岸沿いに東北進したる事は判明せるも爾後の消息不明、金子参謀(少佐、第百二師団)が諸隊をカリガラ町附近に集結して、軍主力の集中掩護態勢を整えんとせしも敗走し来るばらばらの兵の外、掌握出来ず、田辺大隊(第百七十一大隊)は未だカリガラに進出もせずやむなくカリガラ西南方山中に米軍を避け、十一月一《(マヽ)》日には早くも米軍の有力なる部隊はカリガラに進入した。(この情報も軍司令官は三日頃漸く、金子参謀が派遣せる伝令に依り承知せるのみ）」

友近少将は三十日漸くセブからオルモックに渡ったような呑気さで、折柄オルモックに上陸した第一師団に、カリガラ平原会戦を指示したくらい実情にうとかった。諸部隊が行方不明ならば、情況悪化を想像してもよいはずなのに、タクロバン入城の夢に取りつかれていて、都合の悪いことは考えたくなかったのである。そして失われた夢の怨みを、現地部隊に向けることになる。増援部隊のうち現役は四十一聯隊だけで、あとは装備訓練とも、米軍の攻撃部隊に立ち向える兵隊ではなかったのは事実である。しかしそれが友近少将のいうようなだらしのない戦闘をしたわけではなかったのは、すでに見た通りである。

これらの部隊からも将校の帰還者がなく、戦闘の細目は知られていない。従って第十六師団の戦闘と同じく、米側の公刊戦史に拠るほかはないのだが、しかし米軍の戦史も公刊のものである限り、粉飾は免れない。

陸軍省の発行ではあるが、戦闘報告そのものではなく、戦史書きの専門家に依嘱して、在郷軍人や遺族に理解し易いように、物語風に書き下したものである。従って日本軍の善戦を称えればそれだけ、それを圧倒した米兵の値打ちも上るというからくりがあって、警戒を要するのだが、鈴木中将の巧妙なるカリガラ撤退作戦は、あまりにも作りすぎている。

米軍は戦後直ちに多くの日本の将官を訊問し、文書を押収して、本国へ持ち帰った。それらは現在防衛庁に返却されているが、その中には無論友近少将の訊問録がある。彼がダバオ俘虜収容所で書いた『軍参謀長の手記』をアメリカ公刊戦史は始終引用している。それにも拘らず、十一月三日までカリガラ陥落を知らなかった、という明白な証言を無視して、鈴木撤退作戦説を採用しているのは、もぬけのからのカリガラを前に一日足踏みし、二個師団で攻撃した不手際を取り繕うためである。

天兵大隊をカリガラから撤退させたのは、鈴木司令官ではなく、百二師団の参謀金子中二少佐であった。少佐は当時三〇歳、戦況急迫と共に、陸大卒業が繰り上り、百二師団に配属された。もともと情報参謀だったが、レイテ出動増援部隊の作戦参謀として司令部に先行した。独歩百七十一大隊（田辺《たなべ》侃《かん》二《じ》中佐）といっしょに、十月三十日オルモックに上陸、十一月一日カリガラに達したのであった。

砲声はトゥンガに迫っており、町は砲撃されている。戦況を総合して、カリガラが少数の部隊では防備出来ないと判断した。天兵大隊を西方クラシアン方面に下げ、続いて到着した百七十一大隊と共に、西南方高地に拠ったのであった。

この現地の状況に従った応急措置が、米軍が鈴木司令官の「巧妙なる策略」と称するものの実態である。

米軍の補給線は延び切っていたから、この辺で諸隊を停止させ、調整する必要があったかも知れない。しかしとにかく十一月一日にカリガラが突破されていれば、そこからカリガラ湾に沿って西方一〇キロ、リモン峠の北の登り口ピナモポアンまで、米軍の進撃を妨げるものは殆んどなかった。後に「首折り稜線」(Break neck Ridge)と呼ばれて、上陸以来はじめての米軍の苦戦場となったリモン峠の頂上に取りつくのは、米軍の方が早かったであろう。この方面で行われた戦闘の様相はまったく別のものとなり、米軍の損害ははるかに軽くて済んだであろう。これらはみな結果から見ての議論であるが、公刊戦史というものが、勝利者の側のものでも、信用出来ない例の一つである。

上陸以来三十一日までにレイテ進攻第六軍の損害及びその確認した日本軍の戦死は第3表の通りである。

十一月二日朝、第一騎兵師団諸隊のバルゴ出発は一時間四五分遅れて、〇九四五になった。ハロの軍団砲兵の準備射撃の砲弾が、先頭の第七連隊の上に落ち、多くの死傷者が出たためである。一一〇〇、彼等は空虚なカリガラの町に入った。

ハロ=カリガラ道を進んだ二四師団三四連隊の先鋒第一大隊は、〇九〇〇にはカリガラ周辺に達した。第一騎兵師団といっしょに突入する予定で合図を待ったが、一時間半待ってもそれがないので、町の西南を通る国道を進んでカポーカンに向った。カリガラ川の橋はこわされていた。その修理に手間取り、カポーカンの手前一キロのバルド部落

			米軍 戦死	米軍 負傷	米軍 行方不明	米軍 小計	日本軍 戦死	日本軍 俘虜	
第6軍（上陸日）			49	192	6	247	?	0	
第10軍団	第1騎兵師団		40	229	8	277	739	9	十六師団 三十師団 百二師団 海軍地上部隊
	第24師団	21～25日	(638)			638	1,928	?	
		26～31日	210	859	6	1,075	2,970	13	
第24軍団	第96師団		239	996	103	1,338	3,300	7	
	第7師団		322	1,064	21	1,407	4,211	19	
			860	3,340	144	4,982	13,148	48	

注　米軍公刊戦史には第24師団の21日から25日までの数字が落ちているので，『昨日の子供達』によって補った。戦死，負傷，行方不明を合せた数字 638だけ小計の項目に加えた。

第3表　レイテ島緒戦日米両軍損害対照表（10月20日～31日）

に達したのは日暮れに近く、左側の山地から散発的な射撃を受けて停止した。

これは金子参謀の指導する百七十一大隊の行なった牽制射撃であった。部隊は軽機しか持っていなかったので、仰角を四五度に上げ、海岸道路に届くように指導した、と少佐はいっている。

第二、第三大隊もやがて第一大隊の後尾に達して夜営した。連隊本部だけカリガラの町に入り、第一騎兵師団と連絡した。

翌三日〇八三〇、第一大隊はカポーカンの町を過ぎ、八〇〇メートル進んで道を横切る一つの小流に達した。約一〇〇名の日本兵の強力な抵抗に会った。これはちょうどこの頃ここまで進出した日本の決戦師団第一師団の捜索聯隊（今田義男少佐）の一部と考えられている。

この日も朝から雨だった。以来五〇日、ここから西方五キロ、ピナモポアンへかけてのカリガラ湾の砂浜、道まで迫った山と叢林、マナガスナス部落から左折し、三キロ上った標高二〇〇メートルのリモン峠の頂上をめぐって、日米両軍の泥と血にまみれた戦いが始まる。

（二巻へ続く）

講演『レイテ戦記』の意図

大岡昇平

私はこの前の戦争の時にフィリピンに参りまして、その経験を『俘虜記《ふりょき》』という作品に書いたことからいわゆる小説家になった者です。しかしあれからもう二十五年になろうとしております。今のお若い方は戦争というと縁の遠いこととなってしまっている。殊に今の日本には憲法第九条というものがありまして、戦争放棄ということになっております。この八月十五日の終戦記念日に当って新聞や週刊誌のアンケートなどをとったところが、若い人から「戦争なんか知っちゃあいないんだ」などという回答があって、問題になったことがあります。しかしそれはまあ少数であって、大部分はまだあの戦争とそれに伴う社会的動揺を忘れていないでしょう。おとうさんや息子さん、あるいは兄弟の方を亡くされた方が多数おいでになる。殊にこの甲府は四十九聯隊がレイテへ参りまして、非常に激戦地のリモン峠を守って大変健闘したわけでございます。聯隊にもいろいろ運、不運がございまして、四九というのはその後セブという隣りの島へ転進してからも、また丁度アメリカさんが攻めて来るようなところに位置しているというようなことで、聯隊長は戦死されました。当地には、そういう思い出をお持ちの方がいらっしゃるだろうと思います。「戦争なんかは知っちゃあいないんだ」という若い方の考え方、これも私の考えではそれほどほんとうに戦争なんかもうないんだ、われわれと関係ない、というのではなく、あまり大人の人が「戦争、戦争」といつまでも言う。戦争に行って来た人は寄り合うとすぐ戦争の話をしたがる。しかし若い方には既にもうわれわれの生活とは何の関係もないじゃないかという認識があり、反感があってそういわせるのではないかと思います。しかし少し見方を変えて、日本の国内だけではなく、この一寸お隣りを見てもですね、朝鮮では朝鮮戦争がありました。これは三十八度線で停戦しているだけで、いつ火を吹くかわからない緊張が断続して続いています。ベトナムでは大戦のおわりから、ずうっと長い戦争が行われているということがあるのでして、アメリカの細菌戦争、焼き払い戦争のやり方の残虐性がいつも問題になっています。決して、全然その関心がないわけではないだろうと思うんです。一方にそういう関心が心情的にあり、片方ではその自分の考えている、感じている実際と、昔の思い出を語っている大人の言うこととの間に、あまり食違いが大きいので、反撥を感じて「関係ない」という言葉になるのだろうと考えています。

私は『レイテ戦記』というものを、ここ二年半ばかり『中央公論』に連載しました。二千枚はございますけれど、長いばかりが能ではないので、大作といってもただくどくどと書いているだけでは仕様がないわけでございます。どういうつもりであああいうものを書いたのか、しゃべれというお話でございますのでいまここで申し上げているわけですけれど、この私自身の戦争体験というものは、昭和十九年の戦争末期に補充兵として、ほんの素人の兵隊として、鉄砲のかつぎ方を教わっただけで出かけて行ったものですから、非常に弱い兵隊でございました。また当時は日本はだんだん負け戦になってしまして、太平洋のどこもかしこもうまく行かなかったんです。私は結局捕虜となってしまう弱い兵隊だったわけでございますけれど、私は主にその体験を語ること、戦争の悲惨な有様の中で、人間はどういうふうに生きていくことができるか、一人の兵隊がどういうふうに生きたか、それを自分の経験に基いて考えるということを、私の戦争文学の主題としていたわけです。しかし戦争というのは非常に大きな動きです。国と国とが戦うんですから一個人の利害を越えたところで戦争というものは行われているわけです。私はミンドロ島というレイテ島のちょっと北の島へ送られたんですけれど、そこにどういうふうに兵隊を配置するかということ、どれだけの量の弾を送るか、敵が上って来たら、どういうふうに反撃するかとか、それぞれ計画があるわけです。こういうことはマニラにいる参謀が決めている。もっと大きく太平洋全域のことになると、大本営で決めているということがあるわけです。そういうものの結果として私の経験が生れていたのです。

私が『俘虜記』で横光賞をもらった時に、選考委員の井伏鱒二さんが——これは甲州にしょっちゅうおいでになり、山梨県の縁の深い作家、非常に山梨がお好きな方ですけれど、その方が選者の一人で、私も若い頃から親しくして頂いていたんですけれど、井伏さんが私に会って言うことには、「とにかくお前はあそこであいう目にあって、それを書いて良い作品ということになるのは当り前なんだ。兵隊一人には国は大変な金をかけているんだから」ということでした。

私が山の中のジャングルでマラリヤで動けなくなっておりますと、そこへアメリカの兵隊がむこうから来た。その時、私はそのちょっと前動けなくなって倒れた時から、もう戦争はやめてしまおう、敵を殺すのはよそうと考えていたのです。どうしてあの時そういう考えをしてしまったかということが、そのあと自分でも非常に疑問だったので、そのことを書いたのがあの作品です。この一人のアメリカ兵と私がフィリピンのジャングルに向い合う場面、これには大変なお金がかかっている、と井伏さんはおっしゃる。私のような弱い兵隊に軍服を着せ、銃を持たせて、はるばる送るのは大変金がかかっている。アメリカさんの方はもっとかかってるでしょう。その二人の兵隊が向い合うということは大変なことだ。だからいい作品が生れるのは当り前なんだ。こう井伏さんは言うんです。これは私の表現の苦心というものを無視した、まあ冗談ですけれど、とにかくそういうふうに戦争というものは大変なことなんです。

無論私は戦場に来た以上戦うつもりでおりました。勝てるとは思っておりませんでしたけれど、戦うつもりでいたわけです。敵の兵隊と向い合えば、むこうはこっちを殺す道具を持っているわけですから、こっちの命はむこうの手に握られているんだから、私はその相手を殺してもかまわないと思っていた。人を殺すということは普通の社会では絶対に禁じられていることです。日本は割合に刑が軽くて、殺しても、あらかじめそれを準備していたのでなければ、なかなか死刑にならないのですけれど、人間は人間を絶対に殺してはいけない。これは自分の心に聞いてみればわかることでして、誰でもいつまでも生きのびたいので、その望みを暴力によって断ち切るのはいけません。絶対にそういうことをしてはならないのですけれど、戦争へ行くとかえって敵を殺さなければいけないというふうに変ってしまうわけです。

これは軍隊の上から命令されているだけでなく、実際にその場に行けばむこうに殺されるよりは、こっちが殺そうじゃないかという気持になってしまうのは当り前です。

私はそれほど上官のいう通りになるつもりではなかった兵隊です。当時の軍隊のやり方は非常に無理がありました。今はもう徴兵ということでむりやりに戦争に連れて行かれることはありません。今の若い方、殊に女の方にはピンとこないことなんですけども、昔は国民を誰でも徴募して、戦場に送ることが法律上できていたのです。それがいまはない。自衛隊は志願ですから、なおさら戦争ということは今のお若い方にはピンとこないかも知れないんですけれど、そういうふうに取られるということについて、まずそのこと自身徴兵制度自身について、いろいろ考え方があるわけです。

この徴兵ということもそんなに昔からあったわけではないんでして、日本では明治になってからですね。それまでは戦争というものは戦争の専門家、つまり侍武士というものがやったんです。百姓や商人は戦う必要がなかったし、できもしなかった。領主というものが武士を使ってお互いに攻め滅ぼしたり、国をとったりとられたり、そういうことを繰返していたのが、中世から戦国時代へかけてです。ただそういう中にもだんだん国という範囲が拡がって来ました。その頃の国というのは日本全体が一つの国なのではなく山梨県とか長野県のことです。戦争の技術が又変って来ます。山梨県は武田信玄の領地でございますけれど、これが最後に長篠で愛知県の織田信長に負けてしまったのは、信長の方に鉄砲があったからだということは山梨県のみなさんはもう御承知と思います。鉄砲ということになると、剣術とか槍術とかそういう武器の特別な使い方、力も必要ないわけです。ただ火縄に火をつけて、だいたい敵の方を向けて引き金を引けばいいだけで誰にでもできるわけですね。足軽という身分の低い者とか、一般に農民の中からも選ぶようになります。そういう戦争の技術の変化からわれわれ一般の人間と戦争というものの関係が出来て来たわけです。

武田信玄公の遺訓に「人は楯人は城云々」という、これもみなさん御承知の言葉があってわれわれも子供の時から聞いて非常に感銘が深いのですけれど、いわゆるそういう戦争、槍、刀、馬というような当時の戦術的な基礎をなすものを用いて戦うのではなく、その国の全体のことですね。鉄砲のことだけは、信長の方が上方に近く、堺の商人、近江の鉄砲鍛冶なんかを抑えていましたから強かったわけですけれど、信玄公もそういうふうに、例えばこの甲府盆地に信玄堤を築いて国を治めるのが強くなる一番いい方法という認識があったわけです。川中島で謙信と戦った時も、敵方の輜重兵《しちょうへい》、つまり食料を運ぶ部隊ですね、この部隊を襲った。それが最後に上杉謙信が決定的に退却していった原因になったわけです。あの戦いは勝敗なしといっております。実際相引きの形ですけれども謙信の方が先に退いたので、やっぱり信玄の方が勝ったとみなさなければならないと思いますけれど、そういうふうに甲斐の国には城を築かないで、この国全体の農民がほんとうに喜んで仕事に精を出す必要がある。軍隊に必要な糧食を出す、あるいは土木の工事などを協力する、とこれはほんとは誰も喜んでやりはしなかったのですが、なるべくうまく行くように考えたのが信玄公でした。そういうところから戦争は技術的にもだんだん変化して来ていたわけです。

無論徴兵というのはこれは西洋から始まったことでして、十八世紀の終り、今から二百年くらい前にフランス革命が起ったわけです。大革命といって、当時の貴族社会をひっくり返したわけです。当時は貴族がみんな土地を占有していろいろ勝手なことをしていた。自分たちの利益のためには商人や農民の利益を全然顧みないで、絢爛な王朝文化をつくってたわけですけれど、そういうものをひっくり返す運動がフランスで起ったわけです。その時まわりのドイツやイギリスの王様や領主たちが「ああいう運動がこっちへも拡がって来るとまずいから、ぶっつぶしてしまおう」ということで攻め寄せて来る。フランスがそれに対して戦う時には、貴族はもうつぶしてしまったのですから、それの下についていた武士というものはいないわけです。一般の農民や、町人階級が武器を持って立上る。あらゆる、十八歳以上だったと思いますけれど、青年男子はいつでも政府の命令がある時には軍隊に入って戦わなければならない。これが徴集のはじまりでした。この時は、自分たちでもっといい世の中にしようとして革命を成就したんですから、みんな喜んで国のために兵隊に行って戦うわけです。徴集されていやだなんていう者も無論中にはいたに違いありませんけれど、一般にそういうことではなかった。国民全体が兵隊になったんです。ドイツの領主に使われてる兵隊に前線で向い合うと「お前達はそんなふうにわれわれと戦争するけれど、結局自分の首を締めているようなもんだぞ」というようなことを呼びかけたり、あるいは宣伝の文章をむこうの陣地へ投げ込んだりしながら戦った。そして結局フランスの国へはドイツ、イギリス、イタリアの連合軍は入れなかったわけです。こういう戦意に燃えた徴募兵が非常に有力な戦力になって、それをナポレオンという軍事的な天才ですね、今年は生誕二百年ですけれど、これがうまく使ってヨーロッパ全体を征服するというようなことになって来ます。徴兵を始めたのはナポレオンだと言いますけれど、ほんとは大革命の時、祖国戦争といいまして四方から攻めこまれた時に始まってたわけです。鉄砲、大砲なども性能が上って、特に長い期間をかけて教育しない兵隊でも使えるということがわかって来た。一定の年齢の国民は全部徴兵に応ずる義務があるという制度を、各国でとりはじめたわけです。

無論軍隊の組織がそうなっただけでは戦争に勝てないので、弾を沢山つくる。戦車のようなもの、飛行機が使われるというふうに技術的なことが進歩して来なければだめなんですが、とにかく徴兵というものを基にして近代の軍隊が作られて来たことは事実なんです。

ところが、日本は今徴兵がありません。アメリカでも、この前の世界大戦の末期で参戦するまで、一九一七年だったと思いますが、それから始めたのでいくらもたっていないわけです。日本より三十年くらいおそく徴兵制度をアメリカは布《し》いているのですけれど、それがこの間の反戦デーにベトナムで戦争をするのはいやだ、徴兵反対というようなことを若い人が言いはじめました。特に学生を目標にして兵隊へ引っぱったといわれた徴兵長官を大統領が罷免しなければならないというようなことが起っている。徴兵制度自身に、今非常に疑問が持たれているんです。これは二つ原因があるんです。一つは徴兵は、大革命時代のフランスのように国全体が国を守って防衛的に戦う場合には有利なんですけれど、こっちが攻めこんで行く場合には、そううまく行かないんです。いまでも昔の侍にあたる職業軍人ていうものがいます。今の自衛隊は志願になっておりますから、元の日本の軍隊のように、士官学校へ入ると共に自分の生命も、一生を国の為に捧げてしまうというような制度はありません。しかし仮にここで海外へ日本が派兵するというようなことになると、今の自衛隊の兵力がごっそり持って行ってしまわれると、日本国がお留守になってしまうわけですね。だから海外派兵ということがあればすぐ徴兵っていうことが出て来るに決っているんです。徴募兵というのは内地を守るためならいいけれど、情勢次第でそれもまた外国へ派遣しなければならなくなるかも知れない。この前の戦争ではそういう徴募兵が、中国、フィリピン、ビルマ、インドネシアへ行き、大きく手を拡げて冒険をやったわけですけども、そういうふうに攻勢的に使われる場合では、祖国を守るための時のように、戦意に燃えて一体になって働くことができないのです。

私の行ったフィリピンを例にとりますと、フィリピンの主要な街に幾百人かがいるだけであって、十キロ田舎に入って行くと、もうそこには日本に反対の考えを持っているフィリピン人がいて、鉄砲の弾が飛んで来るというような始末でした。そこの土地の人民の協力を得ていなければ、非常に戦争はしにくいということになっていました。甲府の四十九聯隊もレイテ島というフィリピンの島へ行ったので非常に難しい戦いをしてました。ちょっと団結をゆるめると、あるいは一人で歩いていたりするとすぐフィリピン人にさらわれてしまうというような状況だったわけです。負け戦になったらいわゆるゲリラ戦をやればいいといわれたんですけれど、土地の人民の協力がなければ実際に戦えなかったのです。日本もアメリカもフィリピン人にとっては他人ですが、アメリカ人の方が態度が良かった。フィリピン人はアメリカ人の方が勝つと思ってむこうの味方をしたので、結局日本はあくまでも抵抗をしても、最後に逃げ出さなければならなかったのです。ところがその同じアメリカでも、ベトナムではその土地の人民の支持がないので、結局勝つことはできない。徴募兵はなんのために戦争をしているのかわからない。戦争はいやだ、兵隊に取られるのはいやだと言い出す事態が起って来るんです。つまり徴兵というのは、その国で戦うのにはいいけれど、外国へ行って戦うとなると、それほど有効でない。まずなぜそんな遠くへやられるか、国民が納得できないといけないということになる。アメリカでは徴兵通知を破ってしまうなんて、徴兵制度そのものを否定する動きが出ています。

しかし今日のいわゆる戦争文学というのはこの徴兵制度が出来てからといえるんです。戦争の話は元は軍人の書いたものだけで、どこでどういうふうに戦ったかということだけです。日本の一番古い文献は『古事記』からですね。神武天皇の東征の記事から始まっているんで、半分は神話ですから、動物が戦勝を助けた、吉兆をあらわしたなど、支配者が残した記録はみんなそんなふうなものですが、歴史時代になっても、どういう計略を用いたとか、何人と何人の兵隊がどこでどう戦ってどういう結果になったというように、戦争をただ作戦の経過を軍事技術的に見ている。そういうものの記録が戦記だったわけです。そこに人間が出て来る。人間の問題が出て来るのは、徴兵ということが始まって、普段はわれわれと同じような生活をしてて、つまり人を殺してはいけないという法律の中で暮している者が戦場に引っぱり出されて人を殺さなければならないというところに立たされる。また、ふだんとは違った多くの悲惨な異常なことが起って来る。それを前にした人間の告白になって来ます。

国民はみんな寄って国を作っている以上国からこうしろと求められたら、一応それに従う必要がある。これも一つの倫理ですけども、人間はそれぞれ自分の良心に照らして、こういうことをしてはいけない、こうしなければならないという道徳律を持っているわけです。国家の倫理と個人の倫理が争う場面が出て来ます。ここから文学の領域に入って来るのです。

例えばトルストイの『戦争と平和』、これにまさる戦争文学はまだ書かれていないと言ってもいいんですけども、あれはいわゆる軍人の書いた戦争の記録がどんなにくだらないものか、参謀がたてた作戦などというものの通りに実際の戦争は動いているのではない。アンドレイという士官学校出で軍隊の中で出世しようと考えている主人公がいるんですけれど、それがアウステルリッツという戦場で負傷して失神してしまう。仰向けに倒れているんですから、目に入るものは空と雲だけになってしまう。いかに自分が今までくだらないことをあくせくしていたかと思い、人間の生きる道を悟るという有名なシーンがありますけれど、これだって戦争というよりは、戦場で異常な経験をする人間を書いたものなのです。小説は人間を中心に考えますから、この線ではじめて文学というものにかかわって来るのです。いわゆる戦争が文学の対象になって来たと言えるのです。

二十世紀になると、たとえば『西部戦線異状なし』、どうも外国の例ばかり挙げますけれど、レマルクというドイツ人が、この前の第一次世界大戦で負けた方の側ですけれど、徴集された兵隊が前線で見るいろいろな悲惨な状況、たまに休暇をもらって国に帰ってくると、普段から見なれている人間がどういうふうに変って見えるかという違和感などを書いています。戦争が終りに近づいて、停戦間際で、軍隊の報告には『西部戦線異状なし』とだけしか書かれない日に、ぽこっと弾に当って死んでしまうというはかない話なのです。しかしそこには戦争というものにふり廻される人間の歎きが出ていて多くの人の共感を呼んだのです。

たまにベルリンへ帰って来ると何かそぐわない感じがする。前線では食べたいものを食べずに戦っているのに、国の都会ではみんな結構おもしろおかしく遊んでいる。闇でもうけている奴もいる。戦争も近代的な大規模な戦争になってきますと、鉄砲をつくるにも国家直営の工廠だけでは間に合わないので、民間の工業家に注文することになります。そうすると軍艦をつくったり、大砲をつくったりした商人がもうける。闇とかリベートとかいうものがどうしてもそこで行われる。銃後で行われていること——銃後、銃のうしろという言葉が戦争中あったわけですけれど、前線で兵隊が教えられている愛国心、自己犠牲とかとは全然違うもので銃後が動いているということを知る。これも近代の徴兵制と工業化された全体戦争というものに、付随して自然に生じて来る矛盾でして、それを端的に描き出したので、この作品がこの前の大戦の代表作と目されているわけです。

今度の大戦ではノーマン・メイラーというアメリカ人の『裸者と死者』という作品があります。これにも今のような矛盾はあらわれておりますけれど、主に前線における下士官と将校との思想的な対立、あるいはエロチシズムの問題が出ています。アメリカ人の性習慣は日本と少し違っておりまして、留守宅の奥さんはすぐ浮気をしてしまう。普段からあまり夫にだいじにされていて、そのせいだけではないかも知れませんけれど、戦争中は風俗が割合乱れていました。戦死した場合の手当目的で、何人もの出征者の兵隊と結婚するという不心得な女の人もいました。自然夫には不信の念が生じるので、

「女房はいまごろ何をしているのかな」というようなことを前線で考えながら命がけの敵前上陸をする兵隊の心理などが描き出されているわけです。

しかし戦争の規模はますます大きくなって来ました。広島に落ちた原子爆弾、無論これが今世紀の一番の大問題でして、これが戦争の性格をすっかり変えてしまったといって良いのです。そうでなくても今度の大戦は大型爆撃機による相手の工場爆撃が重要になって来ました。戦争遂行能力というもの、前線でいかに兵隊が勇敢であるかということ以上に、その国がどれだけ大砲をつくれるか、軍艦をつくれるか、飛行機をつくれるかということにかかって来た。前線で敵の兵隊をたくさん殺すよりも、銃後の生産力をつぶしてしまう方が勝つ早道だという考え方が生れて来る。これがさらに発展して無差別爆撃ということが行われるわけです。軍事工場だけを爆撃するだけではなく、その町全体を焼き払ってしまう。工場で働く労働者を殺し、戦意を失わせる。国民全体の戦意を喪失させてしまう方が戦争の解決の近道だということになって、ドイツも日本もひどい無差別爆撃を受けるわけですけれど、そういうふうに変化して来た一番最後の表現、たった一発の爆弾で二十万人もの人を一瞬にして殺してしまう、街全体を廃墟に化してしまうという爆弾が発明されたとなると、この戦争というものは、われわれが、徴募兵が前線へ行って、どうけんかするというようなことは、もう問題ではなくなるわけですね。

核戦争時代になったわけですが、この手段は高度に技術化されておりまして、私共小説家は、本来ならば何でも知ってて、何でも書けなければならないのですけれど、核戦略ということになるとなかなか難しくなって、人間的要素は殆どなくなって来ます。岩波新書でラパポートというアメリカ人の『現代の戦争と平和の理論』という本が出ておりますから、ちょっと御覧になるとわかりますけれど、いかに、お互いに核軍備を持つということが、複雑な考え方を国の最高指導者に強いるかということがよくわかります。簡単な例を申しますと、現在はアメリカとソ連と中国が有力な核保有国ですけども、時々こんなに実験の競争をして無理をしても仕様がないから、少しはお互いに申し合わせて核兵器の開発を手控えようという相談が行われるわけですね。いわゆる軍備縮小で、兵器の発達しない昔からこれは行われていたことなんです。軍艦の隻数を制限しようという相談がこの前の戦争の前にも行われました。核兵器の場合はやっぱりそこには少し違ったニュアンスが入って来る。軍艦はかくしようがないが、核兵器はかくせる。もっともソ連とアメリカは一国だけで、地球上の人類を全部殺してしまうだけの核兵器をそれぞれ貯えているわけですから、それを全部お互いの国へうちあえばこの世は終りになってしまう勘定です。もっともこれについて双方いろいろ計算してるんでして、例えば七千万人の人口のうち二千万人しか殺されないで相手を全部殺してしまえば、五千万人生き残れるんだという計算を立てる人もいます。報復攻撃に堪えねばならないから、ある程度国の面積が大きくなくては将来の核戦争は絶対にできないわけで、イギリスやフランスもそれぞれ水爆を持っていますけども、あんな国は持ってても仕様がないわけです。国が狭いんですから、五、六発うちこまれれば、国中が駄目になってしまう。中国がちっともこわくないという理由は、自分のところの人口は八億ですか、世界中で一番多いわけですね。いくらうちこまれても自分のところのは生き残るんだという論理を立てている。そういう論理が成立つくらい国が広くなければ何にもならないわけです。

イギリスでもフランスでもいまは非常に貧乏になって、ポンドもフランも安くなってしまった。日本みたいに繁栄して行かないのは、水爆という非常に金のかかるものに余分な金をつかっているからですね。日本もかりに水爆などを持つ、核弾頭ミサイルを配備するとしても、一度報復爆撃を受ければおしまいです。この国の広さでは全然問題にならないわけです。絶対に核戦争にまきこまれてはならないんです。

だから中国とソ連とアメリカだけが問題になるわけですけれど、そこでもお互いに本当に戦争をやろうということになると、今言ったように、二千万人死んでも五千万人生き残る、あるいは五千万人死んでも二千万人生き残ればいいというような、考えようによっては実に非人間的な計算を立てなければならない。そういう滅茶苦茶なことを考えない限り核戦争は行えないわけです。そこでお互いにもう核兵器を作らないことにしようじゃないかと相談する。無論今持っている核兵器を設備ごと全部こわしてしまえば人類の将来の為には一番いいわけですけども、それはやるはずがない。そこで核制限ということになるんだが、これはまあお互いの腹のさぐり合いです。

たとえば十個持っているものを五個にするといっておいて、実はこっそり五個をかくしておく。やっぱり十個持っている。相手は正直に五個に減らす。そこをやっつければ勝てるじゃないかというようなことを、軍人というものは考えるわけです。勝敗だけしか頭にないわけですからそういう論理が出て来る。ところがこういうことを考えるのは、実は非常に危険なのです。自分の方がそう考えるならば、相手も同じことを考える余地がある。相手も「自分は正直に五に減らしました」といって実は十持っていたらどうなるか。ほんとうに五に減らした。勝てる、というのでかかっていくと、相手が実は十持っていたとする。すると、最初の十ずつ持っていたままでもってけんかしたのと同じことになる。五千万人死んでも二千万人生き残ればいいという滅茶苦茶な戦争になってしまう。これはゲームの論理というらしいんです。まあジャンケンポンみたいなものなんですが、これは問題を簡略化するからこうなるんでして、実はラパポートの本の中で、一番むずかしい部分はここにあるんです。面倒だったらとばして先を読んでくれ、おしまいまで読んでから戻って来る方がわかりやすい、というふうに訳者は書いているくらいめんどうな部分なのです。

核兵器は使うために作るのではない。持ってるぞということを示して、相手が使うのを抑える、核抑止戦略というんですが、とにかくこういう面倒な理屈が行われる。そういうところまで戦争は来てしまってるわけです。核を使えば人類の滅亡だから、限定戦争といって、核兵器を使わない戦争を朝鮮やベトナムではやってるわけですけれど、するとそこにさっき言った徴兵制、戦争の矛盾が出て来るわけですね。何のために戦争をしているのだかわからない――「いやだ」と言い出す。そこに住んでる人民の支持を得られない戦争というのは非常にいやな苦しいものです。アジアは人口が非常に多いんですから、いくらアメリカ人が一人で十人殺したところでいくらでもいるわけで、それがアメリカがどうしてもベトナムで勝てない理由なんです。あれはだんだんに終ろうとしておりますけれど、とにかくこれが現代の戦争の実情なんで、われわれは戦争はもうごめんだ、と考えていますけれど、実際は戦後二十五年、世界のどこかで限定戦争が行われている。いまの若い方が「知っちゃいない」と言おうと言うまいとそれは行われている。関係ないと思ってるうちにいつの間にか、われわれもまきこまれている。そして来てからではもう何をしても間に合わない。戦争はそういうものなのです。

私は二十年前に『俘虜記』で「自分はこういうふうに戦った」ということを書きました。しかしその狭い経験も、井伏さんのいわれるように国家が大変なお金を使って、私を前線へ送ったために起ったのです。マッカーサーがレイテの次にミンドロへ上陸するという作戦をきめなければ、私が山の中で米兵と向き合うということは起らなかった。

すべては数え切れないほどの原因の結果起っているので、それらを巨視的に高いところから見渡すのでなければ、戦争を書いたことにはならないと思っていました。私がこんどの『レイテ戦記』で試みたのは、そういうふうにいわば大きな壁画のように戦争を描くことでした。

レイテでもって人々がどう戦ったか。兵隊から参謀、司令官、中隊長に到るまで全部がどういうふうに戦っていたかを書いてみようと思ったわけです。それを書いているうちに発見したのは、いろいろ無理な戦いをしておりますから矛盾が出て来る。ふだんは「上官は兄だ」「中隊長は親だ」というようなことを言っていても、いざ負けて命が危くなって来ると、人間のあらゆる醜さが出て来るわけです。こういうことは人間に関する限り当然文学の対象になるわけで、私は前線ではそういうものばかり目についていたわけですけれど、だんだん調べていきますと、よく戦ってる兵隊もいるんですね。複雑なことを考えないで、「とにかくこの戦争で負ければ日本はだめになってしまうんだ」と考え、「アメリカが日本を占領すれば、子供は殺され、女房は乱暴される、そういうことのないように、自分はここで命をすてよう」というふうにも考えて頑張った兵隊もいるのです。実際は負けても大したことはなかった。戦後二十五年の実状がそれを示しています。ドイツも立ち直ったし日本も戦前の数倍の生産力を持つ国になってしまっている。これはクラウゼヴィッツというドイツ戦争理論家が、もう百五十年も前に言っていることなんで、そう珍しいことではないんですけども、やっぱりそうなって見なければわからない。とにかく日本はもうそれまでに負けたことがなかったので、大袈裟に考えすぎたかも知れません。

さっき申し上げたように私はレイテ島ではなくミンドロ島にいたわけですが、中隊長は西矢政雄中尉といいまして、勝沼の方です。お父さんの広吉さんがまだご存命です。私はいろいろの経験を書いたものを発表していますからお目にとまったら、お便りくらい頂けるかと思っていたんですけども、行き違いがあって、お手紙が私の手元に届かなかったというようなことで会えなかったんです。明日お伺いしようと思っていたら、きょういまさっき会場へお見えになったのですが、もう胸がいっぱいになって、少し困りました。西矢中尉は若い幹候出の将校でしたが、フィリピン人に何も悪いことをしなかった。敵襲を受けると真っ先に出て行って戦死された。これは『俘虜記』にも書いてありますけれど、そういう良い軍人の典型を私は身近に持っていながら、軍隊の悪い面を先に感ずるというふうに私は出来ていたんです。つまり人間にはここで死なねばならぬ、という苦しい決意を強いられる場合、私のように戦争をすてる人間もいるけれど、却って敵に強くつっかかって行く兵隊もいるんです。

そういう例は四十九聯隊の戦いにもありました。四十九聯隊はリモン峠の戦いの初期の段階で、敵の後方へ斬り込みをかけまして、相当亡くなっておられます。一時感状が出るかどうかということにもなったくらいですけれど、だんだん兵隊が引揚げて来てみると、最初の伝えられた戦果と少し違っているというようなこともあり、それにだんだん戦争が負け戦になってしまいまして、三十五軍全体がめちゃめちゃになってしまったので、なんとなくとりやめになってしまったんですけれど、アメリカ側の記録を見ても、重機中隊の一個小隊ぐらいではないかと思いますけれど、敵の補給路を扼《やく》する丘に陣どって全員戦死するまで戦っている例がございます。そのあとで、第一師団がリモン南高地というところへだんだんおしこめられると、またその正面を四九が受け持たされる、というようなことで犠牲が多くなった実に運の悪い聯隊でした。

『きけわだつみのこえ』の神風特攻がはじめて出たのも、レイテ島をめぐる戦争の間でした。私のいたミンドロでもありました。山の中へ逃げ込んで、夜、ポヤッとしておりますと、頭の上をカタカタカタカタと友軍の飛行機が飛んで行く音がする。実に不景気な音なので、「あんなもの、いくら行ったところで勝てるわけないや」。暗くなって出て来るので、コウモリ爆撃だなんて、どうも、兵隊というものは、これからやられそうだという不安感を紛らわすために、何でもそういうふうに冗談めかして言っているわけでして、まあそこにかえって人間性が、あるともいえるんです。ミンドロというところは、私みたいな兵隊が全部で五百人ぐらいしかいなかった。全然いいところなしの負け戦だから、私も捕虜になってしまった、とこういうふうに考える方が私としては気が楽なもんですからどうしてもそういうふうに考えがちですけども、こんどだんだん調べてみますと、いわゆる神風特攻隊というのの始まりは、零戦という戦争の初期には非常に優秀な成績をあげた戦闘機でやったんですね。航続距離が長いのが特徴で、補助のタンクを胴体の下にぶらさげているわけです。そのタンクをはずしてしまって、つまり航続距離が半分になってしまうのですが、どうせ片道だけ飛べばいいんです。帰り道の燃料の代りに、爆弾をそこへくっつけて、それで急降下して敵の軍艦に体当りする。体ごとぶっつかるというと景気はいいが、実際は飛行機ごといくんですから、翼がありますから、落下のスピードがかえって落ちるわけです。従って貫通力はなく、二百五十キロの爆弾もそのままの威力を発揮しないんですけれど、とにかくあの段階ではほかに手はないんだから仕方がない。最初は志願だといっていましたけども、だんだん命令になってしまうわけです。で、私があの時に頭の上に聞いたカタカタという音もですね、その重い爆弾を持たされるので、ああいう音になるんだなということも、こんどはじめて実感として来ました。二十五年前に聞いた音がよみがえったのです。神風特攻というのは本当に、最後の沖縄戦の頃は強制になりまして、非常に残酷な状態になって来た。飛ばないというと非国民といってなぐられる。学生からとった飛行士に、練習機といって零戦よりもっと性能の悪い飛行機で行けという。こんな飛行機じゃ飛べんというと、なぐられるというような非常な悪い事態になって来るんですけども、それでも飛んでほんとに体当りする人間もいるのです。途中でこわくなって不時着してしまう飛行機もあった。せっかく敵の上空に達しながらふらふらと失神したような状態で海へ落ちる機もあった。あるいは、どうしても妻子に対する愛着を切れないで、敵の方へ飛んでいかないで、自分の妻子の住む家の方へ飛んで来る。いつまでもぐるぐる廻っている。元の飛行場へおりるとおこられるから、その辺の電線にわざと翼をひっかけて、自爆してしまうというような悲惨な事態も、実にいろんな事態が起っております。しかしその中にどうしても敵の艦にあてるんだというので、飛んで行った飛行士もいます。最後まで、操縦桿から手を離さず、操縦を誤たずに敵艦にぶつかった飛行士もいるわけです。こういう心理の状態で、死の瞬間まで、理性を保って、操縦を誤らなかった人間は、私はやはり偉いと思うのです。

こういう戦法は日本だけが今度の戦争で発明したんで、最後の段階の沖縄戦では、日本にはもう軍艦はありませんから、特攻機とアメリカの艦隊だけの戦争になりました。世界の戦史に例のない戦争になるわけです。

外国にも似たような例はないわけではありません。こんどの戦争では、特攻機のほかに水の中から行く二人乗りの特殊潜航艇というものがあった。あるいは回天、または人間魚雷といって、人間が魚雷に乗って行くのもあったわけですけれど、同じようなことをイタリア人がこの前の大戦の時にやりました。アクアラングをつけたフロッグマン、いまでは海底調査に使われていますが、その頃からそれが発明されていまして、水の中をもぐってイタリアの港へ侵入したイギリスの軍艦に時限爆弾を吸いつかせた人間がいた。時限爆弾ですから離脱するひまがあります。これなんか同じ切羽つまっても日本人と外国人の考え方の違いが出てくるところですが、さらに変っているのはそのフロッグマンが、爆弾を仕掛けるとすぐ敵の艦に上って行くことです。艦長に会って「自分はイタリア海軍の何々中尉である」と名乗る。「この船は二時間後に爆発する。自分がその爆弾を仕掛けた。全員退船させたらいいでしょう」と艦長に言うわけですね。船は沈めるけれど、人間は助けるという考え方、これはもともと海軍にあるんですが、軍隊がわれわれ国民から成立っているから、同じ国民同士では敵であっても、人間は殺したくないという考え方に基いている。海軍は船が目標であって、そこへ乗っている人間は目標ではない。船が沈んで水兵が海に泳いでれば、日本海軍は捕虜になってはいけないことになっていましたけれど、外国ではもう戦闘力を失っているんだから、そこでつかまってもかまわない、というふうになっているわけです。外国の特攻は、こういうふうに任務を終ってからは捕虜になって助かるのを前提としているんです。艦長は全員に退艦を命じる。水兵の中には「とんでもねえやつだ、殺してしまえ」という者がいる。これがまあ普通の人情ですが、艦長がかばう。敵ながら勇敢な行動だ、と賞めて、普通の憲兵にわたします。これは捕虜取扱いについて国際協定があるからです。お互いに捕虜に補給部隊並みの給与を与えるというのが申し合わせで、ヨーロッパの戦争はこういうルールの上に成立っているんです。艦長はすぐ全員に退艦を命じる。しかし自分は船に残って運命を共にする。これは職業軍人として責任を取った行為です。もっとも生き残ったところで、軍法会議にかけられて、不名誉な刑に服さなければならない。職業軍人の悲しさで、この点は日本でも同じです。

日本の特殊潜航艇がオーストラリアのシドニー港内に侵入して沈められた。イギリス海軍は遺体を軍人の花として、丁重に葬っている。その碑が今でもシドニーにあるそうです。この頃オーストラリアへ行く日本の観光客は必ず案内されるらしいんですけれど、何も若い方だけでなく、大人の観光客、代議士さんでも、そういう人間潜航艇がその時いたということは知らない人もいるということです。

戦後二十五年の日本についていえば、戦争は遠ざかっていますけれど、イスラエルやアフリカ、日本とそう遠くないベトナムや朝鮮ではずっと戦争が行われて来ました。うっかりアフリカの外人部隊に身売りされちゃった日本人もいました。戦場と人間的な日常生活との関係はいつまでも問題として、われわれの前にあるわけです。戦場で行われる倫理、国が命ずるものと、われわれ自身の良心がわれわれに命ずるものと、そのどっちを優先させるかという問題はこれからもしょっちゅう出て来るだろうと思います。

『レイテ戦記』を書いていて、痛感しましたのは、戦争は勝ったか、負けたかというチャンバラではなく、その全体にわれわれの社会と同じような原理がその中に働いている、軍隊を構成するいろんな人間の意志、欲望、あるいは弱さ、あらゆる感情的な要因がそこに働いているということです。レイテ戦については、公刊戦史が出ておりませんけれど、公刊戦史が出ても、それは軍事的な記録でしょう。文学者はその戦争の経過の中にいつも人間を見るという立場ですから、そういう記録に現われないものを、探るということになるでしょう。近代になって戦争文学といわれるジャンルが生れたのもそういう点に人が気をつけるようになったからです。私の書いたものに少しでも意味があるとすれば、それだろうと思っております。

（山梨英和短期大学国文学会主催第五回文芸講演会　一九六九年一〇月一八日）

初出『日本文芸論集』第二号　山梨英和短期大学国文学会　一九七〇年三月刊

解説

大江健三郎

『レイテ戦記』をほぼ十年をへだてて再読した。感銘は圧倒的であった。初読の際にくらべ、はるかにまさって、とも思う。『レイテ戦記』はかたちを変えて再刊されるたびに、その時点までの連続的な著者の研究の成果に立って、改稿がかさねられた。僕はいま、中公文庫版に新しく加えられた書き入れのコピイによって再読したのでもある。作品自体が、その多様なひろがりと、緊密な統合性とを加えつづけたのは疑いない。マッカーサーとアメリカ、そして天皇、軍部と日本の、アジア史および世界史のレヴェルでの定義づけが、幅と多層性を加えているのもあきらかに見ることができる。つまりはテキストの更なる充実が、感銘を決定づけているということは可能だろう。しかしもっと確実に、僕はこの十年の自分自身の文学的、現実的経験によって、『レイテ戦記』に感銘する精神と情動のキャパシティーが増えたのだと感じもする。そして僕の当のキャパシティーは、さらに励んでも、ついにこの作品のはらんでいるものをすべて汲みつくすまでには、おそらく生涯いたりえぬだろう。そのような自己の生についての粛然たる反省もさそわれるほどの、『レイテ戦記』は日本現代文学が比較する例をほかに見出しえぬ巨大な作品である。

文学作品、それも小説のジャンルの傑作として、僕は『レイテ戦記』を読みとることをためらわない。「戦記」というジャンルは永い歴史にわたって――小説のジャンルをはるかにひきはなす歴史の長さにおいて――実在してきたではないか、という声がありうるだろう。それはクセノフォンやカエサルの仕事に『レイテ戦記』をつらねたい、という思いからの声でもありえよう。しかし僕は『レイテ戦記』を近代・現代の小説の運命をよく見きわめ、それと共生もした作家の、いわば最終のかたちとしての小説とみなしたい。『戦争と平和』が必要とした近代小説の仕組みをこの作品は採用せぬが、しかし現代小説の到達したもっとも大きい小説として完全である。

戦後しばらくわが国で、とくに西欧文学の研究家でもある作家たちによって、「全体小説」というものが摸索されたことがあった。理論は様ざまに出た。この用語法の定義そのものは、つねに隔靴搔痒の感があったが。「全体小説」の達成として批評された作品も現にあった。しかし今日にいたるまで、「全体小説」という言葉はあいまいなままであり、よくそのあいまいさを越えて、実作としての力に支えられつつ、これが「全体小説」だと主張しうる作品は出現しなかったのではあるまいか？

しかしいま『レイテ戦記』を再読して、いいふるされた表現だが、ここに「コロンブスの卵」のように、日本の現代人にとっての「全体小説」が完結している、と考えぬわけにはゆかない。それがまず僕の、『レイテ戦記』を小説として読みとることに固執する理由でもある。順を追って、この作品の小説としての手法を見てゆくことにもなろう。

はじめにその小説としての手法を、それも最大な規模のものをひとつ取りあげるならば、『レイテ戦記』全体にわたる文体のレヴェルの特質がある。この大きい作品は軍事用語を機能的に使いながら、いかにも簡略な語り口で書き出される。その冒頭すでに中公文庫版に新しく書き込みがあるが、おもに事実をより正確にするためのものである。しかし次つぎに書き込みを読みついでゆくと、レイテの戦闘の現象面とその背後の条件、つまりは戦術と戦略と歴史観について、それも日米双方の立場に関わりつつ、著者の思考の深まりが見られる。『レイテ戦記』はいったん書きあげられてからも、つねに著者の頭脳において、生きて動いてきたのである。それが『レイテ戦記』のたびかさなる加筆訂正の重要な意味である。またいったん著作を出すと（敗戦をはさんでその前後の書き変え、ということはあったと指摘する評者もいるが）おおむねそのままで、再読することもしなかったという小林秀雄と大岡昇平の資質のちがいを見ることもできよう。

比島派遣第十四軍隷下の第十六師団が、レイテ島進出の命令に接したのは、昭和十九年四月五日であった。師団長陸軍中将牧野四郎は鹿児島県日置郡出身、陸士二六期、第二十九聯隊長、第五軍（牡丹江《ぼたんこう》）参謀長などを勤めたことがあったが、その後は主に教育総監部系統の経歴をたどり、昭和十七年十二月以降は、陸軍予科士官学校長であった。十九年戦局逼迫に伴い、三月一日十六師団長を拝命、十二日ルソン島ロスバニョスの師団司令部に着任したばかりであった。

この文体が作品全体の基幹を構成する。しかしそれが軍事用語を多くみちびきこんで、事実のみを列記してゆくことのできる、機能的、実際的な文体であるとみなして、一般に戦争の記録がこのように書かれる、その慣例によっているのだと考えるならば、それはすでに著者の手法にまきこまれているのである。戦記に一般的文体があるとして、『レイテ戦記』の文体は、これからしだいにその規定の理由を説明してゆくことにもなるが、戦記の文体を「異化」した文体として、独自につくりだされているのだ。

それは現に、防衛庁防衛研修所戦史室編の戦史叢書《そうしょ》の文体というようなものとはちがう。参謀が戦略、戦術をつくり出し、実施にあたった者として回想した種類の本の文体ともちがう。アメリカ人の従軍記者の書いた戦記の文体とも、興味本位の通俗読物としての戦記の文体とも、戦争の美的側面を拡大して感傷的につづられ「現代の『平家物語』」などという広告で売られる、戦記の文体ともちがっている。著者は作中、右にあげたような戦記の類を、事実にそくし論理に立ってことごとく批判する。ただそれらのうちに虚飾を洗い流すことで使用にたえる、民衆としての兵隊の挿話を選びとって、いったん自己の文体にきたえなおしたあと、作中にみちびくのみである。

諸戦記からの直接の引用の前後には、かならず著者の批判的検討の文章があることに注意しなければならない。『レイテ戦記』は、この大きい戦闘について書かれた様ざまなレヴェルの日誌・記録、回想、小説のたぐいの、綜合的な批判、検討の書物とさえいいうるものである。『レイテ戦記』の全体のなかで、ただ一箇所だけ、証言者の話しぶりをそのまま引用した、と付記されているものがある。それはつまり右にのべた手法がいかに徹底しているかを示す証拠となろう。著者は証言のテープをそのままおこして引用することすら、やはりそのように念を押さなければおこなわないのである。

さて『レイテ戦記』の基幹の文体が、とくに公的に編集される戦記の文体とことなるのは、そこに日常的な平談俗語の語り口が加えられて、決して違和感をあたえず、効果をあげることにも見られる。東京育ちらしい歯切れのよい話し言葉が、乱暴なほどの率直さで、かつは知的かつ上品な親しみを感じさせる口調で、随所に挿入されて、基幹の文体を生きいきと活性化させるのである。これが「異化」された戦記の文体と呼ぶ根拠のひとつでもある。

冒頭近くから引用すると、次のようにはじまる基幹の文体に、どのように口語体のいいまわしがつながって効果をあげるかはすぐに見ることができる。傍点は念のために僕がうったが、文章は全体としていかにも調和を示しつつ、ひとつながりの呼吸をもつ。

旧日本軍の軍事機構は天皇の名目的統帥による「無責任体系」（丸山眞男）といわれるが、これは必ずしも天皇制国家の特技ではないようである。民主主義国家でも軍部という特殊集団には、いつも形骸化した官僚体系が現われる。夥しい文書化された命令、絶えず書き改められる指導要綱、「機密」「極秘」書類の洪水が迷路を形成する。外部の容喙《ようかい》は許されないし、また不可能である。内部の部課同士の間でも理解不能なのだから。セクショナリズムが生じ、競争心と嫉妬をもっていがみ合っているのである。勝利によって鼓舞されている間は、円滑に働くこともあるが、敗北の斜面を降りはじめると、欠陥が一度に噴出して来る。

真珠湾出撃の時はあれほど厳密な電波管制を敷いた日本艦隊が、なぜミッドウェイの前にはやたらに通信を取り交して、艦隊の動きをアメリカに謀知されるようなへまをやったか。山本五十六は六カ月の間にばかになってしまったのか。答えは否定的なのである。戦勝におごった軍事組織の全体をひきしめることは、聯合艦隊司令長官個人の能力を越えていたのである。

右の引用の前半は、『レイテ戦記』の基幹の文体と僕の呼んできたものが、心理的――それも社会心理学から個の内部の心理学にいたるまで――思想的な分析を記述するのに、まことに有効な文体であることを示していよう。それはひとつの心理（たとえば愛国心）、ひとつの思想（たとえば大東亜共栄圏のイデオロギー）を一方的に主張する戦記とは対蹠的に、多様なレヴェルの心理、思想を分析的に記述する。この意味でも、それは「異化」された戦記の文体である。

引用において僕は、歴史的な事実から思想的な分析にいたるまでを正面から記述してゆく文体が、くだけた日常性のある談話のレヴェルの表現につづいて、そこに生きいきした表現が生まれることを示した。このように二つのことなったものが、ひとつながりの文脈のなかに並置されて、お互いに照射しあう効果をあげているかたちは他にも数多く見られる。それが『レイテ戦記』という小説の手法である。

たとえば戦略規模の大きい軍の動きから（それも日米軍の双方の、ということでふたつが対置され、かつは陸軍、海軍のという二項にも分たれて対立する）、小さな作戦行動のなかのひとりの兵隊の行動と心理までが、小説でなければおよそなしえぬ微妙な展開でむすびついた表現をえるのである。あるいは参謀の回想におけるような、上からの情勢分析が、その情勢のもっとも苛酷な現場で生き死にした兵隊の、下からの声で検討される。

「死んだ兵士たちに」という献辞のもとに著者が精魂をかたむけるのは、あくまでも実証的かつ論理的に、そのような苦しい生き死にを経験した兵隊らの、下からの声をして正当な位置をえさしめることである。この作品全体のモティーフを、著者は若くして絶望的な大戦の観照を表現して斃《たお》れたウィルフレッド・オーウェンの詩を引いたあと、次のように語ったのち仕事を始めたのであった。「私はこれからレイテ島上の戦闘について、私が事実と判断したものを、出来るだけ詳しく書くつもりである。七五ミリ野砲の砲声と三八銃の響きを再現したいと思っている。それが戦って死んだ者の霊を慰める唯一のものだと思っている。それが私に出来る唯一つのことだからである」。

『レイテ戦記』が戦略規模から歴史そのもののひろがりにいたる、巨視的な視点から戦争を眺めるかと思えば、それとはっきりした連続性に立ちながら、兵隊の個の内部に入りこんで、対立を効果的な構成要素とする。小説の手法としてのそれを端的に見ようとすれば、レイテ島の戦闘そのものではないがとことわって書きはじめられる「海戦」の章を丹念に読むのが早道である。この章には、『レイテ戦記』の特徴的な手法が他にも多く見られる。「ルソン島東北方海上から、レイテ島西南のスル海まで、四百カイリ平方に及ぶ、広大な空間で行われた」「その規模において、世界の海戦史上最大のものであった」ことをいいながら、そして実際に当の大規模な海戦の全体を呈示するにいたるのだが、著者がまず「海戦は提督や甲板士官の回想録とは違った次元の、残酷な事実に充ちていることを忘れてはならない」として、渡辺清『海ゆかば水漬《づ》く屍《かばね》』他の詳細な悲惨の描写を引用することからはじめているのに眼をとどめたい。

つづいて著者は、海戦の日一五三〇時の全艦反転およびそれにつづく四度の反転を軸に、アメリカと日本の両海軍の、また聯合艦隊司令部と現場の栗田艦隊の、それぞれに微妙かつくっきりした評価のちがいをはらみつつ、すすめられる海戦の全体の把握を、戦争の全体への雄渾な思考力によって対比させ、統合してゆく。そしてその統合にあたっての手法は、次のように簡略に示される戦争観である。「人間のやることであるから、海戦には多くの錯誤がつきものである。奇蹟的な完全試合といわれる日本海海戦を除いて、ほとんど錯誤の連続といってもよい。」

そのようにいいながら、著者は錯誤のよってきたるところと、その行く末を確実に記述してゆくから、小説としてのスリルと思いがけぬふくらみが達成されるのでもある。錯誤の行動の論理的な追跡は、陸上の戦闘についてもいたるところで行なわれて、『レイテ戦記』の小説としての構造を豊かにした。

また著者は、艦隊をとらえる「恐怖」について分析する。スタンダールの専門家として出発し、心理小説の名作を書いた大岡昇平が、戦略とその錯誤の戦史研究のレヴェル、それも多様な立場からの証言を総点検する記述のさなかに立ちあらわれて、文章に自然かつダイナミックな展開をもたらすのである。

艦隊は全滅を賭してもレイテ湾に突入する予定であった。しかし「死を賭して」は、いうは易く行うに難いことである。弾丸を冒して突撃する歩兵、体当りする特攻機の操縦士にこの恐怖が全然ない、とするのは真実に反する。ただ人は軍人の習慣とか、戦場における心理の昂進、あるいは信念に鼓舞されて、恐怖を超越するだけである。

しかしこれが一艦隊の長時間の行動となると、話は複雑となる。司令官や幕僚の個人的性格は勿論、全将兵のいわゆる「士気」といわれるものが作用する。状況の強圧の下に、集団心理的に伝染することがある。

この心理分析の手法から、著者はあらためて海戦の全体を綜合的に把握し、批判する手法にかえり、レイテ湾突入中止を太平洋戦争中の最大の痛恨事とする考え方に、ある共感を示す。次いでそのレヴェルを越えて、さらに綜合的な考え方へとわれわれを引きあげつつ、次のような史観を示すのである。われわれは巨大な海戦をはるか空中から俯瞰したり、ひとりの長官や兵隊の心理のうちに入りこむようにしてへめぐった後、日本および日本人についての、確実に前へおしすすめられた認識にいたっていることを自覚する。

捷《しよう》号作戦に一応成功の可能性が現われた時、司令官に逡巡が現われた原因は、司令官個人の性格、大海戦指揮の経験の不足に求めるべきではなく、これら「歴史」の結果と見なすべきだと私には思われる。……

戦力の不足を、高度に訓練されたパイロット、砲手の技倆でカバーしなければならなかった。しかしこういう人的資源は有限であり、補充が間に合わなかった。もとは海員や漁師などの志願水兵から成っていた日本海軍も、捷号作戦の頃は召集兵が主だった。その時奴隷的な訓練、艦内生活の前近代性が、障害となった。新しい水兵に戦意より組織と上官への怨恨が積った状態で、戦場に臨ませるほかはなかった、などなど、近代日本の歴史の結果である無数の要因が重なって、捷一号作戦を成功させなかったのである。

われわれはこういう戦意を失った兵士の生き残りか子孫であるが、しかしこの精神の廃墟の中から、特攻という日本的変種が生れたことを誇ることが出来るであろう。限られた少数ではあったが、民族の神話として残るにふさわしい自己犠牲と勇気の珍しい例を示したのである。

ここに契機として出されている特攻の自己犠牲と勇気という評価が、やはり著者独自の、幾重にもかさねられた周到な思考の層の上に浮き出てくるさまを、大岡昇平の精神像のわれわれとしての構築に誤った短絡をおこなわぬためにも、つづいての「神風」の章に見ておきたい。この章も前章とともに、長篇『レイテ戦記』のなかで、独立した中篇として読みとりうる完成度をそなえている。それがになっている課題の大きさ重さも、ぬきんでていよう。

神風特攻が最初の戦果をもたらしたのは比島沖海戦さなかのことであるから、それが『レイテ戦記』という徹底して綜合的な小説の主題のひとつとなるのは自然ななりゆきだが、著者はこの年十月二十日、第一航空艦隊司令長官大西滝治郎中将によって、捷号作戦の緊急措置として採用されたものと、翌二十年一月八日、大本営と戦争指導会議によって決定された全機特攻の、とくに沖縄戦でのありようとを峻別している。

しかも航艦参謀や空飛行長の回想記にあらわれる、特攻志願の本人の静かな決断の場面について、「しかし私には、黙って俯向いていた五秒間に、大尉の心中を去来した想念の方が重く感じられる」ことをいうのである。パイロットに死の覚悟は必要だが、「生還の確率零という事態を自ら選ぶことを強いられる時、人は別の一線を越える。質的に違った世界に入るのである」から。それでもレイテ沖の神風特攻は合理的におこなわれた。しかし「全機特攻の方針が決定してから、作戦は空想的となり、矛盾と悪徳が吹き出してきた」。「沖縄戦の段階では、基地を飛び立つと共に司令官室めがけて突入の擬態を見せてから飛び去る特攻士があったという噂が語られる。故障と称して途中の離島に不時着する機が増えた（実際故障は多かった）。目標海面に達しながら攻撃を行わず、まるで失神したように、ふらふらと墜落する特攻機が、敵側に観察されている」。

　著者はまた、特攻が搭乗員にとってのみならず、敵側に対しても残虐兵器だったことを指摘する。神風特攻が、現地から自然発生したという通説をとりながらも、それがつとに中央の方針として決定していたのではなかったか、という疑念も呈出する。大岡昇平の資料読みとりの観察力と思考とは、つねにそのようなしたたかさの二枚腰である。

その上での特攻についての評価として、次の引用をしておきたい。

　　口では必勝の信念を唱えながら、この段階では、日本の勝利を信じている職業軍人は一人もいなかった。ただ一勝を博してから、和平交渉に入るという、戦略の仮面をかぶった面子《めんつ》の意識に動かされていただけであった。しかも悠久の大義の美名の下に、若者に無益な死を強いたところに、神風特攻の最も醜悪な部分があると思われる。

　しかしこれらの障害にも拘らず、出撃数フィリピンで四〇〇以上、沖縄一、九〇〇以上の中で、命中フィリピンで一一一、沖縄で一三三、ほかにほぼ同数の至近突入があったことは、われわれの誇りでなければならない。

想像を絶する精神的苦痛と動揺を乗り越えて目標に達した人間が、われわれの中にいたのである。これは当時の指導者の愚劣と腐敗とはなんの関係もないことである。今日では全く消滅してしまった強い意志が、あの荒廃の中から生れる余地があったことが、われわれの希望でなければならない。

およそ多面的な諸事実を、対立する二項に分けて、両者間の緊張をくっきりとしめす手法。それもとくに著者の人間観がよくあらわれているひとつは、レイテ島の戦闘を、指導部と現場においてそれぞれに戦った者らを、事実と証言の語り口に照しあわせながら対立させてゆく仕方である。この仕方は様ざまな場所に見られるが、『レイテ戦記』前半の、米軍上陸から、それに反撃するはじめの戦闘の展望を一応終えたところで、つまり「第三十五軍」の章の終りから「抵抗」の章にかけての展開でのそれは典型的である。

収容所で書かれ、新聞記者が持ちかえったひとつの回想録を引きながら著者はいう。

「それは現地軍参謀長の最も生な記録という意味で、レイテ島の戦闘について数少ない根本史料の一つであるが、同時に参謀という知能型軍人の心性を遺憾なく現わした記念すべき本となった」。米艦隊の二日間の艦砲射撃によってこうむった被害は決して多くなく、上陸を受けてからの攻撃にも「かなりの抵抗」ができた、とのべながら、参謀が「尤も相当数の離散兵はあった様だが」と書き加えていることへ、実際に戦った将兵の側に立ちながら著者は事実において徹底的に対立する記述を呈示してゆく。どのように「かなりの抵抗」が行なわれたか、「相当数の離散兵」とは、「戦闘の実状」においてどのような人間の顔を持っていたのか、それをことこまかに描き出して参謀長の記録につきつけるのが、十月二十一日から二十五日までの戦闘を描く「抵抗」の章の仕組みである。

たとえば「弾はちょうど横なぐりの土砂降りの雨みたいにやって来ました」と語る生き残りの軍曹の証言から、著者がくみたてる、現場の兵隊の側で経験された戦闘。激しい射撃の前で、壕にもぐっているうち米軍の第一線の後方に取り残されてしまう。そのようにして取り残された兵隊らは、一個小隊ほど窪地に集まる。重傷を負っている大隊長が自殺する前に、「お前たちは必ず玉砕しろ。決して俘虜《ふりょ》になるな」という言葉を残す。聯隊本部への報告の任務をになって軍曹らは出発し、サンタアンナの本部へ向けて困難な旅を行うが、目的地についてみると本部は移動しており、留守部隊の兵士らはゲリラに襲撃され殺されている。一行はそれでも山中を深く迂回して師団司令部に辿りつく。著者はつづける。「これが友近軍参謀長のいわゆる「相当数の離散兵」の一つの場合である」。

もうひとりの一等兵は、銃も手榴弾《しゅりゅうだん》も支給されないで、米軍の戦車のやって来る戦場にいる。「そのうち戦死する奴が出る。そいつのを使え」と分隊長にいわれている。壕にもぐって戦闘をやりすごし、戦闘の小休止の間に小屋のアンペラにくるまって横になる。いっそひとりで逃げ出し山へ入るか。「翌日、米兵はブラウエンの町に入って来た。井畑一等兵は喉笛を横から貫かれ、かすれ声しか出なくなった」。著者はこのように確かな証言をつみあげてゆきながら、あえて次のことを説明しないが、このような証言をなしえた兵隊たちは、それでもなお生き延びえた者らなのである。他にまことに数多くの死者たちがいる。著者としてかれらを無残な沈黙のうちに置いておくわけにはゆかない。

大岡昇平が作品の末尾に書きつけている簡略な言葉の重みは、まことに測りがたいほどだ。「死者の証言は多面的である。レイテ島の土はその声を聞こうとする者には聞える声で、語り続けているのである」。しかも死者の証言として、かれは日本軍の将兵のみならず、米軍の将兵の、またもっとも深い苦しみにさらされたフィリピン人の死者の証言をもひろいあげているのである。そのようにして、ひとりの兵隊のほとんど不思議なほどの生還の回想が、歴史の全体へと生きいきしたリアリティーによってむすばれ、『レイテ戦記』は巨大だがひとつの有機体たる言葉の作品として、われわれに深い経験をあたえる。
「双方に敵情の判断、用兵の過失があって、今日の眼から見れば、なぜこんなことをしたかと思われるようなことが多い。しかし人間のすることであるから、過誤はつきものである。それが戦争というものなのである」という認識は、レイテ戦の核心たるリモン峠の戦いについても実例にそくしてのべられる。この大きい決戦と敗北について、やはり著者の歴史観である次の総括が示されて、『レイテ戦記』は後半の、比類ない規模の壊滅と敗走の、言葉の不適合を思いつつ書くのだが、重く深く広い叙事詩へといたることになる。

これらはみな今日の眼から見た結果論というのは易しい。しかし歴史から教訓を汲み取らねば、われわれは永遠にリモン峠の段階に止まっていることになる。ただしこれは必ずしも旧日本陸軍の体質の問題だけではなく、明治以来背伸びして、近代的植民地争奪に仲間入りした日本全体の政治的経済的条件の結果であった。レイテ沖海戦におけると同じく、ここにも日本の歴史全体が働いていた。リモン峠で戦った第一師団の歩兵は、栗田艦隊の水兵と同じく、日本の歴史自身と戦っていたのである。

見棄てられ潰乱状態におちいった、日本兵の敗走、その総体をレイテ島の全域にわたって克明に追いながら——マッカーサー大将がクリスマス用のラジオ放送をつうじて「レイテ島上の戦闘は終った」と宣言した時、なお二万近い日本軍が残っていたのだ、かれらがどのように苛酷な敗走をしいられ、次つぎに死んで行ったかを記述して行き、最後に数字によってだめが押される——著者が前半の「離散兵」にあたる、多義的な意味をつきつけてくる言葉として、記述のダイナミズムをつくりだす仕組みのひとつは、「遊兵」という言葉である。たとえば次のようにそれはあらわれる。脊梁《せきりょう》山脈中の谷間いたるところの戦線離脱兵、かれらには現に多くの兵士たちが餓死するなかで、輜重《しちょう》兵《へい》から糧秣《りょうまつ》を奪って殺すという行為に出る者らもいた。「こうして強盗と化した遊兵の中で、一番始末の悪いのは砲兵だったといわれている。彼等は重い火砲を曳き砲弾を運ぶから、歩兵より身体強健な者が揃っていた。火砲が破壊されると、自分たちはすることがない、小銃を持って戦うのは任務ではない、射ち方もよく知らないと自己を正当化し、最も早く遊兵となり、その体力を利用して強盗になった。」

遊兵について、著者は軍のレイテ戦末期の正式報告の記載を引いて説明しもする。現有勢力を報告し「「右以外単独兵ハ尚相当数アリ」と報告は付け加えている。山中に迷って連絡出来ずにいる者、あるいは出来てもわざと申告せず、単独あるいは四、五人ずつかたまって「自活」し、住民の舟でセブかマニラに帰ろうと企図している者、つまり

「遊兵」である」。敗軍のなかでも将校たちがあたえられる特権の実例を示してから、著者は次のようにいいもする。「しかし敗軍になると、こういう習慣は兵の心に不満をつのらせ、将校から離れさせる。「遊兵」ばかり非難することは出来ないのである」。片方では師団長が、遊兵らのむなしく希望するのみだったセブへの脱出を自分らのみやってしまった事例をも示しつつ。「遊兵」の課題は、やがて人肉食いと投降の課題にかさねられ、大岡昇平の文学的生涯のもっとも重要な思想へつながって行く。そこにいたったレヴェルで、著者は繰りかえしいうのである。「多くの戦線離脱者、自殺者が出たのは当然だが、しかしこれら奴隷的条件にも拘らず、軍の強制する忠誠とは別なところに戦う理由を発見して、よく戦った兵士を私は尊敬する」。

こうしてレイテ決戦に敗れた上は、大本営はフィリピン全域の現地司令官に降伏の自由を与えるべきであった、という平凡な結論に達する。そうすればルソン、ミンダナオ、ビサヤでの日米両軍の無益な殺傷、山中の悲惨な大量餓死と人肉喰いは避けられたのであった。

しかし申すまでもなく、これは今日の眼から見た結果論である。国土狭小、資源に乏しい日本が近代国家の仲間入りするために、国民を犠牲にするのは明治建国以来の歴史の要請であった。われわれは敗戦後も依然としてアジアの中の西欧として残った。低賃金と公害というアジア的条件の上に、西欧的な高度成長を築き上げた。だから戦後二五年経てば、アメリカの極東政策に迎合して、国民を無益な死に駆り立てる政府とイデオローグが再生産されるという、退屈極まる事態が生じたのである。

さて、僕はこれまで「全体小説」としての『レイテ戦記』を、小説の手法の特質のいくつかを媒介にして、要約しようとつとめてきたが、単なる自分の非力によってのみでなく、当の企て自体が本来成功しがたかったものだ、ということを思い知らされる。もともとこの『レイテ戦記』そのものが、厖大《ぼうだい》な資料、情報を、強靱きわまる知性が、要約し、驚くべき統合力を発揮してきざみだした文章なのだ。そしてその総体に立っての、右に引用した著者の現代史への結論は、いまや戦後三十八年たって、あまりにも現実的な明察として生きている。アメリカの世界政策に加担して、軍事化の拡大への一途をたどる政府と、すでに制度化したイデオローグたちは、日本国民の無益な死にかさねて、核兵器による人類の滅亡すらをも、あえて拒もうとはせぬ意気ごみである。

このように現実を認識して、こちらを引きつける絶望の牽引力の強さを隠蔽することはできぬが、しかしレイテ島の大きい悲惨のいちいちをこのように全体的に統合して、人間への励ましの響きをも聴きとらせる——それが鎮魂歌の響きにかさなるとしても

——大岡昇平のなしとげた仕事は、われわれに国民的な回復への希望を信じさせるものでもあるのではないか？

（おおえ・けんざぶろう　作家）

岩波書店版『大岡昇平集10』（一九八三年九月刊）より再録

『レイテ戦記』

初出『中央公論』一九六七年新年特大号〜一九六九年七月号　中央公論社発行

『レイテ戦記』中央公論社　一九七一年九月刊
『普及版　レイテ戦記』1〜3　中央公論社　一九七二年八月刊
『大岡昇平全集　8』中央公論社　一九七四年八月刊
『レイテ戦記（上）』中公文庫　一九七四年九月刊
『レイテ戦記（中）』中公文庫　一九七四年一〇月刊
『レイテ戦記（下）』中公文庫　一九七四年一一月刊
『大岡昇平集　9』岩波書店　一九八三年八月刊
『大岡昇平集　10』岩波書店　一九八三年九月刊
『大岡昇平全集　9』筑摩書房　一九九五年六月刊
『大岡昇平全集　10』筑摩書房　一九九五年七月刊

編集付記

一、本書は中公文庫版『レイテ戦記』全三巻を四分冊に再編集したものである。本巻は『レイテ戦記（上）』（三六刷　二〇一七年六月刊）を底本とし、「一　第十六師団」から「十一　カリガラまで」までを収録し、巻末に新たに「『レイテ戦記』の意図」（『私自身への証言』所収　中央公論社　一九七二年五月刊）を付した。

一、底本中、明らかな誤植と思われる箇所は訂正し、難読と思われる文字にはルビを付した。

一、本文中、今日の人権意識に照して不適切な語句や表現が見受けられるが、著者が故人であること、刊行当時の時代背景と作品の文化的価値に鑑みて、底本のままとした。

中公文庫

レイテ戦記《せんき》（一）

2018年4月25日　初版発行
2025年6月30日　4刷発行

著　者　大《おお》岡《おか》昇平《しょうへい》

発行者　安部順一

発行所　中央公論新社
〒100-8152　東京都千代田区大手町1-7-1
電話　販売 03-5299-1730　編集 03-5299-1890
URL https://www.chuko.co.jp/

ＤＴＰ　柳田麻里
印　刷　三晃印刷
製　本　フォーネット社

Published by CHUOKORON-SHINSHA, INC.
Printed in Japan　ISBN978-4-12-206576-5 C1193

各書目の下段の数字はＩＳＢＮコードです。978－4－12が省略してあります。

中公文庫既刊より

お-2-14
レイテ戦記（二）
大岡　昇平
リモン峠で戦った第一師団の歩兵は、日本の歴史自身と戦っていたのである――インタビュー「『レイテ戦記』を語る」を収録。〈解説〉加賀乙彦
206580-2

お-2-15
レイテ戦記（三）
大岡　昇平
マッカーサー大将がレイテ戦終結を宣言後も、徹底抗戦を続ける日本軍。大西巨人との対談「戦争・文学・人間」を巻末に新収録。〈解説〉菅野昭正
206595-6

お-2-16
レイテ戦記（四）
大岡　昇平
太平洋戦争最悪の戦場を鎮魂の祈りを込め描く著者渾身の巨篇。巻末に「連載後記」、エッセイ「『レイテ戦記』を直す」を新たに付す。〈解説〉加藤陽子
206610-6

お-2-12
大岡昇平 歴史小説集成
大岡　昇平
「挙兵」「吉村虎太郎」など長篇『天誅組』に連なる作品群ほか、「高杉晋作」「竜馬殺し」「将門記」など戦争小説としての歴史小説全10編。〈解説〉川村　湊
206352-5

お-2-17
小林秀雄
大岡　昇平
親交五十五年、評論から追悼文まで「人生の教師」であった批評家の詩と真実を綴った全文集。巻末に小林との対談収録。文庫オリジナル。〈解説〉山城むつみ
206656-4

お-2-18
成城だより 付・作家の日記
大岡　昇平
文学、映画、漫画……闊達に綴った日記文学。一九七九年十一月から八〇年十月まで。「作家の日記」を併録。全三巻。〈巻末付録〉小林信彦・三島由紀夫
206765-3

お-2-19
成城だよりⅡ
大岡　昇平
六十五年を読書にすごせし、わが一生、本の終焉と共に終らんとす――。大いに読み、書く日々。一九八二年一月から十二月まで。〈巻末エッセイ〉保坂和志
206777-6

お-2-20
成城だよりIII
大岡昇平
とにかくひどい戦後四十年目だった――。防衛費一％枠撤廃、靖国参拝……戦後派作家の慷慨。一九八五年一月から十二月まで。全巻完結。〈解説〉金井美恵子
206788-2

お-2-21
わが復員わが戦後
大岡昇平
復員兵を待っていた社会の混乱。復員と戦後体験から生まれた短篇・随筆を集成。昭和末に書かれた遺稿を付す。〈巻末エッセイ〉阿部 昭〈解説〉城山三郎
207641-9

お-63-1
同じ年に生まれて 音楽、文学が僕らをつくった
小澤征爾
大江健三郎
一九三五年に生まれた世界的指揮者とノーベル賞作家。「今のうちにもっと語りあっておきたい――。」この思いが実現し、二〇〇〇年に対談はおこなわれた。
204317-6

さ-27-3
妻たちの二・二六事件 新装版
澤地久枝
〝至誠〟に殉じた二・二六事件の若き将校たち。彼らへの愛を秘めて激動の昭和を生きた妻たちの三十五年をたどる、感動のドキュメント。〈解説〉中田整一
206499-7

チ-2-1
第二次大戦回顧録 抄
チャーチル
毎日新聞社 編訳
ノーベル文学賞に輝くチャーチル畢生の大著のエッセンスをこの一冊に凝縮。連合国最高首脳が自ら綴った、第二次世界大戦の真実。〈解説〉田原総一朗
203864-6

と-28-1
夢声戦争日記 抄 敗戦の記
徳川夢声
活動写真弁士を皮切りに漫談家、俳優としてテレビ・ラジオで活躍したマルチ人間、徳川夢声が太平洋戦争中に綴った貴重な日録。〈解説〉水木しげる
203921-6

は-68-1
大東亜戦争肯定論
林 房雄
戦争を賛美する暴論か？ 敗戦恐怖症を克服する叡智の書か？「中央公論」誌上発表から半世紀、当時の論壇を震撼させた禁断の論考の真価を問う。〈解説〉保阪正康
206040-1

マ-13-1
マッカーサー大戦回顧録
マッカーサー
津島一夫 訳
日米開戦、屈辱的なフィリピン撤退、反攻、そして日本占領へ。「青い目の将軍」として君臨した一軍人が回想する「日本」と戦った十年間。〈解説〉増田 弘
205977-1

各書目の下段の数字はISBNコードです。978－4－12が省略してあります。

よ-38-1
検証 戦争責任（上）
読売新聞戦争責任検証委員会
誰が、いつ、どのように誤ったのか。あの戦争を日本人自らの手で検証し、次世代へつなげる試みに記者たちが挑む。上巻では、さまざまな要因をテーマ別に検証する。
205161-4

よ-38-2
検証 戦争責任（下）
読売新聞戦争責任検証委員会
無謀な戦線拡大を続けた日中戦争から、戦後の東京裁判まで、時系列にそって戦争を検証。上巻のテーマ別検証もふまえて最終総括を行う。日本人は何を学んだか。
205177-5

い-16-5
城下の人 新編・石光真清の手記㈠ 西南戦争・日清戦争
石光真清
石光真人編
明治元年に生まれ、日清・日露戦争に従軍し、満州やシベリアで諜報活動に従事した陸軍将校の手記四部作。新発見史料と共に新たな装いで復活。
206481-2

い-16-6
曠野の花 新編・石光真清の手記㈡ 義和団事件
石光真清
石光真人編
明治三十二年、ロシアの進出著しい満洲に、諜報活動に従事すべく入った石光陸軍大尉。そこで出会った中国人馬賊やその日本人妻との交流を綴る。
206500-0

い-16-7
望郷の歌 新編・石光真清の手記㈢ 日露戦争
石光真清
石光真人編
日露開戦。石光陸軍少佐は第二軍司令部付副官として出征。終戦後も大陸への夢醒めず、幾度かの事業失敗を経てついに海賊稼業へ。そして明治の終焉。
206527-7

い-16-8
誰のために 新編・石光真清の手記㈣ ロシア革命
石光真清
石光真人編
引退していた石光元陸軍少佐は「大地の夢」さめがたく再び大陸に赴く。そしてロシア革命が勃発した。近代日本を裏側から支えた一軍人の手記、完結。
206542-0

い-61-2
最終戦争論
石原莞爾
戦争術発達の極点に絶対平和が到来する。戦史研究と日蓮信仰を背景にした石原莞爾の特異な予見は、日本を満州事変へと駆り立てた。〈解説〉松本健一
203898-1

い-61-3
戦争史大観
石原莞爾
使命感過多なナショナリストの魂と冷徹なリアリストの眼をもつ石原莞爾。真骨頂を示す軍事学論・戦争史観・思索史的自叙伝を収録。〈解説〉佐高 信
204013-7

ク-6-1
戦争論（上）
クラウゼヴィッツ
清水多吉訳
プロイセンの名参謀としてナポレオンを撃破した比類なき戦略家クラウゼヴィッツ。その思想の精華たる本書は、戦略・組織論の永遠のバイブルである。
203939-1

ク-6-2
戦争論（下）
クラウゼヴィッツ
清水多吉訳
フリードリッヒ大王とナポレオンという二人の名将の戦史研究から戦争の本質を解明し体系的な理論化をなしとげた近代戦略思想の聖典。〈解説〉是本信義
203954-4

マ-10-5
戦争の世界史（上）技術と軍隊と社会
W・H・マクニール
高橋均訳
軍事技術は人間社会にどのような影響を及ぼしてきたのか。大家が長年あたためてきた野心作。上巻は古代文明から仏革命と英産業革命が及ぼした影響まで。
205897-2

マ-10-6
戦争の世界史（下）技術と軍隊と社会
W・H・マクニール
高橋均訳
軍事技術の発展はやがて制御しきれない破壊力を生み、人類は怯えながら軍備を競う。下巻は戦争の産業化から冷戦時代、現代の難局と未来を予測する結論まで。
205898-9

S-24-1
日本の近代1 開国・維新 1853～1871
松本健一
太平の眠りから目覚めさせられた日本は否応なしに開国、そして近代国家への道を踏み出していく。黒船来航に始まる十五年の動乱、勇気と英知の物語。
205661-9

S-24-2
日本の近代2 明治国家の建設 1871～1890
坂本多加雄
近代化に踏み出した明治政府を待ち受けていたのは、一揆、士族反乱、そして自由民権運動といった試練であった。廃藩置県から憲法制定までを描く。
205702-9

S-24-3
日本の近代3 明治国家の完成 1890～1905
御厨貴
明治憲法制定・帝国議会開設と近代国家へのスタートを切った日本は、内に議会と藩閥の抗争、外には日清・日露の両戦争と、多くの試練にさらされる。
205740-1

S-24-4
日本の近代4 「国際化」の中の帝国日本 1905～1924
有馬学
「日露戦後」の時代。偉大な明治が去り、関東大震災がおき、帝国日本は模索しながらどこへむかおうとしたのか。大正デモクラシーの出発点をさぐる。
205776-0

各書目の下段の数字はISBNコードです。978－4－12が省略してあります。

S-24-5
日本の近代5 政党から軍部へ 1924～1941
北岡伸一
政治の腐敗、軍部の擡頭。時代は非常時から戦時へと移っていく。しかし、社会が育んだ自由な精神文化は戦後復興の礎となった。昭和戦前史の決定版。
205807-1

S-24-6
日本の近代6 戦争・占領・講和 1941～1955
五百旗頭真
日本はなぜ対米戦争に踏み切り、敗戦をどう受け入れたのか。国内政治の弱さを内包したまま戦後再生し、冷戦下で経済大国となった日本の政治の有様は。
205844-6

S-24-7
日本の近代7 経済成長の果実 1955～1972
猪木武徳
一九五五年、日本は「経済大国」への軌道を走り出す。日本人は何を得、何を失ったのか。高度経済成長期を現在の視点から遠近感をつけて立体的に再構成する。
205886-6

S-24-8
日本の近代8 大国日本の揺らぎ 1972～
渡邉昭夫
沖縄の本土復帰で「戦後」を終わらせた日本だが、石油危機、狂乱物価、日米貿易摩擦など、内外の試練をうけ続ける。経済大国の地位を築いた日本の行方。
205915-3

S-25-7
シリーズ 日本の近代 日本の内と外
伊藤隆
開国した日本が、日清・日露の戦を勝ち抜いて迎えた二十世紀。世界は、社会主義によって大きく揺すぶられる。二部構成で描く近代日本の歩み。
205899-6

S-25-1
シリーズ 日本の近代 逆説の軍隊
戸部良一
近代国家においてもっとも合理的・機能的な組織であるはずの軍隊が、日本ではなぜ〈反近代の権化〉となったのか。その変容過程を解明する。
205672-5

S-25-2
シリーズ 日本の近代 都市へ
鈴木博之
西欧文明との出会いは、日本の佇まいに何をもたらしたか。文明開化、大震災、戦災、高度経済成長――変容する都市の風貌から、日本人のアイデンティティの軌跡を検証する。
205715-9

S-25-3
シリーズ 日本の近代 企業家たちの挑戦
宮本又郎
三井、三菱など財閥から松下幸之助や本田宗一郎ら消費者本位の実業家まで、資本主義社会の光と影を担った彼らの手腕と発想はどのように培われたのか。
205753-1

S-25-4
シリーズ日本の近代 官僚の風貌
水谷三公
この国を動かしてきた顔の見えない人々――政党勃興、戦時体制、敗戦など社会情勢の変動が、行政機構に与えた影響を探る、ユニークな日本官僚史。
205786-9

S-25-5
シリーズ日本の近代 メディアと権力
佐々木隆
「社会の木鐸」「不偏不党」「公正中立」その実態は？　知られざる新聞の歴史を豊富な史料で描き、現在のメディアが抱える問題点を根源に遡って検証。
205824-8

S-25-6
シリーズ日本の近代 新技術の社会誌
鈴木淳
洋式小銃の導入は兵制を変え軍隊の近代化を急がせた。洗濯機の登場は主婦に家事以外の時間を与えた。新技術の導入は日本社会の何を変えたのだろうか。
205858-3

よ-5-8
汽車旅の酒
吉田健一
旅をこよなく愛する文士が美酒と美食を求めて、金沢へ、そして各地へ。ユーモアに満ち、ダンディズムが光る汽車旅エッセイを初集成。〈解説〉長谷川郁夫
206080-7

よ-5-11
酒談義
吉田健一
少しばかり飲むというの程つまらないことはない――。飲み方から各種酒の味、思い出の酒場まで、ユーモラスに綴る究極の酒エッセイ集。文庫オリジナル。
206397-6

よ-5-10
舌鼓ところどころ／私の食物誌
吉田健一
グルマン吉田健一の名を広く知らしめた「舌鼓ところどころ」、全国各地の旨いものを紹介する「私の食物誌」。著者の二大食味随筆を一冊にした待望の決定版。
206409-6

よ-5-9
わが人生処方
吉田健一
独特の人生観を綴った洒脱な文章から名篇「余生の文学」まで。大人の風格漂う人生と読書をめぐる随想集。吉田暁子・松浦寿輝対談を併録。文庫オリジナル。
206421-8

よ-5-12
父のこと
吉田健一
ワンマン宰相はワンマン親爺だったのか。長男である著者の吉田茂に関する全エッセイと父子対談「大磯清談」を併せた待望の一冊。吉田茂没後50年記念出版。
206453-9

各書目の下段の数字はISBNコードです。978－4－12が省略してあります。

ウ-10-1 **精神の政治学** ポール・ヴァレリー 吉田健一訳
表題作ほか「知性に就て」「地中海の感興」「レオナルドと哲学者達」の全四篇を収める。巻末に吉田健一の単行本未収録エッセイを併録。〈解説〉四方田犬彦
206505-5

う-9-4 **御馳走帖** 内田百閒《ひゃっけん》
朝はミルク、昼はもり蕎麦、夜は山海の珍味に舌鼓をうつ百閒先生の、窮乏時代から知友との会食まで食味の楽しみを綴った名随筆。〈解説〉平山三郎
202693-3

う-9-5 **ノラや** 内田百閒
ある日行方知れずになった野良猫の子ノラと居つきながらも病死したクルツ。二匹の愛猫にまつわる愛情と機知とに満ちた連作14篇。〈解説〉平山三郎
202784-8

う-9-6 **一病息災** 内田百閒
持病の発作に恐々としつつも医者の目を盗み麦酒をがぶがぶ……。ご存知百閒先生が、己の病、身体、健康について飄々と綴った随筆を集成したアンソロジー。
204220-9

う-9-7 **東京焼盡《しょうじん》** 内田百閒
空襲に明け暮れる太平洋戦争末期の日々を、文学の目と現実の目をないまぜつつ綴る日録。詩精神あふれる稀有の東京空襲体験記。
204340-4

う-9-10 **阿呆の鳥飼** 内田百閒
鶯の鳴き方が悪いと気に病み、漱石山房に文鳥を連れて行く……。『ノラや』の著者が小動物たちとの暮らしを綴る掌篇集。〈解説〉角田光代
206258-0

う-9-11 **大貧帳** 内田百閒
お金はなくても腹の底はいつも福福である――質屋、借金、原稿料……飄然としたなかに笑いが滲みでる。百鬼園先生独特の諧謔に彩られた貧乏美学エッセイ。
206469-0

え-10-7 **鉄の首枷** 小西行長伝 遠藤周作
苛酷な権力者太閤秀吉の下、世俗的野望と信仰に引き裂かれ、無謀な朝鮮への侵略戦争で密かな和平工作を重ねたキリシタン武将の生涯。〈解説〉末國善己
206284-9

え-10-8
新装版 切支丹の里
遠藤周作
基督教禁止時代に棄教した宣教師や切支丹の心情に強く惹かれた著者が、その足跡を真摯に取材し考察した紀行作品集。〈文庫新装版刊行によせて〉三浦朱門
206307-5

つ-3-8
嵯峨野明月記
辻邦生
変転きわまりない戦国の世の対極として、永遠の美を求め〈嵯峨本〉作成にかけた光悦・宗達・素庵の献身と情熱と執念。壮大な歴史長篇。〈解説〉菅野昭正
201737-5

つ-3-16
美しい夏の行方 イタリア、シチリアの旅
辻邦生
堀本洋一 写真
光と陶酔があふれる広場、通り、カフェ……ローマからアッシジ、シエナそしてシチリアへ、美と祝祭の国の町々を巡る甘美なる旅の思い出。カラー写真27点。
203458-7

つ-3-20
春の戴冠1
辻邦生
メディチ家の恩顧のもと、花の盛りを迎えたフィオレンツァの春を生きたボッティチェルリの生涯――壮大にして流麗な歴史絵巻、待望の文庫化！
205016-7

つ-3-21
春の戴冠2
辻邦生
悲劇的ゆえに美しいメディチ家のジュリアーノと美しきシモネッタの禁じられた恋。ボッティチェルリは彼らを題材に神話のシーンを描くのだった――。
204994-9

つ-3-22
春の戴冠3
辻邦生
メディチ家の経済的破綻が始まり、フィオレンツァの春は、爛熟の様相を呈してきた――永遠の美を求めるボッティチェルリと彼を見つめる「私」は。
205043-3

つ-3-23
春の戴冠4
辻邦生
美しいシモネッタの死に続く復活祭襲撃事件……。ボッティチェルリの生涯とルネサンスの春を描いた長篇歴史ロマン堂々完結。〈解説〉小佐野重利
205063-1

つ-3-25
背教者ユリアヌス(一)
辻邦生
血で血を洗う政争のさなかにありながら、ギリシア古典を学び、友を得て、生きることの喜びを見いだしていくユリアヌス――壮大な歴史ロマン、開幕！
206498-0

各書目の下段の数字はISBNコードです。978－4－12が省略してあります。

つ-3-26
背教者ユリアヌス（二）
辻　邦生
学友たちとの平穏な日々を過ごすユリアヌスだったが、兄ガルスの謀反の疑いにより、宮廷に召喚される。皇后との出会いが彼の運命を大きく変えて……。
206523-9

つ-3-27
背教者ユリアヌス（三）
辻　邦生
皇妹を妃とし、副帝としてガリア統治を任ぜられたユリアヌス。未熟ながら真摯な彼の姿は兵士たちの心を打ち、ゲルマン人の侵攻を退けるが……。
206541-3

つ-3-28
背教者ユリアヌス（四）
辻　邦生
輝かしい戦績を上げ、ついに皇帝に即位したユリアヌス。政治改革を進め、ペルシア軍討伐のため自ら遠征に出るが……。歴史小説の金字塔、堂々完結！
206562-8

か-18-7
どくろ杯
金子光晴
『こがね蟲』で詩壇に登場した詩人は、その輝きを残し、夫人と中国に渡る。長い放浪の旅が始まった――青春と詩を描く自伝。〈解説〉中野孝次
204406-7

か-18-8
マレー蘭印紀行
金子光晴
昭和初年、夫人三千代とともに流浪する詩人の旅はいつ果てるともなくつづく。東南アジアの自然の色彩と生きるものの営為を描く。〈解説〉松本　亮
204448-7

か-18-9
ねむれ巴里
金子光晴
深い傷心を抱きつつ、夫人三千代と日本を脱出した詩人はヨーロッパをあてどなく流浪する。『どくろ杯』につづく自伝第二部。〈解説〉中野孝次
204541-5

か-18-10
西ひがし
金子光晴
暗い時代を予感しながら、喧噪渦巻く東南アジアにさまよう詩人の終りのない旅。『どくろ杯』『ねむれ巴里』につづく放浪の自伝。〈解説〉中野孝次
204952-9

し-10-5
新編　特攻体験と戦後
島尾敏雄
吉田　満
戦艦大和からの生還、震洋特攻隊隊長という極限の実体験とそれぞれの思いを二人の作家が語り合う。関連するエッセイを加えた新編増補版。〈解説〉加藤典洋
205984-9

著者自身による講演、対談、エッセイ等
豊富な資料を付した決定版

レイテ戦記 全四巻

大岡昇平

毎日芸術賞
受賞作

太平洋戦争の「天王山」レイテ島――
日米両軍の死闘を厖大な資料を駆使し、
繊細かつ巨視的に活写した
戦記文学の金字塔！